여류문학, 유럽문학 산고

강인숙 평론 전집 **6**

여류문학, 유럽문학 산고

초판 인쇄 2020년 7월 1일
초판 발행 2020년 7월 7일

지 은 이 강인숙
펴 낸 이 박찬익

펴 낸 곳 ㈜ **박이정**
주   소 경기도 하남시 조정대로45 미사센텀비즈 7층 F749호
전   화 02-922-1192~3 / 031-792-1193, 1195
팩   스 02-928-4683
홈페이지 www.pjbook.com
이 메 일 pijbook@naver.com

등   록 2014년 8월 22일 제2020-000029호

ISBN 979-11-5848-506-1 94810
ISBN 979-11-5848-500-9 (세트)

*책값은 뒤표지에 있습니다.

여류문학,
유럽문학
산고

강 인 숙

(주)박이정

에세이는 앞으로도 좀 쓸 것 같은데 평론은 이게 마지막이 될 것 같다. 그런 복잡한 지적 작업을 몸이 감당해내지 못할 나이가 되었기 때문이다. 그래서 평론들을 한데 모아 마무리 작업을 하기로 했다. 『불·일·한 삼국의 자연주의 비교연구』 두 권과 『일본 모더니즘 소설 연구』, 『박완서 소설에 나타난 도시와 모성』 등 이미 출판된 4권에 이번에 『한국 근대소설 연구』와 『여류문학, 유럽문학 산고散稿』 두 권을 새로 내서 6권의 평론전집을 만들게 된 것이다.

평론만 가지고 전집을 만들려다 보니 한 책이 되기에는 분량이 적은 부류의 원고들이 남아 있었다. 1970년대에 쓴 박경리론과 강신재론, 같은 여류문인들에 대한 글과, 유럽문학에 대한 단평들이다. 결이 맞지 않는 글들이어서 따로 책을 만들어야 하는데 이제는 새로 더 쓰는 일이 어려워져서, 그 두 가지 글을 그냥 한데 묶기로 했다. 전집의 마지막 책이기 때문이다. 1장이 여류작가론인데 2장이 유럽문학 산고가 된 이유가 거기에 있다.

박경리론은 1970년에 쓴 오래된 글이다. 그런데 박경리의 초기 장편에는 전기적 소설이 많아서 가족관계에 대한 고찰이 필요했다. 그 무렵에 박 선생 집에 자주 드나들어서 그 집의 정릉 시대의 풍경을 좀 알고 있는 편이라, 이번에 그 문제를 다룬 글을 새로 썼다. 남의 가족 이야기라 조심스러워서 되도록 객관적으로 쓰려고 선생님의 「어머니」 시 시리즈와 따님인 김영주 씨의 「어머니」라는 글, 그리고 자전적 소설들을 참조했다.

다음에 쓴 것은 박경리 선생과의 「봉별기逢別記」다. 1960년대 말에 시작해 몇 해 동안 선생님과 가깝게 지내다 원주에 가시고 헤어졌다. 원주 시대의 선생님에 대한 것은 아는 분이 많지만, 1960년대의 박 선생의 인간적인 면모와 그분의 본질을 아는 사람은 얼마 남아 있지 않다. 그래서 정리하는 의미에서 이것도 새로 썼다. 「정릉집 점묘」도 같은 의도에서 삽입했다. 나는 작가의 전기를 작품 분석 못지않게 중요시하고 있다. 환경결정론자는 아니지만, 꽃을 이해하려면 토양에 관한 연구가 필수적이라고 생각하기 때문이다. 박경리 선생이나 박완서 선생에 대한 사적인 이야기를 글로 쓴 것은 그 때문이다.

1970년대 후반에 박사과정을 시작해서 그 후에는 잡지에 글을 쓸 수 없게 되었다. 여류작가론은 박경리, 박완서론밖에 손을 대지 못했는데, 거기서 제동이 걸린 것이다. 박완서론은 『박완서 소설에 나타난 도시와 모성』이라는 제목으로 1997년에 둥지출판사에서 단행본으로 출판되었으니 박경리 선생과 다른 여류작가들에 관한 작가론을 계속 쓰고 싶었는데, 이루지 못해서 이 글들만 남았다. 자연주의론 연구가 너무 방대해서 손을 뗄 수가 없었던데다가 학교와 살림이 너무 많은 시간을 빼앗아 갔기 때문이다. 박완서에 대해서 쓴 「박완서 글쓰기의 기점과 지향성」은 '박완서론' 책에서 빌려오기로 했고, 「박완서-나의 존경하는 동시대인」이라는 추모의 글은 새로 썼으며, 거기에 강신재론을 보태서 한 장을 만들었다.

외국 작가들에 대한 글도 1970년대에 쓴 글들이다. 잡지사에서 청탁하는 대로 써서 통일성도 없고, 깊이도 없는 30매 정도의 단평들이다.

『문학사상』에서 특집을 하면서 꼭 넣어야겠는데 필자가 마땅치 않으면 서영은 씨가 청탁한 원고들이어서, 통일성은 없지만 중요한 문제를 다룬 것이 많았다. 문학에 있어서의 애국시의 특성과 위상(「에네이드」), 전쟁터와 하늘의 두 세계에 대한 질문(「전쟁과 평화」), 에밀 아자르의 존재론적 문제들(「가면의 생」), 게오르규가 지향한 삶의 고도와 수직성의 문제들은 한번 생각해볼만한 토픽들이었기 때문이다.

에밀 아자르의 「가면의 생」과 게오르규의 「키라레싸의 학살」은 직접 번역했기 때문에 두 작가에 대한 것을 좀 더 쓰고 싶었다. 그 중에서도 『25시』의 작가 게오르규에 관한 것을 더 쓰고 싶었다. 그래서 1978년에 그분의 어록을 모아 발표한 일이 있다. 그 작업을 계속해서 가능하면 모든 작품을 읽고, 어록을 통해 본 게오르규의 작가론 같은 것을 쓰고 싶었는데, 못 쓴 채로 날이 저물어 버려서, 할 수 없이 그것도 이번 책에 넣기로 했다. 그 대신 전에 30매만 썼던 「게오르규의 전나무」를 보완하여 108매로 늘렸다. 반세기 전에 쓴 조각글들은 텍스트도 자료 카드도 사라진 것이 많아서 다시 손을 볼 수가 없는 경우가 많았음을 송구스럽게 생각한다.

이 작업을 하면서 느낀 것은 우리나라가 그 동안 얼마나 많은 한자 어휘를 버리면서 걸어왔는가 하는 점이었다. 이번에 책을 내면서 한 일은 주로 옛글의 한자어 죽이기였다. 어원은 한자인데 표기만 한글로 해가니 걱정이 쌓였다. 이런 식으로 한자 교육을 하지 않고 전진해 가면 한문에서 온 얼마나 많은 어휘들이 사라져 갈 것인가 생각하니 너무 망연했다. 그건 우리말 죽이기이기 때문이다. 독자가 한자를 모르니 할 수 없이 한자어 죽이기를 하는데, 그 작업이 영 즐겁지 않았다.

불황이 계속되는데 상업성이 없는 평론전집을 내 준다고 나선 박이정 출판사 박찬익 사장에게 깊은 감사를 드린다. 책을 교정해 준 편집부

직원들에게도 감사를 드리며, 책을 컴퓨터에 옮기는 데 도움을 준 조혜원, 정미향, 이범철 군과, 자료 정리를 도운 이혜경 씨에게 고맙다는 말을 전하고 싶다. 한 권의 책이 나오는 데도 봄의 천둥소리와 가을의 무서리의 협조가 필요하다는 것을 매번 느낀다.

2020년 6월

小汀 강 인 숙

차 례

I 부

여류작가론

1. 박경리의 초기 소설 연구

1) 소설과 박경리

어느 평론가가 박경리를 'born novelist'라고 말한 일이 있다. 그것은 소설가로서의 씨의 역량에 대한 찬사이기도 하지만, 소설에 대한 씨의 열정과 성실성을 기리는 의미라고도 볼 수 있다. 만약 소설이라는 장르가 존재하지 않았다면 박경리는 대체 무엇을 하면서 시간을 보냈을까 하는 생각이 들 만큼 씨와 소설은 밀착되어 있다. 한 편의 소설을 쓰기 위하여 평생을 보낸 프루스트처럼, 박경리도 소설 하나를 쓰기 위해서 세상에 태어난 것 같은 작가다. "문학을 위해 외곬으로만 지내 온 불행 ─ 행복일 수도 있겠고 ─ 이제는 도무지 되돌아갈 수 없는 사슬에 얽매여 버린 내 체질을 절감하게 된다."(『Q씨에게』)는 작가 자신의 말대로 씨는 소설을 위하여 외곬으로 살아온 작가이며…… 문학에 대한 열정이 기호나 애착의 한계를 넘어서 체질로 변해 버린 작가인 것이다.

어쩌면 문학은 씨에게 있어 종교와 같은 것이었는지도 모른다. 신에게 가까이 가려는 그 하나의 염원 때문에 한여름의 무더위 속에서 일부러 털옷을 껴입고 고통을 견디는 훈련을 하는 도미니크파의 수사들처럼 씨는 문학을 위하여 참으로 많은 세속적인 욕망을 금제의 채찍으로 내리치며 산다. 정릉 골짜기에 있는 씨의 집은 문자 그대로 '고도'(『Q씨에게』, p.70)다. 외부와의 연락을 두절하기 위해서 씨는 전화마저 없애 버렸다. 외부의 방해를 받지 않고 집필에만 전념하기 위해서다. 때로 그는 몇 안 되는 가족과 친구들마저 차단하기를 원한다. 달팽이처럼 자신의 껍질 속에 몸을 숨기고, 타인과의 교섭을 거부하는 데서 오는 처절한 고독을 견디면서, 박경리는 오로지 글쓰는 일에만 숨을 모으고 산다. 거의 흔들림이 없다. 도통의 경지다. 그것은 강력한 의지의 힘에서 오는 것이다. 씨는 수도승처럼 의지의 힘으로 세상을 향한 욕망과 인간을 향한 그리움을 견제해 나간다. 그것은 한 인간이 감당하기에는 너무 벅차고 어려운 일이다. 그래서 네모난 담으로 타인의 시선을 막아 버린 그 감옥 같은 집 속에서 씨는 책상을 향하여 절규한다. 피가 배어나올 것 같은 처절한 절규, 그것이 씨의 문학이다. 토지를 위시한 씨의 소설들은 그렇게 하여 쓰였다.

2) 나의 이야기 – 「표류도」까지의 소설들

박경리의 소설은 우선 '나'의 이야기로부터 시작된다. 전쟁으로 인해 느닷없이 여자 가장이 된 씨는, 전시의 혼란스런 사회에 대하여 깊은 불신감을 가진다. 「계산」에서 시작해서 「불신시대」, 「암흑시대」로 이어지는 초기의 작품일수록 불신의 도가 더 높다. 「표류도」까지의 씨의 모든 소설은 결국 한 젊은 여인과 사회와의 투쟁의 기록이라고 할 수 있다. "「불신시대」에 나타난 한 여인의 비극은 박경리의 모든 작품의 주조음이 되고 있다."(「박경리와 이청준」, p.11)는 김치수의 말대로 박경리는 같은 주조음을 끈덕지게 끌고 나가는 작가다. 씨의 초기 소설의 주인공들은 거의 예외 없이 20대의 젊은 전쟁미망인이다. 그들과 사회와의 싸움, 사랑하는 남자와의 갈등, 홀어머니와의 알력의 세 가지가 씨의 초기 작품을 이루는 세 개의 기둥이 된다.

(1) '현희'와 사회

첫째 번 문제인 사회와의 관계를 알기 위해서는 「표류도」의 주인공인 현희의 이력을 들추어볼 필요가 있다. 박경리의 여주인공들은 대부분이 작가처럼 두 개의 전쟁을 겪은 전쟁미망인이다. 정신대라는 끔찍한 재난을 피하기 위해서, 첫사랑도 경험하기 전인 십팔, 구 세의 나이에 현희(「표류도」) 세대의 여인들은, 허둥지둥 아무 남자하고나 결혼을 한다. 결혼을 재난 도피의 방편으로 하는 것이기 때문에, 그런 결합은 이 여인들의 비극의 전주곡이 된다. 현희도 마찬가지다. 세월이 지나 현희는 아이를 낳는다. 아이에 대한 애정과 함께 남편과의 간격을 메우려는 노력이 어우러지기 시작할 무렵에 또 하나의 전쟁이 터진다. 그 전쟁은 그녀의 남편을 참혹한 죽음으로 몰아넣는다.

열아홉에 결혼하여 스물셋이 되면 아이 둘을 데리고 청상이 되는 것이 대부분의 정신대 세대의 여인들의 운명이었다. 현희도 예외가 아니어서 20대 초반에 그녀는 남편을 잃는다. 그 죽음은 "피에 젖었던 얼굴, 산산이 바스러졌던 그의 팔목의 시계, 가늘게 경련하고 있던 손"과 같은 지울 수 없는 참담한 형상으로 현희의 뇌리에 눌어붙는다. 하지만 그 죽음을 애통할 여유도 없이 현희는 생활전선에 내몰린다. 부양해야 할 아이들과 어머니가 있기 때문이다. 그래서 현희는 「표류도」에서 다방 카운터에 앉아 있다. 자존심이 유별나게 강하고 비사교적인 현희에게는 적성이 너무나 맞지 않는 직종이다. 그 어긋남에서 비극이 생겨난다.

현희는 아버지에게서 소박을 받아 혼자 사는 홀어머니의 외딸이다. 남편의 사랑을 받지 못한 어머니의 불행 때문에 그녀는 즐거운 소녀시절을 보낼 수 없었다. 그 대신 그녀는 과잉보호를 받으며 제왕처럼 자란다. 어려운 어른이 없는 집안에서 어머니의 모든 정성을 독점할 수 있었기 때문이다. 오랜 세월을 경쟁자가 없는 환경에서, 유아독존적 사고방식을 조장 받으며 자란 그는, 타협을 모르는 공주였다. 아집과도 같은 강렬한 자존심과 호好, 불호의 감정의 노출, 타협을 하지 못하는 성격 등이 그런 환경에서 형성되었기 때문이다. 결혼 생활 역시 그녀의 성격을 변화시킬 종류의 것이 아니었다. 남편은 소심하고 자상한 가장이어서 전혀 권위적이 아니었다. 장모와의 동거를 소리 없이 받아들인 남편은 아내를 대학에까지 보내 준다.

현희는 외딸로 자라나서 남의 명령을 받는 것을 참아내지 못하는 습성이 있다. 억울한 말에 대해서도 내성이 전혀 없다. 그런 상태에서 사회와 맞붙게 된 것이다. 하지만 사회에서는 집에서처럼 유아독존 식으로 살 수가 없다. 사회는 상대가 외딸이건 응석받이 아내이건 상관하지 않는다. 개인을 특별히 배려해 주는 법이 없기 때문이다. 사회와의 싸움에는 면역성이 전혀 없는 현희는, 자라난 환경 때문에, 젊은 여자였기 때문에, 아름다웠기 때문에, 그 싸움에서 남달리 고전한다. 그래서 그녀는 사회와 모든 구성원을 적으로 의식하게 된다. 자신의 진실이나 순수성에는 곁눈도 주지 않는 거대한 사회의 메커니즘에 이를 갈게 되는 것이다. 그래서 그녀는 자신을 "몰잇군에게 쫓기는 사슴"(『Q씨에게』, p.16)같이 생각하는 피해의식을 가지게 된다. 그런 과잉반응 때문에 현희와 사회의 싸움은 살인까지 저지르는 극단적인 양상으로 발전한다. 적자생존의 법칙에 의하여 움직이는 그 치열한 생존경쟁의 마당에서, 그녀의 민감하고 오만한 영혼은 만신창이가 된다. 그런데 현희를 완전히 녹다운시키는 결정적인 사건이 발생한다. 하나밖에 없는 아들의 죽음이다.

> 아이는 앓다가 죽은 것이 아니다. 길에서 넘어지고…… 병원에서 죽은 것이다. …… 의사의 무관심이 아이를 거의 생죽음을 시킨 것이다. 의사는 중대한 뇌수술을 엑스레이도 찍어 보지 않고, 심지어는 약 준비조차 없이 시작했다. 마취도 안한 채 수술대에 누운 아이는 도살장의 망아지처럼 고통 속에서 죽어 갔다.　　　　　　　　　　　　　　　　　「불신시대」

남편을 죽인 것은 전쟁이다. 전쟁 때문에 현희형의 여인들은 청상이 된다. 하지만 전쟁은 개인이 저지른 비극이 아니다. 그래서 그들은 전쟁에 분노를 느끼지는 않는다. 하지만 아이의 죽음은 다르다. 그건 사람이 잘못해서 생긴 죽음이다. 아이를 죽인 것은 의사다. 의사의 부패와 불성실이 아이를 죽인 것이다. 그래서 가슴 속에 쌓여 있던 분노의 뇌관에 일시에 불이 당겨진다. 빈부의 계층에 따라 죽은 자의 영혼까지 차별대우를 하는 스님들, 종교를 미끼로 하여 사기를 치는 신도들, 남의 생명이 좌우되는 약품을 불성실하게 다루는 의사들…… 그런 사회의 모든 악한 구성원에 대하여 그녀는 규탄하는 소리를 지르지 않을 수 없었다. 온 힘을 다 하여 항거하는 소리를 지르는 것이 자기가 존재하는 이유인 것 같았기 때문이다.(「불신시대」) 그래서 이 작자는 소설을 썼다. 박경리의 초기 작품들이 고발문학이 되는 이유가 거기에 있다.

박경리의 초기의 고발문학은 그 외침의 크기나 분노의 심도에 있어 그때까지의 다른 여류문인들과는 비교가 되지 않을 만큼 격렬했다. 그건 하나밖에 없는 아들이 도살장의 짐승처럼 학살당한 어머니의 부르짖음이기 때문이다. 그만큼 그녀가 겪은 비극의 비중은 무거웠으며, 그것을 받아들이는 감성은 날카로웠다. 씨는 눈을 부릅뜨고 그 옳지 못한 일들을 소리 높이 고발한다. "오욕을 태워 버릴 듯이 타고 있는 눈동자"(「전도剪刀」)로 폭력과 부정의 구석구석을 파헤쳐, 생명을 걸고 악을 응징하는 그 태도에는, 선이 굵은 강인함과 불굴의 정신이 깃들어 있다. 씨의 문학이 남성적이라는 평을 받는 것은 그 때문이다.

현희의 삶의 역정은 그 무렵의 씨의 다른 작품의 여주인공들과 많은 공통분모를 가지고 있다. 「표류도」까지의 소설은 대부분이 자전소설들이기 때문에 그런 힘찬 규탄의 소리는 「표류도」까지의 모든 소설에서 들려왔다. 그 소설들은 이 작가의 '나의 이야기'였던 것이다. 씨의 초기 소설들이 사소설과 연관되어 논의되는 이유가 거기에 있다.

(2) '현희'와 사랑

그러다가 현희는 사랑을 하게 된다. 사실 그녀는 아직 스물네댓밖에 안 된 나이였고, 한 번도 사랑을 한 경험이 없다. 고교를 끝내고 벼락치기로 결혼을 했기 때문이다. 그러니 새로 시작한 사랑은 그녀에게는 첫사랑이다. 남편이 죽고 많은 시간이 흐른 지금, 남편의 기억은 "이미 그리움이 아니다. 그저 처참한 죽음에 대한 기억일 뿐이다." 그녀는 아직 젊은데다가 싱글이니까 다른 사람을 사랑할 권리가 있다.

그녀에게는 사랑하는 남자가 있다. "머리 한 올이라도 남에게 주고 싶지 않은 독점욕"을 가진 그 사람에 대한 정열은 자신이 슬퍼질 정도로 "완강하고 깊다." 그녀가 살인을 하게 되는 간접적인 원인은 질투 때문이라고 할 수 있다. 불행하게도 그 남자는 기혼자였던 것이다. 남자도 현희를 사랑한다. 그는 현희와의 결혼을 위해 아내와 이혼할 각오까지 하고 있다. 두 사람이 서로 그렇게 순수하게 사랑했는데도 그들은 결국 헤어지고 만다.

그 첫째 이유는 현희의 지나친 자존심에 있다. 현희는 어머니가 미워하는 남자에게 빌붙어 자기를 낳은 것을 혐오하기 때문에 어릴 때부터 "남자에게 절대로 무릎을 꿇지 않겠다."(「시어머니」시리즈 참조)고 맹세 한 박경리의 분신이다. 그래서 남자에게 깊이 빠져들수록 그녀의 사랑은 묘하게 자존심을 건드린다. 현희에게 있어 "연애를 생각한다는 것은 굴종"을 의미하기 때문이다. 그래서 "흉하게 그의 앞에 꿇어앉지 않겠다."는 생각이 늘 앞서서 그 사랑을 훼방한다. 남자에게 버림을 받은 어머니 때문에 생긴 그 오기는 그녀의 첫사랑을 망가뜨리는 흉기가 된다.

하지만 그것만이 문제가 아니다. 그녀에게는 자신이 처녀가 아니라는 자격지심이 있다. 아이가 있는 미망인이라는 조건은 사랑을 하기에는 너무나 큰 핸디캡이다. 그래서 그녀는 사랑 앞에서 떳떳해질 수가 없다. "사랑에도 염치가 있어야" 한다고 그녀는 자신을 타이른다. 자신이 그 남자를 사랑하는 것은 염치가 없는 행위라고 생각되었던 것이다. 그래서 자신의 "완강한 정열이 그의 앞에 노출되는 것"이 그녀는 너무나 두렵다. "육체의 교류라는 것도 여자한테는 굴종을 의미하는" 것처럼 생각되는 그녀는 자신의 애정 앞에서 순수해질 수가 없다. 설상가상으로 남자는 기혼자다. 그에게는 아내뿐 아니라 아이들도 있다. 인습적 안목으로 본다면 그건 해서는 안 되는 사랑이다. 그리고 죄이기도 하다.

그런데서 열등감이 생겨난다. 현희는 자존심이 강한 만큼 자신이 아이가 딸린 미망인이라는 데서 생기는 자격지심을 버릴 수 없다. 남자네 집보다 자기네가 낮은 계층에 속한다는 것도 열등감을 유발시키는 요인이다. 숨겨진 여자라는 열등감은 더 크다. 그런 것들이 그를 향한 자신의 순정을 굴종으로 느끼게 만든다. 자존심이 강한 그녀는 사랑 때문에 남자에게 굴종하지 않으려는 노력 때문에 기진맥진한다. 그래서 그녀는 자학을 시작한다. 자신의 정열에 대한 자각 때문에 너무 강하게 반발하여, 자신과 남자를 괴롭히기 시작하는 것이다.

그런 이지러진 형태로 현희의 사랑은 표현된다. 감정이 흔들리기 시작한다. 갈등은 나날이 커지고 드디어 남자가 지친다. 남자는 그녀를 "못된 돌감처럼 씹어볼 수 없는 여자"라고 느끼게 되는 것이다. 그러다가 그의 아내를 만나는 데서 그 사랑엔 결정적인 파탄이 온다. 윤리적인 가책 때문이 아니라 열등감 때문이다. 부유한 환경에서 곱게 살고 있는 그 여자의 우아함에 대한 패배의식이 생겨난다. 온실의 꽃처럼 부드럽고 품위가 있는 그녀를 보면서, 현희는 상현과 그 아내가 같은 상류층의 인물이라는 것을 확인한다. 자신의 가슴을 으깨는 듯하던 상현 씨의 소극적인 목소리의 출처를 안 것 같다. 그런 유연하고 품위가 있는 인간들에 비할 때, 자신은 야생식물 같다는 자각은 그녀의 자존심에 깊은 상처를 남긴다. 그 상처는 상현과 현희를 멀어지게 만드는 결정적인 요인이 된다. "마음이 비틀어지고 까닭 없는 고집을 부리고…… 음성이야. 고생을 하여 비꼬인 마음이야." 드디어 상현의 입에서 그런 말이 나오자 현희는 "생활 감정이 다르면 애정도 허물어져 버려요."라고 쏘아 붙인다. "무릎을 꿇고 그의 앞에서 울고 있는 나의 영혼"을 현희는 그런 막말로 학대한다. 그러다 이별이 온다.

파탄의 두 번째 이유는 타인의 시선에 있다. 그녀는 첫사랑을 하는 여자답게 순수하고 열정적인 사랑을 한다. 모든 것을 다 주고 싶은 헌신적 사랑이다. 하지만 제삼자의 눈으로 보면 그들의 관계는 불륜이요 스캔들이다. 스캔들은 사랑이 끝장이 난 후에도 현희를 따라다니면서 괴롭힌다. 바늘끝 같은 신경(「하루」)을 가진, 감수성이 과민한 이 여인은,

자신의 순수한 사랑이 "개기름이 흐르는 중국집 보이의 야비한 웃음" 같은 것에 의해 더럽혀지고 웃음거리가 되는 것을 견디지 못한다. "천치와 악마가 상통한 듯한 그런 추잡한 녀석들"의 눈초리, 계영이나 최 강사 같은 그런 부류의 인간들의 야비한 웃음들이 그들의 순수했던 열정을 "여지없이 짓밟는"다.

박경리는 결벽증이 아주 심한 여인이다. 「시장과 전장」에는 씨의 결벽증을 증언하는 에피소드가 있다. 주인공 지영은, 남편이 노동당에 입당원서를 냈기 때문에 9 · 28 후에 빨갱이 가족으로 몰려서 잡혀갈 위기에 처한다. 그때 지영은 부역자의 아낙을 데려다가 발가벗기고 때리더라는 이야기를 어머니에게서 듣는다. 그 말을 듣자 지영은 미친 듯이 부엌으로 내려가 몸을 씻기 시작한다. 생사를 모르는 남편의 안부나, 자신이 당할지도 모르는 고문에 대한 공포감보다, 더러운 몸을 남에게 보이는 것을 더 두려워하는 그런 신경질적인 결벽증을 가지고 있는 것이다. 그건 작가의 결벽증이기도 하다. 그래서 지영의 동류인 현희는 자신의 정사가 외설스럽게 받아들여지는 현실에서 아주 깊은 상처를 입는다.

현희(「표류도」)나 숙혜(「전도剪刀」)는 그런 자존심과 결벽증을 가진 여인들이지만, 온전한 직장을 구할 수 없어서 다방 마담이 되거나 봉투에 풀 붙이는 일을 돕는 막일꾼으로 전락한다. "고깃덩어리 같은" 주인집 남자가 숙혜를 겁탈할 생각을 낸 것과, 최 강사가 외국인에게 현희를 팔아넘기는 것 같은 모욕적인 발언을 함부로 할 수 있었던 것은 그들의 직종 때문이기도 하다. 결국 숙혜는 주인 남자에게 반항하다가 가위에 무수히 찔려 피를 흘리며 죽어가고, 현희는 카운터에 있던 청동꽃병을 던져 최 강사를 죽여서 살인자가 되고 만다. 그들과 사회와의 싸움은 이렇게 죽거나 죽이는 극단적인 양상으로 전개된다. 그러나 지영이나 현희는 쓰러지지 않으려고 안간힘을 쓴다. 짓밟혀도 짓밟혀도 계속 돋아나는 잡초처럼 어떻게든 살아남으려고 이를 악문다. 부양가족이 있기 때문이다.

결국 현희는 엉뚱한 사람과 결혼을 한다. "언제 보아도 야만스런 얼굴"의 소유자인 김 선생이다. 사랑할 수 있는 가능성조차 찾아내기 어려운, 그 삭막한 남자와의 결혼의 이면에서, 우리는 "너무 많은 것을 바라서 적은 것까지 잃고 마는" 현희의 자학을 본다. 완벽한 사랑에 대한 갈망 때문에 결국 그녀는 사랑 자체를 거부하고 만 것이다. 어중간한 것에 만족하는 것보다는 차라리 그만두는 쪽을 택하는 그녀의 철저한 기질이 거기에도 나타나 있다.

(3) 갈등하는 모녀관계

현희는 젊어서 소박을 맞은 어머니와 함께 산다. 어머니에게 있어 현희는 절대자다. 현희에게 어머니도 마찬가지다. 다른 가족이 없어서 그들에게는 대안이 없다. 그 지나친 의존관계에서 모녀간의 불화가 생겨난다. 어머니는 어린 딸의 애정을 확인하기 위해 걸핏하면 치마끈을 목에 감고 자살하는 시늉을 한다. 아이는 단 하나의 혈육인 어머니를 잃을 것 같은 두려움 때문에 발광하면서 울부짖는 일을 되풀이하다가, 그 공포가 증오로 변한다. "억지로 밀어 넣는"식의 강압적인 어머니의 애정 확인법에 대한 혐오감이 그녀를 어머니에게 잔인하게 만든 것이다. 그러나 그 잔인성은 곧 연민의 정 때문에 자책으로 바뀌면서 혼란과 갈등이 생긴다. 어머니에 대한 연민이 분노를 유발하는 곳에 이 모녀의 불화의 원인이 있다.

두 번째 요인은 성격차다. 이상하게도 현희는 자기를 버리고 간 아버지가 어머니보다 좋다. "정확하고 소심한 어머니보다 반항적이며 격정적인 아버지의 피"를 이어받은 현희는, 어머니의 소심스러움이 아주 싫다. 남녀 간의 애정의 기미도 모르면서, 남편에 대하여 집착만 가지는 그런 맹목적인 집착도 싫고, 남달리 고민(걱정)을 많이 하면서도 눕기만 하면 코를 고는 그 단순함 같은 것도 견딜 수 없다. 그래서 "가엾다고 생각하면서 그의 못난 생애를 미워하고 싫어하는 것이다."

어머니와 현희는 가치관이 너무 다르다. 어머니는 세속적인 가치를 대표하는 존재이며, 낡은 윤리관의 표상이다. 어머니는 사실상 가장이니까 현실 그 자체를 대표하는 존재이기도 해서 딸은 늘 어머니 때문에 자유롭지 못하다. 어머니는 사실상 현희의 의식의 너무 깊은 곳까지 점유하고 있다. 대부분의 생활이 어머니에 의해서 지배되는 것도 지긋지긋하다. 그래서 그녀는 어머니와 따로 살고 싶다. 그런데 어머니는 그 말만 들으면 경기를 일으킨다. 죽을 때까지 같이 있어야 한다는 홀어머니의 집념과, 따로 살고 싶다는 딸의 절절한 갈망은 합치점을 찾기 어렵다. 거부하고 싶은데 거부할 수 없는 존재에 대한 몸서리나는 반발이 딸의 일생을 어둡게 물들인다. 어머니와의 끊임없는 갈등에서 벗어나고 싶다는 욕망이 얼마나 강했는지 「시장과 전장」에서 지영은 가족과 영원히 헤어질 수 있다면 바이칼 호반까지 납치되어 가도 좋겠다는 생각까지 한다. 그것이 「벽지」에서 혜인이 외국으로 떠나는 이유도 된다. 박경리의 여인들은 어머니에게서 해방되고 싶었던 것이다. 하지만 그녀는 어머니를 마지막 날까지 떠날 수 없었다. 그래서 일반적으로 육친에게서 느끼는 지겨운 감정이 현희의 경우에는 극단화되어 나타나는 것이다.

이런 격렬한 미움과 경멸은 어머니에 대한 애정의 변형인지도 모른다. 상현과의 이별이 실은 그에 대한 애정의 고백이었던 것과 마찬가지다. 박경리의 경우에는 "타인과의 완벽한 결합에 대한 갈망" 때문에 "타인을 뚫고 들어갈 수 없는 고독과 서로 이해되지 못하는 고통이 진화되어"(『Q씨에게』, p.7) 비극에 이르게 된다. 사회와의 부조화, 이성과의 갈등, 어머니와의 불화의 세 갈등의 집적이 「표류도」까지의 박경리의 소설의 지반을 이룬다. 비슷한 형의 인물을 비슷한 환경에 놓아 두고, 비슷한 사건을 겪게 하는 씨의 소설을 평론가들은 자전적 소설, 혹은 사소설이라고 불러 왔다. 「표류도」까지의 소설에서는 그 말이 맞는다. 씨의 소설의 여주인공들은 너무 작자와 닮았기 때문이다.

박경리의 소설은 3인칭으로 쓰여 있다. 그리고 외부적 현실의 풍속도가 그때그때의 현실에 적합하게 묘사되어 있다. 인물들에게는 작품마다 약간씩 다른 환경이 주어지고 있는 것이다. 하지만 그 속에 담겨져 있는 것은 어디까지나 개성이 강한 한 여인의 '나의 이야기'다. 너무나 절박한 한 여인의 내면의 부르짖음이요 고발인 것이다. 그의 소설은 끈질기게 이어지는 같은 절규의 연속이다. 확실히 초기의 씨의 소설에는 자전적 요소가 아주 강하게 드러나 있다. 그런데도 그것이 사소설의 냄새를 풍기지 않는 것은, 작가 자신의 말대로 사건의 객관화에 대한 작가의 노력의 결과라고 할 수 있다. 사실을 왜곡하지 않으려는 작가의 결벽스러운 성실성이 인물묘사에 객관적 엄정성을 부여하여, 나르시시즘의 결과에서 생기는 사소설의 가장 나쁜 결점을 지양해 주고 있으며, 자칫하면 감정이 노출되기 쉬운 넋두리의 경지를 벗어나게 만든다. 자전적 인물형의 되풀이인데도 불구하고, 거기서 다루는 문제는 항상 다른 각도에서 보아지고 있기 때문에, 매너리즘에 빠지지 않고 있는 것도 특기할 사항이다. 그래서 그것은 자전적이기는 하지만 사소설은 아니다.

일본의 사소설은 '배허구排虛構, 무선택無選擇'의 구호로 시작되고 있다. 허구를 배격하는 점만 다른 것이 아니라 무선택하게 평범한 일상생활을 끝없이 그려나가는 사실적인 사소설과도 거리가 있다.(졸저, 『자연주의 문학론』 참조) 거기에는 절규가 들어 있기 때문이다.

그러나 「표류도」까지의 소설은 어디까지나 주인공의 눈에 비친 현실의 모습이다. 거기에서 다루어지는 문제도 주인공의 개인적 문제뿐이다. 3인칭으로 쓰여 있는데도 항상 일인칭으로 되어 있는 것 같은 느낌을 주는 것은 그 때문이다. 주인공이 말하고 싶은 문제가 항상 전면에 클로즈업 되는 것이 그때까지의 씨의 소설의 관례였다. 그리고 그 주인공이 작자 자신을 너무나 닮았다는 점에서 자전적 소설을 읽는 것 같은 착각이 생겨나는 것이다. 때로는 주인공의 목소리가 너무 크게 들려서 조화를 깨뜨리는 경우가 있으며, 구성상의 무리도 눈에 띈다. 뿐 아니라 주인공이 현실에서 받은 상처의 아픔을 너무 가까운 거리에서 독자에게 외쳐지고 있기 때문에 독자 측에도 어떤 압박감을 준다. 너무 절박한 목소리로 작자가 이야기를 계속하고 있어서 카타르시스가 되지 못하는 것이다.

3) 「김약국의 딸들」 – 남의 이야기

그러다가 전혀 다른 유형의 소설 「김약국의 딸들」이 출현한다. 이 소설은 박경리가 그때까지 쓴 소설 중에서 아주 특이한 위치를 차지하는 작품이다. 항상 자전적인 이야기의 테두리에 머물러 해탈의 가능성이 보이지 않을 정도로 자신의 문제에만 집착하던 작가가, 백팔십도로 방향을 바꾸어 쓴 진정한 의미에서의 타인들의 생활도이기 때문이다.

원래 박경리는 스타일리스트가 아니다. 다양한 인간형을 스케치하는, 그 일 자체에 열중하는 작가들이 있지만, 씨는 그런 작가가 아니다. 새로운 형식을 찾는 일에 평생을 보내는 작가가 있지만, 박경리는 그런 작가도 아니다. 그런 점에서 씨는 프랑스의 작가들보다는 "영국의 작가들과 유사한 보수적인 일면을 가지고 있다." 그렇다고 언어의 미적 표현에 전 신경을 경주하는 오스카 와일드식의 '음절의 구두쇠'도 아니다. 씨의 지상선至上善은 미가 아니다. 박경리는 오로지 거짓말을 하지 않기 위해서 글을 쓰는 형의 작가다.

박경리에게는 하고 싶은 참으로 많은 말들이 있다. "몸무게를 잃을 정도로"(『Q씨에게』, p.13) 많은 말들이 씨의 내부에 퇴적되어 있다. 그 말들을 되도록 정직하게 표현하고 싶다는 것이 씨의 신념이며, "허식을 몰아내고 정직하여야 한다."는 문학에의 자세를 지향하는 것이 씨의 글쓰기 목적이다. 씨는 "발가벗고 싶다는 욕구에 사로잡혀"(『Q씨에게』, p.24) 글을 쓰는 것이다. 그것은 우선 자기 자신을 벗기고 싶은 욕망이다. 자기의 벗은 모습을 직시하는 것은 누구에게나 괴로운 일이다. 그래서 "문학 작품은 한 작가의 파괴 위에 구축되는"(『Q씨에게』, p.129) 것이라고 씨는 생각하며, "쓴다는 게 여간 지겨운 일이 아니라"고 고백한다. 그러나 박경리는 그 지겨운 작업 위에 자신의 모든 것을 걸고 있다. 씨를 고행하는 수도승 같다고 한 것은 그 때문이다.

그렇다고 해서 씨가 표현에 대한 문제를 소홀히 생각한다는 뜻은 아니다. 아름답게 쓰기 위해서가 아니라 거짓없이 쓰기 위해서 씨는 언어와 씨름한다. 씨가 외곬으로만 몰리는 제작 태도를 취하여 온 것도 거짓말을 하지 않으려는 노력 때문이었을 것이다. 그런 의미에서 씨는 노벨리스트이고, 「김약국의 딸들」은 씨의 노벨의 효시가 되고 있다.

「김약국의 딸들」은 객관적 리얼리즘에서 한 발짝도 앞으로 나가지 않은 작품이다. 한 가족을 통하여 사회를 전체적인 면에서 포착하려고 한 점에 있어서나, 전지적 시점을 채택한 점에 있어서 모두 그렇다. 인물의 묘사 방법에 있어서도 내면적 갈등이나 심리묘사보다는 매너나 의상을 통한 외부로부터의 간접묘사가 중요시되어 있다. 거기에서는 작자의 모습이 피조물에 가려서 보이지 않는 것이다. 이런 점에서 이 소설은 객관적 리얼리즘의 수법을 그대로 답습하고 있다. 박경리의 경우 이건 확실히 전진이다. 항상 자전적 사건과 인물의 한계를 벗어나지 못하던 씨에게 있어 객관적 시점의 확립은 노벨리스트로서의 경하할 만한 발전이라고 할 수 있다.

그러나 작자는 이 작품에 대하여 그다지 큰 애착을 가지고 있지 않음을 다음 인용문을 통하여 확인할 수 있다.

> 오만스런 이야긴지 모르지만 나로서는 이 작품에 있어서 심각하게 문제를 다루지 않았고 비교적 남의 일을 구경하며 그것을 써 내려간 기분이었다. …… 남의 평가는 어떻든 내 전부를 건 괴로운 작업은 아니었다. 확실히 그곳에 내가 있는 것 같지 않고, 내가 숨쉬는 것 같지 않고 나를 떠난 여기餘技였던 느낌마저 든다. 「Q씨에게」, p.275

여기에서 우리가 확인할 수 있는 것은 씨가 본업으로 생각하는 창작 행위는 "내가 그 속에 들어 있는 이야기"라는 사실이다. 「표류도」까지의 소설들은 확실히 씨의 "내가 들어 있는" 소설이다. "내가 너무 많이 들어 있는 이야기, 나만의 이야기"라고 해도 과언이 아니다. 「김약국의 딸들」 하나를 거쳐서 그 다음의 「시장과 전장」에 가면 역시 그 속에 들어 있는 '나'가 눈에 띈다. 필자가 「김약국이 딸들」을 씨의 작품 중에서 특이한 위치를 차지한 소설이라고 말한 것은 그 때문이다. 그리고 이 작품에서 씨가 보여준 객관적 자세를 경하할 만한 일이라고 말한 것도 같은 의미다. 씨는 '나'라는 한 개인에게 투영된 현실에 좀 지나치게 집착해 왔다. 말하자면 너무 오래 외곬으로 긴장해 온 것이다. 이 여기와도 같이 쓰였다는 '남의 이야기'는 씨를 그 피로에서 쉬게 할 것이다. 집안에만 박혀 있는 사람에게 나들이가 필요하듯 남의 이야기를 묘사하는 것은 씨에게 필요한 작업이었다. 씨는 거기에서 '집안'에서는 볼 수 없던 다른 풍경에 접했을 것이고, 거기에서 얻은 경험은 씨의 세계에 무엇인가를 플러스해 줄 것이다. 「시장과 전장」이 똑같은 '나의 이야기' 옆에 남의 이야기를 병렬시킴으로써 서사의 폭을 넓혀간 것은, 「김약국의 딸들」에서 얻은 경험의 결과일 것이다.

박경리는 사소설이라는 말을 아주 싫어한다. "전쟁미망인만 나오면 사소설로 몰아대려는 일률적인 딱지"는 씨에게는 "아무 쓸모도 없는 선입관"으로 보인다. 그것은 씨를 분개하게 만든다. 그렇다면 "이 세상에 사소설이 아닌 것이 어디 있겠는가?" 하고 씨는 항의한다. 「김약국의 딸들」은 그런 편견을 가진 평론가들에게 자기가 사소설 작가만이 아니라는 것을 보여주기 위한 하나의 데몬스트레이션이었다고도 볼 수 있다. 작가가 "시대도 환경도 지금에서 쑥 빠져 올라가 보니 사소설이라든가 사소설 작가라는 말이 쑥 들어가" 기분이 후련해지기도 하고 서글퍼지기도 하더라는 말을 하고 있기 때문이다.(『Q씨에게』, p.276)

하지만 「김약국의 딸들」이 자전적 요소와 아주 무관한 소설이라고 하기는 어렵다. 씨의 외가와 관련이 있을 가능성이 많기 때문이다. 외할아버지가 관약국이었다는 말을 작자에게서 들은 일이 있다. 「토지」에는 괴질이 휩쓸고 간 들판에 걷을 사람이 없어진 곡식들이 풍성하게 영글고 있는 기이한 풍경이 나오는데, 그것은 작가가 거제에 있는 외갓집에 가서 들은 이야기를 재현한 것이라는 말을 작가가 쓴 일도 있다. 마지막 날에 발표한 「어머니」(『현대문학』, 2008년 4월) 시 시리즈에는 이모들이 자주 등장하며, 셋째 이모가 머리를 멋있게 빗는 멋쟁이라는 말도 있다. 작가가 사랑한 용란의 원형인지도 모른다. 여자 형제가 많았던 지방의 관약국이 씨의 외가였던 것이다.

"모든 소설은 기능한 것의 자서전이다."라는 어느 평론가의 말이 생각난다. 작가는 "길에서 들은 말을 주워다 살을 붙여 파는 거지"라고 하던 최인호의 말도 생각난다. 듣고 보지 않은 이야기는 쓸 수 없다는 뜻이기 때문이다. 그러니까 모든 소설은 기능한 것의 자서전이 된다는 말이 나온다. 「시장과 전장」에는 지영의 시숙인 기훈이라는 낭만적 커뮤니스트가 나온다. 그 모델은 어쩌면 작가의 남편의 형제였는지도 모른다. 박경리의 작품에는 외가나 시댁 이야기가 잘 나오지 않는다. 그런 점에서 이 문제는 앞으로 작가의 전기에 관심을 가질 연구가들이 탐색해볼 가치가 있는 과제라 할 수 있다. 그게 맞다면 이 소설은 모델소설이 되기 때문이다.

「김약국의 딸들」은 씨가 과거에서 소재를 구해온 최초의 소설이다. 따라서 여태까지의 다른 작품보다 자료의 수집이나 고증에 대한 많은 노력이 필요했을 것이다. 씨는 직접 고향인 통영에 내려가서 묵은 서류를 뒤적이고, 지세와 풍경을 스케치하였으며, 이웃 고을까지 답사하는 수고를 아끼지 않았다. 매사에 적당히 해서 넘길 수 없는 그 성실성을 발휘하여 씨는 소설의 재료 수집을 위해 노력한 것이다. 고증을 위한 씨의 노력은 기억할 가치가 있다. 그것은 씨가 노벨리스트라는 것을 입증하는 사항이기 때문이다.

(1) 토속적인 풍속도

박경리는 좀 모노마니악한 면이 있다. 인물형이나 환경, 사건 등에 있어서도 그렇지만, 인물의 출신 지방에 있어서도 마찬가지다. 씨의 객관적 소설에 나오는 인물들은 대체로 바다를 배경으로 한 경상남도의 어느 지방, 구체적으로 말하자면 지금은 충무시라고 불리는 통영과 그 주변 지역의 사람들이다. 통영은 씨의 고향이다. 씨가 전쟁미망인이라는 비극적 상황에 놓이기 이전에 평화로운 어린 시절과 소녀 시절을 보낸 고장이다. 씨는 통영에서 사랑도 했고, 결혼도 했다. 상경한 후 20년 동안 발걸음을 하지 않았다지만, 씨는 그 고장을 사랑한다. 그 바다의 푸르름과 파시波市의 넘쳐 흐르는 활기, "경제적인 지배계급이 부단히 바뀌는" 상업도시다운 분위기, 수려한 산과 바다, 공예품의 정교한 아름다움, 윤선輪船과 가스등이 지니는 낭만, 그런 것들을 모두 사랑했던 것이다. 그러나 「표류도」까지의 작품에서는 통영을 떠난 후에 받은 현실에서의 상처가 너무나 직접적이고 엄청나서 멀리 있는 고향의 아름다움에 자기를 집중시킬 만한 여유가 없었다고 할 수 있다. 박완서씨가 박적골 이야기를 쓰는 것과 박경리가 「김약국의 딸들」을 쓰는 행위는 전기적인 면에서 유사성을 지닌다. 고향이 무대가 되는 작품을 쓴다는 것은, 두 작가가 겪은 6·25의 참극의 상처를 어느 정도 극복했다는 증거이기 때문이다. 이 작품에서 비로소 씨가 통영이라는 한 지방 도시를 본격적으로 다룰 수 있었던 것은 그런 의미에서 축하해야 할 일이라고 할 수 있다. 그 연장선상에 「토지」의 평사리가 자리잡고 있기 때문이다.

「김약국의 딸들」은 처음부터 끝까지 통영에서 일어난 사건을 다룬 작품이다. 뿐 아니라 통영이 아니면 일어날 수 없는 사건을 다룬 소설이기도 하다. 김약국의 흥망은 바다와 직결되어 있고, 그의 딸 하나는 바다에서 죽는다. 그만큼 이 작품의 지리적 배경은 사건의 내부에까지 파고들어 소설 전체와 불가분한 유기적 관계를 맺고 있다.

그래서 이 소설의 첫 장은 그 고장의 특성을 설명하는 데 쓰이고 있다. "통영은 다도해 부근에 있는 조촐한 어항이다." 이런 말로 소설은 시작된다. 그리고 윤선이 김약국의 딸 둘을 싣고 그 어항을 떠나는 대목에서 끝이 난다. 통영의 지지적 특성에 관한 작가의 묘사는 다음 인용문에 잘 나타나 있다.

> 북쪽에 두루미 목만큼 좁은 육로를 빼면…… 섬과 별 다름없이 사면이 바다이다. …… 바다는 그곳 사람들의 미지의 보고이며 흥망 성쇠의 근원이기도 하다. …… 바다를 삶의 터전으로 하는 어장아비들이 모이는 곳인 동시에 통영은 해산물의 집산지로 일찍부터 번영을 한 항구여서 주민들의 기질도 진취적이고 모험심이 강하여서 자본주의가 일찍부터 형성된 고장이며 수공업이 발달한 고장이다. 어장아비들의 거친 일면과 섬세하고 탐미적인 수공업, 그리고 조선의 나폴리라고 불릴 만큼 아름다운 자연이 합하여진 매우 살기좋은 곳이다.　　　　　　　『김약국의 딸들』, p.10

　지리적 배경의 아름다움에 비하면 역사적 배경은 좀 어둡다. 1864년 고종이 등극하던 때부터 한일합병 후 35년이 지난 1945년 8월까지의 시기이기 때문이다. 임오군란과 갑신정변, 그리고 동학란이 있었고, 한일합병과 3·1운동, 광주학생사건 등이 일어난 시기가 시간적 배경인 것이다. 하지만 「김약국의 딸들」은 정치적, 사회적 사건에는 주안점을 두지 않았다. 한 평범한 가정의 여러 명의 딸들의 삶을 추적하는 가정소설이기 때문이다. 그런데도 작품 구석구석에서 시대의 모습이 스며 나온다. 무심한 척하면서 작가는 한 시대의 파노라마를 보여주는 것이다.
　하지만 이 소설의 주동인물 '김약국'은 그런 역사적 배경과는 관련이 없는 국외자이다. 한일합병과 같은 경천동지할 사건도 그에게는 아무 영향을 끼치지 못한다. 사회적인 면에서나 심리적인 면에서 김약국은 어떤 일에서도 영향을 받지 않는 인물이다. 그에게는 현실에 대한 집착이 없다. 둘째 딸 용빈이 며칠 유치장에 들어간 데서 받은 타격 외에는 정치적 현실과 그와는 거의 상관이 없는 것은 그 때문이다. 그에게는 아들이 없기 때문에 자식들의 대에도 정치와 무관하기는 마찬가지다. 그는 현실에서 유리된 삶을 살고 있는 인물이다.

하지만 지리적 배경은 좀 더 작품과 밀착되어 있다. 김약국은 한번 진주로 간 것 외에는 평생을 그곳에서 떠나는 일이 없는 인물이다. 그는 이 고장의 숙명인 바다 때문에 조상이 물려준 2백 석 가까운 재산을 모두 잃는다. 그렇다고 거기에서 영향을 받는 것도 아니다. 김약국은 외부적 현실과는 상관이 없는 유령 같은 남자다. 현실 밖에서 사는 인물인 것이다. 이 소설은 그런 김약국의 일대기로 기획되었다. 그가 한 살 되던 때부터 숨을 거두는 해까지의 이야기를 쓴 것이기 때문이다. 작가는 이 소설을 김약국의 이야기로 쓰고 싶었는데, 출판사의 사정 때문에 매수가 줄어서 제대로 쓰지 못한 것을 아쉬워하고 있다.(『Q씨에게』, p.274)

이 소설은 주인공의 이름도 미처 소개되기 전에 나오는 작품의 서막이 아주 특이하다. 막이 오르면 안뒤산 기슭에 있는 "산뜻하고 운치 있는" 청기와 집에 창백하고 나약한 한 젊은이가 비틀거리며 나타난다. 그 집 새아씨에게 혼을 빼앗긴 상사병 환자다. 그때 들이닥치는 그 집 서방님은 혈기가 넘쳐흐르는 건장한 젊은이다. "눈에 핏물을 모으고 칼을 빼어든" 그가 도망가는 젊은이를 뒤산 숲에서 미친 개처럼 달려들어 난자해 죽이고 있는 동안에, "다듬은 옥같이 반반한 이마"를 가진 그의 아름다운 아내는 "냉바람이 도는" 침착한 몸짓으로 입에 비상을 털어 넣고 자살한다. 교향곡 '운명'의 서두처럼 가슴을 섬뜩하게 만드는 오프닝이다.

그 서막은 그리스 비극에 나오는 신탁처럼 작품 전체에 편재하는 비극의 상징이 된다. 그 남자와 여자가 주인공 김약국의 아버지와 어머니이기 때문이다. 그때 김성수의 나이는 한 살이었다. "비상 먹고 죽은 자식은 지리지(변식하지) 않는다."는 말이 주문처럼 되풀이되는 동안, 작품 속의 비극은 눈사람처럼 계속 부풀어간다. 독자가 받아들이기 버거울 정도로 비극만 거듭거듭 쌓이는 줄거리가 무겁다. 「맥베스」의 서두에 나오는 마녀들의 예언처럼 "비상을 먹고 죽은 사람의 자식은 지리지 않는다."는 그 지방의 속설이 주문처럼 메아리치면서, 비극의 막이 열리고 닫힌다.

박경리의 작품에는 희극이 적다. 이 작자는 비극에 대한 면역성이 상당이 강하다. 막다른 골목에 다다라서도 끊이지 않고 휘둘러대는 회초리에 대상이 아주 넉다운 될 때까지, 어두운 사건들은 거듭되고 또 거듭된다. 그건 '나의 이야기'인 경우나 '남의 이야기'인 경우나 마찬가지다. 작가의 말대로 '희극이 비극보다 어렵기 때문'(「Q씨에게」)인지도 모른다. 현실에 비극이 더 많은 것도 사실이다. 하지만 씨의 경우는 상식을 넘어선다. 그 중에서도 「김약국의 딸들」은 그 정점을 이룬다. 옛날 테바이의 오이디푸스 일가의 이야기처럼, 숙명적인 비극이 대를 잇고 되풀이되는 것이다. 비극에 비극을 가산하여 숨이 가쁘게 어둠의 길로만 끌고 가는 작가의 저력 속에, 비극만이 가지는 비장한 아름다움이 있다. 수려한 지리적 배경은 그 사건들을 더 처절하게 보이게 하는 효과를 자아낼 뿐이다.

(2) 김약국의 이야기

16년의 세월이 흐른 후 우리는 다시 그 청기와집 마당을 본다. 거기 16세 된 소년 성수가 와 있다. 그 집은 '도깨비 집'이라고 불려서 사람들의 발길이 끊어진 신비스러운 폐원이다. 사철 꽃은 흐드러져 피고 지고,

과일은 풍성하게 열리지만, 손질 안 하고 버려둔 16년의 세월이 그 빈 집에 섬뜩한 요기를 돋아 준다. 그 비현실적인 배경에 비상을 먹고 자살한 "숙정의 모습을 그대로 뽑아낸 듯 아름다운" 소년 성수가 서 있다. 성수의 목은 여위어서 가느다랗다. 부슬부슬 비가 내리고 있다.

　고아가 된 성수는 큰아버지 밑에서 자란다. 무슨 흉물이라도 되는 것처럼 큰어머니는 병적으로 그 아이를 두려워한다. 그 두려움 때문에 그녀는 아이에게 잔인해진다. 그녀는 어린 성수에게 도깨비 집의 내력을 과장해서 거듭거듭 들려준다. 그렇게 자라는 동안에 아이는 자기에게 귀신이 붙었다는 생각을 하는 이상한 소년이 되어 간다. 현실의 어떤 사건에도 흥미를 가지지 못하는 그의 성격은, 미쳐 날뛰는 남자의 매를 맞으면서도, 억양이 가라앉은 차분한 목소리를 낼 수 있었던 어머니 숙정에게서 물려받은 유산이다. 고독한 환경과 큰어머니의 학대 속에서 그 성격은 더 조장되어, 이제는 아무에게서도 정을 바라지 않고 아무에게도 정을 줄 줄 모르는 석상 같은 인물로 성격이 고착된다. 그에게는 외부세계에 대한 호기심도 없고 관심도 없다. 명예욕이니 물욕도 없고, 이성에 대한 정욕도 없으며, 야망도 없다. 세상의 그 어느 것도 그를 흥분시킬 수 없는 것이다. 성수는 묵화에 나오는 인물처럼 품위는 있으나 생기가 없는 고담枯淡한 분위기를 가진 열여섯 살의 미소년이다.

　그에게도 삶에 대한 단 한번의 집착이 있었다. 사촌누이 연순에 대한 사랑이다. 폐를 앓는 연순의 명주실 같은 노란 머리털, 그 부드러운 머리털에서 풍기는 동백기름 냄새 같은 것이 그가 이성에게서 받은 가장 강하고 치명적인 자극이었다. 누이는 그에게 집착을 가지게 한 유일한 인간이다. 그러나 당연하게도 그 사랑은 좌절당한다. 그리고 성수는 연순과는 반대형의 평범하고 무던한 '한실댁'을 맞아 결혼을 한다. 이 결혼은, 큰아버지의 가업을 물려받아 관약국 주인이 된 것과 마찬가지로 그에게 아무 기쁨도 주지 못한다. 현실에 대하여 집착도 저항도 하지 않는 것이 김약국의 특성이기 때문이다. 김약국과 한실댁의 관계를 작자는 둘째딸 용빈의 눈을 통하여 다음과 같이 묘사했다. 마당에 있는 파초를 보면서 용빈은 아버지를 생각하는 것이다.

> 그 고고한 파초의 모습은 김약국의 모습 같았고, 굳은 등 밑에 움츠리고 들어간 풍뎅이는 김약국의 마음 같았다. 매끄럽고 은은하고 그리고 어두운 빛깔의 풍뎅이의 표피, 한실댁은 그 마음 위에 앉았다가 언제나 미끄러지고 마는 것이다.
>
> 『김약국의 딸들』, p.71

용빈의 말대로 그는 아내에게 정을 줄 줄 모르는 인물이어서 이국에서 온 파초처럼 항상 외롭고, 주변 사람들도 외롭게 만든다. 어쩌다가 기방에 가 앉아도 그는 기생들에게서 아무런 감흥을 느끼지 못한다. 생업도 마찬가지다. 바다에 흉년이 들어 집안이 몽땅 망하는 데도 그는 어장에 한번도 나가 보는 일이 없다. 그에게는 집안의 패망에 그대로 자기를 맡겨 보고 싶은, 멸망에의 의지 같은 것이 있다. 그런 인품인만큼 그가 인생의 마지막 길에서 생에 대한 강한 집착을 느끼는 대목은 비장하다. 그러나 "남의 설움을 따스하게 만져주지 못함과 마찬가지로 자기의 고통도 혼자만이 지녀야 한다."는 것이 그의 고집이다. 타인에 대한 무관심의 벌로 그는 언제나 고독했고, 생에 대한 집착이 없어서 그의 인생은 늘 신산했다. 완전히 혼자 살다가 혼자 가는 형의 인간, 고독에 철徹해 있는, 유령 같은 인간이다.

작자는 애초에 이 작품을 쓸 때, '김약국'의 이야기를 쓰려고 했다 한다. 그랬는데 출판사의 사정으로 매수를 줄이고 또 줄이는 동안에 김약국의 묘사가 충분히 되어 있지 않다는 말을 한 일이 있다.(『Q씨에게』, p.274) 앞에서 이 소설을 '남의 이야기'라고 했는데, 아무리 '남의 이야기'라도 그 속에 작자의 어느 부분이 닿아 있는 인물이 있기 마련이다. 이 소설에서 작자와 가장 비슷한 인물을 고른다면 그건 김약국이다. 그의 고고한 자세, 비사교적인 성격, 타인에 대한 관심의 부재, 딸들을 평가하는 기준 등에서 김약국은 작가와 유사성을 드러낸다. 이 작가가 남성 인물 속에 자신을 간접적으로 투영시킨 소설은 이 작품 이외에 「신교수 부인」이 있다.

(3) 딸들의 이야기

김약국에게는 다섯 명의 딸이 있다. 처음에 낳은 아들은 일찍 죽고, 연이어 낳은 것이 용숙, 용빈, 용란, 용옥, 용혜의 다섯 딸이다. 그의 아내 한실댁은 아들을 못 낳은 것을 영감에게는 미안하게 생각했지만, 그녀 자신은 딸 하나하나가 모두 하늘에서 하사한 복덩이들처럼 소중하고 귀하고 흡족했다. 그녀는 남편에게 쏟지 못한 애정을 딸들에게 다 쏟아부었다. 그리고 딸들의 미래에 꿈을 실었다.

그녀의 생각에는 맏딸 용숙은 샘이 많고 만사 칠칠하니 대갓집 맏며느리가 될 것 같았다. 둘째 딸 용빈은 영민하고 훤칠하여 뉘집 아들 자식과 바꿀까 보냐 싶었고, 셋째 딸 용란은 옷고름 한 짝 달아 입지 못하는 말괄량이지만, 달나라의 항아같이 어여쁘니 으레 남들이 다 시중들 것이고, 남편 사랑도 독차지하리라고 생각했다. 넷째 딸 용옥은 딸 중에서 제일 인물이 떨어지지만 손끝이 야물고 심성이 고와서 없는 살림이라도 알뜰히 꾸려나갈 것이니 걱정이 없다고 생각했다. 막내둥이 용혜는 엄마 옆이 아니면 잠도 못 자는 응석받이다. 그러나 연한 배같이 상냥하고 귀염성스러우니 어느 집 막내 며느리가 되어 호강을 누릴 거라는 것이 한실댁의 생각이다.

그건 어머니가 본 딸들의 긍정적인 미래다. 그녀의 생각은 객관적으로 보아도 과히 어긋나는 것이 아니다. 따라서 어머니의 소원은 현실에서 백프로는 아니라도 어느 정도까지는 이루어질 가능성이 있는 객관성을 지니고 있다. 그런데 그 소원은 거의 완벽하게 무너져버리고 만다. 그녀의 딸들에게 너무 많은 재난이 닥쳐왔기 때문이다. 비극은 맏딸이 과부가 됨으로써 시작된다. 욕심이 많은 용숙은 과부가 된 후 어느 유부남과 간통을 하며, 그 결과로 생겨난 아이를 살해했다는 혐의를 받아 경찰서에 잡혀 간다. 둘째 딸은 애인에게서 버림을 받고, 학생 사건에 연루되어 구속당하는 사고를 저지른다. 셋째는 하필이면 머슴의 아들인 한돌이와 야합한다. 아버지가 한돌이를 추방하자 미쳐 날뛰던 용란은, 그 스캔들 때문에 헐값에 팔려서 아편중독에 걸린 성불구자 연학에게 시집을 간다. 하지만 다시 한돌이 나타나자 그녀는 서슴지 않고 그를 따라 나서다가 뒤쫓아온 연학의 손에 한돌이는 죽고 용란은 미쳐 버린다. 뿐 아니다. 어머니인 한실댁마저 연학의 도끼에 찍혀 비명에 간다.

넷째 딸 용옥은 언니인 용란을 짝사랑하는 서기두에게 시집가서, 끝내 남편의 마음을 돌리지 못한 채 익사한다. 시아버지에게 능욕당할 뻔해서 남편에게로 도망가다가 배가 침몰해서 아이를 업은 채 죽는 것이다. 어머니가 가졌던 꿈과는 너무나 거리가 먼 길을, 김약국의 딸들은 제가끔 걸어가고 있었다.

그런 비극은 인물들의 성격과도 관련이 있다. 맏딸은 향락적이고 탐욕스럽다. 그녀의 관심은 고운 옷과 맛있는 음식, 좋고 깨끗한 집의 테두리를 벗어나지 않는다. 그러나 그 테두리 안에서 그녀의 욕망 추구 자세는 비길 수 없을 만큼 철저하다. 그녀는 탐욕스럽고 뻔뻔스러울 정도로 대담하며 수치심이 없다. 원하는 남자가 있으면 간통을 하고, 거기서 생긴 아이를 죽게 해서 경찰에 잡혀간다. 잡혀가면서도, 풀이 죽지 않는 여인이 용숙이다. 혈육에 대한 책임감이나 애정 같은 것은 그녀에게는 없다. 그녀는 파렴치한 에고이스트다.

한실댁과는 달리 김약국은 그런 큰딸을 아주 싫어한다. 애증의 감정을 겉에 드러내지 않는 그였지만 큰딸만은 만나기만 하면 야단을 칠 정도로 미워했다. 셋째딸 용란이가 천방지축이고 버릇이 없지만 용숙이처럼 미워하지는 않았다. 그가 좋아한 것은 용빈과 용혜다. 그러나 용혜는 이 작품에서 거의 존재 이유가 없을 만큼 희미하게 그려져 있다. 소설이 영화화될 때 용혜는 아예 빼버렸을 정도다. 그러니 남는 것은 용빈이 뿐이다.

둘째딸 용빈은 지적인 여성이다. 의지가 굳고 사려가 깊다. 그녀는 '여장군' 혹은 '전도 부인'이라는 별명(그것은 일종의 애칭이지만)을 가지고 있다. 아름다우면서도, 여자를 남녀 공동의 광장인 '인간'의 자리에까지 승격시킨 자립성이 강한 여성이다. 그녀는 이 집의 기둥이며 가장이기도 하다. 김약국은 용빈을 어른스럽게 대접한다. 믿음직스럽기 때문이다. 작가도 김약국처럼 용빈을 귀하게 생각한다. "내가 사랑한 인물은 용란이었고, 아끼고 힘을 들인 사람은…… 용빈이었다."(『Q씨에게』, pp.274-275)고 작자는 말하고 있다. 작가도 김약국처럼 용숙을 미워하고 용빈을 중히 여긴 것이다.

셋째딸 용란은 본능만으로 사는 여자다. 체면이나 명예 혹은 지식 같은 인위적인 것과는 인연이 멀게 그녀는 원초적이고 본능적이다. 에덴 동산에 있던 이브와 같은 여자인 것이다. "어떻게 보면 천사처럼 무심하고 어떻게 보면 암짐승과 같이 민첩하고 본능적이었다."고 작가는 그녀를 묘사하고 있다. 그 본능이 학 같은 김약국의 얼굴에 오물을 끼얹는 스캔들을 불러일으키지만, 그녀에게는 죄의식 같은 것이 없다. "자연 속에서 어떤 생물이 자라나듯이" "그 여자는 다만 존재해 있을 뿐"이다. 그녀에게 "본능과 육체만을 주었다면 하나님은 그 여자를 벌주실 수" 없지 않을까(같은 책, p.87)하는 생각이 들어서 용빈은 신에 대한 회의를 느낄 정도로, 그녀는 어린애처럼 무구하다. 그녀에게는 큰언니 같은 탐욕과 계산이 없다.

「김약국의 딸들」에서 좀 의외인 것은 용란에 대한 작가의 사랑이다. 여태까지 나온 소설의 여주인공들, 소위 현희형의 여자들과는 너무나 상반되는 형의 인물이 용란이기 때문이다. 그런데 작가는 머슴과 사랑하여 소란을 피우다가 아편쟁이의 마누라로 전락하는 그 불안정한 여자를 제일 많이 사랑한다고 고백했다. 결벽증을 가지고 있는 작가가, 본능에 얽매여 청루의 기생같이 천한 느낌을 주는 용란, 말씨도 행동거지도 품위와는 상관이 없는 그녀를 사랑한 것은, 그녀의 내부에서 본능대로 사는, 무구하고 자유로운 영혼을 발견한 때문일 것이다. 용란은 본능적 사랑을 위해 미칠 수 있는 여자다. 그녀에게는 욕망에 대한 자의식도 없고, 그것을 숨기려 하는 위선도 없다. 그런 것이 애초부터 없었기 때문에 거기에는 자존심이나 열등의식 같은 것이 개재할 여지가 없다. 용란은 거짓말을 모르는 여자다. 그런 원초적인 용란의 정직성이, 자의식과 결벽증, 열등의식 같은 것 때문에 귀중한 사람을 놓쳐버린 현희형의 인물인 작가에게 긍정적으로 보였던 것이다.

박경리에게는 용란처럼 사랑 앞에서 순수해지는 순정형의 인물들이 몇 명 있다. 「시장과 전장」에 나오는 가화, 「토지」에 나오는 월선 같은 여인들이다. 그들은 작가가 되고 싶었던 유형의 인물이라고 할 수 있다. 하지만 가화나 월선의 사랑은 용란의 사랑처럼 단순하고 본능적인 것이 아니다. 본능적 사랑에 전부를 거는 여인은 용란 하나밖에 없는 셈이다. 박경리의 까다롭고 사변적인 인물들 속에서 용란형의 인물은 별처럼 빛난다. 작가가 사랑하기 때문이다. 용란은 욕망을 위하여 미쳐 보고 싶었던 박경리의 또 하나의 자아였는지도 모른다.

넷째는 이 집에서 가장 성실하고 성숙한 딸이다. 신앙심이 철저한 그녀는 그 신앙을 그대로 현실에 옮겨, 인종과 봉사의 정신으로 남을 돌보며 산다. 하지만 그녀는 용란처럼 이쁘지 않다. 그녀의 남편 서기두는 용란을 짝사랑한 사람이다. 그는 용란과 반대형인 아내를 사랑할 수 없어서 객지로 떠나 돌아오지 않는다. 남편이 없는 집에는, 그녀의 육체를 탐하려 드는 홀시아버지만 남아 있다. 그를 피해 남편을 찾아가다가 배가 침몰하여 용옥은 죽는다. 김약국의 유일한 손자인 아이를 업고 그녀가 죽자, 김약국집은 서두에 나오던 예언 그대로 손이 끊어지고 만다. 나머지 딸들은 자식이 없으니, 비상 먹은 사람의 집답게 김약국집은 절손이 된다.

이렇게 제각기 개성이 다른 이들 자매 위에 비극은 골고루 찾아온다. 거기에 인력으로는 어찌할 수 없는 바다의 파괴력이 부가되고, 바다의 파괴력에 자신을 내맡긴 김약국의 자살 행위와도 같은 파멸에의 의지가 작용하여, 비극은 비극을 낳고 또 낳는다. '불길한 서곡'은 3장에서 시작되는 것이 아니라 첫장에서 이미 시작되었다. 그것은 "비상을 먹고 죽은 사람의 후손은 지리지 않는다."는 예언이다. 그들은 모두 비상을 먹고 죽은 숙정의 후손인 것이다.

그런데 소설은 비극만으로 끝나지는 않는다. "비상 먹은 사람의 자손"이라는 저주의 사슬을 제 손으로 풀어버리고 새로운 대륙을 향하여 출발하는 용빈이 있기 때문이다. 그녀는 저주 받은 테바이 왕가에서, 살아남는 오레스테스(아이스킬로스의 「오레스테이아」의 주인공)와 같은 존재다. 그녀는 미쳐서 제정신이 없는 용란에게 '구제의 서'인 성경을 쥐어주고 고국을 떠나는데, 그녀 옆에는 달맞이꽃처럼 하얀 용혜가 서 있다. 그녀는 아직 비극의 신이 건드리지 않은 이 집안의 미래다. 그 용혜를 데리고 용빈은 한 남자가 기다리는 곳을 향해 출범한다. 비극의 고장 통영과의 영이별을 의미하는 그 출발은 용빈의 마음을 자꾸 뒤로 끈다. 그래서 "물기 찬 공기 속에 용빈의 소리 없는 통곡이 있다."고 작가는 말한다. 하지만 그녀는 절망하고 있지 않다. 아직도 "바람은 살을 에이듯 차다. 그러나 분명히 봄이 다가오고 있다."는 것을 그녀는 느끼고 있는 것이다. 봄을 향하여 떠나는 의지, 그것은 과거의 비극과 결별하려는 의지이기도 하다. 이 작품의 끝에 가서 우리는 새로운 두 인물을 만난다. 강극과 용혜. 이 두 인물은 다음 작품에 대한 암시를 주는 새로운 싹이다. 박경리가 가장 사랑한 인물인 기훈(「시장과 전장」)과, 용혜처럼 달맞이꽃 같은 가화의 원형이라고도 할 수 있기 때문이다.

「김약국의 딸들」의 주인공은 김약국이나 그의 딸들만이 아니다. 그것은 19세기 말엽에서 20세기 초엽에 걸친 통영, 그 자체의 거대한 벽화라고 할 수 있다. 거기에는 김씨 일가와 거의 같은 비중을 가진 많은 인물들이 등장한다. 김씨네 친척인 중구 영감네 가족을 비롯하여, 강택진과 옥화, 지석원과 한돌, 어장아비들과 서기두, 정국주와 홍섭, 그의 아내 마리아 등 참으로 많은 인물들의 살아가는 모습이 파노라마처럼 그려져 있다. 한 집안의 테두리를 벗어나 한 고장 전체의 벽화가 그려져 있는 것이다. 거기에는 구석구석까지 자상하게 묘사된 그 고장의 수려한 자연이 들어가 있고, 그곳의 풍습이 시대적 환경과 무리 없이 조화되면서 조용히 드러난다. 무언가 숙명적인 이질성을 암시하는 연순이 누나의 노랑머리, 동학란에 참여했던 떠돌이 머슴 지석원이 부르는 야릇한 가사의 군가, 도깨비집을 대상으로 한 신비스러운 노래와 이야기들, 문둥이들의 혼례식 광경과 꽃상여를 몰고 가는 상두군의 노랫소리,

뒷간에 빠진 아이에게 떡을 먹이는 토속적인 치료법, 억울한 일을 호소하기 위하여 당산에 올라가는 아낙네, 잘 살라고 간지를 얹어서 딸을 시집보내는 어머니, 사주가 세다고 남의 재취로 딸을 강혼降婚시키는 아버지…… 그 모든 것의 밑바닥에 전통문화의 신비한 세계가 깔려 있다. "비상을 먹은 사람의 자손은 지리지 못한다."는 말에서 시작해서, 고목나무에 새끼줄을 걸어놓고 밤낮으로 비는 행위, 새 배의 낙성식 날에 고사떡이 없어지는 사건과 그 배의 조난과의 신비스러운 조응관계, 풍랑이 심한 날 시집가는 용란의 앞날에 대한 불길한 예시능력, 당사주쟁이의 예언과 한실댁의 흉몽의 현실화, 그리고 마지막에 가서 김씨 일가의 파멸을 집터의 탓으로 돌리는 아낙네들의 잡담 등은, 지나간 한 시대의, 한 고장의 벽화다.

그 중에서도 그들이 사용하는 언어는 이 작품에 리얼리티를 부여하는 데 크게 기여하면서 한 지방의 개별성을 분명하게 부각시키고 있다. 이 소설을 하나의 풍속도로서 완성시키고 있는 것은 그런 사투리와 샤머니즘과 토속적인 전통문화다. 이 소설이 한 지방의 어느 시기의 벽화로서 성공을 거두고 있는 것은 작가의 그 지방에 대한 지식이 체험적이고 구체적인 것인 데 기인한다. 통영은 박경리가 나서 자란 고장이다.

거기에는 씨가 소설가로 대성하게 되는 유전적 측면도 제시되어 있다. 박경리에게는 구두쇠지만 이야기 낭독회에는 금품을 아끼지 않는 '고담 마니아'인 친할머니가 있었다. 어머니도 고담 마니아였다. 할머니는 고담책 수집가인데, 어머니는 고담 낭독인이었던 것이다. 옛이야기에 대한 할머니와 어머니의 집착은 이 작가의 창조력의 원천이라고 볼 수 있다.(시 「이야기꾼」 참조) 할머니와 어머니에게서 물려받은 이야기꾼의 소질에, 대가족 여자 모임에서 얻어들은 풍성한 전설과 풍문들이 보태진다. 대가족인 양가에 널려 있는 그 많은 여인네들이 모두 이야기 마니아였으니, 거기에서 소설가가 나오지 않을 수 없었던 것이다. 그런 분위기 속에서 씨는 풍속소설의 소재를 얻었으며, 이야기의 인물형과 구성법도 익혔을 것이고, 다양한 풍문을 통하여 사람 살아가는 모습의 다양성도 터득했을 것이다. 그러니 할머니와 어머니와 동네 여인들은 모두 씨의 소설의 교사들이었던 것이다. 「토지」라는 대하소설은 그런 분위기 속에서 잉태되어 자란다. 「김약국의 딸들」에서 드러나기 시작한 풍속화적 묘사법은 「토지」에 가서 한 지역의 한 시기를 그린 대형 벽화로 확대되어 가는 것이다.

4) 「시장과 전장」 - '나'와 '남'의 이야기

「김약국의 딸들」을 끝내면서 박경리는 다음과 같은 말을 한 일이 있다.

> 이제부터 나는 써야 할 작품이 있다. 그것을 위해 지금까지의 것은 모두 습작이라 한다. 그것을 쓰기 위해 아마도 나는 2, 3년을 더 기다려야 할까 보다.
> 『Q씨에게』, p.276

이 말대로 작자는 2년 후에 한 편의 소설을 내놓았다. 「시장과 전장」이다. 이 소설을 끝낸 날 밤 박경리는 "이불을 뒤집어쓰고 가족들 몰래 울었다."고 한다. "연재중인 소설에 성실을 다하지 못하고 「시장과 전장」이 나오기만을 초조하게 기다리고 있으니 어쩌면 나는 다시 작품을 쓰지 못하게 될지도 모른다는 예감이 자주 든다."고 작가는 말한다.(「시장과 전장」의 서문) 「시장과 전장」은 작가에게 그만큼 큰 의미를 가지는 소설이다. 지금까지의 모든 작품을 합쳐 놓은 것만큼 중요한 작품이고, 다시는 더 다른 소설을 못 쓸 것 같은 예감이 들 만큼 자기의 모든 것을 쏟아 부은 소설인 것이다.

이 소설에서 작자는 그때까지 한 번도 손을 대본 일이 없는 6·25 동란기를 다루고 있다. 이상하게도 「표류도」까지의 소설에는 6·25가 없다. 전쟁이 끝난 후에 미망인이 아이들을 안고 생활전선에서 겪는 수난의 양상에만 초점이 맞추어져 있기 때문이다. 그래서 전쟁기 자체의 이야기는 한번도 전면에 내세워져 본 일이 없다. 남편 이야기나 결혼하기 이전의 이야기도 잘 나오지 않는다. 이유는 우선 작가가 처한 '현실의 절박함'에 있었다고 볼 수 있다. 눈앞에 다가선 생활의 무게가 너무나 버거워서 과거를 돌아볼 여지가 없었다고 할 수 있기 때문이다. 사회가 너무 많은 문제를 작가에게 안기고 있어서, 그 이전의 이야기에 신경을 쓸 겨를이 없었던 것도 이유 중의 하나였을 것이다. 결혼 전 이야기를 다룬 「환상의 계절」이나 「옛이야기」 같은 작품들이 모두 「시장과 전장」 이후에 쓰인 사실이 그것을 뒷받침해 준다.

그러나 그것만은 아니었을 것이다. 이 소설에서 다루고 있는 것은 6·25 동란이라고 하는 특수한 전쟁이다. 그건 동족끼리의 싸움이며, 이념의 싸움이다. 동족끼리 서로 죽고 죽이는 치열한 이념의 싸움이었던 것이다. 그런데 박경리는 그때 부역자 가족의 입장에 서 있었다. 남편이 직장에서 강요당하여 노동당원이 되었다가 9·28 이후에 수감되었기 때문이다. 그러니까 이 소설은 부역자의 아내가 겪은 6·25 이야기다. 남편 때문에 1·4 후퇴 때 피난을 못 가고 텅 빈 서울에 남아, 그의 생사를 확인하러 허발을 하며 헤매 다니던 수감자 아내의 6·25가 「시장과 전장」이다. 거기에 지리산에 들어갔던 산 사람들이 겪은 6·25 동란도 중첩되어 있다. 지영의 시형이 지리산에 근거를 둔 빨치산의 대장이었던 것이다.

이 소설이 나온 1964년 무렵은 부역자를 보는 눈이 아직도 곱지 않았던 시기였다. 그래서 부역자 가족 이야기를 발표하는 것은 용기를 필요로 하는 일이었다. 다른 작가들은 쉽게 6·25 동란기의 이야기를 쓰고 있는데, 이 작가가 그것을 다루기를 오래 미룬 것은 그 때문이기도 하다고 할 수 있다. 씨는 6·25 이야기를 「김약국의 딸들」처럼 그렇게 '남'의 이야기로만 담담하게 그릴 수가 없었다. 그것은 풍속도여서는 더구나 안 되는 소설이다. 자신이 겪은 것들이 너무 참담하고 절박했기 때문에, 자기가 직접 겪은 처절한 6·25를 그리고 싶었던 것이다. 씨는 그것을 적당히 허구화하여 '남의 이야기'처럼 꾸며 쓰고 싶지 않았다. 작가 자신의 말대로 어차피 "아무도 사실대로 기억 못하고 사실대로 쓰지 못하"(서문)는 것이 사실이라 하더라도, 자신이 알고 있는 사실은 그대로 정직하게 쓰고 싶었다고 할 수 있다.

박경리는 타협을 하는 타입이 아니다. 앞에서도 지적한 것처럼 씨는 "거짓말을 하지 않기 위하여", 그 하나만을 위하여 소설을 쓰는 작가다. 씨는 "발가벗고 싶다."는 욕망으로 글을 쓰는 작가이며, 철저히 벗어야 하는 작가다. 사람에게는 벗는 데 용기를 필요로 하는 부분이 있다. 그게 이 작가의 경우에는 '결혼 생활'과 '전쟁 경험'이라고 할 수 있다. 하지만 박경리는 그것을 털어놓는 것만으로 소설을 마무리짓고 싶지는 않았다. 그러면 사소설이 되고 말기 때문이다. 작가는 사적인 이야기 옆에 싸움의 현장에 있는 남자들의 이야기도 쓰고 싶었다. 그래서 설정한 것이 기훈으로 대표되는 남자들의 '전장'이다. 기훈의 이야기는 거의 지영의 이야기만큼 비중이 무겁게 다루어지고 있다.(22장 : 18장) 기훈의 이야기를 쓰는 것은 더 많은 용기를 필요로 한다. 기훈은 빨치산의 대장이기 때문이다. 그럼에도 불구하고 박경리는 그를 주축으로 하여 남자들의 6·25도 함께 다루는 거시적인 전쟁소설을 쓰려고 했다. 그것이

「시장과 전장」이다.

일단 쓰기 시작하면 외부적인 어떤 여건에도 구애를 받지 않는 것이 박경리의 강점이다. 목에 칼이 들어가는 한이 있더라도 할 말은 모두 해야 하는 것이 씨의 기질이기 때문이다. 그는 완전히 자유롭게 할 말을 다 하고 싶었다. 그렇게 하기 위해서는 길이에 제한이 있어서도 아니 되며, 생활에 쫓겨서도 안 되고, 상처를 덧들여 피를 흘리는 것을 두려워해서도 안 된다. 그런 비장한 각오가 없이는 손을 댈 수 없는 소설이 「시장과 전장」의 세계다.

자신이 작정한 그대로 박경리는 「시장과 전장」에 '시장' 이야기와 '전장'의 이야기를 모두 넣어 거대한 전쟁소설을 완성했다. 전쟁의 양상을 시장과 전장 두 부분으로 나누어서 종합적이고 거시적으로 그린 것이다. 씨의 원대한 포부는 결실을 보았다. 「시장과 전장」에서 시장 축을 대표하는 것은 전쟁미망인인 지영이고, 전장을 대표하는 인물은 기훈이다. 지리산에 근거를 둔 빨치산의 대장인 기훈을 그리는 부분에 작가는 많은 지면을 할애했다. 그리고 기훈을 바람직한 로맨티스트로 형상화하는 데 성공했다. 「시장과 전장」은 여교사 출신인 전쟁미망인 지영이 한 축을 담당하고, 빨치산 대장인 기훈이 다른 축을 대표하는 전쟁소설이다. 남편 기석은 소심한 인물인데 반해 형인 기훈은 스케일이 크고 담대하여 영웅적인 면모를 지니고 있다. 기훈은 박경리가 창조한 남성인물 중에서 가장 남성적인 인물이라 할 수 있다. 그는 박경리 소설에 처음으로 등장한 바람직한 남성상이기도 하다. 남자와 여자, 시장과 전장이 병립함으로써 박경리의 소설세계는 인간 전체를 포괄하는 넓이를 얻을 수 있게 된 것이다. 그것은 가장 가까운 거리에서 본 전쟁의 모습인 동시에 가장 먼 거리에서의 작가의 모습이다.

「표류도」까지의 소설이 '나의 이야기'이고 「김약국의 딸들」이 '남의 이야기'라면 「시장과 전장」은 이 두 개의 이야기를 합친 소설이다. 항상 자기 이야기로 치우치기 쉬웠던 이 작가가 처음으로 내 놓은 '나와 남의 이야기'라는 점에서 이 소설은 한 걸음 넓어진 작가의 세계를 보여 준다. 이 소설은 '여자들만의 이야기'에서 벗어나 '남자들의 이야기'도 하고 있으며, '시장' 속에서만 맴돌던 작가가 처음 개척해 놓은 '전장'의 이야기이기도 하다. 거의 같은 비중으로 다루어진 두 개의 세계를 형상화한 것은 이 작가의 경우 확실히 진전이라고 할 수 있다. 그런데 섭섭한 것은 이 두 이야기가 '우리의 이야기'일 수가 없었다는 점이다. 지영과 기훈은 '우리'라고 불릴 만한 유대를 가지지 못하였다.

기훈은 지영의 시숙이지만, 그 형제는 서로 긴밀하게 얽혀 있지 않았다. 거의 서로의 문제에 개입하지 않는, 타인 같은 형제이기 때문이다. 실지로 지영과 기훈이 대면하는 장면은 이 소설에서 두 번밖에 나오지 않는다. 두 번 다 안부나 묻고는 휙 나가버리는 정도의 교섭밖에는 가지고 있지 않다. 그러면서 그의 아우라는 사실이 기석의 죽음을 불러오는 것은 상식이 빚어낸 아이러니일 뿐이다. 따라서 이 소설은 '남자와 여자'의 이야기이면서 '우리의 이야기'일 수가 없다. 그저 평행하는 두 개의 이야기일 뿐이다. 그래서 이 이야기들은 이중창이 될 수 없다. 서로 부르는 노래의 내용이 너무나 톤이 다르기 때문이다.

지영의 이야기는 '시장'의 이야기다. 그것은 살림의 이야기이며 안방의 이야기다. 개인의 집 울타리 너머와는 별로 관련이 없는 이야기이기도 하다. 여기에서 전쟁은 울타리 안에 끼친 영향만으로 그려져 있다. 내 개가 잡혀 죽고, 내 아이가 말을 크게 못 하게 되고, 내 남편이 잡혀가기 때문에 문제가 되는 개인의 경험을 통한 구체적이고 사적인 전쟁의 모습이다.

기훈의 이야기는 정반대다. 그것은 대창으로 사람을 찔러 죽이고, 팔다리가 부러지고 하는 전쟁의 현장 이야기다. 거기에는 좌우의 이념논쟁이 있고, 바쿠닌의 사진이 있다. 지령이 오고가고, 배반자가 생기고, 살인이 행해지는 전쟁의 소용돌이 속이다. '개인' 같은 것은 문제가 되지 않는 거대한 '집단'의 메커니즘이 지배하는 남자들의 세계다. 거기에서 전쟁은 직접적이면서 추상적, 거시적인 모습을 하고 있다. 이 두 개의 시점을 통하여 작자는 전쟁의 종합적인 모습을 파악하려고 생각한 것이다.

(1) 달맞이 꽃과 잡초

두 이야기 중에서 작자가 역점을 둔 것은 역시 '나'의 이야기다. 10여 년의 세월이 지난 후에도 울지 않고는 마주 설 수 없는 그 절박한 나의 6·25 이야기인 것이다. 나의 이야기는 두 부분으로 다시 나뉜다. 전쟁을 겪기 이전의 나와, 전쟁을 겪은 후의 나의 이야기다. 이 전쟁은 지영을 너무나 다른 인간으로 변모시키기 때문이다.

① 지영의 출발

이 소설은 지영이 학교에 부임하기 위해 집을 떠나는 장면에서 시작된다. 그녀가 가는 곳은 일선 지방인 연안이다. 6·25 이전에도 이웃에 있는 38선에서 작은 분쟁이 끊이지 않던 곳. 여자가 혼자 가기에는 위험 부담률이 너무 높은 곳이다. 지영은 현희 형의 모든 여주인공의 원형이라고 할 수 있는 여자지만, 그때의 지영은 현희처럼 과부가 아니다. 그녀에게는 남편이 있고, 어린 아이들이 있다. 따라서 그런 곳에 굳이 가야 할 이유가 없다. 남편이 생계를 책임져 주고 있으니 우선 경제적으로 가야 할 의무가 없는 것이다. 그렇다고 남편과 불화한 것도 아니며, 본인이 직업을 가지고 싶은 열망이 있는 것은 더욱 아니다. 객관적인 면에서 볼 때 지영의 출발에는 꼭 떠나야 할 어떤 이유도 없다.

그런데도 지영은 떠난다. 신분증을 일일이 조사받아야 갈 수 있는 지역으로 어린 남매를 두고 떠나는 것이다. 이유는 간단하다. "혼자 있고 싶기" 때문이다. "이렇게 혼자 있을 수 있다"는 사실에, 그녀는 자기가 현실적으로 직면해야 할 위험조차 잊을 정도로 만족감을 느낀다. 가족과 아주 헤어져 버릴 수만 있다면 바이칼호반 같은 곳까지 납치당해 가도 무방하다고 생각할 정도로 그녀의 혼자 있고 싶은 욕망은 간절했다. 가족 중에서도 그녀가 가장 떠나고 싶은 사람은 남편과 어머니다. 그들은 지영이가 '자기'로서 사는 것을 용납하지 않기 때문이다. 남편은 이혼이 가능한 관계지만 어머니는 아니다. 그래서 어머니가 더 지겹다. 그녀가 지영이 혼자 있는 것을 불가능하게 만든다. 남편도 그녀를 가만히 놓아두지 않는다. 그는 학사 아내를 가지고 싶어서 처녀라고 속이고 지영을 대학에 집어넣었다. 그건 지영이 원하지 않은 일이었다.

밀착되어 떨어지지 않는 두 인물의 애정과잉 때문에 지영은 허수아비처럼 자기를 속이며 살아야 한다. 그런 생활이 끝날 가망이 없어 보이는 상황이다. 남편과 어머니는 똑같은 유형의 사람들이다. F. 모리아크가 말하는 "길의 너비에 맞추어져 만들어진 마차바퀴와 같은 사람들".(모리아크, 「떼레즈 데께루」론 참조) 그들의 손길에서 벗어나 지영은 자기 자신으로 거짓 없는 생활을 하고 싶었다. 지영의 출발은 영화 '레인 피플'의 주인공이나 모리아크의 떼레즈 데께루의 탈출 시도와 동질의 것이다. 그것은 자의식을 가진 한 여인이 인간의 근원적인 자유를 지향하는 몸부림이요 갈망인 것이다.

박경리의 내면에는 두 개의 자아가 도사리고 있다. 하나는 자신만이 주체가 되는 에고 센트릭한 창조적 자아다. 고고하고 심미적인 그의 자아는 타인과의 타협을 거부한다. 자기가 원하는 삶을 방해하는 모든 존재를 거부하는 것이다. 가족도 거부하는 대상에 속한다. 육친의 얽매임에서 벗어나고 싶은 것이 자유혼의 기본항이기 때문이다. 「사장과 전장」에는 첫머리에 가족을 떠나 일선으로 부임해 가는 지영이가 나온다. 그녀는 어머니와 남편의 지나친 간섭에 진저리가 나 있다. 남편이 자기를 대학에 보내 준 것에까지 그녀는 앙심을 품고 있다. 지영은 직장에 나가는 것이 싫어서 결혼을 택한 여자이기 때문이다. 가족을 영원히 보지 않고 살 수만 있다면, 지영은 어디든지 갈 용의가 있다. 그녀는 자유에 목말라 있었던 것이다. 그것이 전쟁 전의 지영이다.

② 대지에의 귀환

하지만 다른 한편에는 자신의 핏줄과 남편을 향한 맹목적인 집착이 엉켜 있는 또 하나의 자아가 있다. 자유인이 되고 싶어서 가족을 떠나던 지영이는, 전쟁이라는 극한 상황이 닥쳐오자 미련도 없이 "혼자 있을 수 있는 자유"를 반납한다. 그리고 전혀 다른 여인으로 환생한다. 원시적이며 맹목적인 가족주의자로 변신하는 것이다. 남편에 대한 사랑도 고양된다. 지영은 9·28 수복 후에 서대문형무소에 갇혀 있는 남편을 만나러 날마다 노량진에서 한강 다리를 걸어서 건넌다. 면회를 가도 만날 수 없는 1·4 후퇴 무렵이 되자 남편을 향한 지영의 사랑은 정점에 다다른다. "팔과 다리가 다 떨어지고 몸뚱아리만이라도 돌아와 주었으면……" 하는 지영의 소원은 너무나 절절해서, 자기를 찾아 일선까지 온 남편을 선 자리에서 돌려보내던 여자와 지금의 여자가 같은 인물이라는 것이 믿기지 않을 정도다. 지영은 가족을 위해서라면 어떤 굴욕도 참을 수 있다고 생각하며, 짓밟혀도 짓밟혀도 다시 살아나는 잡초가 되는 삶도 마다하지 않는다. 그런 가족애는 어머니에게서 물려받은 것이다. 그것은 원시적이며 본능적인 모성애다. 부부애도 마찬가지다. 남편이 살아만 있으면 된다는 세계에는 따지거나 비판할 명목이 없다. 조건 없이 그를 받아들일 수 있는 자리에 지영이가 섰을 때 남자는 이미 사라지고 없었던 것이다.

지영이 집을 떠나 일선에 간 지 얼마 되지 않아서 전쟁이 일어난다. 전쟁은 지영의 형이상학적인 도피행을 산산이 부수어 버린다. 전쟁은 개미같이 무력한 인간을 짓밟는 "거대한 발"이다. 아무리 발버둥쳐도 그 빛에서 자기 모습을 감출 수는 없는(같은 책, p.197) 조명탄의 휘황한 빛 같은 것이기도 하다. 비상시가 온 것이다. 이제 모든 생활은 생명을 이어간다는 최저의 명제에 의해 지배당한다. 형이상학이 발을 디딜 자리가 없다. 사람들은 모두 짐승처럼 먹이만을 위해 투쟁한다. 쌀, 성냥, 밀가루 같은 생활필수품만 늘어져 있는 시장의 모습, 그것이 전쟁의 민얼굴이다. 연명에 필요한 생필품밖에는 필요로 하지 않는 각박한 세상이 온 것이다. 거기에서는 선택할 수 있는 인간의 권리가 모두 차압당한다. 비굴하게라도 목숨을 거머쥐고 살아야 하는 삶의 본능만 남겨져 있다. 그 본능이 지영을 가족과 밀착시킨다. 매가 나타나면 무조건 병아리를 품어 안는 암탉과 같은 모성의 본능이 지영의 형이상학을 헤집고 정체를 드러내는 것이다.

지영은 집으로 돌아오기 위해, 영원히 돌아오고 싶지 않던 그 지긋지긋한 집으로 돌아오기 위해, 수단과 방법을 가리지 않는다. 거기에는 아무런 망설임도 미련도 없다. 그때부터 가족은 절대적 존재로 각인이 되는 것이다. 겨우 얻어 탄 배가 드디어 대지에 닻을 내렸을 때, 그녀는 디디고 선 땅에 꿇어 엎드려 입을 맞추고 싶은 충동을 느낀다. 지영은 대지로 돌아온 것이다. 돌아와 거기에 뿌리를 내리려 하는 것이다. 아이들과 남편, 그리고 어머니…… 그들을 위해 그녀는 착근작업을 서두른다. 한 발이라도 더 깊이 뿌리를 내려 한 모금이라도 더 많은 물을 빨아올리려는 여름 나무처럼, 그녀는 스스로를 잡초처럼 질기게 만들 것을 작심한다. 이제 그녀의 기도는 하나밖에 없다. 가족과 떨어지지 말게 해달라는 것뿐이다. 지영의 변신은 그렇게 철저히 이루어진다.

지영은 자신의 그런 변모에 대하여 부끄럽게 생각하지 않는다. 너무 쉽게 변해버린 것도 수치스럽지 않다. 그녀는 그것을 짐승과 같은 정직성이라고 명명한다. 전시가 되어 거짓의 가면을 벗어버린 모든 인간의 맨얼굴에서 지영은 오히려 아름다움을 발견한다. 그래서 그녀는 저만 살려고 남의 불행을 외면하는 사람들이나, 정세에 민감하게 반응하는 약삭빠른 장사치들도 미워하지 않게 된다. 산다는 본능에 매달린 인간의 솔직함을 높이 산 것이다.

> 전쟁은 비참한 것만도 아닌 모양이죠. 단순해져서 말입니다. 먹을 것만 찾는데도 짐승 같지 않고, 도둑질을 하는데도 도둑놈 같지 않고, 사람을 죽여도 살인자 같지 않으니 말입니다. 여자들은 화장도 안하고 누추한데 가장 여자다와 보이거든요.　　　　　　　　　　「시장과 전장」, p.199

지영은 본능으로 환원된 인간들을 보면서 이런 말도 하고 있다. 그러나 그녀의 본능은 전쟁의 거대한 발을 어쩌지도 못하는 무력한 개미의 본능에 지나지 않는다. 어느 쪽에도 가담할 수 없었던 전형적인 소시민인 그녀의 남편은, 가족을 살린다고 막바지에 공산당에 입당한 행동이 빌미가 되어 9 · 28이 되자 '빨갱이'로 몰려서 잡혀 간다. "바위 굴을 뚫어서라도 그를 숨겨야"겠다는 지영의 처절한 의지나 '법 없이도 살' 사람인 기석의 선량함 같은 것은 아무 도움도 되지 못한다. "빨갱이는 모조리 죽여라! 새끼도 에미도 다 씨를 말려라." 희생자 가족들의 악에 바친 고함소리가 사방에서 들려온다. 석 달마다 정체가 바뀌는 극한 상황 속에서, 피가 피를 부르는 살벌한 악순환이 계속되고 있었고, 결국 기석은 그 난장판 속에서 죽는다. "팔다리가 다 떨어지고 몸뚱아리만이라도 돌아와 주었으면"(p.326) 하는 지영의 애절한 소망도 무화되고 만다. 어머니마저 여의고 하늘까지 빙판인 것 같은 서울에 혼자 남은 지영에게 남아 있는 건 아이들을 데리고 부역자의 가족으로 살아가야 할 암담한 앞날이다. '아를르의 여인'이나 '페르시아 시장' 같은 아름다운 음악을 즐기던 낭만의 시기는 갔다. 이제 지영의 앞에 남아 있는 것은 전쟁미망인의 삶이다. 두 아이를 혼자 짊어지고 살아야 하는 생존투쟁의 길인 것이다. 그 길을 가기 위해 그녀는 자신을 잡초로 만들기로 결심한다. 그것이 지영 안에 있던 또 하나의 자아다.

지영은 본질적으로 성격이 바뀌기 어려운 강한 개성을 타고난 여자다. 병적일 정도의 결벽, 도저히 타인과 어울릴 수 없는 비사교적인 성격, 타협을 모르는 지나친 강직함, 그런 것들은 변할 수 없는 지영의 본질이다. 그걸 그대로 지닌 채 잡초처럼 살려고 하니 삶이 더 어려울 수밖에 없다. 지영의 삶이 남달리 고달팠던 것은 그 때문이다. "외적 상황보다 성격이 빚어낸 슬픔이 한층 깊었던"(「Q씨에게」, p.266) 것이다.

③ 두 개의 얼굴

전쟁은 지영을 잡초로 만들어버렸다. 그런데 지영의 형이상학을 그대로 물려받은 후계자가 나타난다. '가화'다. 가화는 상황의 변화와는 무관한 인간형이다. 그녀는 전시에도 처음부터 끝까지 달맞이꽃으로 살다가 간다. 달맞이꽃은 외부적 상황에 의해 좌우된다. 달빛이 없으면 필 수 없는 꽃이 달맞이꽃이다. 달빛만 있으면 아무데서나 피는 꽃이 달맞이꽃이기도 하다. 빨치산들이 우글거리는 산속에 갖다 놓아도 그녀는 여전히 달맞이꽃의 생태를 버리지 못한다. 그녀의 달빛이 거기 있었기 때문이다.

가화는 바보다. 그녀는 계산을 할 줄 모른다. 지영이 자기답게 살기 위해 기석을 밀어내던 그 자리에, 가화는 기석보다 몇 배나 잔인하고 에고이스트인 기훈을 아무 조건 없이 받아 모신다. 가화는 기훈을 만나기 위해 산으로 들어와서 빨치산들과 같이 산다. 그녀는 아버지와 오빠를 공산당에게 학살당한 여자지만, 그것은 기훈을 향한 사랑을 해치지 않는다. 그녀는 기훈의 이념 같은 데는 관심을 두지 않기 때문이다. 기훈을 향한 그녀의 마음에는 방해물이 전혀 없다. 자존심이나 오기 같은 것이 문제가 되지 않는다. 그것은 절대적인 사랑이기 때문이다. 단순히 기훈을 만났다는 이유 하나로 온 세상 사람들에게 꽃을 나누어주고 싶은 것이 가화의 사랑법이다. 남자가 딴 여자와 놀면 데이트를 하는 남자 앞에 꿇어앉아 우는 재주밖에 없는 여자 가화는, 남자를 유혹하기 위해 몸을 가꾼다거나 술수를 쓸 줄도 모른다. 나를 버리고 상대만을 위해 헌신하는 그녀는 행복의 절정에서 죽는다. 그때 가화는 임신중이었지만 숨이 멎었으니 아기를 낳기 전에 죽어서, 어머니가 될 수도 없었고, 환멸을 느낄 겨를도 없었다. 본능을 위하여 무슨 일이든지 할 수 있는 것이 용란의 사랑이었다면, 가화는 감정적인 사랑을 위하여 무슨 짓이든지 할 수 있는 형의 여인이다.

가화는 또 하나의 지영이라 할 수 있다. 잡초가 되지 않을 수 없는 지영의 머리 속에, 지워지지 않는 순수한 영역으로 남아 있는 것이 가화라는 달맞이 꽃이다. 지영이 잃은 모든 것, 지영이 끝내 얻지 못한 모든 것을 가화는 가지고 있다. 가화는 기훈이 돌보던 '눈먼 소녀'이고, 낙랑 공주다. 가화는 시장과는 관련이 없는 천상적 여인이다. 그 사랑이 냉혹한 커뮤니스트가 되어 버린 기훈에게 인간으로 다시 돌아올 수 있는 힘을 준다. 가화의 비타산적인 사랑은 그런 기적을 낳는다. 지영이 박경리 안에 있는 모성이라면, 가화는 씨가 소망하던 여성이다. 가화는 지영의 또 하나의 얼굴, 이지러지지 않은 지영의 본 얼굴이다. 가화는 이 작가가 그린 최초의 헌신적인 연인이다. "남자에게 절대로 무릎을 꿇지 않겠다." 는 작가의 맹세는 가화에게는 통하지 않는다. 가화는 열 번이라도 무릎을 꿇을 수 있기 때문이다. 가화는 「토지」에 가면 월선이 된다. 그런 여성상을 그려낸 것은 작가에게는 기쁨이었다.(「서문」 참조) 가화는 노벨리스트인 박경리가 창조해낸 보기 드문 낭만적 인물이다.

(2) 살인 지령과 바쿠닌

기훈도 두 개의 얼굴을 가지고 있다. 냉혹한 코뮤니스트의 얼굴과 순수한 것을 사랑하는 바보의 얼굴이다. 그는 "완강한 턱의 선"과 "부드러운 눈빛"을 동시에 가지고 있는 인물이다. 한편에서 보면 그의 얼굴은 아주 무섭다. 그는 '살인자! 악마!'라고 영애에게서 욕을 먹어도 싼 행동을 한 인간이다. 그는 정확하게 조준하여 재빨리 사람을 쏠 수 있는 사격 능력을 가지고 있으며, "이념만으로 산다. 반동을 말살하라!" 그렇게 외치고 다니는 인물이고, 자기를 자식처럼 길러 준 옛 동지이며 스승인 석산을 인민재판에 회부하는 냉혈한이기도 하다. 그는 여자들에게도 냉담하다. 입에 발린 말로라도 상대방을 즐겁게 해줄 마음 같은 것은 없는 남자다. "나는 한 여자에게 정착할 남자가 아니다."라고 그는 여자들에게 당당하게 선언한다. "다시는 만날 생각을 하지 말라."는 말도 태연하게 한다. 상대방이 그 말에서 어떤 상처를 입든 상관하지 않는 것이다.
그에게는 바쿠닌에게 미친 석산과 같은 정열이 없다. 꽃상여 이야기에 열을 올리는 장덕삼 같은 낭만도 없다. 그래서 아무것도 그를 꺾을 수 없다. 앞날이 없는 산속의 절망적인 생활, 육체적인 고통, 혈육에 대한 애정, 혹은 신의信義 같은 것, 그 어느 것으로도 그를 무릎 꿇게 할 수는 없다. 그는 하고 싶은 대로 행동하는 자유로운 남자이며, 하고 싶은 일은 모두 할 수 있는 능력을 가진 탁월한 남자이기도 하다. 그에게는 센티멘털리즘이 없다. 그는 선이 굵고, 단호하고, 그리고 아주 드라이한 면을 가지고 있다. 그는 아킬레스처럼 영웅적이다. 어떤 장애도 뛰어넘어 살 수 있는 비범한 인간인 것이다.

그러나 그에게도 아킬레스건은 있다. 그것은 순수한 것을 미워하지 못하는 마음이다. 눈먼 소녀에 대한 친절, 돼지에 대한 사랑, 모순덩어리인 소년 같은 늙은이 석산에 대한 애정 같은 것이 그것이다. 가화에 대한 사랑도 그런 데서 나온다. 그러나 그는 되도록 그 점이 남의 눈에 띄지 않게 하기 위해 거칠게 행동한다. 그래서 사람들은 그를 아주 냉혹한 인간으로 알게 된다. 확실히 그에게는 위악적인 면이 있다. 그 위악의 그늘에 가려져서 그의 부드러운 눈빛은 남의 눈에 잘 띄지 않는다. 그의 본질을 알아본 사람은 석산과 장덕삼과 가화뿐이다. 그들은 동류이기 때문이다.

이 소설에는 세 가지 유형의 코뮤니스트가 나온다. 석산 선생과 장덕삼과 기훈이다. 석산은 사상적인 면에서 보면 철저한 중간파다. 어느 하나를 선택하라는 기훈의 말에 그는 이렇게 대답한다. "나는 선택하지 않겠어. 극단은 파괴와 멸망이 있을 뿐이야." 6·25 사변이 나자 석산은 잡혀 간다. 중간파가 편안할 수 있는 세상이 아니기 때문이다. 극과 극이 대치하는 그 싸움에서 중간파는 어느 쪽에서 봐도 적이다. 그래서 기훈은 석산에게 전향을 권유한다. 그러나 석산은 굴하지 않는다. "영원을 위해서도 나는 내 자유를 팔지 않겠다."는 석산의 말에 기훈은 이렇게 대답한다. "천진난만 하십니다. 바쿠닌처럼."

석산은 바쿠닌의 열렬한 숭배자다. 그는 "심장을 가지고 일한 사람"인 것이다. 바쿠닌 같은 열정과 낭만이 석산을 이끌어 주는 기둥이다. 그런 석산을 지훈은 "모순덩어리의 소년 같은 늙은이"라고 평한다. 작가는 그를 "지뢰같이 무자비하고 쓰레기통같이 더러운 정치를 꽃처럼 바라보고 매만지며 꿈꾸는 사람"이라고 보았다. 그 아이디얼리즘과 나이브함이 기훈을 끌어당기는 매력이 된 것이다. 하지만 그는 거세당한다. 중도파는 어느 쪽에도 설 자리가 없기 때문이다.

석산 다음에는 '혁명'이라는 말 자체에 매혹된 장덕삼이 있다. 그는 꽃상여가 나가는 가을의 풍경 같은 것에 심취되는 로맨티스트다. 그가 코뮤니스트의 그룹에 끼이든 것은, 순전히 혁명의 낭만적 측면에 매혹되었기 때문이다. 그는 "혁명가와 교의문답의 문구들에 심취되어 코뮤니스트가 되었으며", 혁명가의 스타일에 매혹되어 산으로 들어온다. 그러나 그의 로맨티시즘은 대창으로 사람을 찔러 죽이는 현실 앞에서 속절없이 무너져버리고 만다. 마지막에 그는 신념도 없는 거짓 속에서 산에 남아 있는 것보다는 개(배반자)의 정직함을 선택하겠다고 말하면서 산을 내려간다.

마지막이 기훈이다. 언뜻 보면 위의 두 사람은 모두 기훈의 적 같은 느낌이 든다. 그러나 그들은 근본적으로 같은 형의 인간들이다. "너는 시인이다."라고 기훈에게 말한 석산은, "나를 배반한다는 것은 너 자신을 배반하는 것과 마찬가지"라고 덧붙인다. "형틀 속에 넣을 수 없는 자유인" 혹은 "휴머니스트"라고 장덕삼은 기훈을 평한다. 가화도 그 의견에 동의한다. "반동은 말살하라."고 고함치는 기훈에게 가화는 "당신은 그런 사람 아니에요."라고 속삭인다. 세 사람의 눈에 비친 기훈은 결코 코뮤니스트가 될 수 없는 인물이다. 그의 그런 순수한 본질이 가화를 끌어당긴 요인이다.

기훈도 장덕삼과 마찬가지로 혁명가의 구성진 가락 같은 것을 통하여 혁명을 사랑하게 된 사람이다. 그는 그저 혁명을 사랑하고 거기에 가담한 것뿐이다. 그러니 그도 장덕삼처럼 산을 내려가야 옳다. 그를 산에 남게 한 것은 개처럼 살고 싶지 않다는 영웅심이었을 뿐이기 때문이다. 가화에게 자기의 아이를 임신시킨 그는 자신의 분신인 가화와 아기를 무사히 산에서 내려보내고 싶었다. 그러나 그 꿈은 가화의 죽음으로 좌절된다. 기훈은 아마도 지리산에 남아 있는 마지막 시인이었는지도 모른다.

(3) 시장과 전장의 거리

앞에서도 말한 것처럼 이 소설은 두 개의 이야기로 되어 있다. 이념의 싸움터인 '전장'과 생활의 싸움터인 '시장'이다. 하늘을 반영하는 바다처럼 전장의 미묘한 변화를 민감하게 받아들여 반응하는 것이 시장이다. 이 소설에는 그 시장의 거리에서 받아들여진 전쟁의 생태와, 시장을 지배하고 이끌어가는 전장의 이야기가 함께 나온다. 박경리는 자칫하면 한편에 치우치기 쉬운 작가다. 그때까지의 박경리는 노상 하나의 이야기에 집착하여 한눈을 파는 법이 없는 작가였다. 「시장과 전장」에서 하나가 둘로 늘어난 것은 확실히 놀라운 일이다. 여인 일변도의 주인공 옆에 남자가 서게 되고, 그 남자의 손이 여자의 손과 갈등 없이 얽혀질 수 있었다는 사실이 씨에게 있어서는 하나의 성취라고 할 수 있다. 두 개의 시점으로 보아진 전쟁의 모습. 내부와 외부, 남자와 여자, 이성과 감성. 그런 대립되는 두 개의 시각에서 파악되진 전쟁의 모습이 여기에는 나타나 있다. 일찍이 아무도 손을 대본 일이 없는 무대에, 일찍이 아무도 손대본 일이 없는 인물들을 세워놓고 작가는 자기 나름대로 그것을 처리해 나갔다. 6·25를 다룬 어느 소설보다도 가까운 거리에서 대담하게 파헤쳐진 전쟁의 모습이 「시장과 전장」에 나타나 있는 것이다.

그런데 이 소설은 불행하게도 '우리의 이야기'가 아니다. '시장'과 '전장'은 먼 거리에 있다고 할 수도 있다. 그리고 이 소설은 일부인이 지워진 다큐멘터리이다. 상황의 디테일의 명시가 없이 그저 개인의 내면에서 받아들여진 그 한계 안에서만 그려져 있는 전쟁의 모습이기 때문에 날짜가 명시되지 않는 일이 많다. 거기에 이 소설의 전쟁소설로서의 한계가 있다. '나의 이야기'를 지나 '남의 이야기'에 이른 박경리는 「시장과 전장」에서 '나와 남의 이야기를 병행시키는 데 성공을 거두고 있다. 거기서 한 발 더 나가면 한 시대의 벽화를 그린 대하소설 「토지」의 세계가 열릴 것이다.

(발표지면 미상, 1970년경)

인용도서

박경리, 『Q씨에게』, 현암사, 1966.
_____, 『표류도』, 현대문학사, 1959.
_____, 『김약국의 딸들』, 현암사, 1967.
_____, 『시장과 전장』, 현암사, 1964.
김치수, 『박경리와 이청준』, 민음사, 1982.

2. 박경리와 가족

1) 박경리와 어머니

박경리의 내면에는 두 개의 서로 다른 자아가 도사리고 있다. 하나는 자신만이 중심이 되고 있는 에고 센트릭ego-centric한 자아다. 그것은 자기밖에 보이지 않는 세계. 혼신의 힘을 모아 새로운 예술을 잉태하고 길러서 출산하는 일들이 거기에서 이루어진다. 「표류도」와 「시장과 전장」, 그리고 「토지」의 모태는 그곳이다. 유아독존식 오만과 자기애도 거기에서 나온다. 예술가는 창조자라는 긍지가 있기 때문이다. 자기가 절대선이라는 믿음이 그 긍지를 뒷받침한다. 그래서 다른 사람과 타협이 되지 않는다.

그의 예술 세계는 일체의 타협을 거부하는 데서 시작된다. 박경리는 인간에게 짐승 같은 정직성을 요구하는 결벽스러운 작가다. 거짓말을 하지 않는다는 이유로 동물을 인간보다 높이 평가하는 작가이기도 하다.[1] 그래서 전쟁이 터지자 짐승처럼 퇴화해가는 인간들을 씨는 긍정적인 눈으로 바라본다. 평상시보다 정직해졌다고 본 것이다. 자기에게 해가 올까봐 남편을 돕지 않는 그의 동료들까지 지영(「시장과 전장」의 주인공)이 미워하지 않는 것은 그 때문이다. 그게 정직한 인간의 원 모습으로 보인 것이다. 씨는 그런 절대 순수를 기준 삼아, 인간의 위선과 탐욕을 규탄하는 글을 쓴다. 그리고 그런 엄격한 기준으로 주변 사람들도 판정한다. 그러니 남아나는 사람이 많지 않다.

사회생활을 하지 않았으니 씨의 규탄의 첫 화살은 가까운 곳에 있는 가족에게 겨누어진다. 어머니와 남편이 최초의 타깃이다. 이 작가는 배금주의자이고, 소극적이며, 정열이 없다는 이유로, 평생 자기만을 위해 살아온 어머니를 경멸한다. 책 세 권을 사고 두 권 값만 내고 나온 부정직함 때문에 남편도 좋아할 수 없게 된다. 그런 엄격함은 자신에게도 적용된다. 잡곡을 먹어야 하던 어려운 시절이었는데, 완두콩을 넣고 하얀 쌀밥을 지어서 혼자 먹고 나서 지영은 심한 자기혐오를 느낀다. 그래서 씨의 소설들은 정직하지 않고, 탐욕스러운 인간들을 규탄하는 데서 시작된다.

박경리는 모든 인간에게 절대적인 정직을 요구하면서, 예술가인 자신에게는 절대적인 자유를 요구한다. 그래서 자기가 자기답게 사는 자유를 침해하는 사람들이 규탄의 대상이 된다. 이번 항목에서도 첫 대상은 가장 가까운 곳에 있는 어머니와 남편이다. 그들은 사랑이라는 이름으로 씨의 세계에 간섭한다. 그런 간섭은 씨가 자기답게 사는 일을 방해한다. 그래서 초기의 자전적 작품에는 남편과 어머니를 싫어하고, 그들에게서 벗어나고 싶어 하는 여인이 등장한다.

「시장과 전장」에서는 가족의 간섭이 싫어서 아이들과 남편을 두고

---

1 『시장과 전장』, 현암사, 1964, p.98.

일선으로 부임해 가는 여교사가 나온다. 그녀는 남편이 결혼한 후 자기를 대학에 보내 준 것에까지 앙심을 품고 있다. 지영은 사람 모이는 곳에 가는 것을 싫어하는 '구멍지기' 타입이기 때문에 대학 같은 곳에 가고 싶지 않다. 직장에 나가는 것이 싫어서 결혼을 선택한[2] 비사교적인 성격이기 때문이다. 그런데 남편은 그것을 모르고 있었던 것 같다. 대학에 가거나 취직을 하려면, 유부녀인 것을 속여야 유리하다고 남편이 주장하는데, 그것도 지영이 질색하는 일이다. 거짓말을 싫어하는 지영은 그렇게까지 하면서 대학에 가거나 취직을 하고 싶지 않다. 그런데도 남편은 그녀를 대학에 보냈고, 교사 아내를 가지고 싶어서 위험한 일선 지역에 부임해 가는 것을 허용한다. 남편의 상식으로는 그것이 아내를 존중하는 방법이었을지도 모른다.

그렇게 어긋나는 방식으로 사사건건 자기를 구속하고, 싫은 일을 강요하는 어머니와 남편을 그녀는 아주 지겨워한다. 그들을 영원히 보지 않고 살 수만 있다면, 바이칼 호수 같은 곳에 납치되어 가도 좋다는 생각까지 하는 것이다. 그래서 어머니가 기를 쓰며 말리는데도 지영은 기어이 일선 지역으로 떠난다. 그들을 떠나 혼자 있을 수 있는 자유를 누릴 수 있는 곳은 거기밖에 없었기 때문이다.

하지만 다른 한편에는 자신의 핏줄과 가족을 최상의 존재로 간주하는 또 하나의 자아가 있다. 원초적이며 전통적인 자아다. 지영은 가족에게 맹목적인 집착을 가지고 있다. 보통 여자들과 다를 것이 없는 본능적인 가족애다. 혼자 있고 싶어서 매몰차게 가족을 버리고 떠났던 지영은, 전쟁이라는 극한 상황이 닥쳐와 가족의 목숨 자체가 위태로워지자, 미련도 없이 그 귀중한 자유를 반납하고, 원초적이며 맹목적인 가족주의

---

2 같은 책, p.113.

자로 변신한다.

그 중에서도 남편에 대한 태도가 많이 모순된다. 전쟁 전에 지영이 이를 갈며 사사건건 트집을 잡고 앙심을 품던 대상은 남편이었다. 대학에 보낸 것도 규탄할 일로 여겼고, 일선에 보낸 것도 분노할 일이었지만, 장모와 사이좋게 지내는 것도 비난거리가 되고 있었다. 그녀는 자기가 염려되어 일선에 있는 학교까지 만나러 온 남편을 거지처럼 쫓아버린다. 그게 불과 얼마 전의 일이다. 그런데 전쟁이 일어나 목숨이 위태로워지자 지영은 그런 미움과, 비판과, 거리감을 다 잊고, 맹목적으로 그의 생존만 희구하는 헌신적인 아내로 돌변한다. 남편의 행방을 알 수 없었던 수복 후의 서울에서, "팔과 다리가 다 떨어지고 몸뚱아리만이라도 돌아와 주었으면……"하는 지영의 소원은 너무나 절절하다. 그래서 그를 두고 떠날 때의 도도하고 까다로웠던 여자와 지금의 여자가 같은 인물이라는 것이 믿기 어려워질 지경이 된다. 이제 지영의 삶의 모든 목표는 남편의 안위에 집중되어 있다. 그녀는 남편을 위해서라면 어떤 굴욕도 참을 수 있으며, 그를 숨기기 위해서라면 손톱으로 바위도 파낼 자신이 있다. 그를 면회하기 위해서 지영은 끊어진 한강 다리를 날마다 걸어서 넘는 수고를 마다하지 않았다. 9·28 이후의 그녀의 소원은 남편의 생존에만 집중되어 있었다. 그와 아이들을 지키기 위해서 그녀는 그 존귀하던 자존심까지 버린다. 어떤 굴욕도 참고, 짓밟혀도 짓밟혀도 다시 살아나는 잡초와 같은 투지를 다지는 것이다.

사람은 누구나 그 두 가지를 공유하고 있지만, 박경리는 중용을 모르는 성격이어서, 핏줄에 대한 집착에 얽매인 자아도, 자유를 갈망하는 자아 못지않게 적극적이고, 극단성을 띠고 있다. 그 두 가지 이질적인 것이 제가끔 강렬하게 자기주장을 하면서 내면에 공존하니, 지영의 삶에는 조용한 날이 없었다. 그건 작가의 모습이기도 하다.

하지만 씨는 그 두 가지를 모두 완수하는 삶을 살았다. 끊임없이 원하는 것을 창조하는 작가로서의 삶도 철저하게 살아냈지만, 한 가족을 부양하는 여자 가장으로서의 책임도 완벽하게 수행했다. 하지만 창작이 매번 피를 말리는 갈등 속에서 이루어져 가는 것처럼, 가족과의 관계에서도 갈등은 여전히 치열하게 지속되고 있었다. 타협을 모르면서 과민한 성격 때문이다. 씨는 마지막 날까지 어머니와의 갈등에서 헤어나지 못했다.

2008년 4월호 『현대문학』에 박경리가 어머니에 관한 시를 네 편이나 발표해서 나를 놀라게 했다. 그 모녀는 사이가 좋지 않은 것을 알고 있었기 때문이다. 그의 자전적 소설에서 작가는 어머니를 주동인물로 그린 것이 거의 없고, 긍정적으로 그린 것은 더 적다. 부분적으로 언급되는 어머니의 이미지는 언제나 별로 좋지 않다. 어머니는 그에게 되도록 잊고 싶은 존재로 지속되어 왔다. 그에게는 홀어머니에 대한 연민이 적었다.

그런데 이 시편들에는 어머니가 처음으로 독립적으로 그려지고 있었다. 자그마치 네 편의 시가 어머니에게 바쳐진 것이다. 다양한 각도에서, 아주 공정하고 담담하게, 씨는 자기만을 위해서 살다간 한 여인을 객관적으로 조명하고 있었다. 박경리답게 자신의 미움을 감추는 일도 없었고, 어머니의 장점을 가리는 일도 하지 않았다. 「어머니」, 「어머니의 모습」, 「어머니의 사는 법」, 「이야기꾼」 등의 작품들은 짧은 시지만, 거기에는 어머니의 외모, 어머니의 생활철학, 어머니의 이야기꾼으로서의 재능, 그리고 어머니에 대한 진솔한 그리움까지, 아주 쉽고 명석한 언어로 선명하게 그려져 있다.

　　새집 처녀는

적삼 하나만 갈아 입어도

서문안 고개가 환해진다.

이 시에서 어머니 용수 여사의 외모가 소개된다. 소문난 미인으로 그려져 있는 것이다. 적삼 하나만 갈아입어도 동네가 환해질 정도의 새집 처녀가 씨의 어머니였다. 그건 사실이다. 씨의 어머니는 노년에도 맑은 피부를 가진 자그마하고 아름다운 분이었다. 하지만 그 아름다움은 딸이 원하는 유형의 미가 아니다.

목이 짧았고 키도 작았던 어머니는

내 마음에 드는 모습이 아니었다

얼굴 윤곽이 너무 뚜렷했으며

쌍꺼풀 진 큰 눈에

의미를 담은 적이 별로 없었던 것 같고

그 눈에서 눈물이 쏟아질 때도

왠지 나는 그것이 슬퍼 보이질 않았다

그만큼 어머니는 현실적인 사람이었다

어머니는 객관적으로는 아름다운 분이었지만, 작가의 취향에는 맞지 않았다고 씨는 고백한다. 이목구비가 뚜렷한 미인이지만, 어머니에게는 셋째이모같이 머리 쪽을 완벽하게 틀어 올리는 미적 감각이 없었다는 것이다. 눈이 쌍꺼풀이 지고 컸지만, 그 큰 눈에는 발랄한 표정이 담겨 있지 않았다는 것이 딸의 견해다. 어머니의 그 큰 눈이 아름답게 보이지 않는 것은 어머니에게 열정이 없었기 때문이라고 딸은 생각했으며, 어머니의 눈물이 슬프게 보이지 않는 것은 거기 정감이 서려 있지 않았기 때문이라는 것이 딸의 견해였다. 그렇게 어머니에 대한 딸의 평가는 대체로 부정적이었는데, 딸은 그것을 전혀 감추려 하지 않았다. 자기가 원한 것은 열정과 정감이 있는 생동하는 아름다움이었기 때문이다. 어머니에게는 그것이 없었다. 어머니는 돈 계산밖에 할 줄 모르는 현실주의자였다. 그 마지막 항목이 딸이 제일 싫어하는 핵심적 단점이다.

어머니는 꽃을 좋아하는 딸이 모종을 얻어다 애써 심어 놓으면, 갈아 엎고 상추를 심는 분이다. 외딸이 암에 걸려서 죽음이 눈앞에 와 있는데도, 어머니는 돈 떼인 일만 걱정해서 딸을 노엽게 만들기도 했다. 돈이 자식보다 더 중하냐고 힐난하니까, 태연하게 "자식을 앞세우고 가면 배가 고파도/ 돈을 지니고 가면 배가 안 고프다."(「어머니의 사는 법」)고 말하더라는 것이다. 그 말을 하며 종일 우울해 하던 작가의 모습이 생각난다. "돈은 어머니의 신앙이었"다고 딸은 최종판결을 내린다.

홀어머니의 그런 투철한 배금주의 덕분에, 씨는 험한 고생을 모르고 자란다. 전시의 그 각박한 상황 속에서 죽을 먹은 일이 없을 정도로 안정된 식생활을 보장받은 것도 어머니 덕이다. 하지만 딸은 어머니의 그런 알뜰함도 좋아하지 않았다. 어머니는 자존심의 소중함을 모르는 분이었기 때문이다. 월사금을 낼 돈보다 많은 액수의 돈을 가지고 있으면서 어머니는 딸을 꼭 월사금 얻으러 아버지의 집에 보낸다. 자존심이 강한 딸은 돈 얻으러 갔다가 아버지의 여자에게 모욕을 당하자 죽고 싶어진다. 그런데 집에 와서 어머니에게 돈이 있었다는 것을 발견했을 때, 딸은 어머니를 도저히 용서할 수 없게 되었다. 그래서 어머니를 미워하기 시작한다. 씨는 현실주의자요 배금주의자인 어머니를 사랑할 수 없었던 것이다.

다음 항목은 출생에서 오는 모욕감이다. 거기 대하여 작가는 다음과 같이 자세히 쓰고 있다.

산신에게 증오하고 학대하던 남자의 자식을 낳게 해 주십사고 애원을 했다는 어머니를 나는 경멸했다. 그것은 사랑의 강요였기 때문이다. 어머니의 그런 모습은 내게다가 결코 남성 앞에 무릎을 꿇지 않으리라는 굳은 신념을 못박아 주고야 말았다. 그 신념은 무릇 강한 힘에 대한 반항이 되었고, 그러한 반항 정신이 문학을 하게 한 중요한 소지가 되었을지는 모르지만…… 나는 어머니에 대한 연민과 경멸, 아버지에 대한 증오, 그런 극단적인 감정 속에서 고독을 만들었고 책과 더불어 공상의 세계를 쌓았다.

「반항정신의 소산」, 『원주통신』, 지식산업사, 1990

이 글에는 박경리가 남자를 사랑하기 어려웠던 조건이 나타나 있고, 문학을 한 동기도 드러나 있다. 부모를 사랑할 수 없는 데서 생긴 반항 정신과 고독감이 자신의 문학세계의 바탕에 깔려 있었다는 것을 알려 주었기 때문이다. 씨의 초기 작품에는 절대선을 추구하는 결벽스러운 성향과, 자유에 대한 갈망, 남자 앞에서 순수해질 수 없는 감정 같은 것이 뿌리 깊게 자리잡고 있다.

돈을 신앙으로 삼는 물질주의와, 싫다는 남자의 아이를 갈망한 비루함 이외에 어머니를 사랑할 수 없었던 또 하나의 조건은, 세간 하나 없는 집에서 무색옷을 입을 줄 모르는 어머니와 둘이만 사는 삭막함에 대한 혐오감이었다. 어린 딸은 "색채도 모양도 없는 살풍경"한 집안 분위기를 "사막 같다"고 느낀다. 무색옷을 입지 않는 어머니의 회색 그늘에서, 감수성이 예민한 딸의 여린 감성이 위축되어 갔던 것이다. 하지만 유년기의 추억 중에서 가장 나쁜 것은, 어렸을 때 어머니가 걸핏하면 목매 죽는다고 치마끈을 목에 두르는 행동이었다. 어린 딸은 하나밖에 없는 육친이 죽을까봐 공황상태가 된다. 그 두려움은, 그런 식으로 딸의 사랑을 확인하려 한 어머니에 대한 증오로 변한다. 그런 행동을 딸은 "사랑의 강요"로 간주한다. 사랑을 강요하는 것은 씨가 어려서부터 가장 싫어하는 천격스러운 행동이다. 자존심을 접는 행위였기 때문이다. 하지만 어머니는 그것을 알지 못했다. 그 일은 나쁜 후유증을 남겼다. 자기가 겁에 질려 우는 것을 어머니가 즐겼다고 어린 딸이 생각했기 때문이다.

가치관이 다르고 취향도 맞지 않는 이 모녀는 단둘이만 사는 집에서 사사건건 부딪치는 불행한 삶을 영위한다. 그러다가 딸이 결혼을 하자 갈등거리가 또 하나 더 생긴다. 어머니는 딸네 집에 와 같이 살면서 딸이 해야 할 살림을 독점해 버린 것이다. 사위와 성격이 잘 맞는 어머니는 신접 살림집에서 딸이 할 주부로서의 역할을 대행해서 딸이 설 자리를 없애버린다. 남편과 성격이 비슷한 어머니가 새 살림에 가세하자, 딸은 소외감과 고립감을 느끼면서 그 두 사람을 향한 원한을 키우게 된다. 두 사람이 작당해서 자기가 원하는 삶을 망가뜨린다는 피해의식을 가지게 되는 것이다. 남편과의 사이까지 소원해진 원인 중의 하나가 어머니와의 그런 얽힘이었다.

그래서 딸은 어머니와 따로 살고 싶어 했다. 하지만 따로 살자는 말만 나오면 어머니는 경기를 일으킬 듯이 요란을 떨었다. 어머니 쪽에서 보면 그건 하나밖에 없는 자식의 집에서 쫓겨나는 것을 의미하기 때문이다. 길고 긴 신세 한탄이 이어지고, 죽는다는 협박이 나오니 따로 살자는 말을 다시는 꺼내기 어려워진다.

딸이 전업작가가 되자 문제는 더 심각해졌다. 어머니는 글을 쓰기 위해 딸이 혼자 있는 시간이 필요한 것을 이해하지 못한 것이다. 딸이 혼자 있고 싶어 하는 것을 어머니는 자기를 밀어내는 행위로 받아들였던 것 같다. 밀어낼수록 불안해서 더 어머니에게 엉겨 붙는 아이처럼, 씨의 어머니는 더 자주 딸의 방에 쳐들어와서 글 쓰는 흐름을 흩트려 놓았다.

그 일은 종일 원고를 써야 생활이 유지되는 딸을 미치게 만드는 요인이 된다. 생각다 못해 딸은 어머니 방과 자기 방 사이를 벽으로 막아서, 어머니가 밖을 빙 돌아야 자기 방에 올 수 있게 만들어보기도 하고, 뒷마당에 딴채를 지어 어머니가 따로 살게 하기도 한다. 그래도 소용이 없다. 어머니의 신경은 하나 뿐인 딸과 손녀에게 완전히 집중되어 있기 때문에, 그들의 안위를 수시로 확인하는 것은 어머니의 존재이유였던 것이다. 사실상 딸은 어머니의 유일한 대화 상대이기도 했기 때문에 어머니는 여러 가지 이유로 딸을 혼자 있게 내버려 둘 수 없었던 것이다.

따님인 영주 씨가 학생 때 귀가가 늦어지면, 박경리는 최악의 경우를 상정하고 파랗게 질려서 불안에 떤다. 아들을 삽시간에 잃은 경험이 있는데다가 예술가다운 페시미즘이 있었기 때문이다. 과민한 씨는 그런 불안을 견디는 것이 힘이 들어서 이를 악물고 안간힘을 쓰고 있다. 그렇게 절박한 순간에 어머니가 문을 벌컥 열고 들어와서 "영주가 웬일고?" 하고 불안의 뇌관에 불을 지르니 딸은 미친다. 어머니는 그런 식으로 씨가 겨우겨우 참고 있는 불안의 뇌관을 건드리는 일을 자주 하셨다. 그때마다 딸은 발작을 일으킬 듯이 어머니에게 대적하는데, 맹목적으로 딸에 집착했던 어머니는 그런 딸을 이해하지 못해서, 딸은 딸대로 괴롭혔고, 당신은 당신대로 외로웠던 것이다. 영주 씨가 결혼해서 원주에 가버리자 중재자가 없어져서 두 분이 더 자주 부딪혔다 한다. 도저히 글을 쓰기 어려울 지경이 된 것이다. 할 수 없이 영주 씨가 할머니를 절에 모셔다 드렸다는 말을 들은 일이 있다.

하지만 그렇게 사사건건 딸의 인생에 개입하면서도 어머니는 딸에게 너무 많은 자율권을 주기도 했다. 박경리는 초등학교 때부터 걸핏하면 휴학을 했다. 담임선생이 마음에 안 든다거나 학교에 가기 싫다는 이유에서였다. 그런 응석이 통할 수 있었던 것은 홀어머니의 외딸이었기 때문이다. 씨는 어머니의 유일한 혈육이어서, 어려서부터 집안에서 제일 귀한 존재였던 것이다. 그래서 유아독존적 사고가 형성된 것이다. 성년 후에는 가장이기도 해서 집안에서 씨의 권위는 절대적이었다. 딸도 어머니도 모두 피부양자였으니까 씨는 그 집의 제왕이요 공주였던 것이다. 그런데다가 씨는 자기만이 옳다는 굳센 신념을 가지고 있었다. 사람들과의 대등한 교유가 어려워진 것은 그런 신념 때문이기도 했다. 자신이 특별한 존재라는 의식을 키워준 건 그 어머니였다.

그러면서 어머니는 자식이 하나밖에 없으니 과잉보호하여 사사건건 간섭을 한다. 딸의 자유를 구속하게 되는 것이다. 어머니는 집안의 유일한 어른이니 그 명령에는 거역할 방법이 없는 여건이다. 자유를 얻는 방법은 언제나 어머니와의 투쟁일 수밖에 없는 것이다. 박경리에게 어머니는 너무 많은 자율권을 주는 만만한 존재인 동시에, 사사건건 자유의지를 저해하는 모든 권위의 대변자이기도 했다. 어머니에게 연민을 느끼지 못하는 것은 어머니가 늘 강자처럼 느껴졌던 유년기의 관성 때문인지도 모른다.

마지막 날에 쓴 시들을 보면 선생의 어머니는 객관적으로 보면 별로 나무랄 데가 없는 여인으로 그려져 있다. 어머니는 배금주의자이지만 탐욕스럽지는 않아서, 절에 시주도 넉넉히 하는 편이고, 이웃과의 나눠 먹기도 잘 하신다. 남의 흉도 보지 않으며, 이웃과 다투는 법도 없다. 항상 최저 한도의 생활을 하고 가구도 없는 집에 살았지만, 비상금은 늘 준비해 두는 규모 있는 여인이기도 했고, 잘난 체하는 법도 없으셨다는 것이다. 6·25 때 피난을 가면서 외상값을 갚고 갈 정도로 경우가 밝은 여인이기도 했단다. 9·28 후에, 남로당원이 된 남편 때문에 재산을 몰수당할 뻔한 일이 있는데, 그때 어머니가 외상값을 갚은 가게 주인이 반장이어서 위기를 모면했다고 한다. 장독 사기를 좋아하고, 이불 사치벽이 있기는 했지만, 어머니는 검소하고, 부지런하고, 헌신적인 보통 여인이었다는 것이 선생의 증언이다. 영주 씨의 글에서 같은 평가가 내려지는 것을 보면 박경리의 어머니는 한 인간으로서는 나무랄 데가 별로 없는 인물이었던 것 같다.

그런데 그런 어머니의 장점들이 이상하게도 딸에게는 감동을 주지 않는다. 딸의 평가 기준이 너무 특별했기 때문이다. 어머니는 소극적이고 평범한데, 따님이 너무 비범해서 서로 소통이 되지 못했던 건지도 모른다. 딸은 어머니가 사랑하지도 않는 남자의 아이를 낳게 해달라고 산신에게 빈 태도를 경멸한다고 공언한다. 그래서 그렇게 해서 태어난 자신을 사랑할 수가 없다는 것이다. 그것은 딸의 남성관계를 해치는 요인이 된다. 어렸을 때부터 자기는 절대로 남자에게 굴복하지 않겠다고 결심하는 것이 그 일에 대한 박경리의 반응이었기 때문이다. 그래서 남편과의 관계도 원만하지 못했고, 「표류도」의 현희처럼 사랑하는 남자 앞에서 순수해질 수가 없었으니 늘 외로웠던 것이다.

물질보다는 정신을 존중하고, 굴복보다는 저항을 선택하는 딸, 돈이 신앙인 어머니는 가치관이 전혀 달라서 그 모녀는 너무 자주 충돌했다. 영주 씨 기억으로는 두 분이 조용히 넘기는 날이 없을 정도였다고 한다. 모든 사람과 잘 지내는 할머니가, 어머니하고는 만나기만 하면 싸움을 거는 이유를 손녀는 이해할 수 없었다. 할머니가 유독 어머니만 왜 그렇게 못살게 구는지 모르겠다고 영주 씨가 안타까워했을 정도로 그 어머니는 따님과 늘 의견이 맞지 않았다고 한다. 어쩌면 할머니는 자신의 불행을 어머니와 싸우는 것으로 해소하려 하는 건지도 모르겠다고 영주 씨가 생각했을 정도였다.[3] 그렇다면 박 선생도 같았을 가능성이 많다.

이상하게도 박 선생은 자신을 보호하고 지켜주는 어머니보다, 버리고 간 아버지의 인품을 좋아했다고 한다. 기질적인 동질성 때문이었던 것 같다. 아버지를 닮은 박 선생은 아버지와 같은 이유로 어머니와 성격이 맞지 않았는지도 모르며, 어머니가 딸에게 싸움을 거는 것은 어쩌면 남편에게 도전하는 것일 수도 있다. 그 모녀는 그렇게 성격이 맞지 않아서 서로에게 상처를 주는데, 외딸이어서 늘 함께 살 수밖에 없었으니 비극이었다. 영주 씨가 "외할머니는 어머니의 가장 큰 질곡桎梏이다."라고 말하고 있는데, 그 할머니에게 있어서도 딸은 그녀의 가장 큰 질곡이었을지도 모른다.

하지만 그 시에는 질곡으로서의 어머니만 그려져 있는 것은 아니다. 「이야기꾼」이라는 시를 보면 박경리의 소설적 재능의 원천이 어머니와 할머니였다는 정보가 나와 있다. 씨에게는 글을 읽을 줄 모르는 구두쇠 할머니가 있었는데, 그분이 옛 이야기책 마니아였다는 것이다. 그래서 돈을 아끼지 않고 고담古談 책을 있는 대로 다 사들였다고 한다. 할머니는 집안 식구들을 모아놓고 이따금 이야기책 낭독회를 여셨다. 그 낭독회와 이야기책들이 박경리가 이야기꾼이 되는 기본자산이라 할 수 있다.

어머니는 할머니와 다른 방법으로 딸에게 문학적 영향을 주었다. 어머니는 고담을 멋있게 구연하는 음송시인이었던 것이다. 잡기를 할 줄 모르는 고지식한 여인이었는데, 어머니에게는 옛이야기를 실감있게 구연하는 특별한 재주가 있었다. 이야기꾼으로서 특별대우를 받으면서 동네 사람들이 물 맞으러 가는 모임 같은 곳에 가는 일이 잦았을 정도다.

구성진 입담에다가 비상한 암기력

---

3 김영주, 「어머니」 참조.

그것이 어머니에게는

사교적 밑천이었던 것 같다

    딸은 그렇게 어머니의 낭송 능력을 평가했다. 그건 박경리가 오래간만에 발설한 어머니의 특기였다. 1966년에 출판된 산문집 『Q씨에게』를 보면, 자기 어머니는 사람을 만나기만 하면 "이야기 하시기를 무척이나 좋아"한다는 글이 나온다.(같은 책, pp.12-13) 말할 사람이 없으면 개나 고양이에게 푸념을 하거나 화를 내신다는 것이다. 그 뒤를 "항상 나는 할 이야기가 많았습니다."(p.13)라는 말이 따른다. 어머니와 같은 것을 따님도 가지고 있었던 것이다. 어머니의 입을 통해 들은 옛이야기들이 씨의 소설쓰기의 자양분이었다는 것을 증언하는 대목이다. 딸도 어머니도 하고 싶은 말이 너무 많았다는 공통점이 있었던 것이다.

    공통성은 거기에서만 드러나는 것이 아니다. 이 시에는 어머니의 장기뿐 아니라 몰취미함도 함께 나열되어 있는데, 거기에서도 그 모녀의 공통분모를 찾아낼 단서가 있다.

노래 한 자리 할 줄 몰랐고

춤을 추며 신명 낼 줄도 몰랐고

술은 입에도 대지도 않았다.

심지어 농담 한마디 못하는 숙맥이었다

    어머니의 특징을 지적하는 말들인데 놀라운 말이 그 뒤를 잇는다. 어머니의 그런 점들을 "조금은 내가 닮지 않았을까"하는 부분이다. 춤도 못 추고 노래도 못하고, 술 마실 줄도 모르는 숙맥스러움 때문에 박경리는 스트레스를 풀 방법이 없었다. 농담도 모르는 융통성 없는 성격 때문에 씨는 늘 긴장 속에서 살았다고 할 수 있다. 그래서 자기 어머니처럼, 이야기의 세계에 몰입할 수 있었는지도 모른다.

어머니에 대한 시는 돌아가시기 한 달 전에 써진 작품이라 한다. 그 마지막 날들에 씨는 자기 속에 있는 어머니를 점검하면서 어머니와 자신의 동질성을 발견해 낸 것이다. 하지만 닮은 것이 어찌 그것뿐이겠는가? 박경리는 어머니를 닮은 곳이 많은 딸이다. 투명하고 결이 고운 피부와 타원형의 얼굴형도 어머니를 닮았으며, 난리통에 외상값을 갚는 결벽증도 어머니를 닮았고, 「토지」를 끝낸 다음에 찾아오는 사람들에게 푸성귀를 퍼주기를 좋아했다는 것도 어머니와 유사성을 띤 것이라 할 수 있다. 어쩌면 자기 자랑을 할 줄 모르는 것도 어머니를 닮았는지도 모른다. 그러니까 어머니에 대한 증오는 어쩌면 닮은 자끼리의 혐오감 같은 것이었을 가능성이 있다. 개성이 강한 소설가 지망생 둘이 한집에서 살았으니 충돌이 없을 수 없었던 것이다. 어쨌든 삶의 마지막 달에 선생은 그렇게 어머니와 같이 있었던 것이다.

그러다가 그 시의 끝에 가서 드디어 어머니에 대한 사랑을 수줍게 고백한다. "세상의 끝의 끝" 같다는 단구동 집에서, 여름에도 추웠다는 매지리 집에서, 선생은 밤이면 어머니를 찾아 헤매는 꿈을 꾸며 살았다는 것이다. 「어머니」라는 시에는 그런 어머니에 대한 순수한 그리움이 나타나 있다. "황량하고 삭막하고 아득한" 꿈길에서 딸은 어머니가 없는 30년 동안 내내 어머니를 찾아 헤맸다는 것을 고백한다. 한번도 만나지는 못하는 꿈만 꾸는 것을 딸은 자신의 불효에 대한 형벌로 받아들이고 있는 것이다.

> 어머니 생전에 불효막심했던 나는
> 사별한 후 삼십여 년

꿈 속에서 어머니를 찾아 헤매었다.

······ ······

불효막심의 형벌로서

이렇게 나를 놓아주지 않고

꿈을 꾸게 하나보다

이 시에는 놀라운 사실이 많이 들어 있다. 평생 밀어내기만 하던 어머니를 찾아 헤매는 것도 놀라운 일이지만, 선생이 자신을 불효자라고 부른 것은 더 놀라운 일이다. 그건 엄청난 변화다. 자신의 의견을 절대선으로 믿는 예술가들은 자신이 잘못했다는 생각을 할 줄 모르는 사람들이기 때문이다. 어머니와의 관계에서도 그랬다. 자신의 완벽성을 믿었던 씨는, 모녀 갈등의 원인을 언제나 어머니의 잘못으로 치부했다. 그래서 늘 과감하게 어머니와 맞설 수 있었던 것이다. 씨에게는 어머니에 대한 연민이 보이지 않았다. 어렸을 때부터 어머니는 그 집의 유일한 어른이고 가장이었으니까 항상 자기보다 강자로 보였기 때문이었는지도 모른다. 효는 연민에서 생겨나는 것이다. 지적이고 강한 어머니들이 자식에게 인기가 적은 것은 연민을 유발하지 않기 때문일 것이다.

하지만 그 하늘에 닿을 것 같은 증오는 사실은 연민의 변형이었음을 다음 인용문을 통하여 확인할 수 있다. 1966년에 출판한 『Q씨에게』의 서두에서 작가는 어머니에 대한 이야기를 길게 하고 있다. 자기 어머니는 아무나 붙잡고 이야기하기를 좋아하는 여인이었다는 것이다.

사람을 만날 수 없었던 날이면 나의 어머니는 강아지나 고양이를 상대로 푸념도 하시고 짜증도 내시고 때론 야단을 치기도 하죠.

얼마나 고독한 풍경입니까?

하지만 나는 어머니의 그 외로운 풍경을 아주 싫어한답니다. 이 세상에서 제일 나를 노엽게 하는 것은 어머니의 눈물, 어머니의 푸념이었으니까요…… 굳이 이유를 찾아본다면 아마도 내 가까운 사람의 설움을 보는 것이 두렵기 때문일 거예요.　　　　　　　　　　　　　　『Q씨에게』, pp.12-13

　어머니와 딸의 갈등은 어쩌면 서로 상대방의 설움을 직시하는 일을 두려워하는 데서 유발되는 것인지도 모른다. 씨는 "나는 잃은 것 앞에서 잃은 모성을 되찾았다."(같은 책, p.267)는 말을 한 일이 있다. 아들을 잃고 나서야 남은 자식에 대한 모성을 되찾았다는 탄식이다. 그 말은 어머니의 경우에도 해당된다고 볼 수 있다. 어머니를 잃고 나서야 어머니에 대한 사랑을 되찾았다는 이야기가 되기 때문이다. "미워하면서 한없는 연민을" 느끼는데 그 연민은 "가까운 사람의 설움을 보는 것"에 대한 두려움 때문에 언제나 노여움으로 분출되니, 숨겨진 연민이 타인의 눈에 보이지 않는 것이다. 어머니는 작가의 "영혼 속에 깊이 드리운 문신"(같은 책, p.272)이다. 가장 깊이 새겨진 문신이라고 할 수 있다.

　「어머니」라는 시에 나타나 있는 절절한 그리움과 회한을 읽으면서 나는 갑자기 불길한 생각이 들었다. 안 하던 일을 하는 걸 보니 "이 양반이 돌아가시려나 보다."라는 생각이 문득 들었던 것이다. 서둘러 사방에 전화를 걸어서 오랫동안 소원했던 박 선생의 소식을 알아보았다. 폐암 말기여서 병원에 입원해 계시다는 암담한 소식이 들려왔다. 영주 씨에게 물어보니 이미 코마 상태여서 면회도 사절하고 있다는 것이다. 곧 이어령 선생에게 장례식 절차를 문의하는 전화가 걸려왔고, 며칠 후에는 부음이 전해졌다.

　문상을 가는데 얼마 전에 읽은 「어머니」라는 시 생각이 났다. 그 와중에도 나는 박 선생이 어머니에게 불효자라고 빈 것이 너무 다행스럽게 생각되었다. 그것은 사랑을 회복하는 경하스러운 징후였기 때문이다. 박 선생에게 있어 어머니는 곧 자기이기도 해서, 어머니를 용서하는 일은 자신을 용서하는 일이기도 했을 것이다.

2) 박경리와 딸

박경리는 나면서부터 집안의 가장 귀한 존재였기 때문에, 누가 자기에게 거역하는 것을 용납하지 못했다. 그래서 개성이 강한 어머니와 갈등이 많았는데, 딸도 커가니 마찰이 생기기 시작했다. 유순하던 딸이 반항을 시작하니 난리가 난 것이다. 영주 씨는 부계를 닮았는지 대범하고 무던한 성격이었다. 영주 씨가 어머니이고 어머니가 딸인 것같이 보일 때도 있었다. 영주 씨는 어머니에게 많이 관대한 편이었고, 늘 어머니를 감싸 안는 분위기가 있었다. 하지만 아무리 착한 딸이라도 매사에 복종만 하고 있을 수는 없는 것이다. 딸에게도 개성이 있기 때문이다. 그래서 사춘기가 되면 어느 모녀간에도 충돌이 생기기 마련이다. 떠날 준비, 독립할 준비를 하느라고 아이들이 부모를 밀어내기 시작하기 때문이다.

한번은 우리가 아카데미 하우스에서 저녁을 초대했는데, 영주 씨가 오지 않았고. 박 선생은 화가 충천해 있었다. 영주가 대들었다는 것이다. 형제가 많거나 자식이 많은 집 엄마들은 그런 일에 이골이 나 있는데, 외동자식이 처음으로 반항하니 「토지」의 작가가 기함을 한 것이다. 하지만 영주 씨는 박 선생이 세상에서 만난 가장 든든한 우군이었다. 개성이 강하기로는 딸도 어머니 못지않으니 부딪히는 일은 많았겠지만, 박 선생도 당신 어머니를 대하는 것보다는 딸에게 훨씬 관대했다. 다투면서도 이상하게 딸의 의견을 귀담아 듣는 경향이 있었다. 어머니에게 하는 것처럼 간단히 무시해 버릴 수 없는 그 무엇이 영주 씨에게 있었던 것이다. 남의 말을 귀담아 들어준다는 것은 선생에게는 아주 힘든 일이다. 말을 귀담아 들어준다는 것은 상대방을 대등한 인간으로 인정하는 것을 의미하기 때문이다. 박 선생이 영주 씨 이야기를 귀담아 들어준 것은, 그 의견에 객관적 타당성이 있다는 믿음이 있었던 것이니 그건 특별한 케이스였다고 할 수 있다.

딸 쪽의 젊은 감각으로 보면 어머니에게도 허점이 없을 리 없다. 어디에선가 박 선생이 기분에 따라 집을 두드려 부수는 취미가 있다는 영주 씨의 글을 읽은 일이 있다. 부수는 것은 좋은데 수리를 전문가에게 맡기지 않고 막일꾼을 불러다가 직접 하시니 부작용이 생긴다는 것이다. 그래서 자기 집에서는 항상 집수리가 진행되고 있다고 했다. 그런 현상은 옆에 있는 가족에게는 달가운 일이 될 수 없으니 충돌이 생길 가능성이 많다. 의견이 맞지 않는 일이 어찌 그것뿐이겠는가? 예술가들은 자신의 감정을 절대시하며 사는 분들이니까 일상생활에서 비합리적인 일을 많이 저지른다. 재능이 있는 작가일수록 그런 경향이 더 심화될 수 있다. 예술가와 같이 사는 일이 어려운 이유가 거기에 있다. 언젠가 신혼 초에 새 아내가 산보를 같이 하잔다고 펄펄 뛰는 소설가를 본 일이 있다. 그는 자기가 잘못하고 있다는 것을 전혀 모르고 있어서, 너무나 당당하게 아내를 규탄하고 있었다. 산보하는 시간은 자기가 작품 구상을 하는 소중한 시간인데, 왜 방해를 받아야 하는가 하는 것이 남편의 당당한 주장이었다. 그렇다면 결혼은 하지 않는 게 옳다. 같이 산다는 것은 서로가 방해를 받는 여건을 수용하는 것을 의미하기 때문이다. 모녀간이라고 그런 비합리적인 사건이 벌어지지 말라는 법은 없다. 박 선생 집에서는 그런 경우에 져주는 쪽이 늘 영주 씨였을 것 같은 생각이 든다.

박 선생도 따님이 항상 까다로운 자기에게 휘둘리며 살고 있는 것을 알고 있었다. 그래서 김지하와 결혼을 한다니까 말렸다고 했다. 엄마한 테 시달리면서 청소년기까지 힘들게 살았으니 결혼한 후에는 자기 시에 나오는 것처럼 "일 잘하는" 대범하고 너그러운 지아비를 만나 편히 살 기를 바랐다는 것이다. 다행스럽게도 박 선생은 사위를 좋아하고 늘 자 랑스러워 하셨다. 하지만 그의 시인적인 과민성이 딸을 괴롭힐 것은 반 갑지 않았던 것이다. 그 반대 속에는 영주 씨가 자기 때문에 힘들게 산 데 대한 회한과도 같은 모정이 서려 있었다고 할 수 있다. 영주 씨는 박 선생이 우려한 대로 시인의 아내여서 힘든 삶을 살았다. 유별나게 힘든 삶을 살다가 아까운 나이에 떠나가서, 오래 가슴이 아플 것 같다. 어머니까지 두 분의 특출한 예술가를 모시고 살았으니 얼마나 애로가 많았을지 짐작이 가기 때문이다.

하지만 그보다 더 큰 문제는 그런 자기중심적인 작가의 기층에 도사 리고 있는 끔찍하게 농도가 짙은, 지나치게 농도가 짙은, 외딸에 대한 원초적인 모정이다. 박 선생은 따님이 탱화에 관한 논문을 쓸 때, 원고 보따리를 싸들고 딸의 자료조사 여행에 동행하셨다. 절은 모두 깊은 산 속에 있는데, 그 호젓한 산길을 따님이 혼자 헤매다닐 것이 염려스러웠 던 것이다. 손수 사진을 찍으며, 조수 노릇도 했다고 하는 말을 들으면 서 나는 자식을 이기는 부모는 없다는 말을 생각했다.

전국의 절을 다 찾아다니는 그 오래고 힘든 답사과정에 동참하다가, 선생은 「토지」의 무대인 쌍계사와 평사리를 만났다고 한다. 평사리 앞 들판에 고개를 숙인 벼가 끝도 없이 넘실거리는 풍요로운 가을 풍경이 마음에 꽂혀서, 그곳의 가을을 새로 쓰는 대하소설 「토지」의 첫 장면으 로 택하게 되었다는 것이다. 이동하면서 소설을 계속 쓰는 것은 아주 어려운 일인데, 운전도 못하는 선생님은 그 많은 시간과 노역을 따님을 위해 모두 바친 것이다. 그건 외딸에게만 바칠 수 있는 독점적인 헌신이다.

삶의 유일한 우군이었던 딸이 결혼을 해서 원주의 시댁에서 살아야 하게 되니, 박 선생은 별수 없이 혼자 살게 되었다. 딸을 가진 부모의 설움이다. 어머니가 평생 따라다녀서 힘들었던 박 선생은 절대로 딸네 집에서 같이 살지 않겠다고 맹세를 했다고 한다. 사위가 외아들이니 같이 살려 해도 살 수 없는 처지였기도 하다. 그러니 말년의 선생은 많이 더 외로우셨을 것이다. 영주 씨는 선생의 유일한 정신적 지주였기 때문이다. 영주 씨는 딸이면서 동시에 어머니였고, 친구이면서 조수이기도 했으며, 새로 쓰는 소설의 첫 독자이기도 했다. 어머니의 집착이 클 수밖에 없는 존재지만, 같이 살 수는 없는 여건이었으니 모녀가 모두 힘이 들었을 것이다. 유일한 우군이니 당신 어머니처럼 수시로 벌컥벌컥 문을 열고 딸의 방에 들어가 하고 싶은 말이 얼마나 많았겠는가. 외딸에 관한 어머니의 집착은 당신 어머니의 그것과 별로 다르지 않았을 것이기 때문이다. 박경리는 아들을 잃었을 때 남은 자식에 대한 모정을 되찾았다는 말을 한 일이 있다. 그 진한 모정을 쏟을 대상이 따님밖에 없었으니 그 철저한 모정의 농도는 지나치게 짙을 수밖에 없었을 것이고, 그건 딸에게는 별수 없이 부담이 될 수밖에 없었을 것이다. 나는 그것을 본 일이 있다.

어느 날 오전에 선생님 댁에 들렀더니 선생님이 사색이 되어 누워 계셨다. 영주 씨가 연세대에 출강하고 있어서, 원주에서 하루 전에 와서 정릉집에서 자고 강의하러 가곤 하던 무렵이었다. 그런데 그 주에는 아무 연락도 없이 따님이 안 나타났다는 것이다. 기다리다 기다리다 통행금지 시간이 다가오자 박 선생은 불길한 생각에 몸이 오그라들기 시작했다. 사고로 아들을 잃은 일이 있는 예술가의 과민한 더듬이에 불길한 영상이 확대되어 나타나며 팽창해 간 것이다. 상상 속의 불행은 점점 부풀어가서, 통행금지 사이렌이 울리고 어둠 속에 갇히게 되자 불안은 절정에 달했다. 꼭 딸이 어딘가에 죽어 있을 것 같은 생각이 어머니를 미치게 만든 것이다. 새벽 두 시가 지나자 선생은 "벽을 안고 울기 시작했다."고 하셨다. 오밤중에 외딸의 안위가 걱정되어, 벽을 안고 울고 있는 홀어머니의 영상은 너무 처절하다.

통행금지가 풀리자마자 선생은 택시를 잡아타고 원주로 달려갔다는 것이다. 어른들을 모시고 사는 시댁에 꼭두새벽에 사돈마님이 들이닥쳤으니, 김씨네 어른들이 얼마나 놀랐을지 짐작이 간다. 엄마가 사색이 되어 2백 리 길을 택시를 타고 달려왔으니 딸은 또 얼마나 놀라고 죄송스러웠겠는가?

기가 막힌 것은 그날 딸네 집에는 아무 일도 없었다는 데 있다. 밤에 남편의 술손님들이 늦도록 돌아가지 않아서 못 떠난 것뿐이기 때문이다. 자식들은 모두 그렇게 무심한 짓을 하는 거니까 부모들은 상처를 입지 않을 수 없다. 외자식을 둔 부모는 더할 것이다. 정릉에 돌아온 홀어머니는 그 밤의 후유증을 오래 앓았다. 그랬는데도 영주 씨가 해남에 가서 살 때에도 같은 일이 일어났다는 말을 들었다. 전화를 안 받는다고 박 선생이 천릿길을 택시로 달려갔다는 것이다. 외딸이 힘든 것은 어머니의 그런 지나친 집착이다. 그걸 지겨워하며 살았으면서 당신도 같은 것을 대물림한 것이다.

외딸은 어머니에게 그런 절대적인 존재다. 딸에게 어머니도 마찬가지였을 것이다. 1970년대 초에 선생이 암 수술을 받고 나오니, 하룻밤 사이에 따님의 얼굴에 세계지도 같은 기미가 생겨 있더라는 글을 읽은 일이 있다. 심청이와 심봉사처럼 하나밖에 없는 딸과 어버이는, 상대방을 위해 아무 때나 인당수에 뛰어들 수 있는 존재들이다. 박 선생에게 어머니도 같은 존재였을 것이다. 박 선생이 자살한다고 옷끈을 목에 두르기를 좋아하던 어머니를 용서할 수 없었던 것은 어머니를 잃는 데 대한 공포가 그만큼 컸던 데 기인한다. 어머니의 지나친 집착이 지겨워 넌더리를 냈으면서, 당신도 어머니와 같은 일을 답습한 박경리 선생님. 그건 외딸을 가진 부모의 업보라고 할 수 있다.

그 끔찍한 사랑을 따님은 어머니의 유업을 수행함으로써 갚아가고 있었다. 아이들을 길러 놓고 겨우 자기 공부를 할 수 있는 세월이 오니, 어머니가 기념관을 남겨 놓고 떠나서 여행도 마음대로 못 한다고 불평을 하더니, 영주 씨는 어느 아들 못지않게 어머니의 유업을 유연하게 잘 운영하면서 원주 바닥에 지모신처럼 굳건하게 서 있었다.

그러던 그녀가 엊그제 이승을 떠났다. 하지만 손자가 관장이 되었으니 뒤를 걱정할 필요는 없을 것 같아 마음이 놓였다. 원주의 세브란스 병원 영안실에서 그녀의 입관예배에 참여하면서 나는 영주 씨의 죽음에 대한 충격보다도 먼저 박 선생을 생각했다. 영주 씨가 어머니보다 앞서지 않은 것을 감사하는 마음이 생겨났다. 선생에게 더 이상의 참척을 당하게 하고 싶지 않았기 때문이다.

3) 박경리와 첫 손자

1970년대 초에 박 선생 댁에는 경사가 많았다. 연대생이던 따님이 졸업을 하고 대학원에서 탱화연구를 하고 있더니, 1973년에 김지하와 결혼을 했고, 아들을 낳은 것이다. 덕택에 박 선생은 20년 만에 다시 남자아이를 안을 수 있게 되어 아주 행복해 하셨다. 그건 하늘이 내린 크나 큰 축복이었다. 아이의 이름은 강이었는데 나중에 원보라고 개명을 했다고 한다. 박 선생은 그 이름을 '언보'라고 발음하셨다. 호사다마라고 아이가 나자마자 아이 아빠가 보안법 위반으로 구속되었다. 아이가 일곱 살이 될 때까지 김 시인은 감옥에 있었다. 영주 씨의 고달픈 세월이 시작되었다. 7년간의 긴 옥바라지였다.

그 동안 영주 씨 모자는 정릉집에 와 있는 일이 많았다. 아침 일찍 면회를 가야 하기 때문이다. 애 엄마가 신랑 면회를 가면, 박 선생이 아이를 종일 봐주어야 한다. 유방암을 앓은 박 선생에게는 과중한 업무였다. 하지만 다른 면에서 보면, 그건 선생에게 주어진 축복의 시간이었다고 할 수도 있다. 친할머니를 젖혀놓고, 에미도 젖혀놓고, 자신이 아이를 독점할 수 있었기 때문이다. 토지를 쓰고 있는 기간이었는데도 선생은 아이를 보는 일에 대해 불평을 하는 일이 없었다. 불평이란 말은 가당치도 않았다. 선생은 그 아이를 독점하는 일을 감사하는 것같이 보였다. 아들을 잃고 애통하던 선생은, 말랑하면서도 튼실한 사내아이의 육체를 다시 안고 많은 위로를 받는 것 같았다. 당신이 아이를 기를 때처럼 구식 누비 처네로 원보를 들쳐 업고 일을 하면서, 박 선생은 자주 환하게 웃으셨다. 정말로 흡족해 보이는 웃음이었다. 그 웃음이 보기 좋았다. 영주 씨 말대로 박 선생은 웃는 얼굴이 아름답다. "어린이처럼 천진해 보이기" 때문이다.

원보에 대한 박 선생의 사랑은 딸에 대한 것보다 더 농도가 짙었다. 두벌 자식이라 책임이 없어선지 뭐든지 아이가 원하는 대로 다 들어주는 것 같았다. 물건만이 아니다. 시간도 아끼지 않고 내주었다. 하루는 볼일이 있어서 찾아갔는데, 아이가 자기와 놀자고 떼를 쓰기 시작했다. 할머니 치맛자락을 붙들고 놓지 않는 것이다. 그러자 선생은 이상한 말을 되풀이하셨다. "애비가 없어서 그런지 아아가 에민해서요……" 하는 대사다. 예민하지 않은 아이도 손님이 와서 어머니나 할머니의 관심을 빼앗아가는 것은 좋아하지 않는다. 그건 야단을 맞으며 참는 법을 배워야 할, 아이들의 보편적인 인생고 중의 하나다.

그런데 다른 사람에게 관심이 가는 것을 싫어할 만큼 아이가 당신을 좋아하는 것이 선생에게는 특혜처럼 달가웠던 것 같다. 그래서 그 소원을 들어주고 싶었던 것 같다. 그래서 '아아가 예민해서'를 되풀이하신 모양이다. 그 말이 여러 번 계속되니 그만 돌아가 달라는 말같이 들리기 시작해서 자리에서 일어났다. 선생님은 그렇게 원보의 말에 전적으로 복종하는 할머니였다. 원보와 더불어 보낸 그 세월은 박 선생의 행복의 정점이었는지도 모른다.

오랜 옥고 끝에 석방된 애 애비는 당연하게도 출옥하자마자 아이와 애 에미를 모두 데리고 원주로 내려갔다. 애비가 아이 버릇을 버려놓았다고 잔소리를 하더라는 말을 하면서, 박 선생이 허탈하게 웃던 생각이 난다. 그 후 얼마만에 선생이 원보를 데리고 우리집에 놀러 오셨다. 평창동에 이사 간 후의 일이다. 돌아가실 때 집앞 계단을 아이를 업고 내려가시는데, 원보가 등 뒤에서 할머니에게 요구 사항을 지시했다.

"할머니, 원보가 좋아하는 건 이런 집이란 말이에요, 큰 이층집이요. 아셨어요?"

선생님의 정릉집은 20평짜리 단층의 국민주택이었다. 아이는 큰집에 살고 싶었던 것이다. 아이의 말에 "우냐 우냐 알았다 알았어!"하면서 힘들게 계단을 내려가시더니, 얼마 있다가 정말로 박 선생은 원보가 원하던 큰 2층집을 원주에 사고 이사를 하셨다. 1980년의 일이다. 원보가 장정이 되었을 2006년에 내가 원주에 갔을 때도, 선생은 남자용 체크무늬 티셔츠를 입고 계셨는데, 원보가 입다가 두고 간 옷이라고 하면서 좋아하셨다. 원보는 선생님에게 눈알 같은 존재요, 빛이요, 구원이었던 것이다.

하지만 딸도 원보도 시댁에 가서 살아야 하니, 6백 평의 텃밭이 달린 너무 큰 단구동의 2층집에서 박경리 선생은 달랑 혼자 살아야 했다. 평생 홀어머니가 따라다녔으니 혼자 사는 건 처음이었을 것이다. 어머니마저 돌아가시자, 원주로 내려왔는데, 딸이나 손자와 같이 살 수 없었던 선생은, 늑대와 여우 같은 야생동물의 울음소리가 들리는 큰 집이 "세상의 끝의 끝"처럼 느껴졌을 것이다. 그렇게 될 것을 알았으면서 박 선생은 원주에 내려갔다. 먼발치에서라도 아이들을 자주 보려고 한 것이다.

그건 이성도 교양도 들어갈 자리가 없는 원초적 사랑의 세계다. 거기에는 외화도 가식도 들어설 자리가 없다. 상고 때부터 전해 오는 전통이 있을 뿐이다. 정릉 시대의 어느 날 마당에서 처네에 아이를 업고 서있는 선생님을 본 일이 있다. 완전히 시골 할머니였다. 아주 편안해 보였다. 선생은 아이를 포대기에 싸 업고 사위가 출감하는 교도소까지 가기도 하셨다. 원보가 입다 버린 옷을 입고 음식점까지 가는 것은 선생이 가지고 있는 소탈한 토속적인 측면이다.

선생은 남자를 별로 높이 생각하는 분이 아니었는데, 이상하게 부부가 해로하는 일은 높이 평가하셨다. 그건 자신과 어머니가 이루지 못한 것이기 때문인지도 모른다. 영주 씨는 해로하는 부부 생활을 영위하는데 성공했다는 점만 가지고도 어머니에게 효도를 하고 있던 셈이다. 우리가 따님이 결혼한 후에도 영주라는 이름을 부르는 것을 박 선생은 좋아하지 않았다. 당신은 자기 딸을 꼭 시골에서 하던 대로 아이 이름을 따서 '강이네'나 "언보네"라고 불렀다. 아이엄마로만 대우하고 싶었던 것 같다. 선생님에게는 그런 측면이 있다.

내게는 영주 씨가 원보 엄마로 보이지도 않았고, 김지하의 아내로도 보이지 않아서, 모르는 체하고 지금까지 그냥 고유명사로 그녀를 부르고 있다. 내게 있어서 영주 씨는 탱화라는 귀한 소재를 택하여 연구에 몰두하던 영특한 여대생이었고, 규모가 큰 토지문학관 사업을 원만하고 멋있게 운영하고 있는 우수한 박물관장이었던 것이다. 그런 따님을 굳이 '언보네'라고 부르는 것은 선생님의 토속적이고 전통적인 측면이다. 토속적인 세계는 선생님의 예술의 밑바닥에 도사리고 있는 튼실한 지반이다. 19세기 말에서 해방되던 해까지의 한 지방의 풍속도를 그린 「토지」를 살리는 원동력이 그런 토속적인 측면의 재현이다. 전통문화는 선생님 속에 완전히 육화되어 있었기 때문에 그 시대의 풍속도를 그리는 것은 선생에게는 어려운 일이 아니었을 것이다.

선생은 현실의 삶이 행복하였더라면 소설 같은 것은 쓰지 않아도 좋았을 것이라는 말을 자주 하는 문인이었다. 그만큼 평범한 가정에 대한 동경이 컸다. 그 소원이 따님을 통해 이루어져서 박 선생 댁에는 이제 가족이 풍성하다. 손자가 결혼해서 자손이 더 늘었기 때문이다. 나는 이따금 그 집 가족 사진을 상상해 보는 것을 좋아한다. 선생님이 원하던 지상의 행복이 거기 있기 때문이다. 그래서 원주쪽을 보고 있으면, 마음이 편안했다.

자신의 고유성을 지키기 위해 가족을 밀어내면서 이룩한 선생의 예술 세계는, 「토지」를 통하여 성취되었다고 할 수 있다. 그건 박경리 선생의 개별의식의 승리이고, 예술가로서의 승리다. 토속적이고 보편적인 풍속도와 모성애를 토대로 한 현세적인 세계도 이제 그렇게 충족이 되었으니 인간 박경리의 세계에는 남는 한이 없게 되었다. 저승에 계신 선생님께 축하한다는 말씀을 전하고 싶다.

(2019년 12월)

인용도서

박경리, 『시장과 전장』, 현암사, 1964.

_____, 『원주통신』, 지식산업사, 1990.

김영주, 「어머니」, 『수정의 메아리-박경리의 삶과 문학』, 솔출판사, 1995.

박경리의 어머니에 관한 시: 『현대문학』, 2008년 4월호.

박경리 씨와의 봉별기逢別記

멋있는 사람은 박경리 씨. 안 빗고 안 지진 머리, 신경만이 살아 있는 듯한 피부, 굵은 회색 스웨터 바람, 검은 타이트 치마, 여학생같이 소탈했다.[1]

전혜린의 수필집 『이 모든 괴로움을 또 다시』를 우연히 뒤져보다가 이런 글을 발견했다. 그 글을 보니 내가 처음 만나던 때의 박 선생 생각이 났다. 내가 30대 중반이었으니까 우리 큰언니와 비슷한 연배인 선생님은 40대 초반쯤 되었을 것인데, 가까이에서 보니 피부가 너무 맑고 투명했다. 화장도 별로 하지 않았는데, 요즘 인위적으로 주근깨를 막 없애버린 피부처럼 어찌나 투명하고 결이 고운지 한참을 홀린 듯이 쳐다보았다. 전혜린이 "신경만이 살아 있는 듯하다."고 말한 그 비범한 피부다. 그 피부에서 선생의 맑은 인품이 보이는 것 같아서 호감이 갔다. 선생의 초기 소설에 나오는, 이를 갈며 살고 있는 듯한 여인들의 이미

---

1 전혜린, 『이 모든 괴로움을 또 다시』, 민서출판사, 1976, p.238.

지와는 너무나 다른, 밝고 유연한 분위기였다. 그 아름다움 앞에서 나는 두 손을 들었다. 내게는 미인숭배 경향이 있다.

하지만 어린애처럼 결이 곱고 여린 피부를 보고 있으니, 선생님이 겪은 남다른 수난사가 한결 더 깊은 아픔을 자아냈다. 그건 우리 큰언니를 볼 때 느끼는 것과 동질의 것이다. 선생님이나 우리 언니는 정신대 때문에 고등학교를 졸업도 못하고 결혼을 생각해야 한 수난의 세대에 속한다. 더 끔찍한 것은 그 다음이다. 그렇게 결혼한 그들은 대부분이 6·25 때가 되면 스물셋이나 넷의 나이로 청상이 된다는 것이다. 이미 아이가 둘이나 있는데, 남편은 전쟁이 삼켜버리고 없는 여인들……, 고교 졸업장도 없어서 온전한데 취직도 할 수 없는 여인들…….

"스물셋이요, 3월이요, 각혈이다."라는 이상의 「봉별기」 서두 생각이 난다. 선생님 세대는 "스물셋이요, 3월"인데 전쟁미망인이 되어 있는 것이다. 그 나이 때 나는 대학 4학년이었다. 모든 것이 무너져 내린 폐허 속에 서 있었지만, 남자 친구와 데이트를 하면서, 졸업논문을 준비하는 신나는 성장의 계절이었다. 그런데 선생님 세대는 아이가 둘이나 딸려 있는 전쟁미망인이 되어 있었던 것이다. 갑자기 여자 가장이 된 그들의 스물세 살은, 폐병으로 죽음을 선고 받은 이상의 그것보다 비극성의 농도가 더 짙다. 박 선생은 거기에 아들을 잃는 비극까지 덧붙여져 있었다.

2년 전에 6·25에 관해 쓴 책에 넣으려고 폭격 당한 한강 철교를 찍은 사진을 구해온 일이 있다. 그 사진에는 하나 건너씩 교각이 폭파당한 한강철교가 있고, 그 밑에 임시로 만든 부교浮橋가 있었다. 그 부교를 보니 박 선생 생각이 났다. 9·28 이후에 노량진에 살던 박 선생은, 그 다리를 도보로 건너서 서대문형무소에 갇혀 있는 남편을 면회하러 다녔다. 신청자가 많은 날은 형무소에 닿아 보면 이미 마감이 되어 있는 일이 많았다 한다. 그렇게 가을을 보내고 겨울이 되어 1·4 후퇴가

닥쳐오니 남편은 시신도 못 찾게 세상에서 사라져 버린다. 그런 엄청난 것이 작가 박경리의 6 · 25 체험이다. 잘못도 없는데 팔다리가 잘려나간 전쟁고아를 보는 것 같은 마음으로 그 세대를 보게 되는 이유가 거기에 있다. 죄없이 처형당하는 스물세 살짜리 전쟁미망인들……. 나는 그 세대의 여인들 앞에서도 무조건으로 항복하는 버릇이 있다. 그건 그분들의 고난에 대한 오마주다. 내가 박 선생에게 항상 관대할 수 있었던 것은 그 때문이었던 것 같기도 하다.

하지만 선생님을 좋아하게 된 근본적인 동기는 당연하게도 그분의 소설에 있었다. 박경리 선생은 내가 대학생 때 등단한 가장 빛나는 여류 작가였다. 나는 그분의 「불신시대」와 「표류도」, 「김약국의 딸들」, 「시장과 전장」 같은 소설들을 서점에 서서 허겁지겁 읽은 애독자였고, 졸업 후에는 그분에 대해 논문을 쓰기 시작하는 새내기 평론가이기도 했다. 어느 출판사에서 문학사전의 「박경리」항을 집필할 것을 청탁 받은 것이 선생님 댁에 가기 시작한 동기였다. 정릉천변에 있는 국민주택에 사시던 1960년대 후반의 일이다.

나는 성격적인 면에서 선생님과 공통되는 부분이 많다. 나도 결벽증이 있으며, 사교성이 없고, 나들이를 싫어하는 '구멍지기'형이었기 때문이다. 그래서 나는 선생님의 결벽증을 존경했다. 선생님은 지저분한 것을 참지 못하는 분이다. 옳지 않은 것도 마찬가지다. 그 정도가 너무 투철해서 감히 따라 갈 엄두는 내지 못했지만, 그건 나도 하고 싶던 일들이어서, 존경하는 마음으로 항상 박수를 보내고 있었다. 우리도 뒤죽박죽인 시대를 살았으니까 선생님의 사회 전체에 대한 불신과 분노에도 공감을 할 수 있었고, 집단 행동에 대한 기피증, 이해관계를 배제한 인간관계 선호, 흙 만지기를 즐기는 농경민스러움 같은 데서도 공감대가 나타났다.

선생님은 보통 사람들보다 순도가 아주 높은, 탁월하고 깔끔한 작가였다. 명리에 눈이 어둡지 않았다. 감투 같은 것은 쓰고 싶어 하지도 않았다. 격이 높고 조용한 작가였던 것이다. 그러면서 선생님은 어느 남자도 다다르지 못한 고지를 혼자서 등반한 용감한 여류작가였으며, 흔들리지 않는 의지로 한 가정을 지키는 씩씩한 아마존이기도 해서, 나는 정신없이 선생님에게 매혹당하고 있었다.

고양이 기질을 가지고 있는 나는 사람을 사귀는 일이 까다롭다. 아무리 도움이 될 인물이라도 마음에 들지 않으면 거들떠보지도 않는 버릇이 있다. 꼭 만나고 싶은 사람이 아니면 내 세계에 들여놓으려 하지 않으니 주변에 사람이 많지 않다. 그 대신 한번 친해진 사람에게는 죽을 때까지 충성을 다한다. 그걸 나는 무조건 항복이라고 부른다. 세상에 완벽한 사람은 없으니까 좀 마음에 안 드는 점이 발견되어도, 따지지 않고 믿어주겠다고 생각하는 마음을 나는 무조건 항복이라고 부른다. 그래서 사귐이 오래 간다. 많은 사람에게 그렇게 정성을 쏟을 능력이 없으니까, 분수를 알아서 소수정예주의를 택한 것 같다.

박 선생은 1960년대 말에서 1970년대까지 내가 무조건으로 항복을 한 몇 분 안 되는 문단 친지 중의 한 분이다. 비슷한 연배의 누나를 가지고 있는 남편과도 호흡이 잘 맞아서, 우리는 가족모임도 이따금 가지는 친숙한 사이가 되었다. 그때 우리는 성북동에 살고 있어서(1967~74) 선생님이 사는 정릉과 가까웠고, 내가 대학 강사를 시작하던 무렵이어서 비교적 한가했던 것도 가까이 지낼 수 있는 여건이 되었던 것 같다.

우리는 한 달에 한 번이나 두 번쯤 만났다. 방향이 같으니까 문단행사에 참여하면 같이 돌아오기도 하면서 별 문제가 없이 조용한 2년이 지나갔다. 그러다가 1972년에 이 선생이 『문학사상』을 시작하게 되고, 「토지」 2부를 거기 연재하니, 편집자와 필자의 관계도 덧붙여져서 더 자주 만나게 되었다. 1969년부터 1970년대 중반까지의 사이였던 것 같다. 하지만 그 사귐이 평탄했던 것은 아니었다. 정릉 시대의 박 선생은 피해의식을 가진 과민한 예술가여서 사람을 별로 좋아하지 않았고, 많이 까다로웠다. 걸핏하면 무언가에 삐치시는 것이다.

우리가 성북동에 간 지 2년이 지난 1969년경에, 박 선생과 나 사이에 소설을 쓰는 후배 하나가 끼어들었다. 그 무렵에 이혼을 한 그녀는 박 선생 옛집을 빌려서 살면서 선생님과 친해졌다고 했다. 그녀가 걸핏하면 자기집에 놀러 오라고 내게 전화를 했다. 심심한 것을 못 견디는 활동적인 타입이었기 때문이다. 나는 혼자 있는 것을 좋아하는 편이어서 그녀와 취향이 맞지 않았다. 박 선생도 사람을 좋아하지 않는 타입이신데, 그 사이에 사교적인 친구가 끼어드니 우리의 조용한 균형이 흔들렸다. 후배에게 휘둘려 그 애 집에 놀러갔다가 그 애에게 끌려서 느닷없이 박 선생 댁에 찾아가는 일이 잦아졌다. 막내가 어려서 데리고 다녀야 하던 때여서 나는 하루에 두 집씩 방문하면 아이에게 미안했고, 몸이 약해서 피곤하기도 했다. 남의 집에 예고 없이 불시에 찾아가는 것도 적성에 맞지 않아서 두루 불편했다. 하지만 후배는 적극적인 성격이어서 박 선생과 급속하게 친해져 갔다. 두 분 다 싱글이고, 외로우니까 친하기 쉬웠고, 후배의 적극성이 박 선생에게는 약이 되었는지도 모른다.

그러다가 사고가 났다. 후배가 크리스마스 파티를 열 계획을 세웠기 때문이다. 서울 중상층 가정에서 자란 그녀는 파티를 여는 것을 좋아했다. 요리도 잘하지만, 기명도 멋있는 것을 많이 가지고 있고, 술안주 같은 것을 멋있게 만드는 재주도 있어서 그런 일에 적성이 맞았다. 외국 문학을 전공한 그녀는 취향이 모던하고 심미적이었다. 문학이나 예술뿐 아니라 사는 일에서도 격과 멋을 중시했다. 삶의 모든 측면을 심미적으로 즐기는 것을 이상으로 여기는 에피큐리언이었던 것이다. 그것을 그녀는 프랑스식으로 '살줄을 안다savoir vivre'고 간주해서 삶을 즐기는 일에 자부심을 가지고 있었다. 그러니까 그녀는 박 선생이라는 빛나는 별을 모시고 프랑스식 멋진 파티를 열어볼 작정이었는지도 모른다. 그런 분위기는 박 선생의 취향에는 맞지 않을 것처럼 보였지만, 그래도 그녀의 모던 취미가 호수처럼 잠잠하던 선생님 댁을 자극하고 활성화시키는 것 같아서 잘 되었다고 생각하며 구경을 하고 있었다.

그런데 박 선생을 어떻게 설득했는지 두 분이 공동 출자를 해서 파티를 여는 일이 진척되고 있었다. 우리 부부는 둘 다 파티형이 아닌데다가, 크리스마스는 아이들과 함께 보내 버릇해서, 그 초청이 달갑지 않았다. 하지만 축제 없는 삶을 살아 온 박 선생이 모처럼 여는 파티여서 일단 동참하기로 했다. 문제는 남자 손님이었다. 여자는 있는데 파트너가 없는 것이다. 그 부분을 후배는 엉뚱하게도 이 선생에게 떠맡기려 했다. 연말인데 느닷없이 여는 낯선 집의 파티에 갈 사람을 모으는 것은 쉬운 일이 아니어서, 이 선생이 난색을 표하니까, 그러면 함께 일하는 분들 몇 분만 모시고 와 달라고 간청했다.

파티를 열기를 잘했다는 생각을 하게 된 것은, 그 날 밤 연두색 공단 한복을 입은 선생님이 너무 아름다웠기 때문이다. 내가 본 가장 아름다운 모습이었다. "안 빗고, 안 지진 머리"를 수수하게 틀어 올리고 화장도 별로 안 했는데, 박 선생은 그날 너무 품위가 있으면서 화사했다. 방안이 환해지는 느낌을 주는 아름다움이었다. 촛불이 켜지고 크리스마스 데커레이션을 한 선생님 댁 응접실도 보기가 좋았고, 와인과 유리잔과 서양식 안주가 배설된 식탁도 아름다웠다. 후배의 솜씨는 완벽했다.

세 분의 신사를 모시고 이 선생이 나타났다. 언론계의 어른들이라 서구식 파티에 익숙하지 않은데다가 안면이 전혀 없는 사람들이 모이니까 분위기가 너무 어색했다. 그 어색한 분위기에 와인이 들어가니 문제가 생겼다. 사교적 언사에 익숙하지 못한 분들이 너무 아름다운 낯선 여류 명사들 앞에 세워지니 안정을 잃은 것 같았다. 한 분이 덕담을 한다는 게 말 실수를 했다. "이렇게 아름다운 숙녀분들이 사는 집이 담이 너무 낮네요. 누가 담을 넘어오면 어쩌시려구요."하는 말이 그분의 입에서 나오자 나는 앞이 캄캄해졌다. 박 선생의 결벽증을 알고 있었기 때문이다.

박 선생이 아름다우니 칭찬을 한다는 것이 그런 얄궂은 표현이 되었으니, 앞이 캄캄한 것은 말을 한 분도 마찬가지였을 것이다. 일이 커졌다. 내가 염려한 대로 그분 말이 박 선생의 날이 선 자존심을 크게 상하게 한 것이다. 그래서 후배가 심혈을 기울인 파티는 엉망이 되었다. 그 남자 분은 자신의 실수에 대한 응분의 대가를 치렀다. 박 선생의 항의 전화가 날마다 집으로 걸려 왔기 때문이다. "내가 싱글인데 남자가 들어오고 싶으면 대문으로 들어오지 왜 담을 넘어 들어오느냐."고 박 선생이 따지고 들었다. "대체 무슨 뜻으로 그런 말을 했느냐."고 다그치기도 했다. 중간에 낀 이 선생도 응분의 대가를 치렀다. 날마다 그분을 보아야 하는 것도 고역이었겠지만, 박 선생을 진정시키는 것도 큰 문제였기 때문이다. 그 일로 인해 후배의 회오리바람은 더 이상 박 선생 댁에서 불지 않게 되었고, 박 선생의 정릉집은 원래의 적막한 안정을 되찾았다.

그 후에도 박 선생과 나 사이는 그냥 계속되었다. 교제라야 한 달에 한두 번 만나는 정도였지만, 나들이를 싫어하는 내게는 가장 자주 만나는 사이였다. 이 선생이 외국에 간 동안에 따님 영주 씨가 김지하 씨와 결혼을 했다. 나는 우리 자동차를 종일 신혼부부에게 빌려주기도 하고, 영주 씨의 함진아비 치다꺼리도 도우면서 박 선생과의 친분을 이어 나갔다. 그러다가 우리와의 사이에도 드디어 문제가 생겼다.

1. 구천동 이야기

아직 관광시설이 없던 1969년 초여름에, 무주 구천동에서 이 선생에게 강연 청탁이 왔다. 여류문인 한 분을 모시고 와서 같이 강연을 해달라는 것이다. 여행을 싫어하는 이 선생은 내켜 하지 않더니, 역마살이 낀 내가, 무주를 보고 싶어 신이 나 있는 것을 보고는 선심을 썼다. 여류문인은 그 무렵의 최고의 인기 작가시고 우리와도 가까운 박 선생이 적합할 것 같다고 의견이 모아졌다. 선생님도 쾌히 승낙하셔서 같이 여행을 하게 되었다. 계절도 동행도 최상이니 나는 그 여행에 기대가 컸다. 아이들을 기르느라고 결혼 후 처음으로 여행을 떠난 것이기 때문에 신이 나 있었던 것이다.

첫 여행이어서 실수가 많았다. 그 중에서도 가장 큰 실수는 박 선생과 같이 간 것이었다. 여행은 여행을 즐기는 사람끼리 가야 하는 건데 이선생도 박 선생도 여행을 즐기는 타입이 아니었다. 뿐 아니다. 여행은 과로하는 일정으로 짜이기 때문에, 임의로운 사람끼리 가도 분쟁이 생기기 쉽다. 피곤하여 자제력을 잃기 때문이다. 이따금 만나는 사람들은 서로의 내면에 숨겨져 있는 상대방의 본질을 눈치 채지 못하는 경우가 많다. 박 선생이 나를 까다롭지 않은 여자로 잘못 보셨듯이, 나도 선생님이 그런 과민성 기질을 가진 것은 모르고 동행을 권한 것이다.

나중에 알아보니 정릉 시대의 박 선생은 사람 싫어하기로 호가 나 있었다. 기자들이 와도 문을 열어주지 않고 되돌려 보낸다는 것이다. 우리와 사귀던 시기는 「토지」 연재를 시작하기 전이었는데, 그 무렵에 선생님은 전화도 없애고 신문도 끊어버리고 칩거하는 중이었다. 사람이 싫어서 타일도 손수 깔고, 시멘트도 손수 개서 집수리를 직접 한다는 말도 들었다. 게다가 외출하는 것을 싫어하는 '구멍지기' 타입이라는 것이다. 여행은 더 말할 필요가 없다. 그런 분을 그 당시의 무주같이 숙소도 정비되어 있지 않는 오지에 모시고 가서 고생을 시켰으니 동티가 나지 않을 수 없다. 물론 그 모든 것은 선생님이 선택한 것이기도 하다. 아마 선생님도 우리와의 관계가 편했으니까 같이 여행해도 문제가 없지 않을까 하는 기대를 가지셨던 건지도 모른다.

시작부터 심상치 않은 조짐이 나타났다. 아침에 서울역에 나타난 선생님의 심기가 영 불편해 보였다. 여행을 하려고 일부러 까만 원피스를 새로 맞추었는데, 가봉을 하자는 것을 바빠서 그냥 만들라고 했더니 가슴선이 너무 높게 나왔다는 것이다. 유방암 수술을 받은 지 얼마 되지 않은 때이니 그러지 않아도 가슴 언저리가 신경이 쓰일 시기였는데, 옷까지 몸에 맞지 않으니 안정을 잃을 수밖에 없었던 것 같다.

그렇게 불편한 심기로 시작한 여행은 내내 편하지 않았다. 5월의 구천동은 굽이굽이 선경이어서, 낮에는 기분이 풀려서 관광을 즐겁게 끝냈다. 그런데 저녁 식사 때부터 문제가 생겼다. 시골분들이 서울 손님을 너무 보고 싶어 해서 식사 시간이 조용하지 못했던 것이다. 강연도 문제였다. 이 선생이 먼저 강연을 했는데, 박수를 많이 받았다. 그런데 아침부터 심기가 편치 않았던 박 선생은 그날 강연을 망쳤다. 우리도 선생님 강연을 들어본 적이 없어서, 좀 놀라고 당황했다. 강연이 끝나자 박 선생은 불편한 기색을 노골적으로 드러냈다. 우리에게도 말을 하지 않으려 하는 것으로 보아, 같이 가자고 한 것에 화를 내고 있는 것 같기도 했다.

산골이라 숙소가 또 엉망이었다. 일자형 초가집의 나란히 붙어 있는 작은 방 둘이었다. 박 선생 기분이 워낙 저조하니 혼자 주무시게 하는 게 도리가 아닌 것 같아서, 나는 말동무라도 해 드리려고 박 선생과 룸메이트를 하자고 제안했다. 잠자리가 까다로워서 남과는 잠을 자지 못하는 나로서는 최대한의 양보를 한 셈이다. 두루 복잡해서 잠을 이루지 못하다가 겨우 눈을 붙였는데, 아침에 일어나니 박 선생이 우울한 얼굴로 내게 물었다. "내 코 골았지예." 코를 고신 기억은 없다. 그런데 선생님은 그 문제로 신경을 쓰신 것 같았다. 그럴 줄 알았으면 그냥 혼자 주무시게 할 걸 하는 후회가 생겨났다.

다음날 박 선생은 전날보다 더 심기가 불편했다. 기분 전환을 시켜 드리려고 농담도 하고 적성에 맞지 않는 애교도 떨어보았으나 효험이 없었다. 오후가 되니 너무 피곤해서 나도 입을 다물어버렸다. 그런데 설상가상으로 기차표에 또 문제가 생겼다. 일등이 둘이고 하나는 3등이란다. 미리 예약을 했다는데 중간역이라 그런 일이 일어난 모양이다. 이번에는 이선생이 양보를 했다. 자기가 3등에 가겠다는 것이다. 나는 너무 놀라서 그의 얼굴을 쳐다보았다. 그이는 얼굴이 알려져 있어서 3등을 타는 것을 좋아하지 않았다. 마음 놓고 잠을 잘 수 없기 때문이다. 그래서 힘들어도 자기 차로 지방에 가곤 하는데, 무주는 너무 멀어서 기차로 온 것이다. 그러니 이 선생도 최대한의 양보를 한 셈인데, 박 선생이 막 화를 내면서 아주 완강하게 자기가 3등을 타고 가겠다고 우기셨다. 그 기세가 하도 험해서 우리가 손을 들었다. 가뜩이나 사람을 좋아하지 않는 박 선생은, 그때 딱 우리 꼴을 안 보고 싶어 하는 표정을 하고 계셔서, 혼자 가시게 하는 편이 낫겠다 싶었던 것이다. 우리도 지쳐 서 싸운 사람처럼 입을 봉한 채 서울까지 왔다. 주최 측이 너무 끌고 다닌데다가 먼 거리여서 피곤한데, 종일 신경을 썼더니 먹은 것을 다 토해 버리고 싶은 심정이 되었다.

서울역에 내린 것은 밤 열시 반경이었다. 우리는 밤의 플랫폼에 서서 선생님이 나타나기를 기다렸다. 그런데 아무리 기다려도 나타나지 않으신다. 어딘가에 숨어서 우리가 사라지기를 기다리는 건지도 몰랐다. 그렇다고 캄캄한 밤의 플랫폼에 어른을 혼자 버리고 갈 수도 없는 형편이다. 기다리는 걸 싫어하는 남편의 심기도 점점 불편해지기 시작해서 나는 이중으로 신경이 쓰였다. 통행금지 시간이 점점 다가오자 그때에야 저 쪽 아득한 어둠 속에서 박 선생의 베이지색 코트 자락이 펄럭이기 시작했다.

모두 입을 봉한 채 택시를 탔다. 우리 집이 가까우니까 먼저 내리면서 택시 값을 내려 했다. 우리는 두 사람이고, 선생님은 혼자인데다가 선배시니 우리가 내는 것이 순리였다. 그런데 박 선생이 막 소리를 질렀다. 당신에게도 돈이 있다는 것이다. 너무 놀라서 그냥 가시게 했다. 그렇게 해서 우리의 관계는 일단 종지부를 찍었다.

그 일은 우리 부부에게 여행에 대한 많은 것을 가르쳐 주었다.

• 여행은 되도록 가족끼리 다닐 것.
• 코를 골 나이가 되면 가족과 가더라도 남과 같이 자지는 말 것.
• 강연 할 때는 절대로 파트너를 자기가 고르지 말 것.
• 상대방이 사양하는 일은 그냥 받아들이는 것이 좋다는 것 등이다.

그리고 보니 여행을 하다가 앙숙이 된 친구들이 많았다. 펜 대회 때도 여류문인 두 분이 룸메이트를 하는데, 선배 문인이 화장대를 독점해서 후배는 내내 땅바닥에서 화장하는 것을 보았다는 사람이 있었다. 오래 혼자 살던 분들은 공간을 공유하는 법을 잊기 쉽다. 그러니까 상대방의 인품을 잘 알지 못하는 경우에는 여행을 같이 가지 않는 게 상수다.

보름쯤 지나니 박 선생이 따님을 데리고 과일을 가지고 오셨다. 엄청나게 많은 양이었다. 아마 그 동안 우리에게 진 신세를 돈으로 환산하여, 정산을 하자는 것 같았다. 어쩌면 감정적으로 받은 것까지 다 정산하려는 뜻이 들어 있는지도 모른다. 결벽증이 있는 선생님은 찌꺼기가 남지 않게 하려고 과분한 양을 준비하신 것 같았다. 그런데 만나니 서로 너무 반가워서 우리는 다시 오고 가기 시작했다. 그 후에도 다시 친분이 이어졌다가 끊어졌다가 하는 일이 몇 차례 되풀이됐는데, 때마다 선생님은 많은 양의 과일을 사 가지고 오셨다. 시간이 지나면 선생님은 아무리 따져봐도 우리가 자기를 해친 것이 없다는 것을 알게 되고, 그러면 미안해져서 먼저 손을 내미는 것 같았다. 그렇게 우리 사이는 이어지고 끊어지고 하면서 4, 5년이 지나갔다.

그러다가 마지막이 왔다. 「토지」를 『문학사상』에 연재하고 있을 때였는데, 무언가에 기분이 상하면 선생님은 연재를 중단하는 습관이 있었다. 마지막은 원주에 계실 때였는데 원고료를 인상하라고 요구하시면서 연재 원고를 주지 않으셨다. 베스트셀러 작가였으니까 특별고료를 받고 있었지만, 시간이 지났으니 인상 요구를 할 수도 있는 일이다. 하지만 원고료 인상은 간단한 문제가 아니다. 선생님을 추천하신 동리 선생님을 위시하여 많은 선배 문인들이 있어서, 후배 작가 하나만 파격적으로 고료를 올리는 것은 분란을 일으킬 소지가 있다. 뿐 아니다. 다른 잡지에도 파급될 가능성이 있어서 조심스러운 상황이었다.

그 문제를 해결하지 못한 채 이 선생이 긴 여행을 떠나자 편집실에서 내게 박 선생을 만나 그 일을 마무리해 달라고 자꾸 부탁을 했다. 원하는 조건대로 다해 드린다고 전하면 된다는 것이다. 할 수 없이 그달 마지막 주에 원주에 전화를 걸었다. 조건을 다 들어드린다는 말을 전했더니, 그 문제는 인제 끝이 났다고 하셨다. 무슨 뜻이냐고 물으니까 잘 전달이 안 되는 모양이니 일단 만나 이야기하자고 하셨던 것 같다.

대학에 전임으로 나가던 때여서 많이 바빴지만, 원주까지 내려갔다. 비가 억수로 쏟아지는 날이었다. 두 번째 아이 산월이 가까운 따님이

옆방에서 자고 있었다. 밤늦도록 손님을 치러야 하는데 남편이 한복 입기를 강요해서, 만삭의 임산부는 거추장스러운 옷 속에서 파김치가 되어 있었다. "아이구 언보네야아! 자꾸 자면 아가 커서 몬쓴데이. 그만 자그라." 애가 타서 말하는 선생님 목소리가 들려왔다. 사랑이 묻어 있는 따뜻한 목소리였다.

그런데 응접실에 나온 선생의 어조는 아주 사무적이었다. 원고는 이미 다른 매체에 넘겨주었다는 것을 선생은 건조한 목소리로 알려주셨다. 번복하는 일은 불가능하다는 것도 알려주셨다. 작가의 요구를 들어주지 않는 잡지사는 작가 대접을 할 줄 모르는 나쁜 잡지사라는 것도 깨우쳐 주셨다. 얼른 들어드리지 않은 것에 화가 나셨던 모양이다. "알았습니다." 한 마디를 남기고 그 집을 나왔다. 나는 누구와 사귀면 끝까지 가는 성격인데, 더는 안 되겠다는 결심이 섰다.

베스트셀러 작가가 고료 인상을 요구하는 것은 이상한 일이 아니다. 연재를 중단하는 것도 작가의 재량권에 속하는 거니까 할 수 없다고 치자. 하지만 거절하더라도 잡지사 기자를 다루는 것 같은 생소하고 사무적인 말투로 해서는 안 될 것 같았다. 모르는 사람이 아니기 때문이다. 거절할 것이면 어떻게 해서든지 나를 원주까지 오지 못하게 말리는 것이 옳을 것 같기도 했다. 내가 세 아이를 가진 일하는 여자인 것을 박 선생은 알고 계시다. 일요일은 아이들이 나와 놀고 싶어서 일주일을 기다린 후에 오는 휴일이라는 것도 잘 아는 사이다. 비가 쏟아지는 것도 모를 수 없다. 그런데 면전에서 거절하기 위해서 나를 거기까지 가게 한 것은 친지끼리는 해서는 안 되는 일처럼 생각되었다. 서로 깊은 상처를 입고 우리는 그렇게 헤어졌다.

영주 씨의 말에 의하면 박 선생은 연말이 되면 다리를 뻗고 한바탕 통곡을 하는 습관이 있으시다고 한다. 한 해 동안 사람들에게서 받은 상처가 아파서 "창자가 끊어질듯 가슴이 터져버릴 듯"한 단장의 눈물을 쏟으신다는 것이다. 인기가 정상에 올라갔고, 경제적으로도 여유가 생겨서 이미 약자가 아닌 시기에도 그리 하셨다고 한다. 그렇게 한바탕 울고 나면 멀쩡하게 정상으로 돌아오신다고도 했다. 나도 한번 그렇게 울어보고 싶어졌다. 무조건으로 항복하고 싶었던 선배 하나가 영원히 사라져버렸기 때문이다. 하지만 나는 여전히 「토지」의 충실한 독자로 남았다. 작가는 좀 멀리에서 보는 편이 더 아름다워 보인다는 것도 그때 알게 되었다.

그리고 다시는 교류가 없어서 나는 원주 시대 30년 동안의 박 선생에 대해서는 아무것도 알지 못한다. 토지문학관 개관식에도 가지 못했기 때문이다. 그 30년 동안에 내가 선생을 만난 것은 2006년경에 제자들과 이효석문학관에 다녀오던 길에 토지문학관을 보러 갔을 때뿐이다.

원주에 내려가실 때, 선생님에게는 친구가 얼마 남아 있지 않았다. 가정적으로도 주변이 허술했다. 딸은 결혼하여 시댁에서 살고 있고, 어머니는 돌아가셔서 같이 살 가족이 하나도 없어진 것이다. 밤이면 밖에서 늑대와 하이에나가 우는 소리가 들린다는 단구동집을 선생님은 "세상의 끝의 끝" 같다고 표현하셨다. 그 곳에서 선생님은 절대고독 속에서 14년이나 혼자 살면서 「토지」라는 20권의 거창한 대하소설을 완성하셨다. 그건 피로 쓴 것이고 목숨으로 쓴 글이다.

2. 원주라는 은둔처

멀리서 그 고독이 늘 가슴 아팠는데, 1994년에 나온 『박경리의 삶과 문학』이라는 책을 읽어보니 선생님의 원주 시대는 그다지 외로운 것이 아니었다. 서울에서 주기적으로 찾아오는 친지 그룹이 새로 생겨났고, 토지문학관이 완성되어 집필실이 제공되자 거기 다녀가는 젊은 작가들도 울타리가 되어서 선생님은 내가 생각하는 것처럼 외롭지 않았던 것이다. 원주 시대의 박 선생은 정릉 시대처럼 세상을 향하여 문을 닫아 걸고 살지 않았기 때문일지도 모른다. 6백 평 텃밭이 있는 넉넉한 대지 위에 있는 2층짜리 집은 고도처럼 외롭게 보였지만, 원주에서 선생님 댁 대문은 토지가 끝난 후에 조금씩 열리기 시작한 것이다. 문이 열려 있으니 사람들이 들어온다. 그 지역에 있던 연세대 분교에 출강하시니 그곳 관계자들이 정기적으로 드나들었고, 제자들과 후배 문인들도 조금씩 드나든다고 했다. 집필실이 마련되어 젊은 작가들이 와서 있다 가니 그 중에서 주기적으로 찾아오는 후배들이 생겨난 것이다.

단구동 집에 사실 때부터 선생님이 찾아오는 사람들과 자주 만나며, 그들에게 푸성귀와 고추, 대추 같은 것을 보따리 보따리 싸서 나누어 준다는 소문이 서울까지 들려왔다. 선생님의 거처도 토지문화관의 작가의 집이 있는 매지리로 1996년에 옮기셨는데, 거기에서는 젊은 작가들이 식사하는 곳에 반찬을 만들어 보낸다는 희한한 말도 들려왔다. 놀라운 변화다. 산골 집필실의 예술가들은 "멀리서 보기도 하지만/ 방안에서도/ 나는 그들을 느낄 수 있어."라고 작가가 말하고 있다. 그들은 선생의 "마음에 드는 대상"인 귀한 존재들이다. 그들에게 "유치원 보모 같은 생각을 하고/ 모이 물어다 먹이는/ 어미새 같은 착각을" 하셨다는 시를 쓸 정도니 선생님의 노년은 여유롭고 풍성했던 것이다. 젊은 작가들을 멀리서 지켜보면서 선생님은 그들과 정신적인 혈연성을 발견하셨던 모양이다. 후배이며, 제자이고, 자식인 그 일군의 문인들이 선생님이 돌아가시자 아름다운 송별사들을 써 드렸다.

원주가 선생님을 딴 사람으로 변화시킨 것이다. 원주에 가신 후 선생님의 세계에 많은 변화가 일어난다. 스스로를 천제처럼 높이던 오만과, 육친도 밀어내던 배타성, 야박스러운 자존심 챙기기 같은 것 때문에 주변 사람들을 하나하나 잃어가던 1970년대 무렵의 그 작가와, 매일 푸성귀를 만져서 후배들에게 먹이를 제공하는 보살 같은 인물이, 같은 사람이라고 하기 어려울 정도다. 선생님과 처음부터 마지막까지 우정을 지속한 추은희 여사가, 노년에 건강이 나빠진 것을 보더니, 전복, 갈비 같은 보양식을 싸 주셨고, 거금의 치료비까지 챙겨 주시더라는 말도 들은 일이 있다. 당신은 손자가 입던 티셔츠 같은 걸 아무렇지도 않게 입고 다니시면서, 서울에서 오는 손님은 모두 갈비를 넉넉하게 대접해 보내신다는 것도 알고 있었다. 그런 사랑은 모르는 사람들에게도 번져나가고, 고양이, 개, 새 같은 동물들에게까지 확산되다가, 밭에서 자라는 식물에게까지 번져나간다. 살아 있는 모든 생명에 대한 풍성하고 여유있는 사랑과 헌신이다. 그건 생명주의의 작가 박경리가 다다른 아름다운 정상이다.

추모 기사에 나온 선생님 사진들이 모두 북구의 여류작가들처럼 풍성하고, 평화롭고 깊숙해서 감동을 받았다. '빗지도 지지지도 않은' 머리를 아무렇게나 묶어 올렸는데도 선생님 사진에는 지모신 같은 넉넉한 분위기가 서려 있었고, 그 안쪽에서 빛을 발하는 사고의 깊이가 조화롭게 어울려 있었던 것이다. 온 세상을 적으로 생각하면서 이를 갈며 살던 전반기와는 거리가 먼 도통한 풍경이다. 선생님이 베푸는 자가 되어 여럿을 품고 있으니 자존심을 건드릴 사람도 없었을 것이어서 선생님이 참 좋게 삶을 마무리하셨구나 하면서 나는 속으로 선생님에게 경하를 드렸다. 죽음을 앞에 두고 아무나 "버리고 갈 것이 많아 좋다."는 달관에 다다를 수 있는 것은 아니기 때문이다.

원주에서 일어난 그 놀라운 변화의 원천은 손자들의 탄생과 경제적

안정, 「토지」의 완성 같은 것에서 온 것이 많을 것이다. 정릉 시대에는 「토지」를 잉태하고 키우는 일이 너무너무 힘에 겨워서, 온갖 정력을 모두 거기 쏟아 붓느라고 그렇게 피해의식으로 똘똘 뭉쳐진 강파른 면을 노출시킨 것이 아니었을까?

하지만 원주의 기적은 어쩌면 역설적이게도 선생님의 고독의 산물이었는지도 모른다는 생각이 들었다. 혼자 사니까 세상 끝에 온 것처럼 외로우셨겠지만, 그것은 선생이 일선학교로 갈 때 선택한 바로 그 고독이다. 남편이나 어머니의 방해를 받지 않고 자기로서만 사는 자유는 고독이라는 대가를 치러야 얻는 것이기 때문이다. 원주에서는 그 고독이 완성되었다. 방문을 열고 아무 때나 고개를 디밀고 자기 세계를 휘저을 남편도 없었고, 어머니도 없었기 때문이다. 사람이 싫어서 고용인도 두지 않았다니 6백 평의 텃밭이 인간과의 거리를 차단해 주는 담이 되었을 것이다. 그 절대고독은 집필을 위한 최고의 장치였던 것이다. 선생님은 원하는 대로 절대고독을 누릴 수 있었고, 아무의 간섭도 받지 않는 그 절대고독 속에서 「토지」라는 대하소설을 쓰고 고치면서 14년의 세월을 사신 것이다. 그건 자기완성의 긴 과정이었다고 할 수 있다.

4반세기가 걸린 「토지」의 완성은 선생님에게 성취감을 가져다 드렸을 것이다. 원하던 과업을 완성한 셈이어서, 그 충족감 속에서 선생님은 이웃을 생각하는 여유를 얻은 것이리라. 「토지」의 완성은 선생님이 시간과의 싸움에서 벗어났다는 것도 의미한다. 푸성귀들을 씻고 다듬어 반찬을 만드는 시간적 여유는 토지가 끝난 후에야 생긴 것이기 때문이다.

경제적 여유도 아주 중요한 요인이었다고 할 수 있다. 박 선생은 직장 생활을 아주 싫어했는데도 금융조합 직원부터 은행원까지 닥치는 대로 취직을 해서 가족을 부양해 왔는데, 토지가 완간되었으니 경제적인 자유가 완전히 보장된 것이다. 경제적인 여유가 생기고, 만인이 우러르는 자리에 올라갔으니 세상에 대해서도 너그러워질 수 있었을 것이다. 선생님은 이미 약자가 아니었기 때문이다. 그것은 자존심의 회복을 가져왔고, 하고 싶은 대로 돈을 쓸 자유를 보장했다. 어머니까지 돌아가셨으니 고양이를 몇 십 마리 부양하고, 아무 때나 집을 부셔서 수리를 하건, 푸성귀를 막 뽑아 남들에게 주건 참견할 사람이 없는 것이다. 잔소리를 할 사람이 없는 절대 자유가 만년의 선생님 앞에 놓여 있었다. 주고 싶은 사람들에게 마음껏 나누어 주어도 고갈되지 않는 텃밭이 있고, 젊은이들을 먹일 푸성귀가 넘쳐나니 앞으로는 토지가 가져온 풍요를 누리다 가시면 될 일이었기 때문이다.

게다가 선생님에게는 풍성한 가족이 있었다. 유명한 시인인 사위와, 어질고 착한 딸이 아들을 둘이나 낳아서 자손을 늘려 드렸다. 그 손이 번창하여 지금은 증손자까지 생겨났다. 그 대가족의 울타리 안에서 선생님은, 더 이상 홀어머니가 죽을까봐 발발 떨던 절대고독 속에 갇힌 외톨이 소녀가 아니었다. 「토지」를 끝내고 산 15년의 세월은 한 인간 박경리가 누린 지복의 세월이었다고 할 수 있다.

오래간만에 다시 선생님 시와 소설을 꺼내 읽으면서 나는 오늘도 박경리 선생의 열성 팬임을 확인한다. 선생님은 이승에 계시나 저승에 계시나 거리와 상관없이 이따금 문득문득 보고 싶어지는 분이다. 그 안에 있던 순수함이, 그 안에 있던 신실함이, 그 안에 있던 사랑이 그리운 날은 내가 축복 받는 날이다. 오래 만나지 않았는데도 박경리 선생이 돌아기시니 슬펐다. 그 동안 소원하게 지내면서도 선생님을 향한 사랑을 그대로 남겨두고 있었던 모양이다. 자기 손으로 다가오는 사람들을 다 몰아내고는, 세상에 혼자 남아 있는 것 같다고 느끼며 흐느꼈을 그 외로운 영혼이 늘 가슴 아팠고, 제야에 다리를 뻗고 앉아 통곡을 하는 영상도 가슴 아팠으며, 마지막 저승 여행을 앞두고 그 예민한 영혼이 겪었을 외로움과 고독도 아프게 다가왔지만, 할 일을 다 하고 가신 그 원대한 삶이 부러운 때가 많다. 「토지」를 끝내고도 15년이나 원하는 사업을 완수하면서 사셨으니 존경스러웠고, 죽음 앞에서 허둥대지 않은 의연함도 감탄스러웠다. 박경리 선생은 그 많은 고난에도 불구하고 자기 일을 마감하고 떠나신 복 많은 인물 중의 하나였던 것이다.

선생님은 무덤 복도 많으셨다. 통영에 있는 선생님 무덤은 산 하나를 다 차지하고 있었다. 그 땅이 애독자가 선생님께 기증한 것이라 하니 더 아름다워 보였다. 내가 갔던 2010년경에는 무덤의 잔디도 자리가 잡혀 있었고, 어록을 적은 비석들도 잘 배치되어 있었다. 무덤가에 키가 한 자쯤 되는 상큼한 분홍빛 꽃들이 피어 있었다. 제비꽃처럼 섬세하고 날렵한 꽃이 다닥다닥 붙어 있는 이름 모를 꽃이었다. 나중에 보니 청와대에서 삼청동으로 내려가는 녹지대에도 그 꽃이 피어 있었다.

선생님 댁처럼 무덤에도 이웃이 없어서 한적하고 좋았다. 아늑한 병풍 같은 산을 등지고 삼태기같이 앞이 열려 있는 시야에 한산도가 있고 다도해가 있다. 거기 선생님은 혼자 바다를 보며 누워 계신다. 푸른 잔디밭에 자리한 무덤은 잔디밭이 그냥 봉분에 말려 올라갔다 내려오는 우아한 경지를 보여주고 있었다. 대지와 봉분이 같은 녹색 융단을 덮고 있는 형상이다. 둘레석도 없고 상석도 없는 무덤이 깔끔했다. 선생님이 육필로 쓴 '朴景利'라는 50센티 정도의 돌이 무덤 앞쪽 한편에 비스듬하게 꽂혀 있는 것이 전부였다.

내가 본 가장 아름다운 무덤은 야스나야 뽈리야나에 있는 톨스토이의 것이었다. 자작나무 숲속에 있는 자그마한 평지에 관모양의 무덤이 지상에 놓여 있는데, 비석도 상석도 없었다. 잔디가 그 관을 카펫처럼 덮어버려 톨스토이는 녹색의 관 속에 누워 있는 것처럼 보였다. 그 관 위에 누가 빨간 양귀비꽃 한 송이를 올려놓아서 전체의 구도가 그림같이 아름다웠다. 하지만 그 무덤에서는 바다는 보이지 않으니 박 선생이 더 운이 좋은 셈이다.

(2019년 12월)

정릉집 점묘

1. 담이 낮은 집

박 선생의 정릉집들은 길보다 낮은 곳에 건물이 있었다. 먼저 집과 새 집이 다 대문을 열고 여덟 단 정도 내려가야 대지가 나오는 식이어서 길 쪽 담의 높이가 1미터 20센티 정도밖에 되지 않았다. 어떤 분이 그 담을 가지고 말을 잘못해서 소동을 부린 일이 있지만, 나도 처음 그 집을 방문했을 때 쇠창살도 하지 않은 낮은 담이 걱정이 되었다. 좀도둑이 많던 시기였기 때문이다. 하지만 계단을 내려간 곳에서부터 담이 시작되니 안쪽은 낮지 않아 문제가 없었다.

그 집은 마당에서 보는 경치가 일품이었다. 경국사의 뒷산이 병풍처럼 삼면을 둘러싸고, 성북천이 동쪽을 막아 줘서 산속에 있는 외딴집처럼 고요하고 아늑했으며, 전망이 아주 좋았다. 서쪽으로는 집근처까지 들어온 산자락이 서재 가까이까지 다가와서, 2미터쯤 되는 높이의 동산이 되었다. 그래서 사철 산을 즐길 수 있었다. 경사가 가팔라서 올라가

쉴 수는 없었지만, 그 동산에 봄이면 진달래가 만발하는 기적이 일어난다. 부지런한 박 선생은 그 산에 많은 꽃씨를 뿌려서 산을 정원처럼 꾸미며 즐기셨다. 서재 문 바로 앞에 그 동산 자락이 있었기 때문이다. 아마 그 동산이 탐이 나서 길보다 낮은 집을 산 것 같았다. 하지만 동산보다 더 매력적인 조건이 있었다. 개천과 산이 양쪽 경계가 되니 옆에 집이 하나도 없다는 점이다. 공기가 맑고 조용해서 글쓰기에 전념하기에는 안성맞춤인 집이었다.

박 선생은 그 집에서 원주로 내려 갈 때까지 10여 년을 살면서 「토지」를 3부까지 썼다. 그 집에서 한 것은 글쓰기만이 아니었다. 거기서 선생은 사위를 보셨으며, 손자를 얻었다. 친정어머니가 돌아가시는 불행한 일이 있기는 했지만, 나쁜 일보다는 좋은 일이 많았던 것 같다.

2. 박경리 선생의 조각과 커피

정릉 시대에 박 선생은 이따금 나무에 조각을 하셨다. 15센티 내외의 자잘한 부처님 입상을 만들기도 했고, 따님과 손자의 반신상 같은 것도 조각했다. 우리 막내를 이뻐해서 그 애 얼굴을 조각해 주마는 약속도 하셨는데, 유방암 후유증으로 팔심이 약해져서 만들지 못하셨다. 그래도 선생님 서가에는 목각 인형이 많았다. 생나무색 작은 목각인형들은 선생님을 지켜주는 수문장들이었다.

정릉집에서 조각을 한 것은 박 선생만이 아니었나 보다. 김지하 씨도 나무 조각을 한다는 말을 들었다. 잡혀가기 전날 밤에 "지 처와 새끼 자는 얼굴을 밤새도록 조각하더라."는 말을 선생님에게서 들은 일이 있다. 그건 영주 씨네 신혼 1년 동안에 새겨진 단란한 풍경 중의 하나였을 것이다. 언제 풀려날지 모르는 긴 영어의 생활을 앞에 두고, 갓 태어난 아들과 속눈썹이 긴 아내를 조각하면서 「오적」의 작가는 어떤 생각을 하고 있었을까?

선생님은 영주에게 힘든 옥바라지를 시키는데도 사위를 많이 좋아하셨다. 사위 이야기를 할 때면 만족스런 웃음이 입가를 맴돌았다. 아이잘못 길렀다고 야단맞았다는 이야기를 할 때도 표정은 밝았다. 자신을 야단칠 남정네가 집안에 있는 것을 즐기는 것같이 보였다. 영주 씨를 통하여 생긴 사돈까지 합쳐진 대가족이 선생님 주변에 형성되고 있었다. 보기 좋은 풍경이었다. 김 시인이 출옥하고 토지를 완성한 후의 15년간은 선생님 삶의 태평연월이었던 것 같다. "아아 편하다, 이리 편한 것을" 하고 기지개를 하다가 가셨으니 그 마지막이 아름답다.

박 선생은 조각뿐 아니라 바느질도 잘 하신다. 한때 고향에서 수예점을 한 일도 있으시다. 원주로 내려갈 때에는 "재봉틀 하나만 믿고 갔다."는 말을 하셨다 한다. 글이 잘 안 써지면 바느질을 해서라도 살 수 있다는 자신감이다. 당신의 옷을 만년까지 손수 만들어 입으셨고, 이따금 남에게 옷을 만들어주기도 하셨다. 김옥길 총장님 고사리집에서 선생님이 만들어 드렸다는 옷을 본 일이 있다.

조각이나 바느질만 잘 하는 것이 아니다. 선생님은 손으로 하는 일은 뭐든지 다 잘 하신다. 타일도 손수 깔고, 미장일도 직접 하신다. 놀라운 것은 무거운 돌을 옮겨다 석축을 쌓는 일까지 혼자 하는 것이다. 원주집에서는 연못까지 손수 만드셨다고 한다. 따님은 어머니의 그런 노동벽을 별로 좋아하지 않는 것 같았다. 그건 건강에 해로운 일이었기 때문이다. 그러다가 허리를 다칠 가능성이 많으니 자식은 걱정이 되지 않을 수 없다. 뿐 아니다. 전문가를 데려다 해야 일이 빠르고 완벽하게 마무리되는데, 아마추어가 직접 하니 제대로 되지 않아서 선생님 댁에는 언제나 토목 공사가 끊이지 않았다 한다.

그래도 박 선생은 그 일을 단념하지 않았다. 글이 잘 풀리지 않거나 감정적으로 얽히는 일이 생기면, 육체노동이 약이 되기 때문이다. 선생님에게 있어 육체노동은 마음의 얽힘을 풀고, 가시적인 무언가를 이루는 데서 오는 충족감도 수반하는 치료법의 하나였다고 할 수 있다. 원주에서 6백 평의 텃밭을 혼자 관리하신 것도 같은 맥락에서 짚어 볼 수 있다. 식물의 시중은 쉬운 일이 아니다. 우리나라는 지기가 세서 식물들이 너무 잘 자란다. 해로운 식물들도 많으니 제대로 키우려면 끊임없이 돌보아야 하기 때문이다.

그런 중노동을 마지막 날까지 감당했다는 것은 경하할 일이다. 척추가 튼튼하다는 것을 입증하기 때문이다. 척추 디스크가 있는 나는 선생님보다 일곱 살이나 아래인데도 회갑 전부터 잡초를 뽑지 못한다. 앉았다 일어나는 일에 남의 도움이 필요하기 때문이다. 늙으면 제일 먼저 상하는 곳이 척추다. 네 발 짐승이 서서 그리도 오래 걸어 다녔으니 동티가 나지 않을 수 없다. 그래서 선생님의 농사 이야기를 전해 들으면 나는 마음이 놓였다. 83세에 풀을 뽑거나 돌일을 할 체력을 가진다는 것은 아주 드문 일이기 때문이다.

선생님과 한번 룸메이트를 한 일이 있었는데, 그때 발견한 것은 박 선생이 쉽게 잠드는 분이라는 사실이다. 과민한 분인데, 눕더니 이내 잠드셨다. 이어령 선생도 잠은 쉽게 드는 편이다. 잠들기가 어려운 것은 나다. 나는 그 이유를 위가 약한 데 있다고 자가진단 한다. 그리고 보니 두 분 다 위가 건강해 보였다. 그분들이 글을 많이 쓸 수 있는 것은 위와 척추가 건강한 때문인 것 같기도 하여 부러웠다.

위도 건강하고, 척추도 튼튼한데 선생님이 더 사시지 못한 것은 담배 때문일 것 같다. 대체로 척추와 위가 튼튼한 분들이 장수를 하던데, 선생님은 담배로 인해 폐를 해쳐서 그 정도밖에 못 사신 것 같다. 박 선생은 헤비 스모커였다. 계속 줄담배를 피우셨다. 글을 쓰려면 손에 담배를 들고 있어야 했고, 신경에 거슬리는 일이 있어도 담배가 필요했으며, 슬퍼도 기뻐도 담배가 필요해서, 손에는 늘 담배가 들려 있었다. 담배는 선생에게 밥보다 더 절실한 생필품이었다.

담배는 궁극적으로는 킬러였지만, 치료제이기도 했다. 그 참담한 삶의 굽이굽이에 담배가 없었다면 선생님은 속이 터져버렸을지도 모른다. 보기만 해도 눈에 거슬리는 불순한 많은 인간들 때문에 울화가 치밀 때마다 담배는 진정제가 되어 주었을 것이고, 글이 써지지 않아 가슴이 답답할 때는 숨통이 되어 주었을 것이며, 흡족한 일이 있을 때는 안주가 되었을 것이다. 담배가 없었다면 선생은 그 연세까지 살지 못했을지도 모른다. 그러면서 담배가 없었다면 선생은 백 세까지 사셨을 것 같다는 생각도 한다. 담배는 그렇게 목숨을 보태기도 하고 해치기도 한다. 나는 담배를 끊지 못하는 막내아들 때문에 늘 가슴을 졸이다가도, 박 선생이 줄담배를 피우면서도 83세까지 사신 걸 생각하면 마음이 놓인다. 우리애도 83세까지는 살 수 있을 것 같아서다.

박 선생은 담배 피는 모습이 참 보기 좋다. 담배 연기는 무언가 엄청난 것이 내면에 쌓여 있는 사람처럼 흡연자를 신비화시키기도 하고, 때로는 체기처럼 분노가 빠져 나가는 것이 보이기도 하며, 때로는 열반에 다다른 것같이 화평해 보이기도 하는 요술을 부린다. 선생님이 몸에 해로운 일을 하는 것은 담배만이 아니다. 선생은 커피에도 중독이 되어 있다. 종일 커피잔을 들고 다니시는데, 수면장애 같은 것도 일으키지 않는다. 담배와 커피는 불가항력적인 어떤 압력이 올 때, 거기 대항하는 깃대 같은 것이기도 한 것 같다.

다음에 중독이 되어 있던 것은 노동이다. "육체노동에서 말할 수 없는 희열을 느낍니다."(『Q씨에게』, p.91)고 작가는 말하고 있다. 육체노동은 정신을 쉬게 하는 데는 약이 되지만, 허리에는 금기 사항이다. 그런데 담배도 커피도 노동도 선생에게는 순기능으로 작용한 것 같다. 담배를 그렇게 정열적으로 피우면서, 커피를 그렇게 많이 마시면서, 무리한 육체노동을 그렇게 계속 하면서 선생님은 83세까지 사셨다. 그 세 가지는 선생님에게 독이면서 동시에 약이었던 것이다. 늙어서 조각도 바느질도 할 수 없던 세월에, 채소를 기르는 즐거움이 없었으면, 담배나 커피를 마시는 즐거움이 없었으면, 선생님은 그 외로움을 무엇으로 달래셨겠는가. 사람은 어차피 한번은 죽는 존재다. 원하는 일을 하다가 가는 것이 최선의 삶인 것 같다.

(2019년 12월)

3. 박완서 글쓰기의 기점起點 지향점

박완서의 문학을 받치고 있는 가장 근원적인 축은 작가가 겪은 6·25 체험이다. "6·25는 내 운명을 완전히 바꾸어 놓았어요. 학업을 잇지도 못하게 했고 내가 꿈꾸었던 것과는 전혀 다른 인생을 살게 했죠. 전쟁 때문에 다 망쳐버렸다는 생각을 가끔 했어요."[1]라는 작가의 말대로, 그 전쟁으로 인하여 박완서는 자기가 갈망하던 모든 것을 상실한다. 그 모든 불행의 진원震源은 오빠의 죽음이다. 석 달에 한 번씩 애국가가 바뀌는 전쟁의 소용돌이 속에서, 박완서는 "아버지 같고, 우상 같던" 오빠를 잃는다. 양 진영이 눈에 핏발을 세우고 서로 반동을 색출하던 그 시기에, 박완서는 전향자의 가족이어서 어느 쪽에도 설 자리가 없었다. "빨갱이 목숨은 파리 목숨만도 못했고, 빨갱이 가족 또한 벌레나 다름 없었던"[2] 9·28 이후의 시기에 씨는 빨갱이의 가족이었으며, 전향자를 다

---

1 조선희, 「바스라지는 것들에 대한 연민」, 『작가세계』 1991년 봄, p.45.
2 『그 많던 싱아는 누가 다 먹었을까』, 웅진출판사, 1992, p.276.

갈시하던 인민군 치하에서는 전향자이자 인민군 도망병의 가족이어서, 양쪽에서 모두 박해를 당할 처지에 있었던 것이다. 결국 국군이 총상을 입힌 오빠를, 인민군이 닦달질하여 몸과 마음을 모두 망가뜨려 놓는다. 날마다 고름을 짜내면서 고통을 견디어 내다가 오빠는 죽고 만다. 남의 이목이 두려워 울음소리도 제대로 못 내며, 그 시신을 수습해야 했던, 그 엄청난 가족사의 비극은 박완서에게는 치유할 수 없는 악몽이요 상처였던 것이다.

그 상황을 박완서는 "사자를 삼켰다."는 말로 표현한다. 그 후 이십 년 동안 씨는 그 삼킨 사자의 망령에 갇혀 있었으며, "망령에게 갇힘으로써 온갖 사는 즐거움, 세상의 아름다움으로부터 완전히 격리"[3]당하고 있었던 것이다. 「엄마의 말뚝 2」에서 우리는 오빠가 죽은 지 30년이 지났는데도 엄마의 마음의 오지에 아들의 죽음에서 받은 상실감과, 그를 죽인 자들에 대한 원한과 증오가 조금도 감량되지 않고 고스란히 남아 있음을 보게 된다. 그것은 그대로 박완서에게도 해당된다. 박완서의 내면에서도 오빠의 죽음에서 받은 충격들은 활화산이 되어 몇십 년 동안 지속적으로 불을 뿜고 있었던 것이다.

박완서에게 있어 오빠의 죽음은 육친을 잃은 상실감만을 의미하는 단순한 것이 아니다. 그 슬픔에는 심신이 망가져가는 오빠를 지켜보면서 느낀 삶에 대한 엄청난 환멸이 반죽이 되어 있다. 오빠는 그녀에게 우상 같은 존재였기 때문에 그 환멸은 박완서의 내면에 짙고 어두운 그림자를 드리우는 요인이 된다. 거기에 빨갱이 가족으로서의 굴욕스러운 수모의 기억들이 가산되며, 가장인 오빠가 죽음으로서 스무 살의 나이에 가족을 부양해야 했던 세상살이의 과중한 무게가 첨가된다. 그 모든

---

3 「부처님근처」, 『부끄러움 가르칩니다』, 일지사, 1976, p.126.

것들이 오빠의 죽음이 유발한 6·25의 악몽을 형성한다. 그 고통스러운 체험이 이십 년간 발효하다가 한꺼번에 봇물처럼 터져 나온 것이 박완서의 문학이다.

그래서 박완서의 글을 쓰는 행위는 우선 6·25의 체험을 토해 내는 것에서 시작된다. "명치 근처에서 체증을 의식하듯"[4] 망령의 존재가 밤낮으로 육체적, 감각적으로 감지되는 고통스러운 상태에서 해방되고 싶다는 갈망이 이 작가를 갈기갈기 찢었고, 그래서 그녀의 글쓰기는 토악질을 하듯 "삼킨 죽음을 토해 내는"[5] 일에서 시작된다. 작가가 된 후 박완서는 미친 듯이 자신의 6·25 체험을 활자화해 나갔다. 그러나 쓰고 나면 "거짓말이라고 외칠 수밖에 없어" 다시 또 써야 한다. 그래서 참으로 오랜 세월을 씨는 "비통한 가족사를 줄기차게 반복해 왔고" 앞으로도 계속 쓸 작정임을 다음 인용문을 통하여 확인할 수 있다.

> 나의 동어 반복은 당분간 아니 내가 소설가인 한은 계속될 것이다. …… 내 상처에서 아직도 피가 흐르고 있는 이상 그 피로 뭔가를 써야 할 것 같다. 상처가 아물까봐 일삼아 쥐어뜯어 가면서라도 뭔가를 쓸 수 있는 싱싱한 피를 흐르게 해야 할 것 같다. / 왜냐하면 그건 내 개인적인 상처가 아니라 우리 모두의 무참히 토막 난 상처이기 때문이다.
>
> 「나에게 소설은 무엇인가」, 같은 책, p.126

박완서는 6·25 체험의 비극성이 자기 작품의 주류를 이루는 이유를, 그 고통이 자기 혼자의 것이 아니라 우리 모두의 민족적인 비극이라는

---

4 「나에게 소설은 무엇인가」, 『박완서 문학앨범』, 웅진출판사, 1992, p.126.
5 「부처님 근처」, 같은 책, p.63.

사실에 두고 있다. 따라서 그것이 망각되는 것을 그는 참을 수 없는 것이다. 그래서 등단할 때부터 줄기차게 6·25 체험을 작품화했고, 그 전쟁이 끝난 지 30년이 되어 가던 1980년대에도 「엄마의 말뚝」 시리즈를 위시하여 여러 편의 6·25 관련 소설들을 썼으며, 1990년대에도 「엄마의 말뚝 3」을 필두로 하여 「그 많던 싱아는 누가 다 먹었을까」, 「그 산이 정말 거기 있었을까」 같은 자전적 소설에서 그 기억들을 반추하는 작업을 지속하고 있다. 그것은 씨의 말대로 "상처가 아물까봐 일삼아 쥐어뜯는" 행위라고 할 수 있다. 그 비극은 잊혀져서는 안 된다는 것이 이 작가의 신념이기 때문이다. 그것은 일종의 6·25 고착증이라고 할 수 있다.

씨에게는 여러 가지 유형의 글쓰기가 있다. 토악질 같은 글쓰기와 복수의 수단으로서의 글쓰기, 그리고 증언으로서의 글쓰기, 가면 벗기기의 글쓰기 등이 그것이다. 박완서의 6·25를 소재로 한 소설에는 자전적인 것과 비자전적인 것이 있는데, 전자의 경우가 토악질에 해당된다. 그것은 카타르시스를 목적으로 하는 문자 행위이다. 그런데 아무리 토악질을 해도 찌꺼기가 여전히 남아 있어 카타르시스가 완성되지 못하기 때문에, 그 작업은 끝이 나지 못하는 것이다. 30년이 지나도 그 일에서 헤어나지 못하는 이유가 거기에 있다.

두 번째는 현실에 대한 복수의 수단으로서의 글쓰기다. "그거야말로 고약한 우연에 대한 복수다."[6]라고 작가는 자신의 글쓰기의 성격을 규정한다. 씨는 억울한 일을 당할 때마다 글을 써서 복수할 것을 다짐하고 있었음을 다음 인용문들을 통하여 확인할 수 있다.

---

6 「그 많던 싱아」, 같은 책, p.287.

① 언젠가는 소설로 갚아 줄 수도 있다고 생각한 적도 있었지요. 그것은 그런 수모와 굴욕 속에서 최소한 자존심을 구하기 위한 자위 행위이기도 했습니다.　　　　　　　　　　　　　　조선희, 같은 글, 같은 책, p.40

② 그건 앞으로 글을 쓸 것 같은 예감이었다. 그 예감이 공포를 몰아냈다.　　　　　　　　　　「그 많던 싱아는 누가 다 먹었을까」, 같은 책, p.287

그것은 짓밟힌 자존심을 회복하기 위한 복수의 수단으로 성격 지워진다. 글쓰기를 통하여서만 씨는 자신의 벌레의 시간에서 벗어날 수 있었던 것이다. 그것은 일종의 주문 같은 성격을 지니기도 한다. 앞으로 글을 쓸 것 같은 예감만으로도 1·4 후퇴 때의 텅 빈 서울에 대한 공포감이 사라져버렸기 때문이다. 고난을 당하거나 수모를 받을 때마다 문학으로 보상받을 것이라는 희망이 위로가 되고 있는 것이다. 그러니까 박완서에게 있어서 글쓰기는 구원의 가능성이었으며, 닫혀진 문 앞에서 외우는 알리바바의 주문 같은 것이었다. 그것은 비단 6·25 체험에만 국한되는 현상이 아니다. 1976년에 발표한 「조그만 체험기」에서도 복수로서의 글쓰기는 여전히 위력을 발휘하고 있고, 페미니즘을 표방한 일련의 작품들에서도 같은 것이 감지된다. 그러니까 박완서의 펜은 인간의 인간다움을 짓밟고 말살하는 것들을 찌르고 저미는 칼이기도 하다. 그 칼로 씨는 모든 대상을 가차없이 난도질한다.

씨의 글쓰기의 세 번째 목적은 증언으로서의 성격을 지닌다. 자전적 소설이 6·25 체험의 카타르시스를 목적으로 하는 데 반하여, 비자전적 소설들은 6·25 체험의 목격담을 주축으로 하여 형성된다. 「그 살벌했던 날의 할미꽃」(1977), 「그해 겨울은 따뜻했네」(1982)처럼 타인의 이야기만 다루어진 경우가 거기에 해당된다. 하지만 자전적 소설의 경우에서도 증언적 성격은 표출된다. 그래서 증언과 토악질이 공존하는 현상이 나타난다. 자전적 소설에서는 토악질을 공제한 부분이 증언에 해당되는 것이다. 6·25 동란기 중에서 일반에게는 알려지지 않은 1·4 후퇴 후의 서울의 풍경과, 수복 초기의 폐허화된 서울의 외양, 풍속의 변이 등의 형상화는 박완서가 문학사에 남긴 희귀한 증언들이다. 씨는 자기밖에는 아는 사람이 없는 이 역사적 순간들을 증언해야 할 증인으로서의 책무를 느꼈고, 그래서 그것들을 되풀이하여 작품화한 것이다. 씨의 글쓰기의 직접적인 동기가 박수근 화백의 6·25 체험을 증언하려는 데서 시작되고 있는 사실이 그것을 입증한다. 선전에 입선한 화가 박수근, 사후에 세계적인 명성을 얻은 화가 박수근이 P. X.에서 G. I.들의 초상화를 그리고 몇 달러씩 받아 연명하던 시기의 이야기를 "증언하고 싶어" 씨는 현상모집 소설을 쓰기 시작했다고 「나에게 소설은 무엇인가」에서 고백하고 있다.[7] 그래서 이 소설은 애초에 박수근의 전기로서 기획되어졌다. 그런데 박수근의 전기를 쓰다 말고 씨는 자신의 이야기도 함께 증언하고 싶어져서 전기 대신에 소설을 쓴다. 그것이 데뷔작인 「나목」이다. 그래서 거기에서는 '나'와 '남'의 이야기가 함께 증언되고 있다. 토악질과 증언이 뒤섞여 나타나고 있는 것이다. 그런 현상은 씨의 다른 소설에서도 자주 나타난다. 임금님의 귀가 당나귀 귀인 사실을 목숨을 걸고 증언한 설화 속의 이발사처럼, 씨는 자기만이 보고 들은 일들을 증언하려는 강한 의무감에서 글을 쓰기 시작한 작가다. 동란기에 남들이 모르는 서울의 모습을 많이 본 씨는 자기만이 아는 그 전쟁의 모습들을 증언해야 할 의무를 절감한 것이다.

---

7 「박완서 문학앨범」, p.138.

그때 문득 막다른 골목까지 쫓긴 도망자가 휙 돌아서는 것처럼 찰나적인 사고의 전환이 왔다. 나만 보았다는 데 무슨 뜻이 있을 것 같았다. …… 나 홀로 보았다면 반드시 그 걸 증언할 책무가 있을 것이다. 그거야말로 고약한 우연에 대한 정당한 복수다. 증언할 게 어찌 이 거대한 공허뿐이랴. 벌레의 시간도 증언해야지. 그래야 난 벌레를 벗어날 수 있다.

「그 많던 싱아는 누가 다 먹었을까」, p.286

1·4 후퇴 후의 텅 빈 서울을 보면서 느낀 목격자로서의 이러한 의무감은, 증언해야 할 타인의 이야기에까지 확산되고, 그래서 박수근의 6·25 체험을 증언하려고 시작된 씨의 글쓰기는, 일단 시작되자 봇물이 터지듯이 숨가쁘게 이어진다. 토악질을 아무리 해도 개운해지지 않는 내면적 상처의 크기와, 증언해야 할 일들의 부피는 씨의 소설 쓰기의 풍요한 원동력이 되고 있다.

남들은 잘도 잊고, 잘도 용서하고 언제 그랬느냐 싶게 상처도 감쪽같이 아물리고 잘만 사는데, 유독 억울하게 당한 것 어리석게 속은 걸 잊지 못하고 어떡하든 진상을 규명해보려는 집요하고 고약한 나의 성미가 훗날 글을 쓰게 했고 나의 문학 정신의 뼈대가 되지 않았나 싶다.

『박완서 문학앨범』, p.123

이 부분은 박완서가 성격적으로도 증인으로서의 자질을 지니고 있음을 시사해 준다. 그리고 보면 박완서는 성격적인 면에서나 체험의 특이성, 그리고 기억력, 분석력, 표현력 등의 여러 면에서 증인으로서의 요건을 완벽하게 갖춘 작가다. 이것은 씨가 리얼리스트라는 말과 같은 의미를 지닌다. 리얼리즘은 증언의 문학이기 때문이다. 거기에서 작가는 외부적 현실을 객관적으로 증언하는 성실성을 지녀야 한다.[8] 현실을 있는 그대로as it is 재현해야 하기 때문에 거짓말을 해서는 안 되는 것이다.

거짓말을 하지 않으려 노력하는 것은 박완서의 기본적인 창작 태도다. 씨는 자기 자신이 대상인 경우에도 그 계율을 잊지 않는다. 위악적이라고 부를 정도의 철저한 결벽증을 가지고 씨는 자신을 분석하고 해부한다. 그리고 그것을 되도록 정확하게 재현하려고 노력한다. 이 규범은 다른 사람과 사물들에 고루 적용된다. 씨는 거짓말을 하지 않기 위해서 글을 쓰는 작가 중의 하나이다. "어떡하든 진상을 규명해 보려는 집요하고 고약한" 성격이야 말로 리얼리즘에 적합한 요건이다. 데미안 그랜트의 분류에 의하면 씨의 문학은 '양심의 리얼리즘'에 해당된다.(Realism 참조)

네 번째 목적은 가면 벗기기다. 씨는 사물의 겉에서 보이는 허상에 속지 않고, 그 본질에 접근하는 것도 목적으로 삼고 있음을 다음 인용문을 통하여 확인할 수 있다.

사물의 허위에 속지 않고 본질에 접근할 수 있는 직관의 눈과, 이 시대의 문학이 이 시대 작가에게 지워 준 짐이 아무리 벅차도 결코 그걸 피하거나 덜려고 잔꾀를 부리지 않을 성실성만은 갖추었다는 자부심 역시 나는 갖고 있다. 『꿈을 찍는 사진사』 후기

가면 벗기기의 목적은 삶의 본질 찾기와 직결된다. 허위에 속지 않고 본질에 접근하기 위해 박완서는 가면 벗기기에 열중한다. 사물의 가면 너머에 있는 본질을 파헤치는 것을 작가의 기본 작업으로 보기 때문이

---

8 강인숙, 『자연주의문학론』 1, 고려원, 1988, pp.33-51 참조.

다. 사실상 씨는 가면 벗기기의 명수다. 씨의 가면 벗기기는 철저하고도 냉혹하다. 그 철저함은 자기 자신의 가면 벗기기에도 해당된다. 그래서 이 작가는 '전천후 폭격기'라는 평을 듣게 되는 것이다.[9]

삶의 참모습authenticite을 탐색하기 위해 일상성의 허물을 벗기는 일에 열중한다는 점에서 박완서는 「가면의 생Pseudo」의 작가인 에밀 아자르와 유사한 면을 가지고 있다.[10] 관심의 폭은 아자르 쪽이 훨씬 넓다. 그는 소련의 인권 탄압을 우려하며, 칠레와 캄보디아의 폭정을 근심하느라고 잠을 자지 못한다. 거기 비하면 박완서의 관심의 폭은 아주 좁다. 씨는 여주인공을 주축으로 한 세계에 관심의 대상을 한정한다. 자신이 잘 모르는 세계나 추상적인 것들에 거부반응을 가지고 있기 때문이다. 따라서 박완서의 세계는 철저하게 자신의 주변으로 제한된다. 그 속에서 씨는 한 알의 모래알을 통하여 우주를 보는 블레이크식 접근법을 채택한다. 자신의 6·25 체험을 한국 전체의 분단의 비극에까지 확산시키는 데 성공을 거두고 있는 것이다. 시계가 좁은 대신에 현실에 대응하는 자세는 박완서 쪽이 더 진지하다. 박완서는 아자르처럼 삶의 진상을 감당하지 못해 짐승이나 광인 흉내를 내는 짓은 하지 않는다. 그는 맨 정신으로 삶의 본질을 꿰뚫어 보려고 눈을 부릅뜨고 서 있다. 씨는 강철 같은 의지와 집요한 결벽증을 가지고 인간의 가면 벗기기에 전념하는 것이다.

박완서는 자신을 '민족주의적 개인주의자'라고 규정지은 일이 있다.[11] 민족주의는 잠시 접어 두고 개인주의의 측면만 보면 씨의 주장을 수긍

9 정영자, 「현대소설의 특성과 그 문제점」, 『분단현실과 비평문학』(한국평론가협회 편), 1986, p.322.

10 에밀 아자르, 『가면의 생』(강인숙 역), 문학사상사, 1979, 해설 참조.

11 「개성과 저믄 날을 건너오는 소설의 징검다리」, 『문학정신』 1991.11, p.19.

할 수 있다. 씨의 세계의 핵심이 되는 것은 개인존중사상이다. 그것은 개개의 인간의 기본권에 대한 존중을 의미한다. 씨에게 있어 개개의 인간은 그지없이 소중하고 귀한 존재다. 씨가 약하고 힘없는 사람들의 인권이 침해되는 것을 참지 못하는 이유가 거기에 있다. 추상적인 것을 달가워하지 않는 박완서는 거창한 이론이나 이데올로기로 무장하는 것을 피한다. 씨에게 있어 유토피아는 인간이 인간다운 대접을 받으며 사는 박적골 같은 소박한 곳이다. 그리고 바람직한 사회는 인간이 인간으로서의 본질을 상실하지 않는 사회인 것이다.

씨의 글쓰기가 '가면 벗기기'나 '칼질'이 되는 이유는 그것이 개인의 존엄성을 해치는 것들에 대한 고발인 데 기인한다. 박완서는 사람이 사람답게 사는 사회를 갈망한다. 그것은 억울한 일을 당하는 사람이 없는 사회이다. 6·25의 이야기나 페미니즘 계열의 소설들은 외견상 달라 보이나, 억울한 사람들에 대한 증언이라는 점에서는 공통성을 지닌다. 씨가 이 두 계열의 소설을 거듭거듭 써나가는 이유는, 전쟁이나 인습이 인간성을 해치고 있는 데 대한 분노에 있다. 허위에 대한 미움도 같은 곳에서 촉발된다. 그것 역시 사람이 사람다움에서 멀어지는 것에 대한 항변이다. 인간뿐 아니라 사물이 그 본성을 잃는 것도 이 작가는 견디지 못한다. 씨의 글쓰기가 난도질이 되는 이유 중의 하나가 거기에 있다. 아이들이 분재처럼 부자연스러운 모습으로 세련되어지는 것에 대한 항변, 교환가치에 놀아나는 시장 지향적인 사람들에 대한 냉혹한 풍자 등도 같은 문맥에서 짚어볼 수 있다. 토악질, 증언, 복수로서의 글쓰기가 주로 6·25 체험과 관련되는 반면에, 가면 벗기기의 대상은 1970년대의 인간상이 되는 이유도 같은 곳에 있다. 한 번도 누려보지 못한 풍요의 시대가 처음으로 다가왔을 때, 많은 사람들이 본성을 잃고 미친 춤들을 추어댔기 때문이다.

박완서의 글쓰기의 이런 목적들은 그의 문학의 성격을 규정한다. 그 것은 토악질이고 난도질이며, 허물 벗기기 작업이기 때문에, 거기에는 낭만적인 사랑이나 달콤한 밀어가 들어설 자리가 없다. 씨의 문학이 "풍자와 비판의 칼날만이 거의 살기를 띠며 번뜩인다."[12]거나 "앙심 품 은 냉소만을 지닌 시선",[13] "전천후 폭격기"[14] 등의 혹평을 받는 이유가 거기에 있다. 씨의 1970년대의 문학에서는 삶의 긍정적인 면보다는 부 정적인 면이 압도적으로 우세했던 것이 사실이다. 망령에 갇혀 사는 암 담한 생활이 삶을 보는 작가의 시선을 부정적으로 만드는 요인을 형성 한 것이라고 할 수 있다.

하지만 1980년대에 들어서면 박완서의 글쓰기의 성격에 변화가 일기 시작한다. 부정적 안목, 야박스러울 정도의 허물 벗기기 작업은 여전히 계속되지만, 부정하거나 거부하는 것들 사이에서 작가가 긍정하고 싶어 하는 것들이 조금씩 고개를 내밀기 시작한다. 박완서에게 있어서 1980 년대는 개인적인 측면에서도 변화가 많았던 시기였다. 오랫동안 치매 상태에서 그를 괴롭히던 시어머니가 1979년에 돌아가셨고, 1980년에는 첫손자를 보았으며, 1981년에는 한옥 생활을 끝내고 아파트로 이사했 고, 가톨릭에 귀의했다. 1980년대는 이 작가의 가족의 구성원이 바뀌고, 주거 양태도 달라지며, 종교적인 면에서도 변화가 생기는, 다변적인 변 화 속에 놓인 시기였던 것이다.

이런 변화들이 문학에도 반영된다. 1980년대의 문학에서는 노인문제 와 더불어 아이에 대한 관심이 표면화되며, 아파트라는 주거공간이 클

---

12 성민엽, 「윤리적 결단과 소설적 진실」, 『박완서론』, 삼인행, 1991, p.40.
13 원윤수, 「꿈과 좌절」, 같은 책, p.160.
14 주 17 참조.

로즈업 되는 것뿐 아니라, 6·25 이전의 시기인 유년기와 소녀기에도 조명이 주어지기 시작한다. 그렇다고 6·25의 악몽에서 완전히 벗어나는 것은 아니다. 1980년에 「엄마의 말뚝 1」에서 유년기로 돌아갔던 작가의 시선이, 그 다음 해에는 다시 오빠의 죽음을 다룬 「엄마의 말뚝 2」로 되돌아가고 있기 때문이다. 하지만 시간이 지남에 따라 전쟁 이전의 세계에도 눈을 돌릴 만큼 정신적 여유가 늘어난다. 그와 함께 삶을 바라보는 작가의 시선에 변화가 일어나는 것이다.

이 시기에 박완서는 생명의 본질을 응시하며, 그 훼손되지 않은 양상을 추적하는 일련의 소설들을 쓴다. 1980년대 벽두에 쓴 「그 가을의 사흘 동안」(1980)은 그런 변화의 상징적 작품이다. 여기에서 씨는 전쟁의 피해에 대한 복수 일념으로 수십 년의 세월을 이를 갈면서 살아가는 야차 같은 여인을 설정해 놓는다. 그리고 나서 그 여인의 내면 가장 깊숙한 곳에 훼손되지 않고 남아 있던 모성본능을 아주 드라마틱하게 드러낸다. 모성회복을 향한 그 여의사의 갈망은, 「엄마의 말뚝 1」(1980. 9)에서는 박적골이라는 잃어버린 낙원을 형상화하는 것으로 표면화된다. 모성과 박적골은 씨의 1980년대 문학의 특성을 예시한다. 그 뒤를 이어 나온 「유실」(1982. 5), 「울음소리」(1984. 2), 「꽃을 찾아서」(1986. 8), 「미망」(1990) 등이 그 연장선상에 자리한다.

「그 가을의 사흘 동안」은 씨가 처음으로 미움의 질곡에서 벗어나 사랑의 싹을 보여준 소설이라는 점에서 기억할 작품이며, 「엄마의 말뚝 1」은 도시와 전쟁이 자신을 망가뜨리기 이전에 씨에게 있었던 낙원을 보여 준다는 점에서 주목을 끈다. 하지만 이 작품은 단순한 망향의 노래가 아니다. 박적골의 가치는 우선 그곳에 사랑이 충만했다는 데 있기 때문이다. 인간이 인간답게 대접받는 곳이 박적골이며, 행동의 자유와 인간의 존엄성이 존중되는 곳이 박적골이다. 그래서 그곳은 박완서에게는 낙원이 되는 것이다. 그것은 박완서 자신의 개인적 체험이 밑받침이되어 형성된 낙원관이지만, 그렇다고 해서 성민엽이 생각한 것처럼 박적골에 대한 '과거 지향적'[15] 향수만은 아니다. 그곳에 대한 그리움은 때묻지 않은 사물들과 인간에 대한 작가의 사랑을 의미하며, 그것은 1980년대의 도시의 현실 속에서도 그대로 지속되고 있기 때문이다.

박적골의 토종국화는 「울음소리」의 아이, 「유실」의 성, 「꽃을 찾아서」의 흰비듬꽃 등과 동질성을 지닌다. 그것들은 박완서가 사랑하는 생명의 순수함과 그 참모습을 상징한다는 점에서 등가관계를 가지게 되는 것이다. 토종국화와 아이가 동질성을 지니듯이 6·25 체험과 남성 우월주의에 대한 공격, 산업 문명에 대한 혐오 등도 동질성을 지니고 있다. 전자가 삶의 훼손되지 않은 원질을 대표하는 것들이라면, 전쟁과 도시화는 삶을 망가뜨리는 것들을 대표하기 때문이다. 이런 박완서의 1980년대적 특성을 이선영은 '생명주의'라고 명명하고 있다.

> 삶의 근원적인 활력을 소중히 생각하는 이 작가의 생명주의는 답답한 질서나 빛나는 문명보다 활기찬 야성과 순수한 성본능을 신뢰하고, 첨단적인 기술이나 기계보다 인간의 생명을 사랑하고 또 중용과 평형에서의 일탈을 가능케 하는 싱싱한 인간내면에 집착하는 것이다. 그리고 이러한 생명주의는 인간의 참다운 삶의 가치를 밝히고 지켜 나가려는 박완서의 휴머니즘과도 동질적인 것이므로 그것은 그 자체를 저해하는 사회와 역사의 모순이나 문명의 해독을 비판하게 마련이다.
>
> 「세파 속의 생명주의와 비판의식」, 앞의 책, p.73

---

15 성민엽, 같은 글, 같은 책, p.39.

생명주의라는 용어는 생소하지만 위의 글은 박완서의 1980년대적 특징을 잘 드러내고 있다. 일단 자리잡기 시작한 이런 특성들은 1980년대 후반에 겪은 남편과 아들의 죽음에 의해서도 흔들리지 않고 지속된다. 재난을 받아들이는 자세가 달라졌기 때문이다. "왜 하필 나에게만 재앙이 내리는가"라고 악을 쓰면서, 다른 사람들에게도 자기와 같은 비극이 고루 내려지게 전쟁이 더 계속되어야 한다고 주장하던 「나목」의 주인공이 이십대의 작가를 대변한다면, 딸 넷을 낳고 나서 겨우 얻은 외아들을 잃고 나서 "왜 나에게만 재앙이 내려서는 안 된다는 말인가" 하고 자문하는 여인은 1980년대 후반의 작가의 모습이다. 작풍이 달라지는 것은 당연한 일이라고 할 수 있다.

필자는 박완서의 소설에 나타나는 1970년대적 특성이 1980년대에 와서 어떻게 달라져 가는가를 밝히기 위하여, 2장에서는 박완서의 세계에 나타나는 도시의 변모 양상을 추적해 보기로 했다. 씨의 세계에 있어서 작품의 공간적 배경의 변화는 작가 의식의 변화를 측정하는 척도를 제공한다. 박적골과 서울의 변별 특징이 씨의 유토피아와 실낙원의 지표가 되고 있기 때문이다. 박적골이 낙원적인 곳이라면 서울이라는 도시는 그 반대의 극에 자리하는 에덴의 동쪽 지역을 의미하는 것이 이 작가의 도시관의 특징이며, 기본율이다. 따라서 도시의 양상의 변모 과정은 곧 박완서의 세계관의 변화에 호응한다는 점에서 작가의 지향점을 밝히는 데 도움이 되리라고 생각했다.

도시의 양상의 변화를 추적함에 있어서 발표 연대보다는 작품의 시간적 배경에 역점을 두어 그 순서대로 배열했다. 시공간chronotopos의 패턴을 찾을 수 있는 자전적 순서대로 배열한 것이다. 그래서 1)「엄마의 말뚝 1」(1980)에 나타난 동란 이전의 서울, 2)「나목」(1970)과 「목마른 계절」(1972)에 나타난 동란기의 서울, 3)「도시의 흉년」(1979)에 나타난

1970년대의 서울을 분석해 본 후, 4) 「울음소리」(1984)와 「닮은 방들」(1974), 「포말의 집」(1976)을 비교하여, 씨의 소설에 나타난 도시의 양상의 변모를 통하여, 1970년대와 1980년대 문학에 나타난 작가의 인생관과 세계관의 변화를 유추하는 방법을 채택한 것이다.

3장에서는 씨의 세계에 나타난 모성의 변화를 고찰해 보기로 하였다. 씨의 1980년대적 특징이 박적골의 회복과 연계되는 모성의 회복에 있다고 사료되었기 때문이다. 박적골과 모성은 이 작가가 지향하는 세계를 받치는 두 개의 기둥이다. 대상 작품은 그 계열의 소설을 대표하는 「엄마의 말뚝 1」과 「그 가을의 사흘 동안」, 「울음소리」의 세 편으로 한정했다. 배경론과 모성론을 통하여 박완서의 작가로서의 지향점과 그 변모 과정을 점검하는 것이 이 글의 목적이다.

(1990년대 초)

박완서-나의 존경하는 동시대인

노바스크

언젠가 아침나절에 완서 선생의 아치울집에 간 일이 있다. 수지에 친척의 집들이 모임이 있어서 가는 길에, 빌려왔던 자료를 돌려드리려 들른 것이다. 그런데 선생님 댁에 닿자마자 "노바스크 한 알 주세요."하는 염치없는 부탁을 하게 되었다. 내친 김에 파스도 부탁드렸다. 허리가 많이 아프고, 혈압도 좋지 않은 때여서, 약을 먹고 바르는 절차가 꼭 필요했는데, 같이 가는 조카가 너무 일찍 오는 바람에 얼이 빠져서 그 중요한 일을 잊고 나온 것이다.

선생님 댁을 나와 수지 쪽으로 차가 접어들고 있는데, 동행하던 조카가 신기한 듯이 내게 물었다.

"그런데 작은 엄마…… 선생님 댁에 그런 약이 있는 걸 어떻게 아셨어요? 물어보지도 않고 대뜸 약을 두 가지나 달라고 하셨잖아요?"

"같은 연배잖니? 나이가 비슷하면 아픈 데도 비슷하단다."

그 말을 하고 생각해 보니, 선생님과 나는 비슷한 일을 참 많이 겪으며 컸다. 가정적인 면에서 공통되는 점이 많았기 때문이다. 완서 선생의 소설에는 아버지가 안 계시는 경우가 많다. 자전적 소설은 더 말할 필요가 없다. 그 대신 오빠의 비중이 높다. 아버지를 대신하는, 나이 차이가 많이 나는, 우상 같은 오빠가 있는 것이다. 우리집에도 아버지 자리가 늘 비어 있었다. 그리고 나에게도 완서 선생 같이 나이 차가 많은, 우상 같은 오빠가 있었다. 아버지가 안 계시는 집을 받치고 서 있는 기둥 같은 오빠, 아버지보다 젊고, 아버지보다 더 멋있고, 아버지보다 더 친근하던, 키가 큰 오빠가.

선생님의 소설을 통해서 나는 한국 가정의 부성부재 현상이 어느 정도는 보편성을 띠고 있다는 사실을 발견했다. 혹은 신여성과의 사랑 때문에, 혹은 독립운동 때문에, 혹은 질병으로 인한 이른 죽음 때문에, 그 무렵의 한국의 안방에는 아버지들이 없는 일이 많았다. 『삼대』(염상섭)에 나오는 덕기네 집처럼, 아버지가 있을 편한 자리가 집안에 없는 경우도 많았다. 사랑방을 할아버지가 너무 오래 점령하는 경우다. 할아버지가 오래 사시면, 장유유서의 질서 때문에 아들이 제 구실을 할 수 없어진다. 그래서 밖에서 겉돌게 되는 것이다. 그러다가 더러는 집안에서 설 자리를 영영 상실하고, 덕기네처럼 열쇠꾸러미가 손자에게로 건너뛰게 되는 일이 생긴다. 정통론과 연장자 존중의 법도가 지배하던 가부장적인 사회의 이지러진 풍속도다.

그래서 집에서의 오빠의 존재가 중요해진다. 우리 세대의 여자 아이에게는, 나이 차이가 많이 나는 오빠가 의미하는 이미지와 역할이 요즘과는 다르다. 우리의 오빠들은 집안의 대들보였고, 어머니에게는 남편 같이 어려운 존재였으며, 어린 동생들에게는 우상 같은 존재였던 것이다. 박 선생의 6·25를 다룬 소설들은 모두 오빠와 얽힌 이야기들이니까 선생의 자전적 문학은 오빠가 주축이 되는 문학이라 할 수 있다. 그 사랑이 대물림되어 오빠의 소생인 조카들에 대한 사랑의 농도도 짙어진다. 「나목」의 주인공은 아직 학생인데도, 먹거리가 귀하던 전시에 올케가 산후에 먹을 미역을 직접 마련하면서 조카를 맞이한다. 태어난 후에도 아이가 배고파 하면, 처녀인 자신의 "젖줄이 찌릿찌릿하게 당기는 것"을 느낄 정도로 절실한 모성이 발동하는 고모가 되는 것이다.

나도 그런 고모 중의 하나였다. 심장판막증을 앓던 새언니가 결혼한 지 4년 만에 겨우 낳은 아이에게 젖을 먹여야 되는데, 언니는 죽인대도 미역국을 못 삼키는 이상한 생리를 기지고 있어 젖이 나오지 않았다. 배고파서 아이가 보채기 시작하면 할머니들이 아우성을 치며 언니를 못 살게 굴었다. 미역국 때문이라고 생각하는 것이다. 보다 못해서 내가 산모의 미역국을 몰래 먹어 주기로 했다. 언니의 곤경을 구해 드리기 위해서다. 결국 아이는 모리나가 우유를 서울에서 붙여다 먹으며 컸지만, 대신 먹은 그 미역국 값을 나는 평생 치렀다. 열 살에 어미를 잃은 그 아이를 지키기 위해, 나는 10년간 새로 들어온 언니를 감시하느라고 고달팠고, 아이가 우리집에 와서 공부를 할 때부터는 학부형 역할도 했다. 그렇게 키운 조카가 1974년에 미국에서 강도를 만나 죽임을 당했을 때의 충격을 나는 아직도 잊을 수 없다.

완서 선생과 나는 어머니들도 비슷하다. 완서 선생 집에는 앞날을 내다보며, 과감하게 결단을 내리는 명민한 어머니가 계셨다. 단성생식을 한 대지의 여신처럼 혼자 부모 노릇을 거뜬히 해내는 든든한 어머니가 있었던 것이다. 그분은 가장 역할만 잘한 것이 아니라, 자녀들의 지적 성장까지 완벽하게 관장하셨다. 의지력이 강하고, 지적이고, 투철한 생활철학을 가진 완서 선생 어머니는, 우리 어머니처럼 흔들림이 없는 거모巨母였다.

그 어머니들은 남아선호사상도 비슷했다. 완서 선생 어머니는 오빠가 요절하자 "쓸 것은 가고 쓸모없는 것만 남았다."는, 실례가 되는 말을 딸 앞에서 하실 정도로 남아선호사상이 투철했다. 그러면서 '쓸모없는' 여식에게도 공부는 제대로 시키는 페미니스트적인 면도 가지고 있었다. 그분은 따님이 힘들게 들어간 서울대를 졸업하기를 원해서, 중도에 결혼을 한다고 하니 펄펄 뛰셨다. 그 어머니는 딸을 자유로운 신여성으로 만들고 싶었던 것이다.

　남아선호사상과 신여성숭배사상이 범벅이 되어 있는 것은 우리 어머니도 마찬가지였다. 우리 어머니도 작은아들이 죽었을 때, 완서 선생 어머니와 똑같은 대사를 외우셨다. 그리고 마치 모든 자식이 한꺼번에 다 죽어 없어진 것처럼 식음을 전폐하고 일어나지 못하셔서, 나는 중학교 입학원서를 언니와 사러 갔다. 하지만 우리 어머니도 교육에서는 남녀차별을 하지 않았다. 5년 동안에 두 번이나 피난을 간 곤궁한 처지였는데도, 나는 제 시기에 고등학교와 대학을 졸업했다. 아버지가 생존해 계셨지만, 독립운동에 가담한 죄로 고향에 오는 것이 금지되어 있어서, 우리집에서도 어머니의 역할은 선생님 댁과 비슷했다. 부양가족이 많으니 우리 어머니가 더 힘드셨을 뿐이다. 하지만 여러 명의 자녀를 혼자서도 넉근하게 키울 의지력과 능력을 가진 놀라운 어머니를 우리는 가지고 있었던 것이다.

식민지의 아이들

　하지만 동시대인으로서 선생과 공유했던 것은 그런 가정적 측면만이 아니었다. 우리는 모두 "황국신민皇國臣民의 서사誓詞"를 외우면서 심상소학교尋常小學校에 다니기 시작했고, 근로동원으로 학업을 대신하며 일제 말기의 시기를 허기지게 보낸 식민지의 아이들이었다. 활자문화에 굶주리며 자라서, 책만 보면 아무거나 막 읽는 활자 중독증에 걸려 있던 점

도 비슷하고, 오빠의 서가를 뒤져서 일찍부터 소설을 읽은 것, 해방이
된 후에도 세계문학전집을 일본판으로 읽을 수밖에 없었던 여건도 비슷
하다.

시골에서 상경한 아이라는 점에서도 우리는 동질성을 가지고 있다.
판이 꽉 짜여 있는 서울 문화 앞에서 우리는 본토박이들에게 주눅이 들
어 있던 시골에서 온 아이, 늘 소외되고 외톨이인 외로운 아이였던 것
이다. 해방 후에는 서울의 교통사정이 엉망이었다. 북한에서 갑자기 전
기를 끊어버려서 전차가 제대로 운행하지 못했기 때문이다. 그 무렵에
우리는 도심에 있는 명문교를 다니는 변두리의 주민이기도 했다. 그건
치명적인 조건이었다. 전차가 아무데서나 서면 그때부터 걸어서 학교에
가야 하는데, 학교는 너무 먼 데 있었던 것이다.

명문이었던 경기여고나 숙명여고에 다니는 대부분의 아이들은, 4대
문 안에 살고 있는 서울 토박이들이어서, 아무데서나 전차가 서도 별로
타격을 받지 않았다. 걸어 갈 수 있는 거리이기 때문이다. 하지만 문밖
에 사는 변두리 주민은 사정이 다르다. 먼 거리를 걸어서 가면 지각을
해서 야단을 맞고, 이미 너무 지쳐서 공부를 할 기운이 없어지는 것이
다. 언젠가 여류문인들이 모인 데서 그 시절에 관한 이야기가 나왔다.
다른 세대의 문인들은 전력이 모자라서 전차가 선다는 것을 상상하기
어려워서 고개를 갸웃거리고 있는데, 완서 선생이 "그래서 나는 아예
돈암동에서 수송동까지 걸어 다니기로 작정을 해 버렸다."고 호응해 주
셨다. 그때 승합마차 같은 것까지 한동안 나다녔다는 사실을 일깨워 준
것도 완서 선생이다. 돈암동에서 수송동까지 걸어 다니는 것도 쉬운 일
은 아니지만, 삼각지에서 정동까지는 걸어가는 것은 더 말할 필요가 없
다. 그러니 우리는 아침 시간이 많이 고달픈 중학생이었다는 점에서도
공통성을 가졌다.

선생은 나와 전공도 같다. 서울대 국문과의 2년 선배이기 때문이다. 당신은 얼마 다니지 못하고 그만두었다고 서울대 학벌은 입에도 올리지 않는 결벽증을 보이셨지만, 나중에 어떤 선배에게서 완서 선생이 그해의 국문과 톱으로 입학한 학생이었다는 말을 들었을 때, 나는 가슴이 많이 아팠다. 어디에선가 "동숭동의 문리대 앞을 지날 때, 한번도 무심했던 적이 없었다."는 선생의 고백을 읽은 일이 있기 때문이다. 전쟁이 없었더라면 자신은 아마 대학에 남아 연구를 계속했을 것 같다는 말씀도 하신 일이 있다.

완서 선생은 서울대 국문과에 수석으로 들어갈 만큼 두뇌가 명석한 작가다. 아무리 긴 소설을 써도 인물이나 플롯이 아귀가 안 맞는 부분이 있어 본 적이 없다. 개연성에 대한 배려가 얼마나 철저한지, 어떤 때는 모든 것이 너무 딱 들어맞아서 씁쓸해질 정도다. 어쩌면 평론가나 대학 교수가 더 적성이 맞았을지도 모를 일이다. 그렇게 지적이면서 감수성까지 넘쳐나니 부럽다. 아물아물 하면서 정체가 잡혀지지 않는 감정의 미묘한 흔들림에 대하여, 완서 선생이 딱 맞는 이름을 붙여줄 때에 느끼는 통쾌함은, 선생의 소설을 읽는 독자들의 축복이라 할 수 있다.

나는 여자를 바느질형과 요리형으로 분류하는 버릇이 있는데, 선생은 그 양쪽을 모두 갖춘 분이다. 전쟁이 나자 스무 살의 나이로 소녀 가장 역을 거뜬히 감당한 선생은, 요리에도 천부의 소질이 있으셨다. 부군이 돌아가셨을 때, 방이동 아파트에 문상을 갔더니, 그 경황에도 밥상이 얼마나 깔끔하게 나오는지 경탄을 금할 수 없었다. 개성분다운 살림법이었다. 그러면서 선생은 바느질의 명수이기도 하다.

양면성을 고루 갖춘 완서 선생은 가정주부와 작가 생활을 거의 완벽하게 병행하셨다. 베스트셀러 작가가 된 후에도 작가 티를 내지 않고 주부업을 철저히 완수하신 것이다. 남편이 모자를 못 쓰고 다니게 한다고 이혼을 생각하는 여류작가를 본 일이 있는데, 선생은 모자 같은 건 쓰려고도 아니 하며, 당선 소식을 전하러 온 기자가 부엌 아줌마로 혼동할 것 같은 차림새로 주부업에 정진하셨다. 부엌에서도 서재에서도 자기 몫을 완수하는 경이로운 역량을 보여준 것이다. 아파트로 이사한 1980년대 초까지 당신 서재를 가진 일이 없는데도 계속 베스트셀러 작가였으니 놀랍다. 나는 바느질형이지 요리형은 아니어서 그 점에서는 선생님과 동류가 될 수 없다. 내가 소설을 쓰지 못하는 것은 어쩌면 요리형의 측면이 부족한 탓인지도 모른다.

선생과 나는 나이가 비슷하다. 완서 선생이 2년 선배일 뿐이다. 나이가 비슷하면 아픈 곳도 비슷할 수밖에 없다. 노바스크와 파스 외에도 비슷한 약을 많이 같이 먹고 있을 것이다. 재작년 1월에 나는 손목이 부러졌고, 선생은 9월에 다리를 다치셨다. 손목이 부러지자 나는 전에 완서 선생이 손목을 다쳤을 때 쓴 글을 떠올렸다. 왼쪽이나 오른쪽이나 기능이 비슷할 것 같은데, 왜 오른손이 부러지니 이렇게 불편하고 주눅이 드는지 모르겠다고 하신 대목이 생각났다. 오른팔에 깁스를 하고 계실 때, 엉뚱하게도 선생은, 자기가 없어지면 "누가 나만큼 알뜰하게 쓰레기를 분리수거 하겠나?" 싶어 걱정을 한 일이 있다고 한다. 나도 비슷한 것을 느끼면서 살아서 고소를 금치 못했다.

하지만 아픈 곳이 어찌 몸뿐이겠는가. 완서 선생과 나는 1년 반 동안에 애국가가 네 번이나 바뀌는 동족상잔의 불구덩이 속을 사춘기 소녀의 몸으로 헤쳐나온 세대다. 4·19와 5·16이 1년 사이를 두고 연거푸 일어나던 시기에는 갓난아기를 안은 젊은 엄마들이었고, 1970, 80년대에는 페퍼포그 속에서 학창생활을 하는 대학생들의 어머니였기도 하다. 그러다가 선생은 하나뿐인 아드님을 잃었고, 나는 다 길러 놓은 손자를 잃고, 딸도 잃었다.

거기에 또 하나의 공감대가 덧붙여져 있다. 시골에서 자란 유년기의 기억이다. 선생에게 대가족 속에서 사랑을 흠씬 받으며 살던 박적골이 천국이었듯이, 나에게도 할머니와 하고 싶은 일만 하며 자유롭게 산 일이 있는 찰방터에 있던 외딴집은 낙원이었다. 그 시절의 흙냄새를 잊지 못해서 노상 잔디밭에 앉아 있어, 손톱 밑에 흙을 묻히고 사는 농경민스러움도 우리는 닮았다.

그렇게 넓은 공감대를 가진 동시대인이 유명한 작가라는 것은 너무나 큰 행운이다. 그 예술의 구석구석을 고루 이해할 수 있기 때문이다. 그래서 완서 선생이 새 작품을 발표하면, 나는 밤을 새우며 탐독한다. 선생은 내가 거의 빼 놓지 않고 작품을 읽은 작가 중의 한 분이다. 그러다가 나중에는 『박완서 소설에 나타난 도시와 모성』이라는 책까지 내게 되었다.

탁월한 동시대인 작가를 가지는 즐거움

완서 선생의 세계를 신선하게 채색하는 요소들은 수도 없이 많지만, 내게 가장 큰 감명을 주는 부분은 철두철미한 정직성이라 할 수 있다. 완서 선생은 인간분석의 메스를 우선 자기에게 겨눈다. 자신의 어떤 치부라도 과감하게 내보이는 담대함을 가지고 있는 희귀한 작가인 것이다. 선생은 인간을 상황에 따라 착해도 지고 악해도 지는 가변적이고 복합적인 피조물로 보고 있으며, 환경의 결정권에 상당한 경의를 표하는 진짜 리얼리스트이다. 선생은 인간의 결함까지 인간의 속성으로 보는 넓은 안목을 가지고 있는 작가다. 그래서 선생에게는 위선이 없다. 완서 선생은 자신의 내면 저 밑바닥에 숨어 있는 작은 위선도 눈감아주는 법이 없다. 어머니 돈을 훔쳐서 눈깔사탕을 사먹고, 땡쟁이딸과 성기 그리기 놀이를 하던 무렵의 자신을, 선생은 "새앙쥐처럼 교활해진다."는 말로 단정하셨다. 그러면서 부끄러워하지 않았다. 야생마처럼 자유롭게 살던 아이를 '한데 뒷간' 같은 셋방에 가두어 놓으면, 생쥐처럼 교활해지는 것은 당연한 일이라고 생각하기 때문이다.

그래서 완서 선생의 자전적 소설의 헤로인들은 자신이 저지른 나쁜 짓을 숨기려 하지 않는다. 수학여행을 간 곳에 초라한 할머니가 나타나자 숨어버리는 손녀, 당장 아내가 해산하게 생겼는데 미역을 못 구해 발을 동동 구르는 학교 친구에게, 자기가 넉넉하게 마련해 놓은 미역을 한 가닥도 나누어주지 않으면서 가책 같은 것도 받지 않는 여자 대학생, 휴전이 된다는 말을 듣자 "왜 우리만 희생되느냐? 전쟁이 더 길어져서 남들도 다 이런 고통을 맛보아야 옳다."고 방방 뛰는 소녀, 먹을 것이 없는 전쟁통에 먹을 것을 탐내는 동생의 손을 슬그머니 놓아버려 그 애를 고아로 만드는 언니, 망령난 시어머니가 목욕할 때 옷 안 벗겠다고 애먹이면 이따금 볼기짝을 때렸다는 사실도 숨기지 않는 며느리들이 선생의 여인들이다. 그 중에서도 가장 감명 깊은 것은, 우상 같던 오빠가 망가져 가는 모습을 있는 그대로 객관화한 용기다.

그런 철저한 가면 벗기기는 타인의 이야기를 그릴 때에는 더 열도를 더해간다. 부르주아의 가면 벗기기나 페미니즘 계열의, 규탄적 성격을 지니는 소설 중에는, 너무 야박스럽게 벗겨내서 섬짓한 느낌이 드는 대목이 많다. 대상이 누구이건 서슴없이 파헤치는 선생의 가면 벗기기식 글쓰기는 '전천후 폭격기'라는 말을 들을 정도로 철두철미하기 때문이다. 하지만 그 폭격기는 오폭률이 아주 낮다. 그 방면에 천부적 자질을 가진 작가이기 때문이다.

하지만 나는 그런 소설들보다는 자전적 소설 쪽을 더 좋아한다. 똑같이 가혹한 가면 벗기기를 하는데도 대상에 대한 애정이 바닥에 깔려있기 때문이다. 나는 완서 선생의 1980년대의 작품들도 좋다. 「그 가을의 사흘 동안」, 「울음소리」, 「꽃을 찾아서」「유실」 같은 일련의 소설을 읽고 있으면, 드디어 완서 선생이 6·25의 그 끔찍한 트라우마에서 헤어나신 것이 실감되어 마음이 놓인다. 그 황량하던 정신 풍토에서 생명에 대한 경외감이 서서히 자리잡아 가는 과정이 감동스럽다.

그 시기에 오면 이 작가는 재난을 받아들이는 자세도 변한다. 그렇게 사랑하던 아들을 잃었는데 완서 선생이 다다른 경지는 "세상에 자식을 잃은 사람이 어찌 나 뿐이겠는가?"라는 도통한 곳이다. 재난 앞에서 몸부림치면서 남들도 같은 걸 겪기를 바라던 경아가 노숙하여 그런 도통한 경지에 다다른 것이다. 그런 완서 선생을 보고 있으면, 멀리 밀려 나갔던 조수가 밀물이 되어 살랑거리며 조용히 차 올라와서 해변의 빈 곳을 채우는 것을 보는 것 같은 감동과 충만감을 느끼게 된다.

다음에 부러운 것은 언어 감각의 첨예함이다. 중부지방에서 나고 자란 선생은 전통적인 한국말을 본격적으로 터득하고 있는 보기 드문 작가 중의 하나다. 선생은 어휘량이 풍부한데다가 언어 감각이 섬세해서, 딱 맞은 곳에 적절한 낱말을 배치하는 신기를 가지고 있다. 그 중에서도 특출한 것은 사라져 가는 토착어들에 혼을 불어넣는 기술이다. 완서 선생은 토착어를 적절하고도 기분좋게 활용하는 작가다. 보편성이 적은 토착어를 과용하면 중압감 같은 것이 느껴지는데, 선생의 토착어는 인간의 마음의 오지에 도사리고 있는 원초적 감정에 딱 맞는 이름을 가지고 있어서 새롭다.

6·25에 얽힌 자전적 체험을 반복적으로 작품화하는 자신의 문자행위를 완서 선생이 '토악질'이라고 명명했을 때의 그 신선감을 잊을 수가 없다. 그건 '구토嘔吐'나 '구역질'이 아니라 묵은 토사물들이 꾸역꾸역 쏟아져 나오는 것 같은 '토악질'이라는 말이기 때문이다. 아이들이 나쁜 장난을 꾸미면서 느끼는 은밀한 재미를 '옥시글옥시글'하다고 표현한 것

을 보고 웃은 일도 있다. 비탈 위에 세워진 엄마의 첫 셋집을 완서 선생은 '한데 뒷간' 같다고 표현했다. '한데 뒷간'은 초라한 주거를 일컫는 선생의 상투어다. 집 밖에 따로 세워져 있던 한데 뒷간을 본 일이 있는 사람은 그 분위기를 알 것이다. 하지만 1980년대의 아파트군을 처음 본 어떤 할머니가 '줄행랑 같다'고 표현한 것에 비하면 그건 약과다. 아파트에 이사 가려고 모시고 갔더니 시어머니가 일언지하에 '줄행랑' 같다고 단정하는 것이다. 「조그만 체험기」(1976)에서 인간에게 필요한 기본적 자유의 크기를 '간장종지'에 비유해서 놀라게 한 일도 잊을 수 없다. 「그 산이 정말 거기 있었을까」에서, 사람들이 파리 목숨처럼 죽어가는 한편에 목련이 터질 듯이 망울져 있는 것을 보고 "얘가 미쳤나봐!"라고 절규하는 장면도 명품이다. 1·4 후퇴 후 북으로 끌려가던 주인공이 겨우 도망을 쳐서 어느 골목을 돌아 나오니 목련이 정신없이 망울져 있었던 것이다. 두보의 "국파산하재國破山河在"와 유사한 경지인데, 거기 이어지는 대사로는 "얘가 미쳤나봐!"라는 쪽이 훨씬 신선하고 감각적이다. 완서 선생의 자전적 소설을 읽고 있으면, 나는 언제나 감동과 카타르시스를 함께 경험한다. 나도 잘 알고 있는 시대의 구석구석을 뒤져서, 때마다 새로운 화두를 찾아내는 선생을 통하여, 내가 살아온 시대의 모습들이 놀라운 선명도를 지니며 환생하는 것을 보는 것은 황홀한 독서체험이다.

완서 선생과의 만남

문단나들이를 할 시간이 없이 살던 내가 완서 선생과 처음 만난 것은 1970년대 후반이었던 것 같다. 남산에 있는 힐튼 호텔에서 한말숙 선배가 절친인 완서 선생을 위로하려고 근사한 점심을 사는 자리에 나도 합석시킨 것이다. 그날 완서 선생은 한복을 입고 오셨는데, 전천후 폭격기답지 않게 지치고 피곤해 보였다. 선생 댁 사정을 잘 아는 말숙 선배가 앉자마자 시어머니 근황을 물어서 나는 비로소 선생이 망령난 시어머니의 간병을 하는 며느리라는 것을 알게 되었다. 아이로 되돌아간 시어머니가, 목욕을 시키려면 옷을 안 벗겠다고 소란을 피워서 힘이 많이 든다고 선생이 말했다. 하지만 더 충격적인 말도 들었다. 떼쓰는 어른을 달래서 겨우 옷을 벗기면 옷달피에서 살비듬이 우수수 떨어지는데, 그것을 볼 때에 느끼는 삶에 대한 환멸과 혐오감이, 목욕시키기보다 더 견디기 어렵다는 것이다.

그건 내가 모르는 고생이다. 남편이 열두 살에 어머니를 여의여서 내게는 애초부터 시어머니가 안 계셨다. 직장에 다니며 혼자 아이들을 기르느라고 엄청나게 고생을 하는데, 완서 선생 댁처럼 도움을 주시는 시어머니가 안 계셔서 나는 아주 많이 힘이 들었다. 시어머니가 안 계시다고 시댁 시중이 주는 것은 아니다. 나는 다섯 며느리 중의 막내인데, 오지랖이 넓은 편이어서 노인들 치다꺼리를 자진해서 많이 했다. 하지만 그건 주말에만 방문하는 방문봉사이거나, 병원에 모시고 가는 일, 옷이나 필수품을 사드리는 일, 생활비를 부담하는 것 같은 종류의 것이어서, 노인을 직접 목욕시키는 육체노동은 해본 일이 없다. 우리 아버님은 스무 살 연하의 재취부인과 살고 계셨기 때문이다. 몸이 약한 나는 아기를 목욕시켜도 몸살이 난다. 그런데 어른을 목욕시켜야 하다니…… 그것도 살비듬이 우수수 떨어지는 메마른 육체를 계속 씻으며 살아야 하다니…… 그날 나는 처음 만난, 내가 존경하는 작가의, 너무나 놀라운 인내심을 경외하는 눈으로 바라보았다. 지쳐 보이는 모습까지 돋보일 정도로 경외감이 컸다.

"그런 건 남 시켜! 니가 직접 하지 마! 하지 마!"

성질이 급한 말숙 언니가 그런 말을 쏟아놓았다. 조용히 그 친구를 건너다보며 완서 선생이 말했다. "얘, 그건 내 몫의 일이야. 우리 어머니잖아? 내가 해야지." 그 말을 듣고 나의 놀라움은 더 커졌다. 그 말에는 시어머니에 대한 진한 사랑이 배어 있었기 때문이다. 그건 소설 속의 전천후 폭격기와는 잘 연결이 되지 않는 선생의 따뜻한 속내였다. 완서 선생이 정적이고 안존한 시어머니를, 지적이고 엄격한 친정어머니보다 더 좋아했다는 것을 안 것은 후일의 일이다. 그 무렵이 아마 시모님을 모시던 마지막 기간이 아니었나 싶다. 그 후 노인 양반의 치매가 더 심해져서 완서 선생이 진정제를 복용한다는 말을 풍문에 들었다. 그러다가 한참 후에 「해산 바가지」(1985)가 나왔다. 치매노인 간호에 지친 선생을 본 일이 있어서, 그 작품은 더 감명 깊게 읽혀졌다.

맏따님 원숙 씨를 낳을 때 시머머니가 만들었다는 그 해산 바가지를 몇 해 전에 완서 선생이 우리 문학관에 기증해 주셨다. 해산 바가지는 새 생명을 맞이하기 위해 준비하는 정갈하고 성스러운 그릇이다. 그래서 해산 바가지에는 생명을 맞아들이는 사람들의 경건한 자세가 함축되어 있다. 완서 선생 시모님은 며느님이 아이를 임신할 때마다 해산 바가지를 만들어 맞이하셨고, 고용인이 있는데도 남의 손에 맡기지 않고 손수 줄줄이 낳은 손녀들을 길러주셨다 한다. 그 사랑을 완서 선생은 말년의 목욕시키기 같은 것으로 갚고 있었던 것이다. 하지만 시어머니의 치매 상태가 너무 길어지자 그분의 친정 쪽에서 전문기관에 모시라고 권하기 시작한다. 외며느리가 감당하기에는 너무 버거운 상태였기 때문이다.

소설 「해산 바가지」는 드디어 그 권고를 받아들이기로 작정한 부부가 양로원 탐방을 나서는 데서 시작된다. 어머니를 버리는 것 같은 죄책감 때문에, 덥지도 않은데 등에 땀이 번져나가는 남편의 뒤를 따라가는 며느리의 마음도 착잡하다. 잠깐 쉬려고 부부는 구멍가게 평상 위에 내려앉는다. 그 순간 맞은 편 초가지붕에 탐스럽게 열려 있는 박이 보였다. 문득 "해산 바가지를 하면 좋겠다."는 생각이 며느리의 뇌리에 떠오른다. 그러자 그녀는 시어머니가 해산 바가지를 마련하던 과정이 생각났다. 그분은 아기가 생기면 쓸 만한 박을 일찌감치 간택해 놓고, 웃돈을 주어가면서 곱게 기르게 하여 해산 바가지를 만드셨던 것이다. 그건 새로 오는 생명을 맞이하는 시어머니의 경건한 의식이었다.

사람의 생명을 맞아들이는 절차가 그렇게 경건하고 정성어린 것이었다면, 생명을 보내드리는 절차도 그렇게 경건하고 정성스러운 것이어야 옳지 않을까 하는 생각이 문득 며느리의 머리에 떠오른다. 아무리 정신이 망가져 가고 있다 해도, 온 가족을 하늘처럼 떠받들던 어머니였는데 생면부지의 남의 손에 맡겨버리는 것은 안 되는 일이라는 결의가 며느리에게 생겨난다. 부부는 양로원 탐방을 접고 돌아선다. 며느리는 그 후 3년을 더 시어머니를 간병하다가 그분과 이별한다. 착한 며느리라는 말을 듣고 싶은 허영심 같은 것을 버리고, 정 힘들면 야단도 치고 이따금 볼기짝을 때리면서라도 그분을 끝까지 돌보아 집에서 고종명을 시키는 어려운 과업을 선생은 선택했고 완수한 것이다.

이 소설에는 앞으로 우리가 생명을 맞아들이는 방법과, 생명을 보내드리는 방법에 대한 바람직한 모습이 계시되어 있다. 작가가 오랜 신고 끝에 찾아낸 해답이다. 그 두 가지가 응결된 것이 해산 바가지라는 무공해 그릇이다. 그래서 누렇게 찌들어가는 완서 선생의 해산 바가지를 나는 계속 소중하게 모셔두고 있다.

마지막 강연

재작년 9월에 완서 선생이 우리 문학관에 강연하러 오셨다. 돌아가시기 넉 달 전의 일이다. 강연 예보가 신문에 이미 나갔는데, 행사 전날에 선생님에게서 전화가 왔다. 갑자기 다리를 다쳐 걷기가 힘들다는 것이다. 두 주 후면 깁스를 푼다고 하시니까, 그럼 4주 후에 하는 마지막

강사와 순서를 바꾸는 게 어떻겠느냐고 해서 합의를 보았다. 그날 강의 제목은 「환각의 나비」였다.

「환각의 나비」는 남아선호사상을 못 버려서 걸핏하면 같이 살아온 딸네 집에서 가출하여 아들집으로 가는 '의왕터널'을 찾아 헤매는 망령 난 할머니의 이야기를 다룬 소설이다. 남아선호사상에 젖어 있는 할머니는 딸집에서 운명하는 것이 부끄러워서 의왕터널에 집착한 것이다. 그건 흔들림이 없는 신념이어서 할머니는 자주 실종되어 자녀들을 힘들 게 하다가 마지막에는 행방불명이 되고 만다.

그런데 결론이 삽상하다. 할머니가 드디어 삶의 마지막 목표였던 의 왕터널까지 망각해버린 것이다. 할머니는 혈연과 법도와 체면 같은 것 을 모두 잊어버린 채 자유로운 영혼이 되어 흔들흔들 서울의 변두리 지 역을 헤매 다닌다. 그러다가 옛날의 자기 집과 비슷한 구조의 아궁이를 가진 집을 발견하고 무심코 안에 발을 들여놓는다. 아궁이에서 장작이 타고 있고, 우물가에서 젊은 여승이 아욱을 씻고 있었다. 아욱을 씻는 양이 어설프다. 할머니는 아욱을 잘못 씻는다고 자기 자식처럼 잔소리 를 하면서 여승의 생활 속으로 자연스럽게 미끄러져 들어간다. 살림을 할 줄 모르는 여승은 할머니가 해주는 음식을 맛이 있게 먹으면서 어머 니를 만난 듯이 행복하고, 할머니도 자기 방법으로 사는 자유로운 삶이 딸이나 아들집에 있는 것보다 재미있어서, 두 사람은 같이 살게 된다. 적성이 맞는 사람끼리 모여 사는 새로운 동거가족이 만들어진 것이다. 자기가 살던 것과 비슷한 집에서 자기가 하던 방식대로 아궁이에서 불 을 때서 밥을 지으면서 할머니는 원하던 삶을 되찾았고, 스님은 할머니 가 만드는 음식에서 고향을 되찾아서 두 사람은 사이좋게 동거한다.

어머니를 찾아 헤매 다니던 딸이 그 집 마루에서 빨래를 손질하는 어 머니를 발견한다. 옛날 식으로 입에 물을 가득 담았다가, 물을 뿜어 빨래를 축이고 있는 자기 어머니를 멀리에서 발견한 딸은 그런 어머니를 환각 속에서 보는 나비같이 아름답다고 생각한다. 어머니가 너무 평화롭고 행복해 보여서 딸은 그 평화를 건드리지 않기로 결심한다. 「해산바가지」에서 생명을 보내드리는 올바른 법도를 모색해 보여준 작가는 「환각의 나비」에서, 치매에 걸린 할머니가 다다를 수 있는 가장 평화로운 존재 방식을 보여주면서 작품을 끝낸다.

비가 온다는 예보가 있었는데도 강연을 하던 날 청중들이 아주 많이 왔다. 완서 선생도 그 강의를 마지막에는 즐기는 듯했다. 하지만 처음 강단 앞에 섰을 때는 아니었다. 다리를 다쳤다는데 그만두라는 말을 하지 않고 뒤로 미루자고 했다고 선생이 나를 비난했기 때문이다. '잔인하다'는 말까지 하는 걸 보니 농담이 아닌 것 같았다. 이해할 수 없었다. 강연일정은 신문에 공포된 다음부터 작가와 청중과의 약속이 된다. 가능하면 지켜내야 할 약속인 것이다. 그런데다가 4주 후에도 못할 것 같다는 말을 선생은 내게 한 일이 없었다. 나갈 약속이 있어서 긴 이야기를 못하고 서로 웃으며 연기하기로 합의를 본 것인데, 왜 저러시나 싶어서 좀 의아했다. 그랬는데 돌아가는 선생의 등에 손을 대 보고 나는 이유를 알게 되었다. 이상하게 선생의 몸이 건불같이 느껴져서 섬뜩했던 것이다. 몸 속이 텅 비어 있는 것 같은 그 이상한 감촉이 나를 두렵게 만들었다. 이미 암이 막바지에 와 있는 시기였는데, 당신도 우리도 그 사실을 모르고 있었던 것이다. 문제는 다리가 아니었다. 강연을 할 체력이 딸렸던 것이다. 그래서 그런 강연을 하게 만든 사람이 섭섭했던 것이다. 얼마나 힘이 드셨으면 '잔인하다'는 생각까지 했을까 싶어서 그 후 두고두고 죄송스러웠다. 그게 마지막 만남이었다. 이제 어디에 가 다시 선생의 강의를 들어볼까 싶으니 눈이 자꾸 아물거린다.

(2012년 영인문학관의 「박완서 1주기전」 때 쓴 추모의 글)

4. 강신재康信哉론
—「임진강의 민들레」와「오늘과 내일」을 중심으로

1) 강신재 소설의 기법적 특성

강신재의 특징은 인물을 캐릭터라이즈하는 방법에 있는 것 같다. 주제를 앞세우고 달리는 작가들이 많이 있지만, 씨는 그들과는 반대다. 씨의 작품에서는 언제나 주제보다 인물이 앞선다. 그것도 인물의 전부가 아니라 인물의 이미지가 주축이 되는 것이다. 「젊은 느티나무」의 경우처럼 젊고 건강한 청년에게서 슬쩍 풍기는 비누냄새 같은 것이 창작의 실마리가 된다. 그 막연한 것 같은 감각적인 이미지에 뼈가 생기고 살이 붙고 그렇게 하여 한 인물의 이미지가 구체화되고 뚜렷해지면 거기에 알맞는 다른 인물이 설정되는 식이다. 다음에는 그들에게 적합한 환경이 만들어지고, 사건이 짜여지면서 작품이 형성되어 가는 것이 강신재식 창작법이다. 말하자면 다른 작품들과는 반대의 코스로 작품을 써 나간다는 것이다. 그런 경향을 우리는 "나를 이끌고 나가는 것은 대개의 경우 막연한 이미지뿐이다."(『사랑의 아픔과 진실』, p.293)라는 작가의 말을 통하여 확인할 수 있다. 그런 이미지를 형상화하는 일이 이 작가의 제작 과정에서는 아주 큰 비중을 차지한다. 작가는 그 인물의 사소한 몸짓과 버릇, 말투, 생김새, 소지품 따위를 면밀히 연구하고 구성한다. 마치 화가가 인물을 스케치할 때처럼 그 과정을 진지하게 써나가는 것이다. 강신재는 어느 한 구석이라도 미흡하면 용서를 하지 않는 장인의 날카로운 심미안을 가지고 있다. 미적 가치를 추구하는 일에 성실한 예술가인 것이다. 씨는 자기 작품이 거창해지거나 장중해지는 것보다는 자기의 의도를 충분히 형상화시키는 일을 더 소중하게 생각한다. 그래서 씨의 인물에는 허술한 구석이 거의 없다. 아무리 다급한 때에도 그들은 반드시 자기 자신의 말투로 이야기하며 자신의 제스처로써 내면을 표현한다.

그렇다고 해서 플로베르나 발자크처럼 친절하게 인물의 구석구석을 샅샅이 그려나가는 것은 아니다. 씨는 인물 자체를 그리는 것이 아니라 그 인물의 이미지를 그린다. 그것도 아주 단편적으로 그리는 것이다. 특히 단편소설에서는 짤막한 몇 토막의 말로 한 인물의 묘사가 끝나 버리는 수도 있다. 그런데도 작품을 읽고 나면 인물의 인상이 뚜렷이 남는다. 그 비결은 씨의 그 파편 같은 몇 마디 언어들이 인물의 가장 핵심적인 특징을 아주 구체적이며 감각적으로 포착하고 있는 데 기인한다. 때로는 칵! 칵! 가래침을 돋우어 뱉는 버릇으로, 때로는 우선 해쭉 웃기부터 하는 동작으로, 때로는 옷의 빛깔이나 디자인으로 씨는 인물들의 외모와 인품과 심리까지 암시한다. 슬쩍 지나가는 말처럼 대수롭지 않게 보이는 그런 버릇과 모양과 제스처들을 한데 모아놓으면 신통하게도 아주 극명하고 뚜렷한 인물의 모양이 떠오른다. 그렇게 구체적이며 감각적인 표현을 통하여 그리고자 하는 내용을 완전히 비주얼라이즈하는 것이 씨의 묘기다.

씨의 인물묘사의 방법 중에서 또 하나 간과할 수 없는 특징은 그저 그려 놓을 뿐 거기에 무슨 의미가 있는 것 같은 제스처를 하지 않는다는 점이다. 그저 그리는 것 자체가 목적인 듯이 담담하다. 인물들을 작자의 의도에 두들겨 맞추는 그런 무리를 하지 않는다. 씨의 인물들은 어디까지나 개성 있는 한 인간으로서 존재할 뿐, 작가의 마리오넷은 아니다. 인물을 대하는 씨의 눈에는 초조와 강요의 빛이 없다. 욕심을 부리거나 안달을 하지 않는다. 대부분의 경우 작중 인물의 파탄은 작자의 과욕에 기인한다. 강신재의 인물들이 추악한 인물의 경우에도 조화와 안정감을 주는 것은 그 때문이다.

씨는 비교적 많은 형의 다양한 인물을 그리는 작가다. 끊임없이 같은 형의 주인공을 내세우는 작가가 아니다. 씨는 다양한 인간의 존재를 긍정하고 그들대로의 삶의 방식에 비교적 관대하다. 씨는 인물들과 항상 거리를 가지고 있어 한 인물 속에 몰입하거나 편애를 하는 일도 없다. 그저 그렇게 제 나름대로 살아가고 있는 많은 사람들의 개별적 특성을 속속들이 그려나가는 것뿐이다.

씨는 흥분하지 않는 작가다. 씨에게는 언제나 냉정한 관찰의 눈이 있다. 그 눈으로 씨는 자기가 심장을 통하여 감각적으로 받아들인 사물들을 표현한다. 거기에서 조화가 생겨나는 것이다. 씨의 작품에는 넋두리가 없다. 선입견이나 편견을 최대한으로 배제한 채 사물을 바라보려는 자세다. 어찌 보면 눌변인 것 같은 말투로 서두르지 않고 띄엄띄엄 이야기하는 씨의 언어들이 새로운 느낌을 주는 것은 그 때문이다.

분위기 묘사나 심리 묘사에 있어 어느 한 단면을 통하여 전체를 엿보게 하는 재능을 씨는 가지고 있다. 강신재는 장편소설보다는 단편소설에 더 적합한 작가인 것 같다. 사실 씨는 그 유니크한 테크닉으로 잊을 수 없는 많은 단편들을 남겨 놓았다.

그러나 이 소론에서는 장편소설만을 대상으로 삼으려 했다. 장편소설 중에서도 신문이나 잡지에 연재한 것은 제외하고 그냥 써진 것, 전작이라고 불리는 「임진강의 민들레」와 「오늘과 내일」의 두 편을 택하였다. 이 두 소설은 전작으로 쓰인 본격적인 장편소설이라는 점 외에도 6·25와 4·19라는 정치적 격동기를 배경으로 하고 있다는 공통점을 가지고 있다.

2) 「임진강의 민들레」

이 소설은 신문이나 잡지에 연재하는 데서 오는 제약과 타협에서 벗어나 자유롭게 써진 씨의 최초의 본격적인 장편소설이다. 작가는 여기에서 6·25 사변을 작품의 배경으로 삼고 있다. 10여 년의 세월을 격하여 6·25라고 하는 민족적 수난기를 대상으로 선정한 것이다. 하지만 원래 강신재는 정치 같은 것에 그다지 관심이 있는 작가가 아니다. 어떤 부정이나 불의에 대해 핏대를 올려가며 고발을 한다거나 이념의 싸움에 말려들 작가도 아니다. 「임진강의 민들레」에서 씨는 "이화梨花에게는 정치 같은 것이 관심사일 수 없다."고 말했는데, 이 말은 그대로 작가 자신의 말이라고 해도 과언이 아니다. 사회를 개조한다거나 교화시키는 종류의 일은 씨와는 무관하다. 그래서 인물 중에도 그런 유의 인물은 극히 드물다. 강신재는 정치적 현실 그 자체보다는 모든 가치의 척도가 갑자기 달라지는 격동기를 헤쳐 나가는 인간들의 살아가는 모습, 그 반응의 차이에 더 많은 관심을 가지고 있다. "그 급격함과 상징성은 6·25를 무대로 하고 있기 때문이긴 하지만 인간의 영원한 문제와도 상통하는 것"(「나의 일기초」, 같은 책, p.65)이라고 작가는 생각한다. 본질적인 면에서 생각할 때 상황의 변화는 그다지 중요하지 않다는 이야기다. 씨는 상황의 변화가 인간에게 미치는 영향에 흥미가 있는 작가가 아니다. 씨의 인물들은 상황이 달라져도 별로 영향을 받지 않고 자기 방식대로 살아간다. 몰리고 쫓기는 막다른 골목에서도 그들은 자기 나름대로의 제스처를 잊지 않는다. 6·25라고 하는 충격적인 상황은 그 "급격함과 상징성"을 강조시키는 이상의 것은 아니다.

이 소설의 주인공은 이화라고 불리는 여대생이다. 그녀는 이화라는 이름이 상징하고 있는 그대로의 것을 모두 지닌 처녀다. 청순하고 세련되고 지적인, 그러면서 꽃 이파리처럼 민감한 감성을 가진 방년 20세의 의학도인 것이다. 그녀는 그냥 아름답기만 한 인형 같은 여인이 되기를 원하는 타입은 아니다. 그녀는 "강해지고 싶다"는 열망을 가지고 있다. 무언가 눈에 보이게 자기의 힘이라고 인식할 수 있는 것이 필요하다고 생각했다. 그래서 '의과대학'에 지망한 것이다. 1950년의 봄은 개인적인 면에서 이화에게는 아주 중요한 시기였다. 애인이 생겼기 때문이다. "야성적이면서도 기품이 있는" 아이디얼리스트 지운이다. 이화는 모든 면에서 문자 그대로 지금 막 봉오리를 벌리려고 하는 꽃과 같은 상황에 놓여 있었다.

그녀의 동생은 이화처럼 꽃이 아니다. 그녀는 옥(옥엽)이고 잎이다. 옥엽은 이화처럼 "무언가 불 타는 것을 가슴에 안고" 있는 소녀가 아니다. 이화보다 나이는 어리지만 더 성숙한 것을 그녀는 지니고 있다. 남을 기쁘게 해 주고, 맛있는 음식을 제공하고. 잠자리를 보살펴주고 보호해 주는…… 그런 모성적인 성격이다. 그녀는 그 방면의 천재다. 아무리 싫은 사람이 먹는다 해도 자기가 만든 반찬이 맛있기를 원하는 그런 타입이다. 앵두색 적심을 입고 행주치마를 두르고 있는 옥엽은 6·25라고 하는 태풍 속에서 온 가족을 혼자 보호하는 18세의 염엽한 수호신이다.

1950년 6월 25일의 아침은, 이들이 살고 있는 필동의 "네 귀가 번쩍 들린 고래등 같은 기와채의 푸른 기운이 감도는 낡은 처마 밑에도 무심하고 평화롭게 찾아 들었다." 이화는 늦잠을 자면서, 옥엽은 도마질을 하면서, 노상 스란치마를 허리에 걸치고 다니는 그들의 모친은 루주를 바르면서, 아버지 우태갑 씨는 붓글씨를 쓰면서 그날을 맞이했다. 그러나 그날은 폭풍이 시작되는 날이었다. 그 폭풍은 이화의 늦잠과 옥엽의 도마질과, 심씨의 루주, 우씨의 연적을 모조리 부셔버리는 위력을 가지고 그 집안에 쳐들어온다.

그러나 전쟁에 대처하는 인물들의 태도는 서로 다르다. 대체로 이화네 식구들은 현실감각이 좀 둔한 편이다. 우선 가장인 우태갑 씨가 그렇다. 그는 조상이 물려준 재산을 축내 가면서 대단치도 않은 소송문제 같은 것에만 몰두하는 한가로운 가장이다. 폭탄이 지척에 떨어지는데도 그는 가족들을 피난시킬 생각 같은 것은 가져본 일이 없다. 고작 한다는 짓이 대문을 꼭꼭 닫으라고 분부하는 정도다. 서울이 점령된 석 달 동안을 그는 골방에 숨어서 살지만, 그 안에서도 여전히 「비파행」을 읽거나 붓글씨를 쓰면서 한가하게 시간을 보낸다.

그의 아내 심씨는 더 느긋하다. 겉모양을 보면 그녀는 많이 달라졌다. 할멈의 무명옷을 얻어 입고 몸단장도 못 해서 많이 늙어 보인다. 그러나 마음속은 조금도 달라진 데가 없다. 그 험난한 시기에 아들이 없어져도 어디 갔느냐고 캐묻는 법조차 없다. 그 석 달 동안이 그저 재미없고 심심해서 그녀는 풀각시 같은 것을 만들면서 소일한다. 몸만 큰 어린애다.

남자 동생 동근은 한 곳에 집착을 못하는 버릇을 못 버리고, 별 깊은 생각도 없이 홀딱 의용군에 지원했다가 포로가 되고, 국군이 되기도 하면서 그 시기를 보낸다. 막내인 동훈은 전기기구 같은 것을 자기가 숨어 있는 방공호 속에까지 끌고 들어가 만지작거리며 그 기간을 거쳐 간다. "전쟁도 그들의 내면생활에 파고들지 못한 것이다."

이 집에서 현실에 대한 감각과 분별을 가지고 있는 유일한 리얼리스트는 옥엽이다. 그녀는 전쟁이 나자 재빨리 고운 옷을 벗어 치운다. 곱고 값진 모든 가구들을 광에 내다 숨겨두고, 사랑채에 든 인민군들의 밥을 해주는 형식으로 그 현실에 적응한다. 그리고 그 대가로 아버지와 동훈을 숨기는 일과 이화의 비교적 자유로운 나날들을 얻어내며, 그 어려운 시기에 식구들의 식생활도 보장받는다. 그녀는 적에게 협조하는 행위를 통하여 가족들의 안전을 지킨 것이다. 그러나 그녀의 협조하는 방식은 동리의 반장 같은 사람의 그것과는 아주 다르다. 그들에게 아부하고 무고한 이웃을 파는 그런 형식이 아닌 것이다. 그녀는 가장 자기다운 방식으로 그들을 돕는다. 자기의 가족을 돌보는 것과 똑같은 방식으로 그들을 돕는 것이다. 정성껏 반찬을 장만하고 공손히 음식을 가져다주는 그런 방식 말이다. 그건 그녀의 본질이다. 그녀는 남을 돕고 편안하게 해주기 위해 세상에 태어난 것 같은 여자다. 그것이 적이건 원수건 가리지 않는다. 말하자면 나이팅게일처럼 생명을 가진 모든 인간을, 그 성분과 계급, 친소관계와 무관하게 따뜻하게 보살피도록 성격지어진 인간인 셈이다.

이 전쟁의 "최후까지 살아 남은 것 — 살아 남았을 뿐 아니라 옆의 사람의 도움이 되고 따뜻함이 되어 새로운 삶의 힘이 되어주는 것은"(「나의 일기초」, 같은 책, pp.65-66) 애초부터 열망 같은 것을 가지지 않았던 이 작은 소녀다. 그녀는 이 작품에서 구세주와 비슷한 역할을 하고 있다. 그러나 작가는 그녀에게 "알료샤적인 신앙도 또 휴우머니즘에 의한 희망적인 것도 부여할 수가 없다."(「일기」)고 말하고 있다. 작품을 구상하면서 한 말이다. 그래서 옥엽은 구세주처럼 거창한 존재가 되지 못했다. 그녀는 그저 여자가 지니는 가장 아름다운 본성을 타고난 인물로 그려져 있을 뿐이다. 그녀는 이화처럼 평준선 이상의 것이 되려는 야망을 가져본 일이 없는, 그저 단순한 여자다. 여자의 가장 좋은 면인 현실을 헤아리는 지혜와, 모든 생명을 돌보아 살리는 사랑을 대표하는 존재인 것이다. 태풍이 몰아 올 때에 병아리들을 감추고 보호하는 어미 닭이 가지는 슬기와 사랑, 그것과 별로 다를 것이 없는 본능적인 모성애를 그녀는 가지고 있다. 그것이 현실에 있어서 분명히 어떤 구제가 되고 있음을 작자는 암시한 것인지도 모른다.

그러나 이화는 옥엽과는 아주 다르게 그 폭풍을 받아들였다. 그녀는 무명옷을 입는 것부터 거부한다. 거의 납치당하다시피 북행을 강요당하는 그 순간까지 그녀는 전에 입던 비단옷과 가죽 구두를 벗지 않는다. 폭탄이 비오듯 하는 거리에서도 이화는 행군을 하는 괴뢰군의 여자 군인들을 보면서 그들의 복장에서 익조틱한 아름다움을 찾아낸다. 슬라브조의 그들의 군가의 빠른 템포에서도 어떤 쾌감을 느낀다. 그녀는 심미주의자이다. 그녀가 죽게 되는 것도 단순히 전쟁 때문이 아니다. 강물의 아름다움에 현혹되어 그녀는 죽음의 위험성이 있는 줄 알면서 알몸을 대피할 나무 하나 없는 임진강 기슭에 드러내는 것이다. 물의 아름다움에 젖어 있는 순간에 그녀는 기총소사를 당한다. 등에 수없이 총탄이 박힌 채 그 강변에서 이화는 죽는다. "소리 내어 쏠렁이며 강물은 흐르고 있었다. 음악이며 시 그림 같은…… 인간의 그 생활 이외에 혹은 그 생활 이상으로 사랑하는 것들이 거기 모두 있었"기 때문이다.

옥엽이 집착했던 것은 '생활'이다. 그러나 이화가 집착했던 것은 '생활 이상의 것'이다. 옥엽이 인민군에게 협력한 것은 순전히 가족들 때문이다. 그러나 이화가 협력한 것은 사랑의 상처 때문이다. 아주 개인적이고 내면적인 것이 이화에게는 언제나 문제였다. 뿐 아니다. 도망가라는 충고를 받고도 그녀는 병원에 남기로 결정한다. 그건 피를 흘리며 신음하고 있는 환자들에 대한 의학도로서의 책임감 때문이다. 그래서 환자들과 격리되자 그녀는 서슴지 않고 탈출을 계획한다. 그것이 죽음을 무릅쓴 모험인데도 그녀는 상관하지 않는다. 일단 싫다고 자기가 결정하면 어떤 난관 앞에서도 굴하지 않는…… 이화는 그런 주체성이 확립된 인간이다. 그 탈출이 어느 정도 성공을 거둔 순간에 그녀는 강물에 대한 심미적인 애착 때문에 죽는다. 낙조가 곱게 물든 임진강변에서 죽어가는 그녀의 망막에 마지막으로 비친 것은 한 송이의 황금빛 민들레꽃이다. 그 아름다운 꽃 쪽으로 손을 내밀면서 이화는 죽는 것이다.

이화의 죽음은 아주 상징적으로 처리되어 있다. 이 작품은 새벽에 시작되어 저녁에 끝난다. 그것은 한 송이의 배꽃이 봉오리가 맺혔다가 떨어져 가는 시간이다. 그 새벽과 저녁은 모두 환상적인 아름다움을 가지고 있다. 전쟁 같은 것과는 상관이 없는 영원한 자연의 아름다움이다. 그 아름다운 시간에 한 아름다운 소녀가 아름다운 꽃을 집으려다가 기총소사를 당한다. 그러나 그것은 꽃이 아니었다. 어느 죽은 병사의 가슴에서 떨어졌을 금속의 훈장……. 살육과 비극의 산 증거인 하나의 훈장이었던 것이다. 이화에게는 물밑에 가라앉은 그 비극적인 물건이 꽃으로 보였던 것이다. 그것이 이화의 현실이다. 그래서 그녀는 웃으면서 갔다. 밤이 아직 오기 전의 아름다운 노을이 하늘에 가득히 퍼져 있는 배경 속에서 그녀의 젊음은 끝이 난 것이다.

이화는 강신재의 favorite character다. 그녀는 아직 소녀다. 사랑하는 남자의 좀 거센 포옹도 감당하지 못하는 미숙한 여인인 것이다. 그녀의 파탄은 여인으로서의 미숙함과 직결되어 있다. 그 미숙함 — 청순함 — 을 안은 채 그녀는 갔다. 그녀는 밤이 오기 전에 아름다운 노을 속에서 죽어야 한다. 밤을 견디어 낼 능력이 아직 없는 소녀로서 시종해야 한다. 주인공을 어른이 되기 전에 청순함을 지닌 채 소녀로서 끝나게 만드는 것은 이 작가의 취향 중의 하나이기 때문이다.

「오늘과 내일」의 '윤미'도 이화와 같은 타입의 소녀다. 그래서 그녀도 어른이 되기 전에 죽어야 한다. 흉하게 짤려져 나간 다리(현실)를 깨끗한 홑이불 밑에 숨겨놓고, 이불깃을 꼭꼭 여며 보이지 않게 해놓고는, 꿈같은 비현실적인 이야기만 되풀이하다가 꽃잎처럼 얇아져가면서 윤미는 죽어간다. 겨우 좀 '비릿비릿한 사랑'의 씨앗을 간직하기 시작한 소녀로서 삶을 마감하는 것이다. 그녀는 한 번도 잘려진 다리의 상처를 남에게 보인 일이 없다. 그것은 그녀의 심미적 감각이 용서하지 않는 형상이기 때문이다. 작가도 그 상처를 남에게 보이는 것을 견디지 못한다. 그래서 그녀는 조만간 죽어야 하는 것이다.

「젊은 느티나무」의 '숙희'처럼 청결함을 상징하는 비누냄새 같은 것을 통하여 남자를 사랑하다가, 남자 대신 느티나무를 안고 도는 데서 강신재의 소녀들의 이야기는 끝이 난다. 우아하고 슬기로우면서 강한 개성을 가진 부유한 집안의 청순한 소녀들…… 강신재는 이런 소녀들을 참 좋아한다. 그런 취향은 그녀들의 파트너인 남자주인공의 경우에도 적용된다. 그들은 야성적일 정도로 건강하면서 문벌과 재능과 품위를 모두 갖춘, 불만스러울 정도로 나무랄 데가 없는 인물들이다. 이들은 이미 성숙한 성인들이다. 그러나 그들의 소녀는 성숙해질 수가 없다. 죽어야 하기 때문이다. 이 소녀들이 여인으로서 성숙해지는 것을 작가는 견디지 못한다. 자신의 초상화 앞에서 늙지 말게 해 달라고 기도하는 도리언 그레이처럼, 강신재는 이 소녀들의 초상 앞에서 그것을 기원한다. 그 기원이 현실적으로 이루어질 수 없으니까 때 묻기 전에 그녀들을 죽이는 것이다. 심미주의자 오스카 와일드가 그랬던 것처럼 강신재에게 있어 가장 큰 비극은 치욕과 불명예다.(「오늘과 내일」의 대섭의 경우) 그리고 가장 큰 죄는 아마도 추醜함이었을 것 같다. 이 아름다운 소녀들의 죽음은 강신재의 플라토닉한 연애관과 더불어 씨의 심미가적인 모습을 단적으로 표현해 주고 있다.

이데올로기의 싸움터인 6·25 동란은 이 작가에겐 그저 삶의 싸움터에 지나지 않았다. 여기엔 이념에 투철한 인물은 하나도 없다. 가장 철저하다고 보아야 할 지운조차도 "인간답게 살고 싶다"느니 "독재가 싫다"느니 하는 정도의 주장밖에는 가지고 있지 않다. 이들이 상황을 어떻게 살아가야 옳으냐 하는 문제도 강씨의 작품에서는 제시되지 않고 있다. 그저 제 나름대로 살아가고 있는 모양이 그려져 있을 뿐이다. 강신재는 그것을 '실험관'의 보고서로서 쓴 것이 아니라 화가의 그림으로서 묘사하고 있는 것이다.

3)「오늘과 내일」

이 작품은 4. 19를 다룬 소설이다. 그때의 학생들의 봉기는 모든 작가에게 큰 충격을 주었다. 젊은이들이 죽어갔기 때문이다. 이 작가도 예외가 아니다. 그 충격이 너무 커서 예술로 승화시키기에는 벅차다는 말을 강신재는 한 일이 있다.

6·25 사변은 뚜렷한 적이 있는 전쟁이었다. 뿐 아니라 그 전쟁은 외부에서부터 온 것이다. 옳고 그름을 판가름하는 기준은 너무 명백했다. 대부분의 사람들은 그저 무사히 살아남는 길만 생각하면 되었던 것이다. 그러나 4·19는 우리의 내부에서 터져 나온 싸움이다. 우리의 동생과 아들, 딸들이 더 이상 좌시할 수 없어서 들고 일어난 의거義擧였다. 마땅히 어른들이 일으켰어야 할 싸움을 그들이 대신 싸운 것이다. 그래

서 그들이 대신 피를 흘렸다. 어른들은 부끄러운 구경꾼에 지나지 않았다. 그 괴로운 구경꾼들의 가슴에서 우러나오는 회한과 책임감이 작가의 경우에는 더 강하게 왔고, 그 충격을 극복해 내는 데는 더 많은 시간이 필요했다. 그렇게 하여 오랜 시간 후에 그 충격을 극복하고 쓰인 것이 이 소설이다.

사회를 전체적인 면에서 그린 것은 강신재의 세계에는 거의 없다. 자그마한 장소(방이나 집 같은)에 카메라를 갖다 놓고 앵글만 돌려가며 그리는 것이 강신재의 장기다. 「임진강의 민들레」도 예외는 아니다. 한 집의 울타리 안에서 그려진 전쟁의 모습에 그치고 있다. 그러나 「오늘과 내일」에서는 그렇게 할 수가 없었던 것 같다. 작가는 그 혁명의 모습을 되도록 여러 면에서 관찰하려는 노력을 하고 있다.

그래서 만들어진 것이 '어매지 할머니'라는 특이한 인물이다. 그녀는 말할 수 없이 호기심이 강하다. 자기와 아무 이해관계가 없는 일이라도 그 현장을 보아야 직성이 풀리는 타입이다. 뿐 아니라 그녀는 거짓말을 할 줄 모른다. 뿐 아니다. 사리를 판단할 때에 그녀는 자신의 이해와 결부시키는 일이 없다. 공정한 안목을 가지고 있는 것이다. 그리고 활력이 넘치는 활동가다. 민완 기자가 갖추어야 할 조건을 거의 모두 가지고 있는 셈이다.

혁명의 현장 구석구석을 이 부지런한 여자는 열심히 보고 다닌다. 그녀는 여자여서 기자들은 도저히 갈 수 없는 남의 집 안방까지 무시로 드나들면서 혁명과 관련된 사람들을 관찰하고 판단하는 일이 가능하다. 그녀는 단순한 리포터로서 끝나지 않는다. 그녀에게는 신통하게도 혁명의 세 분야를 대표하고 있는 아들이 있기 때문에 리포터로서는 완벽에 가까운 여건들을 구비하고 있는 셈이다.

맏이는 발포경관이다. 그것도 미친 듯이 총을 쏘아댄 열성분자다. 둘째는 깡패다. 화동지회 소속의 대표적인 깡패로서 4·19 후에 신문지면을 크게 장식한 인물이다. 셋째는 데모 학생이다. 용기와 정의감을 모두 갖춘 모범적인 데모 대원이다. 그는 학생대표로서 경무대에 들어가, 얼굴에 경련을 일으키는 노대통령과 직접 면담까지 한다. 그러다가 부상당한다. 그래서 그들의 어머니는 이 혁명의 세 가지 측면을 골고루 체험한다. 지긋지긋할 정도로 자상하게 알게 되는 것이다. 그녀는 그 중 어느 하나에 치우칠 수 없는 미묘한 입장에 서 있고, 그 세 면에서 빚어진 아픔을 고루고루 경험한다. 이렇게 혁명과 밀접하게 관련지어져 있는 어매지 할머니 외에 작자는 복덕방의 세 거간을 통해서 혁명의 나머지 부분을 관찰하게 한다. 세태의 추이와 여론의 방향을 이들은 보고하고 비판한다. 그 세 사람은 성격이 판이하기 때문에 현실을 받아들이는 태도가 아주 다르다. 여론을 반영시키는 세 거울이라고 할 수 있다. 난리 때문에 할 일이 없어진 이들은 열심히 신문을 읽고, 또 열심히 혁명의 현장들을 보고 다닌다. 어매지 할머니가 볼 수 없는 대부분의 장소를 이들은 보고 다니는 것이다.

그러나 이 네 인물이 볼 수 없는 곳이 있다. 그 부분을 보기 위한 보조 인원이 영택이와 준호, 대섭, 복이 등이다. 영택은 데모 대열에 서서, 준호는 부정선거의 원흉의 아들로서, 대섭은 아버지를 찾는다는 구실로 마산에 가서 데모의 첫 현장을 직접 목격한다. 거지인 복이는 그 북새통에 새처럼 자유로워져서 거룩하게 남대문의 용마루에 올라앉아 거리를 내려다보는 것이다. 이 소설은 이렇게 많은 인물들의 눈을 통하여 본 4·19의 모습이다. 작가 자신이 본 그것이 아니다. 작가는 어디까지나 작중 인물의 등 뒤에 숨어 있다. 작품 속에 스스로의 모습을 노출시키지 않는 것도 이 작가의 특성 중의 하나다.

이 작품은 그렇게 많은 측면에서 보아 혁명의 모습이지만, 르포르타주도 아니고 고발장도 아니다. 성격상 어쩔 수 없이 그런 요소가 끼어들었지만, 그러나 이 작품 역시 정치적 상황보다 인물에 중점을 두고 있다. 어매지 할머니를 위시하여 거간들과 옥자 같은 인물의 묘사는 가위 일품이다. 전술한 바와 같이 인물들의 사소한 행동이나 말을 통하여 작가는 참 많은 것을 말하고 있다.

노문석 씨 집을 묘사하는 대목에서 작가는 어매지 할머니로 하여금 마루를 걸으면서 자꾸 자신의 버선 바닥을 쓸게 하고 있다. 일껏 깨끗한 것으로 갈아 신고 왔는데도 버선 바닥의 더러움이 마루에 묻어날 것 같아서 자꾸 터는 그 한 동작을 통하여, 작가는 그 집의 규모와 분위기, 부의 정도 등을 설명하면서 어매지 할머니의 인품까지 아주 효과적으로 노출시키고 있다. 김치 속을 넣다 말고 배추를 무의식적으로 동댕이치는 대목에서는, 칠칠치 못한 예집사 부인의 남편의 죽음에서 받은 충격의 크기를 드러내고, 던진 김치 포기를 다시 주워서 마무르는 행위를 통하여서 그 충격을 수습하고 체념하는 내심의 미묘한 움직임을 암시해 주는 식이다. 어린 아이가 영어로만 쏘알라거리는 행동을 통하여서는 괴상하고 비정적인 노씨네 아이의 모든 면모를 보여주며, 살던 집의 주소를 잊어버리는 칠칠치 못한 행동을 통해서는, 매사에 웃기부터 하고 덤비는 옥자의 어린애 같으면서 낙천적인 성격을 그려 낸다. 그 방면에서 이 작자의 능력은 비상하다. 그런 비상한 능력과, 플롯의 구석구석에까지 미치는 치밀하고 자상한 계산 같은 것들이 씨의 작품을 완벽으로 이끄는 요소들이다. 그러나 이 작품의 제재는 씨에게는 너무 벅찬 것이었던 것 같다. 인물의 설정이나 사건의 처리에서 더러 무리를 한 것 같은 느낌을 주기 때문이다. 어매지 할머니와 세 아들의 경우가 그렇다. 너무 많은 우연이 겹쳐져 있다. 중간은 하나도 없고 모두가 극단적으로 상반되는 세 부면의 대표자들이기 때문이다. 그들이 한 형제인 것이다. 우연의 아이러니 치고는 좀 지나쳤다. 한 여자가 감당하기에는 너무 무거운 짐을 지고 있는 셈인데, 그 여자는 또 다른 임무까지 맡고 있다. 현장 검증을 하고 보고하는 관찰자의 임무다. 결과적으로 한 인물에게 너무 많은 일을 맡긴 것이다. 그래서 독자에게도 그 인물을 소화시키는 일이 부담이 된다. 뿐 아니라 그녀의 주변에서도 너무 많은 일들이 일어난다. 신문에 얼굴이 나올 정도의 인물만도 얼마나 많은가? 자신의 아들들을 제외하더라도 부정선거의 원흉의 하나인 김의원, 부정축재자 노문석, 이의장 집에서 총에 맞아 죽은 고등학생 예대섭, 안국동 네거리에서 유탄에 맞은 K중학 학생인 승필, 강석의 애인인 윤미의 친구……. 이런 식으로 너무 많은 뉴스거리가 한 곳에 몰려 있다.

물론 있을 수 있는 일이다. 그러나 흔히 있는 일은 못된다. 그런 점에서 프로버빌리티의 문제에 저촉된다. 이런 일은 전에 볼 수 없었던 현상이다. 새로운 증상은 이것뿐이 아니다. 주역은 아니지만 성격이 변한 인물이 생겨난다. 이것도 강신재의 세계에서는 일어나지 않던 일이다. 씨의 특징은 인물의 불변성에 있다. 6·25 같은 격동의 시기를 겪으면서도 성격에 변화가 생기지 않는 것이 강신재의 인물들의 특징이다. 그 불변형 인물들이 변한 것이다. 예집사 부인이 변했고 백여사가 변했다. 예집사 부인은 이화의 어머니와 동질의 인간이다. 이화의 어머니는 6·25 때 참 많은 일을 당한다. 남편은 학살당하고 아들은 의용군에 나가서 죽고, 두 딸이 모두 그들에게 납치당해 간다. 그녀에게는 아주 필요한 요소였던 집과 재물까지 모두 잃는다. 그러나 그녀는 변하지 않는다. 그녀가 그런 모진 일들을 더 많이 당하면서도 일으키지 못한 변화를 예집사 부인이 일으킨 것이다. 먹고 자고 마시는 일 이상의 것은 도무지 모르는 바보 같은 여자가 물욕에서 해탈할 정도로 이 사건은 그의 인물들에게 강한 타격을 주었던 것이다. 비극의 비중이 다른 것이 아니라 그것을 받아들이는 감도가 달라진 것이다. 그 감도의 차이는 물론 작자 자신의 것으로 볼 수 있다. 역시 비극의 크기가 아니라 작자가 받은 타격의 크기로 간주할 수 있는 것이다.

이 소설의 제목은 민들레 같은 꽃 이름이 아니다. 훈장을 민들레로 보는 그런 착각이 허용될 수 없어진 것이다. 이 작품의 제목은 「오늘과 내일」이라는 시간형 표제다. 어제의 선이 오늘의 악으로 둔갑을 하는 그 역사의 변덕, 2년 동안에 정권이 두 번이나 바뀌는 소용돌이, 정치가를 남편으로 가진 강신재가 그 외계의 변동 속에서 받았던 타격과 두려움과 불안이 이 소설에는 나타나 있다. "실생활에서 받은 타격이 문학으로 메꾸어지지 않는 것이다."(「나의 일기초」, 『사랑의 아픔과 진실』, p.69) 그래서 씨는 말한다. "내일을 안다는 것은 인간에게는 아마 불가능한 일일 것이다. 행동할 수 있는 것은 오늘에 관해서 뿐이었다."고 작가는 술회하고 있다. 어제까지 문제가 되지 않던 것들이 문제가 되어 작가의 세계에 들어왔다. 현실에 대한 관심이다. 그것은 모럴에 대한 관심이기도 하다. 어제까지 조화와 평화 속에서 균형이 잡혀 있던 그 세계에 어떤 흔들림과 혼돈이 온 것이다. 이건 어쩌면 씨를 위해 전환점이 되어 줄지도 모르는 중요한 사건이다.

사실 강신재의 인물들은 너무 정돈되어 있다. 너무 아름답고 건강하다. 잘 다듬어진 화원 속의 꽃들을 들여다보는 것 같은 느낌이다. 거기에는 이지러지거나 비뚤어진 꽃이 없다. 설사 있다 하더라도 그것은 화원의 테두리를 벗어나지 않는 한계 안에서의 사소한 결함이다. 씨의 인물들에게는 상처가 없다. "모가지를 뎅겅 잘라서 혈서라도 쓰지 않고는 견딜 수 없는"(손창섭) 그런 절박한 절망감 같은 것이 없다. 그렇다고 회의나 집념이 있는 것도 아니다. 6 · 25 같은 어려운 현실에 갖다 놓아도 이화나 지운에게는 깊은 내면적 갈등이 없다. 사랑에 있어서도 갈등이 없기는 마찬가지다. 씨의 인물들은 신통하게도 천정의 배필을 쉽게 찾아낸다. 뿐만 아니라 그 행로도 아주 평탄하다. 그래서 좌절이 없다. 설사 어떤 좌절이 온다 해도 심씨나 옥자의 경우처럼 피부의 겉을 스쳐 지나가버릴 뿐이다. 남은 건 가벼운 찰과상 정도다.

4·19를 겪은 젊은 세대에게도 갈등이 없기는 마찬가지다. 모든 것이 척척 들어맞는다. 회의나 망설임, 자기혐오 같은 것이 거기엔 없다. 씨의 작품이 사람들에게 가볍게 쓰여져 나갔다는 인상을 주는 것은 이 때문이다. 여기 대하여 씨는 수없이 파지를 내면서 글을 쓰느라고 고생을 하는 자신의 애로를 이야기하고 있다. 그러나 그 두 가지는 다른 것이다. 씨가 파지를 내는 이유는 작품의 표현상의 완벽을 지향하기 때문이다. 현실을 대하는 인물들의 진지함이나 심각함과는 구별되어야 한다. "이 험난한 세상에 어떻게 강신재는 이런 평온과 조화를 얻었을까"라고 물은 평론가가 있다. 아마 김현이었던 것 같다. 그건 그분만의 의문이 아니다. 거기 대하여 작가는 이런 답을 하고 있다. "꼬부라지고 비뚤어진 인간은 이 하늘 밑에 살 자격이 없으리라."는 것이다. 강신재의 눈으로 볼 때 이 하늘 밑에 살 자격을 주고 싶은 사람은 "착하고 밝고 그리고 정직한 성품의 사람"(『사랑의 아픔과 진실』, p.159)들이리라. 조화와 균형이 있는 아름다운 씨의 인물들은 이런 이론 밑에서 탄생하였다. 인간과의 단절을 가장 두려워하는 아름다운 한 무리의 인간들. 그들은 잘 다듬어진 화원의 꽃이 가지는 아름다움을 지니고 있다. 이 혼돈과 무질서, 좌절과 갈등에 얽힌 세계의 한 모퉁이에 이런 화원을 가진 작가를 본다는 것은 여전히 즐거운 일일 것이다. 예술가는 아름다운 사물을 창조하는 사람이라고 오스카 와일드는 말했다. 그런 의미에서 강신재는 끝까지 예술가였다고 할 수 있다.

(『新像』(동인지), 1970년 여름호)

인용도서

강신재, 『임진강의 민들레』, 을유문화사, 1962.

_____, 『사랑의 아픔과 진실』, 육민사, 1966.

_____, 『오늘과 내일』, 을유문화사, 1967.

_____, 『신상』(동인지), 1970년 여름호(발표지면).

5. 한말숙
―「하얀 도정」: 작품 세계의 분계선

　한말숙의 작품세계는 「하얀 도정道程」을 분수령으로 하여 전기와 후기로 나뉜다. 1960년 3월부터 1961년 4월까지 『현대문학』에 연재된 이 소설은 씨의 최초의 장편소설이다. 하지만 그 변화는 작품의 부피와는 상관이 없는 데서 일어난다. 「하얀 도정」 이전의 작품에서는 작가의 육성이 들려오지 않는 것이다. 작가가 의식적으로 자신과 먼 세계의 사람들을 형상화하려고 했기 때문이다. 초기의 한말숙은 가능한 한 먼 곳에서 소재를 찾으려 했다.

　그래서 인물들이 작가와는 반대되는 계층 출신이 많다. 한말숙은 그 무렵의 한국 작가 중에서는 보기 드물게 상류층 출신이다. 서울대를 졸업했으니까 학벌도 최고층에 속하며, 정상적인 코스를 거쳐서 등단한 작가니까 문단에서의 자리도 확고하다. 고급 관리의 딸로 태어나서 사업가의 아들과 결혼한데다가, 최고학부 출신의 등단 작가니까 어느 모로 보아도 최상층이다. 그런데 그의 초기 작품에는 그런 계층의 인물이 드물다. 초기 소설 17편 중에서 고졸 이상의 학력을 가진 사람이 5, 6명밖에 되지 않는다. 경제적인 면에서 극빈자가 아닌 사람의 수도 그 정도다. 그러니까 그의 초기소설의 주동인물은 가난하고, 고등교육을 받지 않은 사람들이 주종을 이루고 있다.

그런 인물들은 직업 면에서도 다양성을 드러낸다. 「장마」에 나오는 태식이는 머슴이고, 「별빛 속의 계절」에 나오는 영식은 하우스보이, 「신화의 단애」의 여대생은 팁만이 수입의 전부인 하루살이 댄서다. 「어떤 죽음」의 근이엄마는 석탄도둑이고, 「세탁소와 여주인」의 남자는 룸펜, 「Q호텔」은 구멍가게 주인, 「낙루부근」은 교정원이다. 대부분이 생존의 기본조건도 충족시키지 못하는 최하층에 속하는 직종들인데, 자기끼리도 서로 닮은 직종이 없다. 한말숙의 초기 소설은 이렇게 모든 면에서 작가와는 거리가 멀고, 자기네끼리도 거리가 먼 인물들로 구성되어 있다. 씨는 그런 낯선 사람들을 힘들게 취재하여 객관적으로 재현하고 있으며, 날카로운 관찰로 그들의 개별성을 부각시키는 데 성공하고 있다. 씨의 전기의 대표작 중에는 데뷔작인 「신화의 단애」와 「노파와 고양이」 등의 가작들이 이 시기에 쓰였다.

그런데 한말숙이 자기와는 인연이 먼 사람들만 골라서 작품 속에 등장시키는 것을 부정적으로 평가하는 평론가가 있다. 천상병이다. 그는 「자기소외와 객관적 시선-한말숙론」(『한국현대문학전집』, 신구문화사, 1981)에서 한말숙가 이렇게 자기와는 인연이 먼 사람들만 골라서 작품 속에 등장시키는 이유를 자기소외의 현상으로 보고 있다. "자기 속에 밀폐되어 있는 것을 숨기려는 '작가의 자세가' 자기 아닌 모든 것에 작가적 관심을 집중시키는" 결과를 가져왔다는 것이다. 그러면서 그는 "작품 속에 자기를 시현示現하려 하지 않는 이런 자기소외 현상"은 한씨뿐 아니라 우리나라 여류작가들의 공통되는 특질이라고 말하고 있다. 여류작가들이 다양한 소재를 다룰 수 있는 것은 그 때문이라는 것이다.

한말숙의 경우도 예외일 수 없다. 「장마」에서는 우리 사회의 최저변을 더듬고 있는가 하면, 「신화의 단애」에서는 도심지의 여대생이자 댄서인 주인공의 생태를 추적하고 있으며, 「방관자」에서는 직인職人계급을, 「행복」에서는 부르주아의 여유있는 생활을 그렸고, 「순자네」나 「흔적」에서는 도시민의 고난상을 표출하고 있어 어느 계열이 이 작가의 진짜 표면인지 알쏭달쏭하게 되어 있는 것이다.(천상병, 같은 책)

천상병은 자기 아닌 것에 대한 관심이기 때문에 "냉혹한 눈으로 사물을 대할 수 있다."(천상병, 같은 책)면서 객관적인 소설을 쓰는 한말숙을 지탄한다. 그는 자기가 들어 있지 않은 소설, 작가의 주관이 투영되어 있지 않은 소설은 안 된다는 말을 하고 있는 것이다. 이 글에는 두 가지 문제점이 있다. '남의 이야기'를 쓰는 것이 왜 자신을 감추는 행위로 간주되어야 하는가 하는 것이 첫 번째 의문이다. 소설은 로맨스이건 노벨이건 '허구성'을 첫 번째 특징으로 하는 장르다. Novel은 fiction이다. 그러니 '남의 이야기'를 쓰는 것은 전혀 비난받을 사항이 아니다. 그 다음은 다양성에 대한 비난이다. 너무 다양한 인물들을 형상화하고 있어서, 작가의 개성을 파악하기가 곤란해진다는 것이다. 하지만 그것은 한말숙 개인의 특성이 아니라 리얼리즘의 속성이라고 할 수 있다. 플로베르처럼 작가가 작품 속에 민얼굴을 내밀지 않는 것은 리얼리즘에서는 장점으로 간주된다. 작가의 시선의 냉철성도 마찬가지다. 현미경을 들여다보는 외과의사처럼 냉철할수록 가산점이 붙는다. 그러니까 냉혹한 시선이나 객관적 자세는 비난받아야 할 하등의 이유가 없다. 그렇다면 같은 비난을 1920년대의 김동인이나 염상섭 같은 리얼리스트들에게도 해야 하기 때문이다. 그들이 지향한 것도 객관적 시점, 냉철한 관찰 같은 것이었기 때문이다. 주관적 안목을 배제하고 현실을 있는 그대로 정확하게 그리기 위해서 그들은 외과의 같은 냉철한 관찰을 지향했으며,

인물의 심리보다는 생리에 관심을 집중시켰다. 한말숙이 지향한 것과 다를 것이 없는 것들이다.

하지만 한말숙이 왜 그런 인물들을 골랐고, 그것도 매번 다른 장소에서 골라왔는지는 알려져 있지 않다. 왜 매번 다른 종류의 사람들을 그리는지도 알 수 없다. 천상병은 그걸 묻고 있는 것이라 생각한다.

우리가 알 수 있는 것은 한말숙의 소설에는 1920년대의 리얼리스트들에게는 없는 것이 있다는 점이다. 씨는 1920년대의 리얼리즘의 구호 중에서 '무선택'의 원리와 '반수사학'은 받아들이지 않았기 때문에 1920년대의 리얼리스트들보다는 한 발 나가 있다. 그는 대담한 생략을 통한 점묘적 화법을 과감하게 사용했다. 한말숙은 작가를 발자크처럼 서기書記로 본 것이 아니라 화가로 본 것이다. 그래서 그녀의 문장에서는 디테일의 정체현상이 일어나지 않는다. 군더더기를 거부하는 깔끔한 터치와 치밀한 구성은 그녀의 장기다. 한말숙은 패관稗官이면서 동시에 장인匠人이다. 형식의 완벽성을 지향하는 씨의 장인적 특성을 염무웅은 높이 사고 있다. 낮은 계층의 사람들을 그리는 것도 좋게 보고 있다. 사회주의 리얼리즘과 같은 계층이기 때문이다. 하지만 그리기만 할 뿐 평가를 하지 않는 점을 염무웅은 비난한다. 문제성을 지적하는 일을 외면한 관찰자의 '심미적 보상審美的補償'이 한말숙의 문체미학이라는 것이다. 장인으로서의 기교적 측면은 높이 사주었지만 일본의 사생파寫生派들처럼 그냥 그려놓기만 하는 것은 마음에 들지 않는 것이다.(「상황과 문체의 배반」, 『한국현대문학전집』, 신구문화사 1981 참조)

염무웅이 지적한 대로 한말숙은 미학적 구성면에서는 결함이 적은 작가다. 그런 장인적 기질이 문제성 추구를 수반하지 않고 관찰자에서 그친 것을 그는 불평하고 있는 것이다. 하지만 한말숙은 애초부터 문제성의 추구를 목표로 한 작가가 아니다. 그냥 한 인간을 있는 그대로 그리려는 것이 한말숙의 의도의 전부다. 거기에서 씨의 걸출한 생태묘사가 나온다. 카메라를 들고 갈라파고스 섬의 여기저기를 찾아다니는 리포터의 자세와 유사한 것이, 초기를 관통하는 한말숙의 창작태도였다. 머슴은 그냥 머슴으로 그리고, 노파는 노파로 그리는 것이 한말숙의 세계였던 것이다. 현실을 의도적으로 재구성하는 대신에 있는 그대로의 인물의 생태를 관찰하여, 한 인물의 영상을 극명하게 묘출하는 곳에 한말숙의 관찰자로서의 특성이 있다. 그 결과로 생겨난 작품이 「노파와 고양이」 같은 가작이다.

한 노파의 일상을 철저하게 표상하는 것이 목적이기 때문에 씨는 거기에 어떤 구호도 부착하지 않는다. 씨의 초기 작품들은 다른 작가들이 흔히 빠지기 쉬운 고발의 소리를 함유하지 않아서, 우리는 거기에서 작자의 육성을 들을 수 없다. 하지만 인물을 인물 자체로써 그리는 것이 씨의 초기 리얼리즘 소설의 공적이라고도 할 수도 있다. 혜원의 풍속도처럼 기생은 기생으로, 선비는 선비로 생기 있게 그려내는 것이 한말숙의 초기 소설의 특기인 것이다.

데뷔작인 「별빛 속의 신화」와 「신화의 단애」 두 작품에서 사람들의 이목을 끈 것도 그런 인물묘사의 기법이다. 이 작품들은 전시를 배경으로 하고 있다. 깡통을 차거나 도적이 되는 수밖에 없던 시대, 하루에 한 끼를 채우는 일도 힘에 겨웠던 전란의 거리를 배경으로 하여, 의지까지 없는 고아 소년 영식과 경애, 진영 같은 아이들이 부각된다. 영식은 해고통보를 받은 직후이고, 하숙에서 쫓겨난 진영은 잘 데가 없어서 "한달 후에 월급을 주는 댄서조차 할 수 없는" 절박한 상황에 놓여 있다. 그런데 뜻밖에도 이 아이들은 웃고 있다. 그것은 주검이 널려 있는 거리를 지나온 사람들이 지금 목숨이 붙어 있음을 감사하는 데서 오는 명랑함이다. 그래서 그들은 따지기를 그만두고 단순하게 산다.

죽으면 썩을 몸이다. 살아 있는 이 순간, 다시없을 이 지극히 소중한 순간을 나는 내 몸을 하필이면 얼려 재워야만 한다는 말인가?

진영은 순전히 얼어 죽는 것이 싫다는 이유로 남자 친구가 혼자 쓰는 방으로 기어들어간다. 모든 것이 무너져 내리는 서슬에 묵은 가치들도 함께 무너져 내려서, 그 아이들은 옳고 그름 같은 것은 따지지 않는다. 그래서 그들은 편하고 자유롭다. 진영은 정조관념 같은 것이 문제가 되지 않는 세계에 살고 있는 것이다. 하지만 경일이는 진영을 용서할 수 없다. 어제 하숙에서 쫓겨난 진영이 자기에게 오지 않고 친구인 준섭에게 갔기 때문이다. 하지만 진영이가 준섭이네 하숙에 간 것은 오직 경일의 하숙보다 준섭의 하숙이 가까웠고, "파출소보다는 갈 만한 곳이었기 때문"일 뿐이다. 말없이 때리는 경일의 매도 진영에게는 모욕으로 느껴지지 않는다. 매를 맞으니 얼어붙었던 몸이 풀렸던 것이다. "매 맞고 나니 더워졌어요."하는 진영의 말은 그녀의 관심의 소재를 밝혀준다. '죽으면 썩을 몸'이라는 생각이 모든 규범에서 의미를 삭제해 버렸기 때문에, 그녀는 무슨 짓을 해도 부끄럽지 않다. 그래서 그녀는 고식적이고 반도덕적이다. 내일을 믿을 수 없기 때문이다. 남은 것은 감각이다. 감각은 가장 직접적인 생명의 질감이다. 홀에서 만난 남자가 일주일만 같이 살자면서 현금을 30만 원이나 주는데도 진영의 머리에는 군고구마를 먹어서 갈증이 나니 물을 먹고 싶다는 생각밖에 나지 않는다. 그녀는 남자가 혼자 사는 방에 와서 매까지 맞고 난 후인데도 방바닥이 따뜻하니 행복하다. "귀신이라도 농락해보고 싶을 만치 삶에 대한 자신이" 생겨나는 것은 그런 감각적인 충족감 때문이다. 진영에게는 "사랑이라는 말이 필요치 않았다. 다만 진영은 지금 경일을 포용하고 싶을 뿐"이다.

그런 고식적인 감각주의는 남자도 마찬가지다. 진영을 산 남자도 살 시간이 없어 '바쁜' 기피자다. 그에게는 내일이 없어서 한 달을 살 돈 같은 것에 의미를 붙일 수 없다. 그가 진영에게 30만 원이나 되는 거금을 던진 것은 "죽음이 쫓아다니는" 다급한 상황 때문이다. 그들은 모두 전쟁을 겪으면서 삶의 의미를 상실한 허무주의적인 아프레게르(전후)의 아이들이다. 그래서 지금 여기에 살아 있는 목숨에 모든 것을 투여한다. 그러니까 진영을 진영으로 살리는 방법은 진영의 아프레게르적인 생태를 정확하고 예리하게 그리는 것밖에 없다. 비판하거나 부추기지 않고 그냥 그대로 그리면 되는 것이다. 그래야 진영은 진영다워지기 때문이다.

천상병의 주장은 한국의 여류작가 전체가 '자기소외' 현상을 나타내고 있다는 데서도 의문을 자아낸다. 이 말은 반대의 현상을 잘못 지적한 것이 아닌가 하는 의구심을 낳는다. 최정희의 「삼맥」부터 시작해서 박경리나 박완서의 초기 작품들과 많은 여류작가들의 작품의 문제점은 지나치게 '자기를 시현'하는 경향에 있기 때문이다. 따라서 자기와 무관한 자에 대한 관심과 탐구는 여류작가에게는 필요한 과제였다. 그 무렵의 우리나라에서는 강신재, 한말숙 등이 그런 경향을 보여주고 있을 뿐이었기 때문이다. 그 두 작가는 객관적 묘사와 사물에 대한 인식에 거리를 두는 점도 공통된다. 그것은 차라리 그들의 장인(匠人)적인 기질과 상상력의 폭이 넓은 데 기인한다고 보는 편이 타당성을 지닐 것 같다.

그리고 자신이 속하지 않는 계층을 냉혹하게 그린다고 하지만 작가는 자기 작품 어디엔가 숨어 있기 마련이다. 「노파와 고양이」의 할머니는 한말숙과 친근한 인물이다. 우리는 그와 너무나 비슷한 인물을 「하얀 도정」, 「사랑에 지친 때」 등에서 만난다. 하지만 문제는 친근도에 있지 않다. 「노파와 고양이」가 씨의 대표작의 하나로 간주되는 이유는 노파의 생태에 대한 철저한 관찰과 그것을 재현하는 기법에 달려 있다. 타인의 생태를 객관화하는 작업에 성공하고 있는 것이다. 이 작품뿐 아니라 데뷔작에서도 씨는 새로운 인간형을 발굴하여 주목을 받고 있다. '죽으면 썩을 목숨'이라는 허무주의가 과감한 전통 타파의 패턴으로 나타나는 진영의 감각주의 속에도 작가는 들어 있으며, 실직하고 웃고 있는 영식의 낙관적 태도에도 작가를 닮은 구석이 있다. 한말숙은 내숭을 떨줄 모르는 과감한 전후파이기도 하기 때문에 진영의 발랄함과 영식의 옵티미즘은 작가의 것이라고 할 수 있다. 이 작가도 자신의 감각이 거부하는 윤리는 받아들이지 않고 있기 때문이다. 그래서 한말숙은 직설적이고 단순하다. 주검이 흩어져 있는 거리를 그녀도 걸어왔기 때문이다. 씨가 초기에 보여준 모든 인물들은 '자기 아닌 모든 것'에 대한 관심에서 생겨난 것이다. 그 밑바닥에는 인생의 다각적인 양상에 대한 작가의 호기심이 들어 있다. 그것이 성장하여 「하얀 도정」의 세계에 다다른다. 주인공이 작가와 비슷한 계층으로 바뀌는 것이다. 작가와 많은 공통점을 가진 여인들이 주동인물이 되면서 한말숙은 자전적 소설의 세계로 옮아간다. 자기 목소리를 내기 시작하는 것이다.

「하얀 도정 」은 한말숙의 첫 번째 장편소설이어서인지 단편소설의 빈틈없는 구성력이 약간 이완된 느낌을 준다. 그 중 하나가 우연의 남용이다. 인옥이 영환을 만나는 일이 거의 매번 우연으로 처리되고 있다. 하지만 이 소설은 대단히 귀중한 작가의 경험을 보여준다. 그것은 사랑이다. 「신화의 단애」, 「자연紫煙」, 「낙루부근」의 주인공들이 찾아 헤매다가 못 찾은 것, '적어도 「죽음의 승리」의 입보리타나 조르지오의 사랑과 같은 사랑의 열기가 씨의 세계에 처음으로 들어온 것이다. 그것은 "바람벽에 머리라도 부딪쳐 죽고 싶을"(「상처」)만치 강렬한 감정이다. "가슴과 등이 뻣뻣이 마비되어 아프다는 사실이" 피지컬하게 전달될 정도로 치열한 사랑, "체내에서 조수 같은 것이 영환에게로 쏠리는 것"이 느껴지는 감각적인 사랑이다. 그 진실에 대한 믿음이 그녀의 모든 윤리를 새롭게 적립한다. 결혼은 "언제든지 보고 싶을 때 인옥이 내 곁에 있어야 하겠다는 생각이 들 때 하는 것"이라고 남자는 말하고, 아이는 사랑하는 사람과만 낳는 것이라고 여자는 생각한다. "차마 아까와서 남에게 보일 수 없는" 보배로운 사랑의 감정은 타자와 나를 하나로 이어주는 강렬한 끈이 된다. 그래서 영환이 죽자 인옥은 "인옥은 없다, 인옥은 없다."고 외친다. 살아있는 자신은 없어지는 대신 죽은 영환의 존재가 온몸에 느껴지는 것이다. 인옥이나 진영은 자신의 감정에 대한 믿음과 존경을 가지고 있는 점에서도 동질성을 드러낸다.

이런 사랑은 그 하나를 기점으로 하여 확산해 가는 진폭振幅을 지닌다.(p.221 참조) 인옥은 영환을 향한 사랑을 통해서 평소에는 관심도 없던 할머니를 사랑하기 시작하며, 증오하던 계모에게도 연민의 정을 느낀다. 이 작품을 기점으로 하여 한말숙의 문학세계는 변한다. 자기 소외의 현상에서 자기가 들어 있는 작품을 쓰는 세계로 옮아가며, 그냥 그리기만 하던 세계에서 자신을 보여주는 세계로 이행하는 것이다. 이런 경향의 싹은 이미 「장마」나 「별빛 속의 계절」에도 들어 있었다. 상처를 받고 돌아온 태식이가 새댁의 헌신으로 소생하는 기적 속에서 그 싹은 움트고 있었고, 하우스보이의 손에 쥐어진 경자의 초콜릿도 비슷한 의미를 지닌다. 한말숙의 경건한 사랑은 자기 자식을 통해서 드디어 인간 전체에 대한 사랑과 감사로 이어진다.(「신과의 약속」) 가족을 거쳐서 온 세상 사람들에게로 범위를 넓혀가는 인간애인 것이다.

하지만 그런 인간애에 다다르기 위해서 씨는 많은 것을 포기한다. 이 작가는 한동안 취재 여행 같은 것을 할 수 없는 처지에 놓이게 된다. 결혼하여 세 아이의 엄마가 되기 때문이다. 그건 호기심 때문에 남의 세계를 재현하기 위한 자료조사에 시간을 낼 수 없는 여건이다. 아마도 그것이 자기소외의 소설들을 쓸 수 없는 원인 중의 하나가 되지 않았나 싶다. 하지만 다행히도 한말숙의 장기인 객관적 묘사와 관찰의 예민함은 자전적 인물의 생태를 추적하는 작품의 경우에도 그대로 적용 되었다. 한말숙의 시선의 냉철함과 주관적 센티멘트의 배제는 묘사에 관한 씨의 개성적인 특징이어서 전, 후기를 관통한다. 그런 기법이 주관성의 노출을 견제하는 역할을 하여, 씨의 자전적 작품에 보편성과 객관성을 부여하는 원동력이 된 것인지도 모른다. 그것은 자기소외에서 오는 결과라기보다는 이 작가의 장인적 기질의 표출이라고 보는 편이 타당성을 지닐 것이다.

(발표지면 미상, 1970년경)

6. 손장순의 「한국인」에 나타난 여인상

　손장순의 작품 속에는 비슷한 유형의 인물들이 자주 등장한다. 여자 주인공들은 대체로 희연(「한국인」)의 동류이고 남자주인공들은 문휘(같은 책)의 유사형이 많다. 「한국인」의 인물형을 통하여 씨의 생애와 작품세계를 추적하려 한 이유가 거기에 있다. 「한국인」은 손장순의 가장 전형적인 인물들이 등장하는 대표작이며, 또 자전적 요소가 농후하게 드러나는 작품이어서, 짧은 지면을 통하여 한 작가의 특징을 부각시키기에 가장 알맞은 소설이라고 할 수 있다.

　「한국인」의 여주인공 희연은 지연(「입상立像」), 경미(「신혼여행」), 묘선(「우울한 파리」) 등과 같은 유형의 인물이다. 시대순으로 말하자면 이 네 명의 여인들은 손장순의 인생의 네 과정을 대표하는 작가 자신의 분신이라고 할 수 있다. 손장순은 지연을 연상시키는 자유분방한 처녀 시절을 거쳐, 문휘의 안방에서 희연과 비슷한 결혼생활을 했고, 경미와 같은 방법으로 이혼을 했으며, 묘선과 거의 같은 여건으로 파리에 가서 살다가 미국을 거쳐 귀국했다. 지연, 희연, 경미, 묘선 등은 이 작가와 이명동인異

名同人인 셈이다.

희연은 Y여고를 거쳐 S대 불문과를 나온 인텔리다. 그녀는 막내딸다운 발랄한 성격을 가진 행동파 여성으로, "살아 있다는 것을 움직임으로 확인"(「고슴도치」)하는 것이 그녀의 삶의 패턴이다. 희연도 그녀와 같다. 희연에게는 이유 여하를 막론하고 움직이는 것은 모두 선이다. 음악을 듣는 것, 집을 가꾸는 것, 데이트를 하는 것, 장을 보는 것…… 그것들은 한결같이 소중하게 느껴지는 삶의 단면들이다.

반면에 "권태에 대하여 저항력이 약하다."(「한국인」), "솜처럼 쌓이는 앙뉘"(권태의 불어, 「空地」)는 희연을 좀먹는 병균이다. 그녀는 정지靜止하는 것을 고난보다 더 무서워해서, 어려운 여건 속에서라도 움직일 수만 있으면 잘 견딘다. 사실상 그녀는 삶의 어떤 과정에 대해서도 두려움 같은 것은 느끼지 않는다. 어떤 난관도 타개해 나갈 자신이 있기 때문이다. "자기에게 닥친 현실과 난관을 외면하지 않고 받아들이려는" 희연은 "산다는 것 자체에 의욕과 희열을 느끼는" 여인이다

희연은 "뒤를 돌이켜볼 필요를 느끼지 않는" 전진형이다. 그녀가 등산과 같은 극단적인 긴장을 요구하는 운동에 매혹당하는 건 당연한 일이라고 할 수 있다. 희연과 동류인 이 작가는, 삶을 그대로 등반의 과정이라고 생각한다. 뒤를 돌아다볼 필요가 없이 전진하는 순간에 자기의 전부를 거는 긴장, 끊임없는 상승욕, 정복하기 위한 투쟁 등은 인생의 의미를 순간마다 확인시키는 박력 있는 삶의 일면이다. 손장순이 등산소설을 많이 쓴 것은 우연이 아니다. 삶의 의미는 결과에 있는 것이 아니라 과정에 있다는 신념을 가진 그녀에게 등산은 가장 박진력이 있는 삶의 과정으로 간주된 것이다.

하지만 주저할 줄 모르는 희연의 추진력은, 사실은 삶의 가치에 대한

믿음의 결여에서 나왔다. "삶은 어차피 별 것이 아니라"는 것이 희연의 철학이다. 이 말은 사실상 손장순의 대부분의 인물들을 관통하고 있는 보편적인 특징이기도 하다. 전쟁통에 "죽었던 셈치고" 살아본다는 니힐리스틱한 그녀의 생활 태도는 일체의 절대적 가치를 소멸시키는 요인을 만든다. 그녀에게는 이상이 없다. 사람에 대한 믿음이나 결혼에 대한 환상 같은 것도 없다. 어차피 별 것이 아닌 바에야 집착을 가지고 아등바등 매달릴 이유가 없는 것이다. 절대적인 가치의 부재가 어떤 고난 앞에서도 초연해질 수 있는 희연의 대범성을 형성시킨다. 그녀는 "초연해지는 데 비교적 훈련이 되어 있다. 그 편이 훨씬 편하기 때문이다." 이런 니힐리즘은 희연에게 "각박한 현실에서의 도피구"가 되어 준다. 감정상의 갈등에서 헤어나지 못하는 심리적 딜레마 같은 것이 그녀에게는 존재하지 않는다.

"희연은 웬만해서는 감동할 줄 모른다." 그리고 그녀는 "사랑을 할 줄을 모른다." 자기 자신이 생각해도 이상할 정도로 그녀는 감성이 무딘 편이다. "이성에 대한 냉감증"(『한국인』), "모성결핍증"(『기행문』) 등은 희연이 자인한 그녀의 두드러진 특징 중의 하나다. 그 이유를 희연은 혼자 탐색해본다. 일체의 가치를 파괴한 전쟁의 참상이 "감성의 기능을 마비시킨 것일까?" 아니면 오빠의 환상벽幻像癖이나, 어머니의 엄격한 교육, S대의 관료적인 분위기 등에서 기인하는 것일까? 어쨌든 그녀는 "정이 없는 여자"로 형성된 자기를 스스로도 인정하지 않을 수 없을 만큼 정감에는 무딘 여성이다. 허튼 정열에 휘말려 속속들이 자멸하는 경숙과 같은 비극은 희연의 세계에서는 일어날 가망이 전혀 없다. "어떤 고통 앞에서도 진지하게 피를 흘리며 아파하지 않는" 희연은, 자식에게 나누어 줄 모성애마저 아끼는 드라이한 감성의 소유자다.

타인에 대한 사랑의 결핍은 희연을 자기중심적인 에고이스트로 만들어간다. 문휘, 한선, 관희 그리고 혜미…… 「한국인」에 나오는 인물들은 모두 에고이스트라는 공통 특징을 가지고 있지만 희연처럼 그것이 자식에게도 연장되지 못하는 철저한 에고이스트는 없다. 뿐 아니라 희연의 에고이즘은 관희의 주저나 문휘의 열등감 같은 부정적인 증상을 나타내지 않는다. 그것은 완강하고 건전한 자기 긍정의 성격을 띤다. 자기가 가진 모든 것—약점이나 결함 같은 부정적인 것까지 무조건으로 긍정하는 집중적인 자기애가 희연의 또 하나의 특징이다. 그녀의 정서는 자아를 향해 모조리 수렴된다. 오직 "자기 자신을 향한 정서만 풍부"한 희연은, 자신을 즐겁게 하는 일을 위해서는 철저한 노력을 기울이는 인물이다. 자아에의 충실은 희연의 지고선至高善이다.

그녀의 행동주의도 자아에의 충실만을 향하여 집중된다. 타인과의 연대의식으로 이어질 수 없는 희연의 철저한 자기중심주의는, 정치나 경제에 대한 작가의 지대한 관심을 인물과 밀착시키지 못하게 하는 요인이 된다. 상당한 분량의 지면이 사회의 변동과 정치, 경제의 동태에 대한 묘사에 할애되었는데도 불구하고 「한국인」의 주인공들이 여전히 사회성이 결여된 인물로 남는 것도 같은 데서 유래된다.

희연의 철저한 자기 긍정의 시선은 자아에의 도취를 나타내는 나르시시즘으로 이어진다. 희연형의 여인들은 도처에서 남자들의 선망의 대상이 되고 있는 것으로 그려진다. 그녀들은 한결같이 아름다운 각선미에 풍만한 육체를 가진데다가, 세련된 감각을 가진 멋쟁이들이며, 탁월한 두뇌와 정확한 투시력을 갖추고 있는 재색겸비才色兼備한 여인들로 묘사된다. "똑똑한 이 비서 사모님", "이처럼 훌륭한 여성", 두뇌로 보나 무엇으로 보나 남자가 감당하기 벅찬 "과만한 며느리", "희연의 주옥 같은 말"…… 그녀들을 수식하는 말은 언제나 이렇게 최상의 찬사로 이루어져 있다.

희연의 나르시시즘은 그대로 작가 자신의 것과 동질이라는 것을 우리는 「기행문」의 다음 구절에서 확인할 수 있다. "국외로 나가는 여행을 처음 하는 처지에 머리가 이처럼 잘 돌아간 것은 역시 나의 우수한 두뇌 덕분이다."(방점: 필자) 이것은 일인칭으로 써진 「기행문」에 나오는 작가의 자기 긍정이다. 그것은 "가장 연구비가 많고 일 년에 저명한 교수에게 한 사람씩만 주는" 특별 케이스를 재주 좋게 포착한 자신의 능력에 대한 아낌없는 자화자찬이다. 이런 자기도취가 그녀를 연상시키는 모든 인물들에게 고루고루 배분되어 희연형의 여인들의 나르시시즘을 형성시킨다.

이러한 자기도취는 삶을 즐기려는 적극적인 자세로 나타난다. "상식의 모순을 탈피하고…… 이상적으로 살고 싶은" 것이 꿈인 희연은, "어째서 즐긴다는 것이 죄악"이 되는지 알 수 없다. 그것은 삶을 풍부하고 충실하게 사는 유일한 길이기 때문이다. 그녀는 예술과도 같이 아름답고 풍부한 내용을 가진 삶을 아주 충실하게 살고 싶다. 생활의 예술화를 향한 그녀의 쾌락주의에는 일말의 죄의식도 끼어들지 않는다. "생활의 여유와 정신력의 균형만 맞는다면" 미를 추구하고, 합리적으로 멋을 부리는 일이 죄가 될 이유가 없다는 것이 희연의 신념이다. 체리 핑크나 피코크 블루의 의상, 그릇과 조화를 이룬 맛있는 요리, 춤과 음악과 대화, 벽지와 커튼의 조화, 사교생활의 묘미, 자동차의 스피드, 스카이라운지의 세련된 분위기, 커피와 샴페인의 깊이 있는 미각…… 그런 것들은 희연에게 삶의 보람을 찾게 하는 귀중한 요소들이다.(「한국인」 참조)

물론 거기에는 이성의 존재도 한몫 낀다. 분위기를 돋보이게 할 생활의 자극제로서 이성이 필요한 것이다. 하지만 그다지 큰 비중을 차지하진 않는다. 그녀에게 있어 이성은 그저 무대장치나 소도구 정도의 기능밖에 가지지 못한다. 심리적으로 이성에 대하여 불감증인 그녀는 기분을 즐기는 이상의 것을 남자에게 나눠줄 마음이 없다. 자기애가 강한 희연은 정서의 자가충전이 가능하기 때문에 혼자서도 얼마든지 삶을 즐길 수 있다. "형광등 아래 짙어가는 파란 어둠 속에서 샹송을 곁들여 포도주를 마시는" 때의 충족감은 타인을 필요로 하지 않는 완벽한 지연(「立像」)의 행복이다.

"나만이 내 삶을 만들어 갈 수 있"다는 긍지는 손장순의 여인들의 공통 특질이다. 혼자 사는 일을 충분히 즐기는 지연이나 나희(「공지」)에게 자아는 그 삶의 지주요 신앙이다. "못 갈 데가 없이 다 가고 놀아볼 대로 다 놀아본" 자유분방했던 처녀 시절에. 희연이 타락하지 않은 이유도 그 철저한 자기애에 있었다. 인생은 망가져도 자아는 망가뜨릴 수 없다는 자각은 희연의 이혼 이유이기도 하다. 그녀가 이성을 사랑하지 못하는 것도 자기애 때문이다.

희연에게 있어 남자의 가치는 "여자의 욕망을 충족시켜 줄 수 있는 능력에 좌우된다."(「한국인」) 그녀가 물질적 조건만 철저히 따지는 타산에 의한 결혼을 원하는 것은 당연하다. "감촉으로 실감되고 그것으로 살아있음을 확인하는" 공지식空地式의 에로티시즘조차 찾아보기 어려운 건조한 거래가 희연의 결혼이다. 하지만 가난한 공무원인 문휘에게는 사치품인 그녀를 구입해 낼 구매력이 없었다고 작가는 「한국인」에서 말하고 있다. 물건을 사고파는 상점을 연상시키는 드라이한 표현법이다.

사람과 사람의 관계를 흥정과 구매능력으로 파악한 손장순의 세계에서 희연형 여인들은 탁월한 상재商才를 타고난 상인들 같다. 이재에 밝은 것이 희연의 자랑이요 긍지다. 그녀에게 있어 삶은 하나의 요령이요 테크닉이다. 특히 그것은 물질적인 손익계산損益計算을 따지는 능력을 중시한다. 그들은 돈에 대한 집착을 자랑스럽게 간직하는 산업사회의 주민다운 철저함을 가지고 있다. 이혼하는 마당에서 수표부터 독촉하는 경미나 "계산이라는 노이로제에 걸려 있는" 명리나 명현(「타산」) 같은 인간상은 손장순이 개발한 유니크한 인물형이다.

황금을 보기를 돌같이 하라고 아직도 학생들에게 가르치고 있는 한국의 풍토 속에서 감정까지도 물량적物量的인 척도로 주판질을 해대는 명리의 노골적인 물질주의는 분명 하나의 충격이다. 타산에 의한 결혼이 어긋나서 손익계산의 결과가 마이너스로 나타났을 때 희연이 미련 없이 문휘의 안방을 박차고 나오는 행위는 손장순의 인물들의 의지력과 결단력의 크기를 입증한다. 스스로를 독종이라고 부르는 희연은 자기가 가지고 있는 모든 것을 긍정하는 그 자기 긍정의 폭이 무한정 넓다. 어떤 야박한 계산이나 어떤 나르시시즘도 그녀에게 부끄러움을 느끼게 할 수 없다. 그녀는 인간이 그런 존재라는 것을 알고 있고 수긍하고 있기 때문이다. 그래서 철두철미한 자기 분석에도 불구하고 그녀에게는 자기 자신에 대한 혐오나 수치심이 전혀 없다. 인간의 본성에 대한 긍정 때문이다. 인간의 속성을 직시하고 그 악까지 모조리 긍정하는 희연의 용기는 그대로 작가의 그것과 이어진다. 웅큼하게 위장된 위선보다는 철저한 위악을 더 사랑하는 것이 이 작가의 특징이다. 그녀에게는 위선이 없다. 자신을 착한 인간으로 위장할 마음이 없기 때문이다.

> 자신의 치부를 드러내 놓고도 조금도 감정이 꿀리지 않는 그거야말로 진실로 자신이 있는 사람만이 할 수 있는 행위다. 때문에 개방은 풍부한 자산 속에서만 가능한 것이다. 이것을 약자는 또 얼굴 가죽이 두꺼운 소치라고 해석할지도 모른다. 나는 그런 사람들을 나르시스보다 더 싫어한다.
>
> 「작가노우트」

"약하고 감상적인 것만이 미덕은 아니다." 하는 견해나 "비합리성이 선성善性을 의미하는 것일까?"(「한국인」) 같은 물음은 손장순의 노출벽의 원천에 대한 작가 자신의 보충 설명이다. 강하고 이성적인 것, 그리고 합리적인 것이 희연의 바탕이다. 희연은 우리가 일찍이 본 일이 없을 정도로 자신에 차 있는 강한 여성이며, 이지적이고 합리적인 사고의 주인공이다. 상문주의적인 윤리의식에 얽매여 있는 한국의 풍토에 대담하게 반기를 들고 나선 늠름한 아마존…… "삶을 전신으로 사는"(「알피니스트」), 지극히 건강한 여성이 희연이다.

그런데 이 건강한 여인들 옆에 서 있는 남자들은 역할이 바뀐 느낌을 줄 정도로 박력이 없다. 어딘가가 단단히 고장난 것 같은 느낌을 주는 그들은 '살얼음 속의 수초水草'가 아니면 아마존들이 데리고 노는 스틱 보이거나, 링 반데롱에 걸려 있는 알피니스트다. 그들은 너무나 닮아 있다. 성우(「살얼음」), 깍두기씨(동명의 소설의 주인공), 석현(「이혼여행」) 등을 모두 문휘(「한국인」)의 동류다.

그들은 끝도 없을 것 같은 열등감에 뜯기는 자기 분열형의 인물이다. 실속 없는 환상이 그들을 파탄으로 몰고 간다. "대통령은 차례에 안 오고 차석은 무엇이나 싫어서"(「부동산 중개인」) 거점을 잡기가 어려운데다가, 무엇을 "열망하다가도 막상 그것이 현실화되려면 나자빠지"(「깍두기씨」)니 손에 남는 것이 없다. 게도 구럭도 다 놓치면서 자만심과 열등감 사이를 자맥질하는 사람들이다. 설상가상으로 그들은 전신이 신경으로 만들어진 것 같은 과민성을 가지고 있다.

희연의 둔감성이 하나의 극이라면 문휘의 과민성은 반대편 극이다. 그래서 그는 모든 대인 관계에서 상처만 받는다. 절제 없는 감성, 자의식이 강하면서 불안정한 개성, 받는 일에만 섬세한 감정의 일방통행, 철저한 소유욕, 시간 시간마다 애정을 확인하고 싶어 하는 유아적 증상 같은 것들은 그를 현실과의 관계에서 항상 벽에 부딪치게 만들고, 그에게 남는 것은 영원히 채워지지 못할 마음의 공동空洞 뿐이다. 그 공허가 그들을 사디스트로 만들어간다. 약함과 잔인함이 원색적으로 노출되는 그들은 자제自制나 극기克己가 불가능한 미숙아들이다. 어떤 일이 닥쳐도 재빨리 감정을 처리하고 의연한 자세를 취할 수 있는 희연의 의지력이 그들에게는 없다.

문휘형의 인물들은 삶에 너무 많은 것을 기대한다. 희연의 경우처럼 인생은 별게 아니라고 생각할 수 없는 것이 문휘의 고질병이다. 문휘에게 있어 인생은 완벽해야 할 하나의 꿈이다. 삶을 자기 뜻대로 요리해 낼 능력이 없으면서 기대는 크니까 좌절이 오는 것이다. 그는 제일 훌륭한 남편이 되고 싶고, 제일 훌륭한 아버지가 되고 싶다. 하지만 그는 여자를 모른다. 여자를 사귄 경험도 없고 여자를 다루어 낼 수완도 없으면서 집념과 독점욕만 비상하게 강렬하다. 병신이 되어서라도 자기만을 필요로 하게 되기를 원하는 그의 비정상적인 독점욕은 여자를 지치게 만들 뿐이다. 아내의 애정을 확인하려는 집념 때문에 아내를 죽이게 되는 성우(「살얼음 속의 수초」)처럼 "태어난 이후로 줄곧 채워지지 못한 빈 마음"(「한국인」)을 모두 충족시켜주기를 희연에게 기대하는 문휘는 순간순간마다 상처를 받지 않을 수 없는 것이다.

이런 기대는 다른 대인관계에서도 나타나 그의 사회생활을 위협하는 요소가 된다. 실직과 이혼을 한꺼번에 당하는 그의 비극은 지나친 기대와 꿈에서 생겨난다. 결국 그는 아무데도 정착할 수 없이 떠밀려 다니게 되고, 그러다 보니 희연처럼 자신의 삶을 고루 즐길만한 여유가 생기지 않는다. 사업까지도 취미와 혼동하는 버릇 때문에 실패의 고배만 거듭 마시는 그는 이혼을 사무적으로 처리할 만큼 드라이해질 수 없다. 희연이 훌훌 털고 일어나 묘선으로 변모하는 시간들을 그는 고뇌 속에서 낭비하고, 급기야 정신병원 신세를 지는 참담한 갈등의 수렁에 빠져

버리는 것이다. 그는 에고 속에 갇힌 열등감의 덩어리다. 남보다 탁월한 자질을 갖추고 있으면서 자신을 못 갖는 소심스러움 때문에 희연처럼 나르시시즘에 빠져 스스로에게 도취될 수도 없는 문휘는, 남을 때리면서도 맞는 사람보다 더 아파하는 감성과잉 때문에 노상 피를 철철 흘리는 아픔에서 헤어 나올 수 없다.

열등감 때문에 자기보다 열등한 사람들을 보호하느라고 능력 이상의 지출을 감당해야 하는 문휘는 너무나 비타산적인 감상가인 셈이다. 끝이 없을 것 같은 그의 방황은 감상感傷의 올가미로 자승자박을 한 당연한 결과다. 영원히 어른이 되지 못할 사나이, 감정을 낭비하면서 사춘기적 정서 불안에서 헤어나지 못할 그의 비극은 합리 정신과 의지력의 결여에서 온다.

손장순의 인물들은 대체로 희연형과 문휘형으로 대별된다. 성별과 관계없이 등산소설에 나오는 남자들과 범호, 탈호 등은 희연형에 가깝고 혜미나 소라는 문휘형에 가깝다. 그 밖에 거론된 여자의 수가 백여 명이나 된다. 위의 두 가지 유형 이외에 정착하지 못하고 방황하는 관희형이 있지만, 지면 관계로 여기서는 생략하기로 한다.

지적이고 합리적이며 관념성이 농후한 손장순의 세계는, 작은 것을 갈고 다듬는 섬세함보다는 거시적巨視的인 것을 지향하는 욕망으로 채색되어 있다. 한 나라의 역사와 사회를 총체적으로 진단하는「한국인」같은 거창한 제목을 가진 그녀의 소설들은, 작품의 성공도를 떠나서 그 의도意圖의 크기에서 탈여성적이다.

손장순은 서울 토박이다. 투철한 자립정신과 서구적인 감각을 가졌는데도 불구하고 그녀에게는 서울 토박이의 특성이 남아 있다. 혼자 살면서도 살림을 철저하게 해나가는 솜씨라든지, 생활비는 어디까지나 남자가 책임져야 한다는 고정관념 같은 데서 그녀의 서울내기다운 일면이 엿보인다. 손장순은 일남삼녀의 막내딸이다. 40이 지난 이날까지도 그녀에게는 막내다운 특징이 많이 남아 있다. 넘치는 자신감, 자기중심적인 사고방식, 자기긍정 같은 데서 이따금 그것을 본다. 아버지 손재승씨는 그녀가 12세 때 돌아가셨다. 희연처럼 그녀에게는 언니가 둘 있고 사업을 하는 오빠가 계시다. 그분은 알피니스트이기도 하다.

1961년 문휘와 직업이 같은 최○○와 결혼, 정권이 교체되자 실직한 남편을 통하여 정치가 개인의 사생활에 너무나 많은 영향을 끼치는 한국적인 비극을 몸소 겪었다. 1962년 아들을 낳고, 1963년에 희연과 비슷한 이유로 남편과 별거, 1964년에 이혼했다. 대학에서 강의를 하면서 글을 써서 그녀는 혼자 힘으로 정릉에 비둘기장 같은 멋있는 2층집을 지었고, 1974년에 묘선과 같은 여건으로 도불한다. 그 무렵의 사정은 「기행문」에 자세히 반영되어 있다.

1971년 남편 최씨가 두 번째 부인과 헤어지고 도미할 때에 아들을 그녀에게 맡기고 떠났다. 그래서 그녀는 정릉 집에서 한 2년 동안 아들과 둘이 살게 되었다. 하지만 1974년에 파리에 갈 때 아들은 미국에 보내졌고, 그녀는 미국에 들렀다가 홀홀 털고 혼자서 돌아왔다. 귀국 후 그녀는 정력적인 창작생활에 몰입했다. 3, 4년 동안에 창작집을 서너 권 출판하는 분주한 생활이다. 창작과 교수직을 겸하는 이중의 부담 속에서도 유감없이 삶의 이모저모를 즐기는 그 "전신으로 사는" 태도는 변하지 않았다.

손장순은 자기를 거의 변형시키지 않은 채 작품 속에 투입시키는 작가다. 자신에 넘쳐 있는 이 담대한 작가는 인물을 윤색하거나 미화할 필요를 느끼지 않는다. 그래서 우리는 위선을 모르는 그녀의 있는 그대로의 모습을 작품 속에서 만나는 행운을 얻는다. 여기에서 언급한 몇 편의 소설 외에도 「고슴도치」, 「동류同類」, 「막 내리다」 등의 작품 속에서, 화장을 지운 맨 얼굴로 우리 앞에 서 있는 작가를 만날 수 있다. 나혜석도, 모윤숙도 이루어내지 못한 아마존적 삶의 방식을 1960년대에 확립하여 관철해 나간 작가 손장순은, 우리 시대의 최첨단을 걷는 문자 그대로의 새로운 유형의 여류작가다. 지적이고, 이성적이고, 현실적이며. 행동적인 이 발랄한 작가는 세월이 지나도 늙을 줄을 모른다. 그녀는 계산 위에 심미적 세계를 구축한 유럽적인 개인주의의 계보 위에 서 있다. 일 년에 소설을 몇 편씩 쓰는 창작욕이 왕성한 작가로, 그리고 대학교수로 그녀는 혼자 건재하고 있다. 위선을 모르는 그녀의 철저한 자기긍정의 세계는 초기의 김동인과 닮은 데가 있다. 하지만 김동인은 유미주의라는 환상을 쫓다가 무너진다. 손장순은 환상을 모르는 리얼리스트여서 좌절하지 않았다. 그녀는 앞에서도 뒤에서도 유례를 찾기 어려운 특이한 작가다.

(1970년 초)

7. 사고와 풍경의 버라이어티: 여류 4인 촌평
─ 손장순, 최미나, 김의정, 박순녀

    이 세상에 있는 그 많은 식물들은 제각기 다른 삶의 습성들을 가지고 있다. 흙탕물이 없으면 살지 못하는 식물이 있는가 하면 메마른 모래톱에 뿌리를 내리고 사는 식물도 있다. 태양만을 찾아 기를 쓰고 고개를 내두르는 식물이 있는가 하면, 음지에서만 성장할 수 있는 종류의 식물도 있다. 풍란처럼 허공에 뿌리를 박는 식물도 있고, 에델바이스처럼 고산의 희박한 공기 속에서 자라는 식물도 있다. 모든 식물은 성질과 모습과 생태가 서로 다르다. 제각기 자기에게 알맞은 조건을 찾아 거기에 뿌리를 내리고 꽃을 피우며 하나하나의 열매를 맺어나간다. 그 제각기 다른 모습과 생태가 대자연을 아름답게 장식하는 변화와 다양성의 근원이 되는 것이다.

    작가의 경우도 마찬가지다. 하나하나의 작가의 세계가 제각기 서로 다른 데서 문학은 풍부해지고 아름다워지는 것이다. 어떤 작가가 대낮의 밝음 속에서 애써 어둠을 찾아낸다고 하여, 혹은 어둠 속에서 빛을 찾아낸다고 해도 우리는 그를 비난할 필요도 없고 또 그럴 권리도 없다. 그것은 작가의 개성에 속하는 문제이며, 작가의 자유에 속하는 영역이기 때문이다. 비평가가 할 수 있는 일은 그 각각 다른 작가의 특성과 생태를 연구하고, 한 작가가 다른 작가와 어떻게 다른가 하는 점을 찾아내는 작업일 뿐이다.

여기 네 여류작가의 네 편의 다년 소설이 있다. 손장순의 「부동산 중개인」과 최미나의 「매화틀」, 김의정의 「신동 이야기」와 박순녀의 「임금의 귀」다. 이 단편소설들은 어쩌면 그 작가들의 대표작이 아닐는지도 모른다. 그리고 단 한 편의 작품 속에 작가의 전모가 들어 있다고 단언할 수도 없다. 그러나 흥미 있는 것은 그 단편소설들이 가지고 있는 모습의 차이이다. 아마도 작가들의 외모만큼이나 이 작품들은 서로 다른 것을 지니고 있다. 그것은 분명히 작가의 한 면일 것이다. 그걸 한 자리에 모아 놓고 보는 것은 즐거운 일이다.

손장순씨의 「부동산 중개인」은 제목 그대로 부동산중개업이라는 직업을 가진 한 인간의 이야기다. 이상하게도 직업인의 모습이 제대로 부각된 일이 없는 한국의 현대소설에서, 더구나 아직 제대로 직업으로서의 인식이 되어 있지도 않은 부동산중개업을 들고 나선 한 남자의 이야기는 그 하나만으로도 주목할 가치가 있다. 아직도 '부동산중개업' 하면 거리의 복덕방을 연상하게 되는 한국에서 이 작품의 주인공은, 미국에서처럼 어엿하게 내세울 수 있는 고급 브로커가 되는 것이 소원이니 말하자면 일종의 선구자인 셈이다. 그러나 그의 소원은 쉽사리 현실화될 수 없다. 그의 머릿속에서는 새로운 아이디어가 샘솟듯 솟아올라 일종의 과잉상태를 이루지만, 그에게는 그 아이디어를 현실화할 만한 자금이 없다. 그래서 그는 창피한 일이지만 조그맣고 시시한 부동산의 중개에까지 팔을 걷고 나서지 않을 수 없다. 그에게는 현실적으로 뿌리를 내릴 만한 사무실조차 없다. 하다못해 간판만 내건 재래식 복덕방만한 거점조차 없다. 그래서 조그마한 부동산을 중개하는 일조차 쉬운 일이 아니다. 정상적인 방법으로는 일이 되지 않는 것이다. 그는 그 현대적 두뇌로 치밀한 작전을 짠다. 그리고는 수단과 방법을 가리지 않고 그것을 실행에 옮긴다. 지금 그가 열을 올리고 있는 것은 대지 90평에 건평이 40평인 한씨네 집이다. 그는 이 집을 가지고 직업적인 라이벌인 성씨와 홍씨 두 사람에게 경쟁을 붙여서 어부지리를 얻으려고 한다. 그는 머릿속에서 온갖 계략을 만들어내어 그 일을 성사시키려고 혈안이 되어 있다. 그 하나의 목적 때문에 그는 갖은 짓을 다한다. 때로는 상대방의 약점을 찔러 협박조로 나가보기도 하며, 때로는 경쟁의식을 자극해주기도 하고, 때로는 상대방의 허영심을 이용하여 이간질을 하는 것도 사양하지 않는다. 뿐 아니라 그는 그 수법을 집 주인에게도 써서 집값을 내려놓고, 거리의 복덕방에게는 그 집의 남의 눈에 띄지 않는 약점까지 들춰서 그들의 의욕을 삭감시키는 데까지 치밀하게 작용하여, 자기 이외의 사람은 그 집에 손을 댈 수 없게 빈틈없는 책략을 다 쓴다. 할 수 있는 일은 다하는 것이다. 말하자면 그는 직업의식에 아주 철저한 인간이다.

그러나 부동산중개업 자체가 도통 우연의 연속이어서 그의 피나는 노력은 모두 수포로 돌아간다. 그는 말할 수 없는 좌절감을 안고 언덕을 내려간다. 축 쳐진 그의 뒷모습, 거기에는 무언가 우리의 가슴을 치는 페이소스가 있다. 그러나 그의 좌절감은 어디까지나 그 직업에서 오는 것이어서 특이하다. 아직 사회적으로 인정도 받지 못하고 있는 부동산중개업을, 근거도 기반도 없이 해나가려고 하는 데서 오는 애로와 괴로움이 많은 것이다. 작가는 순전히 직업에서 오는 한 인간의 애환을 그려내고 있다. 손장순은 여류답지 않게 사회의 종합적 변화에 대한 관심이 많다. 부동산중개인이라는 새로 생긴 직종에 대한 관심도 그것이다.

그런 면에 손장순의 특성이 있다.

최미나에게는 아주 다른 두 개의 얼굴이 있다. 하나는 섬세하고 여성적인 조용한 얼굴이다. 그러나 다른 하나는 아주 거칠고 담대한 여걸형의 얼굴이다. 여기 나오는 「매화틀」은 후자에 속하는 작품이다. 다른 여류작가들이 일반적으로 다루기를 꺼리는 인생의 추악한 밑바닥을 거침없이 뚫고 들어가는 용기가 씨에게는 있다. 그 밑바닥에는 성과 배설과 쌍스런 욕들이 깔려 있다. 필자는 전에 여학생들에게 무언가 읽어주려고 『현대문학』을 들추다가 「퉁소」라는 제목에 여류작가의 이름이 붙어 있기에, 퉁소를 잘 부는 풍류객의 이야기 정도로 생각하고 읽기 시작했다가 좀 난처해진 기억이 있다. 그것은 성병과 관계되는 바닥 인생을 그린 소설이었기 때문이다. 그것을 다루는 씨의 필치는 대담했고, 인생의 어두운 면을 정시하는 시선은 강렬했다. 「매화틀」도 「퉁소」처럼 인간의 하층구조를 그린 소설이다. 「매화틀」이란 이름은 아름답지만 그건 결국 변기다. 옛날 궁중에서 왕족들이 사용하던 이동식 변기의 이름인 것이다.

이 소설은 옛날의 황제가 사용했다는 단 하나의 이유로 비싼 값을 주고 그 변기를 사들여서 신주 모시듯 하는 무식한 벼락부자의 이야기를 풍자적으로 그려 나간 작품이다. 주인공은 그런 형의 인간들 중에서도 대표급에 속하는 김덕환이라는 국회의원이다. 그는 돈이 생기자 골동품 수집이라는 고상한 취미에 맹목적으로 집착한다. 그 정열이 극도에 달할 무렵에 사들인 것이 이 매화틀이다. 그는 그것을 너무 소중히 여긴 나머지 손님들 앞에서도 서슴지 않고 바지를 내리고 매화틀을 사용한다. 그 자신의 말대로 그는 황금이면 만능인 자본주의의 덕을 톡톡히 봐서 십만의 인간을 대표하는 선량의 자리에까지 오른 것이다. '可'자와 '즘'자를 구별 못 하여 그 유명하던 개헌 파동을 일으킨 장본인이 그 사람이다. 결국 자신이 신주처럼 모시고 다니던 모든 골동품이 가짜였음을 알게 되자 그는 충격을 받아서 늘 끼고 사는 매화틀에 털썩 주저앉고 만다. 그 매화틀에는 그에게서 노상 학대 받는 서자가 수없이 못을 박아놓았다. 그 못에 찔려서 그의 하체는 갈가리 찢겨 피투성이가 되고, 결국 그것이 빌미가 되어 그는 죽는다. 그러나 죽은 후에도 독립운동을 한 애국지사의 무덤을 파내버리고 그 자리에 거룩하게 들어가서 묻히는 것이다. 작자는 변기인 매화틀을 통하여 한 인간의 모습을 풍자적으로 그려나갔고, 그 인간을 통하여 그런 가짜와 엉터리가 판을 치던 부패한 한 시기의 모습을 신랄하게 파헤친 것이다.

「신동 이야기」의 작가 김의정은 아주 유니크한 지향점을 가지고 있다. 기독교라고 하는 이방의 종교가 우리나라에 들어온 지 오래 되었지만, 그것이 개인의 삶의 밑바닥에까지 스며들어서 작가 정신의 기반을 이룩한 예는 극히 드물다. 그런 의미에서 신을 찾는 씨의 진지한 작업은 이채롭다. 그러면서 위선과 도그마에 빠지지 않는 그 성실성은 기억할 만한 가치가 있다. 그러나 여기 나오는 「신동 이야기」는 씨의 본령인 가톨리시즘과 직결되는 작품은 아니다. 인간을 '재능'에 평가하는 사회적인 기준에 대한 비판과 그 비판에 부응하는 인간의 모습을 비판적인 안목으로 그리고 있을 뿐이다.

본래 '박휘극朴輝極'과 '나'는 더 다른 친구가 필요 없는 절대적인 우정으로 맺어진 좋은 친구였다. 아직 사회적인 가치척도의 기준이 그들의 생활 속에서 별 의미를 가지지 않았던 어린 시절에, 둘이는 반사경처럼 상대방의 얼굴에서 자신의 모습을 찾아가면서 흡족하고 평화로운 나날을 보낼 수 있었다. 하지만 '학교'에 들어가면서 '나'와 '박'과의 사이에는 금이 가기 시작한다. 학교라고 하는 집단 속에서 그들은 생존경쟁을 강요당했고, 어느 한 쪽이 뒤로 물러서지 않을 수 없는 등급이 친구 사이에 생겨나버렸기 때문이다. 박휘극은 학교에 들어가자 그 이름자가 가지는 의미 그대로 극도로 휘황한 존재로 두각을 나타내기 시작한다. '나'와는 놀 시간마저 없는 바쁜 아이가 되어버린 것이다. 사람들은 그를 '신동'이라고 불렀고, 그런 명칭은 그 아이를 안하무인의 오만한 인간으로 변모시켜서 나중에는 나 같은 것은 거들떠보지도 않는 사이가 되어버린다. 그는 아무데서나 누구에게나 독설을 뿜어대는 인간이 된다. 그러면서 전공과 소속이 분명하지 않은 팔방미인으로 성장한다. '나'는 그와는 같은 자리에 마주앉는 것조차 꺼리게 되어, 그와 '나'는 우정의 끈이 끊어져 버린다.

'나'와 '박'은 어른이 되자 같은 여인을 사랑하는 경쟁자가 된다. 순우純愚라는 이름으로 상징화된 여인이다. 이 경우에도 승리자는 '박'이다. 그러나 그 여인도 '박'의 너무 휘황한 광채에 '나'처럼 멀미를 느끼는 형이다. 그러던 어느 날 '나'는 '박'이 바이올린을 맡은 어느 교향악단의 연주회에서 오래간만에 연주에 몰두하는 '박'의 진실한 모습을 보게 된다. 그 모습은 무대 화장을 지운 배우의 모습 같아서, 여러 사람을 모아 놓고 떠들 때의 그의 모습에 비하면 초라하다고밖에 할 수 없는 것이었으나, "많은 세월을 허위와 기만과 술책으로 화려한 명예와 인기를 누리며 독설을 뱉으며 살아 온" 그에게서는 찾아볼 수 없던 진실한 얼굴을 보여주었다.

그 진실함이 '나'를 다시 휘극에게로 끌어 갔다. 그를 만나려고 무대 뒤에서 기다리고 있던 '나'는 그를 기다리는 또 하나의 인간을 발견한다. 순우였다. 그 후 며칠 동안 '박'과 '순우'는 아무 말 없이 조용히 마주앉아 시간을 보냈다. 그 모습은 라이벌인 '나'에게까지 희열과 행복을 느끼게 할 만큼 진솔하였다. 그러다가 박휘극에게는 다시 폭발이 왔다. 억눌렸던 위선과 독설과 허영의 폭발이다. '나'도 '순우'도 그런 그의 옆을 조용히, 그러나 아주 영원히 떠나버리고 만다.

박휘극의 독설과 위선은 사회가 그에게 준 제2의 천성이다. 신동이라는 명칭에서 얻어진 후천적인 천성이라고 할 수 있다. 그가 타고난 선천적인 천성은 신동이라고 불리기 이전의, 혹은 베토벤을 연주하던 날 밤의 그 진실하고 가식 없는 것이다. 사회라고 하는 거대한 괴물이 그 진실하던 한 아이를 멋대로 분장하고 화장을 하여서 그런 이지러진 인간으로 만들어버린 것이다. 작자는 그것을 말하려고 이 소설을 쓴 것 같다. 그러나 씨는 자연주의자들처럼 그런 사회를 비난한다거나 분석하는 일은 하지 않았다. 작자의 의도가 엿보이는 두 이름, 휘극과 순우라고 하는 두 형의 인간을 조용한 시선으로 바라보고 있는 것뿐이다. 인간의 세속적인 욕망을 대표하는 휘극과 타고난 대로의 나이브한 면을 대표하는 순우를 대조적으로 그리고, 자기가 후자의 편에 서 있음을 명확하게 이야기하고 있을 뿐이다. 비록 신의 문제에까지 비약하지는 않았으나 인간의 내면적 진실을 귀히 여긴 점에서 씨의 지향하는 바가 뚜렷이 드러나 있다.

박순녀의 「임금의 귀」는 가치관이 다른 두 친구를 통하여 예술가와 과학도의 삶의 방향의 차이를 제시해 준 작품이다. 소설을 쓰는 '명화'와 생물학도인 '지숙'의 우정은 내면적 공감에서 우러나온 정신적인 것이다. 내면의 세계와 연결될 수 없는 타인들이 사는 세상에서 이 두 친구는 만나는 것 자체에서 희열을 느끼는 그런 우정으로 맺어져 있다. 그들은 동갑이다. 결혼에 실패한 경험을 가진 점에서도 같다. 그러나 두 친구의 정신적인 이력은 "결코 같은 질의 것일 수 없다." "지숙이 부유한 가정에서 보호를 받으면서 자랐다."는 그런 사실이 "맨발로 뛰어 본 자가 아니고는 알 수 없는" 명화의 삶의 과정과 상반되는 것 이상으로 그들의 내면세계는 서로 다르다.

지숙의 세계는 정돈된 세계다. "세계 역사 연표"(지숙이 명화에게 준)와 같은 질서정연한 지식의 세계에서 회한을 모르며 사는 것이 그녀의 생활이다. 거기 비하면 명화의 내면은 혼돈이다. 아직 하늘과 땅이 분리되지 못하였던 태초의 카오스 그것이다. 그녀는 자기의 작품에 대하여, 자기의 살아가는 방향에 대하여 아직도 회의와 방황의 상태를 벗어나지 못하고 있다. 그녀의 내면적 갈등은 "세계 역사 연표"와 같은 데서는 찾아볼 수 없는 종류의 것이다. 미로와 같은 삶의 터전에서 아직도 방향을 찾아 헤매는 모색의 과정이 명화의 삶이다. 그 과정이 끝나면 죽음이 올 것이라고 명화는 생각한다. 그 혼란과 갈등, 그리고 "피의 자국이 임리淋漓"한 삶의 역정⋯⋯. 그런 것 때문에 그녀는 소설을 써야 한다. 자신만이 알고 있는 하나의 진실을 견디지 못하여 "깊은 산골, 나무 둥치에 대고 임금의 귀는 당나귀 귀하고 소리친 이발사처럼" 목숨껏의 작업을 계속해야 하는 것이 작가의 삶의 방법이다. 지숙처럼 결혼이나 외국유학 같은 것으로 대신해 버릴 수 없는 절대적인 고독한 행위, 그것이 작가의 작업이다. 따라서 이 작품은 어느 특정한 개인의 이야기가 아닌, 모든 작가의 작업을 "임금의 귀"라는 옛 설화를 통하여 대변해 주고 있는 것이다. 모든 시인의 작업을, 스스로의 가슴을 헤쳐 그 살을 자식들에게 먹이는 펠리컨의 행태에 비긴 프랑스의 시인 알프렛 드 비니처럼 임금님의 귀는 글 쓰는 사람들의 지향점을 제시한다.

위의 네 작품을 형식면에서 볼 때 전위적인 새로운 시도 같은 것이 거의 없다. 종래의 소설 작법에 충실한 작품들이며, 사상면에서도 어떤 새로운 것을 찾는 모험이나 실험적인 것을 찾으려 한 흔적이 거의 없다. 그저 단편소설에 알맞은 조그마한 이야기를 차근히 그려나가는 성실성이 있을 뿐이다.

소설가를 굳이 여류니 남류니 하고 구별하는 것은 우스운 이야기지만 허욕을 부리지 않고 보수적인 그것이 여류작가들의 공통 특징인 것은 부정할 수 없다. 이것은 대체로 어느 나라에나 공통되는 현상이지만 특히 우리나라의 경우, 여류작가들의 그런 작법은 소설 분야에 기여한 바가 크다. 반면에 여류작가들은 시야가 좁았다. 그리고 감정적이었다. 자칫하면 신변의 이야기에 집착하기가 쉬웠고, 육성을 그대로 노출시키는 일이 종종 있어왔다. 소설을 '가능한 것의 자서전'이라고 말한 A. 티보데의 말을 빌리지 않더라도 자신의 경험의 한계를 아주 넘어선 것을 쓴다는 것은 불가능한 일이다. 그러나 소설이 신변잡기나 넋두리여서는 안될 것이다.

이 네 편의 소설에는 그런 노출된 작가의 모습이 없다. 소설가가 나오는 '임금의 귀'에 있어서도 그런 넋두리의 모습은 보이지 않는다. 뿐만 아니라 작자가 그린 세계가 서로 다르고 아주 다양하다. 그 버라이어티가 이 네 작가를 모두 살리는 역할을 한다. 뿐만 아니라 손, 최, 양씨의 작품 세계는 과거에는 여류작가들의 관심의 대상이 되기 어려웠던 분야이며 다루어 내기 어려운 제재였다. 그만큼 여류들의 사고의 한계와 시야가 넓어진 것이다.

Ⅱ부

유럽문학

산고

1. 호메로스의 여섯 가지 수수께끼

「일리아스」와 「오디세이아」는 인류가 가진 최고最古의 문학 작품인 동시에 최고最高의 문학이기도 하다는 것이 문학사가들의 공통된 의견이다. 서사시뿐 아니라 문학의 모든 장르에서 「일리아스」와 「오디세이아」를 능가할 작품을 찾는 것은 어렵다고 생각하기 때문이다. 그것은 인류 전체의 자랑이며, 문학이 등반한 가장 높은 봉우리라고 할 수 있다. 그 기적적인 두 작품이 하나의 이름과 연결되어 있다. 호메로스다.

하지만 이름 하나만 빼면 호메로스는 구름 속에 사는 신선처럼 그 흔적을 찾아내기 어려운 존재다. 데니스 페이지의 말대로 호메로스는 기록이 전혀 없는 하나의 이름이다.[1] 고고학자들이 에게문명과 미케네문명의 유적들을 발굴하기 시작한 1871년 이전에는, 이 두 시에 나오는 사건과 영웅들의 행적 전체가 한 시인의 상상 속에서 만들어진 허구적

---

[1] D. Page, C. Nelson ed., ≪Homeric Epic: The Ttraditional Voice≫, *Homer's Odyssey*, Wadworth Publishing Co., 1969, p.107.

이야기로 간주되고 있었다. 그만큼 호메로스와 관계되는 자료들은 찾아 보기 어려웠던 것이다. 하인리히 슐리만이 트로이의 히사알릭 언덕에서 발굴작업을 시작한 지 백 년이 지난 19세기 후반에 와서 비로소 호메로 스의 서사시가 역사 속에 실재했던 영웅시대를 배경으로 하여 쓰였다는 사실이 밝혀졌다. 점토판에 기록된 선상線狀문자의 해독을 통해서, 기원 전 15세기에서 12세기에 이르는 약 3백 년 동안에, 고대 그리스에 미케 네문명이라고 불리는 하나의 문명이 존재했고, 미케네 시대의 영웅들의 이야기가 「일리아스」와 「오디세이아」의 지반이 되었다는 것이 드러난 것이다.

하지만 호메로스의 생애에 관한 것과 그의 서사시에 대한 기록은 거 기서도 찾아지지 않았다. 호메로스가 살았으리라고 추정되는 기원전 9, 8세기는 도리스족의 침입으로 인해 미케네문명이 파괴된 암흑기에 해 당되기 때문에, 그에 관계된 자료들을 남아 있지 않았던 것이다. 호메 로스는 자기의 작품 속에 작가의 모습을 투영시키는 일을 기피한 작가 였기 때문에, 작품을 통해서 작가의 생애를 추적하는 것도 어려웠다. 기원전 7세기의 인물로 추정되는 헤시오도스의 서사시에는 작가의 육 성이 들어 있는데, 호메로스에게는 그런 것이 없기 때문이다. 이런 여 건 속에서 호메로스에 얽힌 숱한 의문들이 쏟아져 나왔다. 그것은 꼬리 를 물고 일어나는 의문부의 집합이었다.

* 그는 정말로 실재했던 인물인가?
* 언제 어디서 무엇을 하던 사람인가?
* 「일리어스」와 「오디세이아」는 모두 그의 작품인가?
* 어떤 방법으로 그것들은 전승되었는가?
* 언제 문자로 기록되었는가?

* 어느 것이 확정판인가?

사료史料 너머에 있는 전설 속에서 이 모든 의문의 해답을 찾아내는 것은 불가능한 일이다. 우리가 할 수 있는 것은 오랜 풍문에 의존해서 몇 가지 사실을 추정하는 것 밖에는 없다. 다행히도 그의 실재성에 관한 문제는 일단 긍정적으로 받아들이자는 것이 호메로스 학자들의 공통된 의견이다. 태고적부터 「일리어스」와 「오디세이아」는 거의 다른 의견이 없이 호메로스라는 고유명사와 밀착되어 왔기 때문이다. 하지만 그의 행적을 찾는 작업은 "광대무변한 불확실성의 사막에서 없을지도 모르는 오아시스를 찾는 것과 흡사한 행위"[2]이기 때문에 실재성에 대한 의심까지 겹치면 감당하는 일이 더 어려워지는 것이다.

그 동안 전해져 온 여러 주장을 종합해 보면 그의 생존 시기는 대체로 기원전 9세기 후반이 아니면 8세기였을 것으로 추정되고 있다. 자그마치 백 년의 시간을 넘나드는 막연한 추측이지만, 그 한계를 벗어나지 않는 것을 보면, 그 백 년 전후의 시기가 그의 생존기간이었으리라는 것만은 믿을 수 있을 것 같다. 출생지나 생애에 관한 것도 막연하기는 마찬가지다. 그 중에서 가장 신빙성이 있어 보이는 것은 스미르나에서 태어났다는 설이다. 이 설에 의하면 호메로스의 생애는 다음과 같다.

소아시아의 서쪽에 큐메라는 고도古都가 있다. 그곳에 살던 한 소녀가 원인 모르게 임신을 했다. 남의 이목을 꺼린 부모가 그녀를 스미르나의 친구 집에 보냈다. 그곳의 메레스 강변에서 그녀는 사내아이를 낳았고, 강의 이름을 따서 아이의 이름을 메레게네스라 명명했는데, 그가 호메로스라는 것이다. 후에 그녀가 음창시인吟唱詩人rhapsode 페미오스와 결혼

---

2 같은 책, p.108.

해서, 의붓아버지가 소년 호메로스에게 시인으로서의 교육을 시킨 것으로 되어 있다. 장성한 후에 사방을 유랑하던 그는 몇 년 만에 고향으로 돌아가던 중, 눈병에 걸려 실명한다. 장님이 된 호메로스는 음창시인이 되어 방랑하면서 여생을 보낸다.

정처 없이 떠돌아다니던 그는 어머니의 고향인 큐메에 가서 정착하려 했으나, 그곳 사람들이 그를 배척하면서 호메로스(장님이라는 뜻이라 함)라는 별명을 붙여 주었다. 그래서 그때부터 메레게네스는 호메로스라 불리게 되었다. 만년에 스미르나 근처에 있는 키오스 섬에서 살다가 그 섬에서 사망하였다는 것이 가장 자세하게 남아 있는 스미르나 출생설이다. 그 밖에 메레스 강의 님프 크레티스의 아들이라는 설도 있고, 뮤즈의 하나인 칼리오페의 아들이라는 설도 있다. 심지어 네스톨의 외손자라는 설까지 있으며, 텔레마코스의 아들이라는 주장도 있어, 입에 오르내리는 부모의 이름만도 대여섯 개나 된다.

출생지의 수도 마찬가지다. 에게해변의 17개가 넘는 도시의 이름이 들먹여지고 있어 종잡을 수가 없지만, 가장 빈도가 높은 스미르나와 키오스가 개연성을 갖는다. 그의 작품이라고 간주되는 찬가 중에, 작자가 스스로 자신이 키오스에 사는 장님이라고 말하는 대목이 나온다는 것이다. 뿐 아니라 키오스 섬에는 '호메리다이'라고 불리는 사람들이 기원전 6세기까지 있었다는 설이 있다. 호메로스의 후손이라고 해석되기도 하고, 직업적 후예인 음창시인단이라고 해석되기도 하는 사람들이다. 이런 자료들로 미루어 보면, 호메로스는 키오스나 스미르나 같은 이오니아 지방 출신이며, 에게해의 다도해 지방을 유랑하면서 시를 음송하고 다닌 직업적인 음유시인이었으리라는 것을 추측할 수 있다. 도리스인의 침입으로 인하여 그리스 본토에서 쫓겨난 영웅시가 이오니아로 옮겨져, 이국문화의 영향을 받은 지 3백 년 만에 호메로스의 서사시가 형성된 것으로 볼 수 있다. 「일리아스」와 「오디세이아」는 미케네문명과 오리엔트문명이 합작하여 만들어낸 도시문학인 것이다.

그의 장님설에 대한 것은 앞에서 언급한 찬가의 일절과 생애 및 이름의 유래 등에서 근거를 찾을 수 있다. 그 당시에는 직업적인 시인은 의사나 목수처럼 직인職人에 불과했다. 그들의 사회적인 직위가 높지 못했기 때문에 사지가 멀쩡한 남자가 직업 시인을 자원할 가능성은 희박했다. 헤시오도스나 소포클레스, 아이스킬로스 등은 모두 직업적인 시인은 아니다. 시는 숭상하였으나 직업시인은 존중하지 않은 그리스의 고전시대의 가치관으로 미루어보아 호메로스가 불구자였을 가능성은 많다. 호메로스의 서사시에도 궁정에서 시를 읊는 음창시인이 자주 나오는데, 그들의 대부분이 장님이라는 사실이 그 가능성을 뒷받침해 준다.

다음에 문제가 되는 것은 두 시의 작자가 동일인이냐 아니냐 하는 것이다. 이 문제는 대체로 찬반양론으로 구분된다. 반대하는 사람들은 첫째로 작품량이 지나치게 방대한 점을 이유로 삼는다. 두 서사시는 각각 24장에 1만 2천 행 이상의 부피를 가지고 있다. 문자로 쓰인 그 후의 서사시에도 그만한 분량을 일관된 리듬으로 작품화한 시는 찾을 수가 없다. 호메로스의 작품들은 문자 이전에 나온 구송시였을 가능성이 많다. 이미 창작된 것을 문자로 기록만 하는 경우에도 그것은 인간 능력을 초월하는 엄청난 작업이다. 더구나 기억에만 의존하는 구송시를 한 사람이 두 편씩이나 창작(혹은 집대성)한다는 것은 불가능해 보이는 거창한 일이기 때문에 그런 의문이 제기되는 것이다. 그런데도 불구하고 그 기적적인 분량의 두 서사시는 한 사람의 이름과 밀착되어 있다. 있을 수 없는 일이 일어난 것이다. 하지만 만약 그런 파격적인 일이 실재했다고 가정할 때, 그 의혹의 분량은 그대로 그의 천재성에 대한 경탄으로 치환된다. 그렇다면 그는 초능력자이거나 신인神人이어야 하기 때문이다.

그를 굳이 뮤즈나 님프의 아들이라고 생각하려 한 그리스인들의 마음을 짐작할 수 있을 것 같다. 우리는 「일리아스」에서 많은 영웅들을 만난다. 그들 중에는 신의 후예들이 더러 있다. 그렇다면 호메로스가 뮤즈의 아들이 되지 못할 이유도 없다. 어차피 '불확실성의 사막'에 놓여져 있는 한 시인을 초능력자라고 가정하면, 두 편의 서사시의 작자가 한 사람이라는 데 대한 불신은 사라질 것이다. 그리고 그는 어쩌면 실제로 그런 초능력자였는지도 모른다.

　「일리아스」에 보면 작자인 시인은 신의 모습을 볼 수 있는 유일한 존재다. 어느 영웅의 눈에도 보이지 않는 신의 모습이 시인의 눈에만 보이기 때문이다. 그것은 아킬레우스의 머리카락을 잡아 뒤로 당겨서 그의 만행을 제지시키려는 여신의 모습으로 나타나기도 하고, 때로는 아킬레우스의 창을 공중에서 되받아 그에게로 돌려주는 아테나의 모습으로도 나타나서, 아주 빈번하게 작품 속에 신의 모습이 그려진다.[3] 「일리아스」의 작자는 만인의 마음속을 꿰뚫어보는 전지적인 화자인 동시에, 보통 사람의 눈에는 보이지 않는 신들의 동태까지 구체적으로 감지해내는 초인적 인간인 것이다. 그는 예언능력을 가진 시인인 동시에 탁월한 음악가이기도 하다. 그리스의 신화는 호메로스와 헤시오도스에 의해 정리되었다고 해도 과언이 아니다. 예술가의 상상력 속에서 만들어진 신들이 올림포스 산에 모여 있는 열두 명의 신이다. 어차피 추적이 불가능한 여건이니, 실지로 그런 초능력을 가진 예외적인 시인이 있었다고 상정한다면, 작품량의 방대함에서 오는 의혹은 문제가 되지 않을 수도 있다. 하지만 그것은 전설 속에서나 가능한 엄청난 작업이다. 결론은

---

3 M. M. Willock, J. Wright ed., "Some Aspects of the God in the Iliad", *Esseys on the Ilyad*, Indiana Univ. Press, 1978, p.60.

여럿이 합작했거나 아니면 시인이 초인적인 능력을 가진 것으로 귀결되어야 하는데, 후세 사람들에게는 그것을 판정할 자료가 없다.

다음으로 문제가 되고 있는 것은 두 작품의 사회적 배경의 차이이다. 아킬레우스와 오디세우스의 근본적인 차이점은, 그들이 처해 있는 상황에 있다. 「일리아스」와 「오디세이아」는 두 편이 다 삶의 위기를 그리고 있으며, 그 위기를 초극해 가는 인간의 의지의 미학을 다루고 있다. 하지만 두 영웅이 처해지는 위기의 양상은 질적인 격차를 가지고 있다. 아킬레우스의 위기는 아가멤논과의 갈등과 전쟁뿐이다. 그것은 아량과 용기만 있으면 극복할 수 있는 단순한 위기다. 그러나 오디세우스가 처하는 상황은 그렇게 간단하지 않다. 그의 적은 바다의 신 포세이돈과 초능력을 가진 그의 일족들이기 때문이다. 그들은 바다 구석구석에 숨어 있다. 게다가 타이탄족들은 성격과 기능이 서로 다르기 때문에, 괴롭히는 방법도 상상할 수 없을 정도로 다양하니, 대처하는 방법도 매번 달라야 한다. 임기응변의 재빠른 판단과 순발력이 필요한 것이다.

메시나 해협에서 오디세우스는 바닷물을 몽땅 삼켜버리는 카리브디스와, 한입에 여섯 명을 집어 삼키는 스킬라라는 두 괴물 사이를 뚫고 나가야 할 힘든 처지에 놓인다. 전원이 죽느냐 아니면 여섯 명만 죽이느냐 하는 엄청난 결단을 순간적으로 내려야 하는 것이다. 오디세우스는 희생이 적은 쪽으로 배를 몰고 가는 차선책을 택하여 희생의 폭을 줄인다. 폴리페무스의 동굴에서처럼 여러 가지 속임수를 써야 하는 경우도 많다. 괴물에게 술을 먹여 재워놓고, 눈을 찔러 멀게 만들며, 양두 마리의 배밑에 달라붙어 괴물들이 사는 동굴을 빠져 나오는 것 같은 아이디어는 복합적인 지혜를 요구하는 것이다. 그래서 오디세우스 같은 지적 영웅이 주인공이 되어야 한다.

아킬레우스가 단순한 용장勇將인 데 반하여 오디세우스는 머리회전이 정확하고 빠른 지장智將이다. 그는 친구에게는 다감하고 신사적이지만, 적에게는 잔인하고 악마적인 양면성을 가지고 있는 복합적인 인물이다. 그는 유럽의 문학에 나타난 최초의 지적 영웅인 동시에 최초의 정치적 인물이기도 하다. 그는 신들이 사는 올림포스에서 공적에 의해 평가되는 최초의 영웅이기도 하다. 그런 점에서 그는 고전시대의 작중인물 중에서 가장 르네상스적인 인물이라고 할 수 있다.

아킬레우스와 오디세우스의 이런 성격적 차이는 그들이 처해 있던 상황의 차이를 말해 주고 있다. 「일리아스」의 배경은 그리스인들이 해외로 진출하는 꿈이 실현되던 미케네 문명의 전성기다. 하지만 「오디세이아」의 시대적 배경은 좀 다르다. 그것은 트로이 전쟁이 끝난 후의 혼란과 격동의 시기이다. 그리스 연합군에 참전했던 여러 폴리스들이 각자 도생하여 본국으로 돌아가는 시기인 것이다. 오디세우스는 그 귀국의 여정이 자그마치 10년이나 걸린다. 그가 귀국 한 후에 도리스인이 침범하는 암흑시대가 호메로스의 시대까지 이어지는 것이다.

여기서 문제가 되는 것은 서사시의 구전 전승 기간의 길이이다. 호메로스의 서사시는 3, 4백 년 전의 영웅시대를 배경으로 하고 있다. 그 긴 세월 동안 기억의 퇴적과정에서 전승자가 자기의 당대와 영웅시대의 기억을 혼합시킬 가능성이 많다. 따라서 호메로스가 두 작품을 다 썼다고 보는 경우, 「일리아스」에서는 비교적 성실하게 미케네 시대의 재현에 치중하였지만, 「오디세이아」에서는 자기가 살던 당대의 혼란된 상황을 미케네 시대의 그것과 섞었을 가능성이 있다. 당대의 현실을 묘사한 헤시오도스의 서사시에 나오는 사회는 격동과 혼란의 불안한 사회이기 때문이다. 호메로스의 시대도 그와 유사했으니 그런 추측이 생길 여지가 있다. 하지만 그런 가정을 한다면, 같은 작가가 왜 그렇게 다른 상황을 두 작품 속에 따로따로 재현하였을까 하는 의문이 생긴다. 동일작가설을 주장하는 사람들도 「오디세이아」가 「일리아스」보다 훨씬 후에 쓰였으리라는 가정을 세우는 이유가 거기에 있으며, 작가가 같지 않다고 주장하게 되는 원인도 같은 곳에 있다. 인물형과 상황이 가지는 이질성은 후자의 주장에 좋은 구실을 제공한다. 하지만 거기에 대답할 말은 아직 준비되어 있지 않다.

동일작가설을 주장하는 사람들은 두 작품을 일관하는 주제의 공통성을 첫 번째 이유로 삼는다. 「일리아스」와 「오디세이아」는 M. 패리의 말대로 "영웅시대의 가치관을 영웅시의 조사법措辭法으로 표현"[4]한 작품이라는 점에서 동질성을 갖는다. 내용과 형식 양면에서 이중의 공통성이 드러나는 것이다. '아킬레우스의 분노'와 '오디세우스의 방랑'은 모두 인간의 명예에 대한 집착을 지주로 삼고 있다. 아킬레우스는 자신의 명예를 상징하는 방패를 되찾기 위해 자기도 죽을 것을 알면서 헥토르에게 도전장을 보내며, 오디세우스는 자신의 명예를 완성시키기 위해 만난을 무릅쓰고 문명의 땅인 이타카로 돌아가기 때문이다.

호메로스의 영웅들은 중세의 기독교인들처럼 내세에 낙원이 있다는 기대를 가지지 않은 사람들이다. 그들은 무엇보다도 현세적인 것을 사랑한다. 빛나는 태양이 청남靑藍빛 바다에 쏟아져 내리는 에게해의 찬란한 풍광과, 올리브 나무와 포도밭이 어우러져 있는 들판에, 아름답고 생기에 찬 인간들이 살고 있는 이 세상이야말로 무엇과도 바꿀 수 없는 그들의 천국이다. 그리스인에게 있어 저승은, 생명이 없는 망령들의 거주지이며, 어둡고 음산한 지역일 뿐이다. 그래서 한자로 그리스의 하데스를 명부冥府라고 번역한다. 영원히 떨어져 내려오는 바위를 다시 굴려 올리는 것 같은 힘겨운 형벌이 기다리고 있을 줄 뻔히 알면서도 시시포

---

4 M. Parry, "The Traditional Metaphor in Homer", *Homer's Odyssey*, p.109에서 재인용.

스가 끝까지 현세에서 버텨보려고 한 것은 그 때문이다. "죽은 자 가운데서 왕으로 있는 것보다는 차라리 땅 위에서 가난한 집의 품삯 받은 머슴으로 있는 편이 낫겠네"[5]라는 아킬레우스의 망령이 하는 말도 시시포스와 같은 것을 드러낸다. 그것은 영웅시대의 그리스인들의 사생관死生觀을 대변한다고 할 수 있다.

그러면서도 그들이 목숨을 거는 전쟁터에 나가 용감하게 싸울 수 있는 원동력은 명예에 대한 집착에 있다. 추하게 살아남는 것보다는 명예롭게 죽는 편을 택하는 것이 그들의 명예존중의 미학이다. 헥토르의 장렬한 죽음도 영웅적 이상의 한 표본인 것은 오디세우스의 경우도 같다. 칼립소의 동굴에 그냥 남아 있으면, 오디세우스는 미녀와 안일과 영생을 누릴 수 있다. 그런데도 그가 포세이돈이 포악을 부리는 바다를 향하여 뗏목을 다시 띄우는 이유는 명예에 대한 집착 때문이다. 조국 이타카로 돌아가는 것은 그의 명예를 완성시키는 것을 의미한다. 그곳은 바다가 아니고 대지이며, 거기에는 동굴이 아니라 집들이 있기 때문이다. 인간으로서의 명예의 완성은 영생보다 더 소중하다는 것이 호메로스의 영웅들의 가치관이다. 그들은 불명예를 최대의 불행으로 생각한 '수치의 문화'의 챔피언들이다. 그들의 명예의 미학은 어디까지나 한 개인의 고유명사와 관련되어 있다. 자기 자신의 개인적인 명예다. 그래서 그들에게는 국가에 대한 충성심이 상대적으로 희박하다. 아가멤논이 자신의 전리품을 부당하게 빼앗아 가자, 아킬레우스는 그리스가 망하게 생겼는데도 참전을 포기한다. "방어에는 일체가 되지만 공격은 단독으로 하는" 그리스식 전쟁법도 그들의 명예존중사상에서 생겨난 것이다.

---

5 정병조 · 김병익 역, 『일리아스 · 오뎃세이아』(『세계의문학대전집』 11), 동아출판공사, 1971, p.257.

이런 개인중심의 명예존중사상은 타인의 사생활에 대한 불간섭주의를 낳는다. 이타카의 왕궁이 구혼자의 무리에게 짓밟혀 쑥밭이 되는데도, 이웃이나 오디세우스의 친구들이 돕지 못하는 이유가 거기에 있다. 그 곤경을 해결할 권리와 의무를 가진 사람은 텔레마커스와 오디세우스 자신이기 때문에, 타인은 개입할 자격이 없는 것이다. 타인의 영역을 참견하지 않는 것은 신에게까지 통용되는 절대적인 율법이다. 호메로스의 신들은 누구에게 명령을 내리지 않는다.[6] 설득하거나 권유할 수 있을 뿐이다. 신들도 감히 침범할 수 없는 개인의 절대성과 그 명예존중의 미학은 호메로스가 유럽에 남겨준 귀중한 유산이다. 르네상스가 그것을 부활시켜 근대정신의 지주로 만들었다. 거기에서 개인존중사상이 나왔고, 거기에서 민주주의적인 인간관이 꽃피었다. 「일리어스」와 「오디세이아」 두 편은 개인중심의 명예존중사상에 있어 완전히 일치된다.

이런 공통성은 수사법에서도 발견된다. 영웅적인 가치관을 표현하기 위하여 작자가 채택한 수사학은 영웅시의 조사법heroic diction이다. 영웅시의 어법의 특징은 공식적인 언어formulary language의 반복적인 사용에 있다. 그것은 단어의 경우보다는 구절의 용법에 적용된다. 같은 상투적인 수식어를 가진 형용사구의 반복은, 구전口傳을 통한 전승과정에서 형성된 것으로 간주되는, 호메로스의 서사시의 공통 특징이다. 구전을 직업으로 삼는 음송吟誦시는 언제나 이런 상투적인 표현법을 애용한다.

상용구의 반복법을 애용하는 영웅시의 시어는 객관성을 존중하는 것을 제2의 특징으로 삼는다. 개성적인 표현은 최대한으로 억제되어야 하기 때문에 그들의 고정화된 언어 양식fixed word patterns은 "정도의 차이는 있지만 결국 모두 기성품"이다. 호메로스의 언어들은 완전히 이런 유형

---

6 高津春繁, 『ギリツア人の心』, 講談社, 1965, pp.7-62 참조.

의 언어이다. 헤시오도스의 주관적인 세계와는 대조적인 비개성적 어법이 호메로스의 특징이다. D. 페이지의 말대로 "그의 문체는 전통적이며 전형적이다. 개성적인 면이 거의 없다."[7]

호메로스의 문체가 몰개성적인 것을 지향한 이유를 학자들은 그의 직업시인으로서의 성격에서 찾고 있다. 헤시오도스는 직업적인 시인이 아니다. 그는 농민이며 서사시 쓰기는 그의 부업에 불과하다. 따라서 그에게는 자기가 하고 싶은 대로 표현할 수 있는 자유가 있다. 하지만 직업적인 음창시인bard이나 음유시인rhapsode의 경우는 사정이 좀 다르다. 원형의 전승 자체가 그들의 직책이기 때문에, 개인의 육성 노출은 억제하는 것이 원칙이다. 호메로스가 음창시인인가 음유시인인가 하는 문제는 확증을 얻을 수 없는 일이지만, 그가 직업적 시인이었다는 사실은 의심할 여지가 없는 만큼, 그의 문체가 전통적이며 전형적일 수밖에 없었던 것은 당연한 일이라고 할 수 있다.

조사법의 상투성 외에 리듬 패턴의 공통성도 두 서사시의 동일작가설을 긍정할 여건을 형성한다. 「일리아스」와 「오디세이아」는 장단단육보격長短短六步格의 운율형으로 일관된 장시이다. 패리는 이러한 형식적인 통일성을 들어 동일작가설에 한 표를 던졌다. 작가가 다르다는 설에 대한 추적이 불가능한 상황에서 고정구의 사용과 동일 운율의 사용은 두 작품을 한데 묶기에 적당한 구실을 제공하기 때문이다. 주제와 형식의 이런 공통성은 동일작가설에 대한 주장을 뒷받침한다.

하지만 그 기대가 곧 두 작품에 대한 호메로스의 저작권을 인정하는 것은 아니다. 찬성하는 학자나 반대하는 학자나 모두 함께 수긍하는 확고부동한 사실이 하나 있다. 그것은 호메로스 이전에 면면히 이어져 내

---

7 D. Page, "Homeric Epic: The Ttraditional Voice", *Homer's Odyssey*, pp.107-118.

려온 영웅시의 오랜 전통이다. 「일리아스」와 「오디세이아」의 역사적인 배경이 기원전 12세기 이전의 영웅시대이고, 호메로스의 생존 추정 연대가 BC 9세기 이후라는 사실이 그것을 증명해 준다. 미케네 시대와 호메로스 사이에 가로놓인 4백 년 가까운 기간은 문자가 없던 시기이다. 그 오랜 기간을 그만한 분량의 방대한 운문시를 구전을 통해 전승하기 위해서는, 기억의 저장을 위한 의식적인 노력이 필요하다. 그 저장 기구의 역할을 한 것이 시의 낭송을 직업으로 삼는 음유시인단이라고 볼 수 있다. 여러 나라의 궁정을 편력하면서 영웅들의 무훈을 노래하는 눈먼 시인들의 모습은, 미케네 시대를 그린 호메로스의 「오디세이아」 8장에 이미 그 모습을 드러내고 있다. 이 시인 집단이야말로 영웅담의 기억을 수백 년 동안 보존하면서 발전시킨 주체였다고 할 수 있다. 구전의 편의를 위해 그들은 상용구를 만들어냈으며, 반복을 통한 훈련에 의해서 그것을 전승시켰다. 부분적으로 창작된 수많은 단시短詩들은, 상용구의 집성과정을 통하여 영웅시의 전통을 형성시키면서 「일리아스」와 「오디세이아」의 완성된 형태를 준비하였던 것이다.

그 준비 과정에서 미케네의 청동기문화는 당대적인 것들과 뒤섞이지 않을 수 없게 된다. 기억과 현실의 불가피한 혼합이다. 그것은 호메로스 학자들이 이구동성으로 지적하는 무기의 공존현상으로 나타난다. 청동기 무기인 누에고치형의 커다란 방패와 전차가 철기시대의 작은 원형 방패나 갑옷과 함께 등장하고 있고, 때로는 걸려 넘어질 가능성이 전혀 없는 소형 방패에, 군인이 걸려 넘어지는 난센스도 벌어진다. 무기뿐 아니라 궁전의 양식도 낡은 것과 새 것이 혼합되고 있는데, 이런 사실들은 영웅시가 끊임없이 수정·첨삭되면서 전승되었음을 증명해 준다.

따라서 호메로스의 특징으로 간주된 전통적이며 전형적인 문체나 운율의 패턴, 영웅들의 가치관 등은, 그 한 사람의 특성이 아니라 영웅시의 전통 자체의 특성이라 할 수 있다. 호메로스가 영웅시에서 담당한 역할은, 수백 년간 전승되어 온 산발적인 영웅담을 집성하고 정리하여 하나의 완성된 서사시 형태를 만들어내는 작업이다. 물론 완성시키는 과정에서 그의 개인적 창의가 개입되었을 것은 짐작하고도 남는다. 하지만 그 개입의 폭이 그다지 크지 못하였으리라는 것도 인정하지 않을 수 없다. 영웅시의 탄창시인은 개성을 죽이는 것이 원칙이었기 때문이다. 따라서 호메로스는 시의 원작자가 아니라 완성자라고 보는 것이 일치된 견해다. 그런 관점에서 보면 이 시의 오리지널의 작자는 다수의 음창시인단이며, 수백 년간 전승하며 수정하고 보강하는 일에 기여한 무수한 시인군이 되는 것이다. "장기적인 지속성을 가지고 발전해온 과정의 최종단계"에 해당되는 것이 호메로스의 작업이며, "호메로스는 '최종형태final form'를 완성시킨 사람"이라는 것은 기정의 사실이지만, 그 완성하는 작업 자체가 인간의 능력을 넘어서는 엄청난 작업인 것은 더 말할 필요가 없다. 아직도 작품 속에 남아 있는 플롯의 모순, 조사의 차이, 의미가 애매한 어구 등은 호메로스의 임무의 방대함과 어려움을 시사하고 있다. 오랜 경험에서 얻어진 이질적이면서 다양한 기억의 퇴적을 통일된 형태로 변성시키는 일은 고도의 기술을 필요로 한다. 그것은 거의 한 개인의 능력을 넘어서는 초인적인 작업이다. 호메로스의 천재성이 운위되는 이유가 거기에 있다.

다음에 문제가 되는 것은 전승과 기원·정리 및 계승의 과정에 대한 의문들이다. 이 의문은 그 시들이 구전적 전승 방법에만 의존한 음창시가oral poetry냐 아니면 문자로 기록된 시가literary poetry냐에 따라 양상이 달라진다. 기억력에만 의존하는 음창시가일 경우, 인간의 기억력의 한계 때문에 빚어지는 오류와 수정의 폭이 커지기 때문이다. "음창시가는 같은 사람에 의해 재연되는 경우에도 내용상의 약간의 변동은 불가피하다. 다른 사람에 의해 음창되는 경우는 더 말할 필요가 없다."[8]는 데니스 페이지의 말을 상기할 때 구전시가의 변동의 폭은 시간적·공간적 거리에 의해 좀더 넓어질 가능성을 가진다.

서사시의 발달과정을 커크G. S. Kirk의 방법(같은 책, 18)대로 (1) 발생기, (2) 창작기, (3) 재현기, (4) 쇠퇴기로 나눈다면 (1)은 미케네 시대 내지 그 직후가 된다. 영웅들의 행적이 시화詩化되기 시작하던 BC 12세기경을 중심으로 하여 이 시의 1단계가 시작된 것이라면 (2)는 호메로스의 시대로 추정되는 BC 9세기나 8세기가 된다. 호메로스는 "그 주어진 전통의 한정된 테두리 안에서 그리스 서사시의 전통을 시적 기교의 최고의 정점에 올려놓는 탁월한 작업을 완수한"[9] 사람의 이름이다. 커크는 이 시기를 문자 이전의 선사시대로 간주한다. 그는 호메로스를 상용구와 주제의 전통을 최대한으로 살릴 만한 재능을 가진 문맹시인이라고 생각한다. (1), (2)단계 사이에 삼백 년 이상의 거리가 개재하므로 오리지널과 호메로스의 작품 사이에 엄청난 거리가 있을 것은 짐작하고도 남는다. 끊임없이 새로운 요소가 첨가되면서 성장하던 서사시는 호메로스에 의해 정리되고 완성되면서, 그 창의성에 종지부를 찍는다는 것이 커크의 의견이다. 제3단계는 호메로스 판본의 충실한 재현만 일삼는 시기다. 커크는 이 시기의 시인들을 탄창시인으로 보고 있다. 전시대의 시인들과 이들의 차이는 더 이상 새로운 요소의 첨가와 수정을 시도하지 않는다는 점에 있다. 물론 기억력의 부실함에서 오는 약간의 오류나 변동은 불가피하겠지만 의도적으로 변형하는 일은 없다는 이야기다. 말하자면 충실한 재현만을 향하여 노력하는 단계인데, 시대적으로는 호메로스에서부터 알파

---

8 같은 책, p.110.

9 *Esseys on the Ilyad*, p.19.

벳의 도움으로 고정화되기까지의 시기가 이에 해당된다. 제4기는 서정시나 극시의 출현으로 인하여 서사시적 정열이 쇠퇴하여 가는 시기다. 재현기에서부터 사포의 시대까지라고 할 수 있다. 서사시의 쇠퇴는 문자의 생활화와도 관련이 깊다. 근본적으로 음창시적 성격을 가진 서사시는 문자로 채록되면서 빛을 잃었다는 추측이 가능하다.

다음에 문제가 되는 것은 서사시와 문자와의 관계다. 서사시가 문자화되는 데서 생기는 의문은 (1) 공연할 때에 필기하였을 가능성과, (2) 작자가 직접 구술하였을 가능성, (3) 완성된 채로 오랜 구전 기간을 가진 후에 문자화될 가능성의 세 가지로 나뉜다. 그리스 알파벳이 완성된 시기가 BC 8세기 후반으로 간주되기 때문에 이 문제는 호메로스의 생존 연대에 따라 해석이 달라진다. (1)과 (2)의 가설이 타당성을 가지려면, 호메로스는 기원전 8세기 후반에 작품활동을 한 사람이어야 한다. A. B. 로드는 이 설을 고집한다. 구전시가는 근본적인 변화를 겪지 않고는 존속되는 일이 불가능하다고 생각하기 때문이다. 더구나 「일리아스」와 「오디세이아」 같은 방대한 스케일의 시가 완성된 형태를 갖추려면 문자의 기록에 의존하는 수밖에 없다. 따라서 오늘날과 같은 형태의 두 서사시는 문자화되는 순간에 비로소 탄생하였다고 볼 수 있다는 것이 그의 설이다. 이런 로드의 주장에 의하여 "우리는 그 위대한 시인이 직접 공연한 내용을 충실하게 채록한 것이 오늘날의 「일리아스」의 원본일 것이라는 행복한 가정을 세울 수 있다."고 패리는 말하였다.

로드는 문자로 기록한 최초의 판본의 작자를 호메로스로 보기 때문에, 만약 공연할 때 기록된 것이 아니라면 호메로스가 직접 구술하여 문자판을 완성하였으리라는 구술론dictation theory도 주장한다. 계속하여 노래를 불러도 몇 주일이 걸릴 방대한 양의 서사시가 글자로 기록되려면 공연할 때 속기하거나 구술하는 방법밖에 없다는 것이 그의 일관된 주장이다. 하지만 그는 작자가 직접 글자로 썼다는 말은 하지 않는다. 글자의 사용이 그 정도로 보편화되기가 어렵다는 추측도 가능하지만, 설령 보편화되었다 하더라도 늙은 장님인 호메로스가 장편 서사시를 손수 쓸 가능성은 희박하다. 뿐 아니라 음창시와 문자시는 근본적으로 성질이 다르며, 서사시의 특징은 음창성에 있기 때문에 작자의 집필설은 타당성이 없어지고 호메로스는 여전히 문맹으로 남게 되는 것이다. 문자화되기 이전에 적어도 백 년간의 재현기를 설정하고 있는 만큼 호메로스의 생존이 가능한 시기는 8세기 후반보다 1세기 정도 앞선 9세기 후반이라는 페이지의 설에 타당성이 있다고 보는 것이다.

끝으로 문제가 되는 것은 판본의 확정이다. 로드의 말대로 호메로스의 구술본이 있었다면 BC 6세기에 나온 판아테나이본은 그것을 보다 정확하게 개정한 교정본이 될 것이지만, 호메로스의 구술판과 판아테나이판이 모두 남아 있지 않기 때문에 거기 대한 논의는 무의미하다. 지금 남아 있는 것은 알렉산드리아 시대의 아리스타르커스가 재편집하였다는 파피루스판이다. BC 1세기에 나온 아리스타르커스판은 그 후 거의 내용의 변화 없이 오늘날까지 사용되고 있는 확정본이라는 것을 데니스 페이지는 증언하고 있다. 하지만 판아테나이판과 아리스타르커스판이 어느 정도 유사한지 판가름할 자료는 없으니 「일리아스」와 「오디세이아」의 진본 여부는 문자화한 후에도 여전히 하나의 수수께끼로 남아 있다. 수수께끼인 채로 남아 있는 것은 그 점만이 아니다. 그 많은 호메로스 학자들의 성의 있는 추적에도 불구하고 호메로스의 세계는 여전히 확증이 하나도 없는 '불확실성의 사막'이다. 우리는 다시 원점으로 되돌아가 호메로스에 얽힌 수수께끼에 휩싸인다.

* 그는 정말로 실재했던 인물인가?

* 언제 어디서 무엇을 하던 사람인가?
* 「일리아스」와 「오디세이아」는 모두 그의 작품인가?
* 어떤 방법으로 그것들은 전승되었는가?
* 언제 문자로 기록되었는가?
* 어느 것이 확정판인가?

그리고 다시 그의 윤곽을 더듬어 본다. 우선 호메로스라는 이름에 대하여 기대를 거는 수밖에 없다. 출생지에 대한 것, 연대에 관한 것은 이설異說이 구구한데 왜 작자의 이름만은 확고하게 하나로 고정되어 있을까 하는 의문을 다시 품어 보는 것이다. 그러면 그 의문은 우리를 위안해 준다. 삼백 년이 넘는 암흑의 시대를 풍문으로만 살아남아 전달되던 서사시를 흔들림이 없이 고유성을 확보하게 정리한 그의 공적이 경이롭기 때문이다.

그 시의 작가가 단수이든 집단이든 개의할 필요가 별로 없다고 생각한다. 그 시가 구전시이든 문자시이든 상관이 없다고 보기 때문이다. 얼마 동안을 구전되어 내려왔으며, 어떻게 전승되어 왔느냐 하는 문제 역시 신경 쓸 것이 없다고 생각한다. 「일리아스」와 「오디세이아」라고 불리는 두 편의 탁월한 장시가 우리 앞에 남아 있기 때문이다. 작품이 남아 있는 이상 작자가 있을 것은 자명한 일이다. 그리고 그가 호메로스라고 불린다는 것만 알면 된다. 어쩌면 이름 같은 것도 문제 삼을 필요가 없을지도 모른다. 그 불멸의 작품이 남아 있는 한 우리가 미간을 모으며 심각하게 근심해야 할 일은 하나도 없다. 그 시의 작가가 장님이냐 아니냐, 음창시인이냐 음유시인이냐 하는 문제는 본질적인 문제가 아니다. 언제 문자화되었느냐 하는 물음 역시 마찬가지다.

호메로스에 얽힌 모든 의혹은 결국 작가의 전기적인 면과 원전의 형성과정에 대한 것에 불과하다. 그것들도 물론 중요하다. 만약 그가 내면의 세계를 고백하는 주관적이며 서정적인 작가라면 그 중요성은 더 확대된다. 하지만 호메로스는 그렇지 않다. 이유가 어디에 있었든 호메로스는 3인칭을 애용한 객관적인 시인이다. 그리고 「일리아스」와 「오디세이아」는 자전적인 작품이 아니다. 앞에서도 말한 것처럼 그의 서사시들은 육성을 최대한으로 배제하려는 노력 속에서 쓰인 흔적이 역력하다. 따라서 전기적인 요소와 작품과의 유대는 긴밀하지 않다. 전기나 원전 형성에 관한 숱한 의문들이 근본적인 해독을 끼치지 못하는 이유가 거기에 있다.

설사 그가 루소나 샤토브리앙 같은 낭만적인 작가라 하더라도, 전기적 사실만 알려져 있고 작품 자체가 분실되는 것보다는 작품이 남은 편이 몇 십 배 낫다. 예술작품은 형식이 주어질 때 비로소 그 존재 이유가 생기기 때문이다. 만약 지금 우리가 품고 있는 호메로스에 대한 의혹이 모두 해명되고 반대로 그의 작품의 어느 한 부분이라도 분실되어 없어졌다면 그것은 비교할 수도 없는 끔찍한 손실이 되었을 것이다.

일찍이 에머슨은 호메로스의 작품을 읽은 감상을 멕시코를 발견한 코르테즈의 그것과 비교한 일이 있다. 독일의 조그마한 소년 쉴리만은 어렸을 때 호메로스의 트로이 함락의 삽화를 보고 남은 여생을 '호메로스의 트로이'를 찾는 작업에 모두 바쳤다. E. T. 오웬은 호메로스의 언어들을 "성스럽고, 감미로우며 경이적"[10]인 것이라고 찬탄하고 있다. 호메로스는 그런 찬탄을 오히려 무색하게 하는 불멸의 시인이다. 그의 작품이 독자의 영혼 저 깊은 곳에 작용하는 마력은, 쉴리만의 미케네문명의 유적 발굴에 미친 영향보다 더 강렬한 것일지도 모른다. 「일리아스」와

---

10 같은 책, p.11.

「오디세이아」는 세계 최초의 전쟁문학이며 편력문학이다. 그것은 「에네이드」의 모체이며, 「오레스테이아」의 뿌리이다. 거기에서 「신곡」이 나왔고, 거기에서 「율리시즈」, 「전쟁과 평화」, 「백경」, 「돈키호테」가 자라났다.

그것은 우리에게, 신들도 인간에게 명령을 내리지 않는 희한한 한 문명의 본보기를 제공했다. 그것은 우리에게 고난과 싸우는 인간의 의지의 아름다움을 보여주었으며, 그것은 우리에게 인간의 위대함을 깨우쳐 주었다. 그리고 마지막으로 아름다운 것은 영원한 기쁨이라는 사실도 귀띔해 주었다. 호메로스는 헬레니즘 문화의 거대한 모체다. 하지만 그는 헬레니스트들의 전유물이 아니다. 호메로스의 세계에는 국경도 없고, 호메로스의 세계에는 연표도 없다. 지층 밑 깊숙한 곳에서 면면히 흐르는 지하수가 지도상의 구획에 신경을 쓰지 않듯이 호메로스는 시간과 공간에서 생기는 거리를 없애 버린다. 그가 획득한 보편성의 넓이는 가뭄도 추위도 타지 않고, 앞으로도 인간의 갈증을 해소해 주는 영원한 기쁨의 원천이 될 것이다. "성스럽고 감미로우며 경이에 찬" 호메로스의 언어들은 인류의 소중한 공동자산이다.

(『문학사상』, 1979. 12)

2. 혼돈 속에서 찾는 인간의 명예
―「오디세이아」

서구의 문학에는 호메로스 시대부터 편력문학의 전통이 있어 왔다. 작품에 나타나 있는 영웅들의 여행코스는 아주 다양해서 자도를 놓고 보면 경이롭다. 편력문학의 계보는, 중세의 기사도 문학과 게르만의 담시譚詩로 이어졌다가, 스페인의 '피카레스크 노벨'을 거쳐서 현대의 모험소설로 연결되어 있다. 그들의 편력 코스에는 저승까지 들어가 있는 경우가 많다. 여행코스에 저승까지 들어가 있는 문학은 저승문학Hades Literature이라고 불린다. 베르길리우스의 「에네이드」와 단테의 「신곡」 같은 작품도 이 범주에 속한다. 저승문학의 시발점이 되는 작품이 호메로스의 「오디세이아」이다. 작품명과 주인공의 이름이 같은 이 서사시는, 3천 년을 면면히 이어져 내려온 편력문학의 원조이며, 동시에 그 계열의 정상을 차지하는 작품이기도 하다. 「오디세이아」는 주인공이 거쳐 가는 지역의 방대함과, 그 과정에서 그가 겪는 고난의 다양성에서 다른 작품의 추종을 불허한다. 그것은 유례를 찾아볼 수 없는 특이한 사건들로 점철되어 있다. 신과의 싸움이기 때문이다.

트로이를 함락시키고 그 고장을 떠난 오디세우스는, 트로이 편을 든 신들의 노여움을 받아서 출범 초기부터 고난 속에 던져진다. 아흐레 동안이나 망망대해에서 헤매던 그의 일행이 천신만고 끝에 다다른 해변은 불행하게도 연밥을 먹고 사는 로토파티족의 땅이었다. 일단 연밥의 맛을 보기만 하면 인간에 관한 모든 것을 잊게 되는 망각의 함정이 거기 있었다. 질겁한 오디세우스는, 휴식을 취할 겨를도 없이 연밥에 집착하는 부하들을 다그쳐서, 다시 죽음의 바다로 출범하게 된다.

다음에 다다른 곳이 야만적인 거인족 키클로포스가 사는 시칠리아섬이다. 포세이돈의 아들 폴리페무스의 포로가 된 그의 일행은 동굴에 갇혀서 차례차례로 괴물의 밥이 된다. 거기에서 탈출해 나왔을 때, 오디세우스는 이미 바다의 신 포세이돈의 원수가 되어 있었다. 탈출하기 위해 폴리페무스를 애꾸눈으로 만들어 버렸기 때문이다. 10년 동안 끈질기게 계속되는 포세이돈의 복수가 시작된다. 바다는 포세이돈의 영토니까 고립무원의 상태에서 오디세우스는 온갖 고난을 겪는다.

인간을 돼지로 만드는 여신 키르케와의 만남, 죽음의 나라를 향하는 어렵고 긴 여정, 사이렌의 치명적인 부름소리, 스킬라와 차리브디스의 공격을 동시에 받는 메시나해협 벗어나기…… 그런 죽음의 고비들을 있는 힘을 다해 헤쳐나가서 겨우 찾아낸 땅이 칼립소가 사는 오기기아 섬이었다. 7년이나 거기 잡혀 있다가 신들의 도움으로 간신히 뗏목을 얻어 탄 그의 앞에는 다시 페아시아까지의 고난의 역정이 마련되어 있었다. 10년 동안 계속되는 바다에서의 끊임없는 수난은, 트로이에서 라티움으로 가는 에네이스의 그것과는 비교가 되지 않을 만큼 험난하다. 바다 위에서의 역정이 10년이나 계속되었기 때문에 '오디세우스'라는 고유명사는 '편력遍歷'이라는 의미를 담은 보통명사를 파생시킨다. '페넬로페'라는 한 여인의 이름이 '남편을 기다리는 아내'라는 보통명사로 변하는 것과 같은 이치다. '오디세우스'라는 고유명사가 보통명사가 된 사실은, 이 작품이 편력문학의 모태이며 전형이라는 것을 웅변으로 말해주고 있다.

하지만 이 시의 생명은 편력 코스와 재난의 다양성에만 있는 것이 아니다. 핵심은 그런 역경에 대처하는 오디세우스의 응전태도에 있다. 그의 재난은 언제나 논리가 통하지 않는 원시적이며 비이성적인 거인에 의해 촉발되고 있다. 이런 야만적 대상과의 연속적인 대결에서 오디세우스는 번번이 승리를 쟁취한다. 상황이 어떻게 변하더라도 거기에 대처할 적절한 대응책을 찾아낼 명석한 두뇌가 있었기 때문이다. 오디세우스는 그리스 군대를 대표하는 지장智將이었던 것이다. 그에게는 지혜만 있는 것이 아니라 신속한 행동력이 있었고, 불굴의 용기가 있었으며, 초인적인 인내심도 있었다.

오디세우스는 완벽에 가까운 탁월한 인물이다. 그는 "아킬레우스처럼 무모한 분노의 소유자도 아니며, 아가멤논처럼 오만하지도 않았고, 에이작스처럼 옹고집도 아니며, 메넬라우스처럼 우유부단하지도 않다." (「오디세이아」 참조) 어떤 고난이 닥쳐와도 그는 순발력을 발휘하여 빠르게 대처해 나간다. 그의 고난 대처 능력은 거의 완벽에 가깝다. 그는 거의 결함이 없는 완인完人이며, 인간이 갖추어야 할 양면성을 고루 갖춘 복합적 성격의 소유자다. "적에게는 위험한 인물이며, 벗에게는 둘도 없는 친구이고, 아내에게는 성실한 남편"인 오디세우스는 "악마적인 잔인성과 여성적인 섬세함, 신사적인 예의범절과 초인적 정력을 모두 가진" 인간인 것이다.

아테나 여신이 그를 사랑하는 것은 순전히 그런 탁월한 자질 때문이다. 신과 인간의 친분관계가 주로 타산과 혈연으로 맺어지던 호메로스의 세계에서, 팔라스 아테나와 오디세우스의 관계는 예외적이다. 모자

지간인 아킬레스와 테티스의 관계를 능가할 정도로 여신의 헌신은 극진하고 철저하다. 그건 공물供物을 매개로 하는 관계가 아니다. 자기를 닮은 자에 대한 끈끈한 유대인 것이다. 아테나 여신은 올림포스 산에 있는 오디세우스의 무료 변호사이며, 가족까지 보살피는 철저한 후견인이다. 수난의 현장마다 찾아다니며 여신은 "웃음을 짓고 손으로 그를 애무하며" 오디세우스에게 "고난을 당할 때 나는 언제나 그대 옆에 있노라."고 다짐한다. "그는 얼마나 예의 바르고, 얼마나 점잖으며, 얼마나 자제력이 강한 사람인지 모릅니다."는 것이 제우스에게 그를 소개하는 여신의 말이다. 자신을 닮은 사람에 대한 여신의 사랑은 극진한 동류의식을 보여준다. 팔라스 아테나가 그렇게 높이 평가하는 오디세우스의 인간적 탁월성이야말로, 그가 살아서 고난의 바다에서 벗어날 수 있었던 원동력이다.

그의 일화들은 자신의 능력으로 엄청난 재난을 극복하는 자랑스러운 인간의 모습을 보여준다. 「오디세이아」는 인간의 생존을 향한 의지와 고난 극복의 과정을 보여주는 서사시이며, 인간능력의 한계와 그 확대를 시사하는 휴먼 드라마라고 할 수 있다. 호메로스는 「오디세이아」에서 용맹만으로는 해결이 안 되는 복잡한 상황들을 보여준다. 그래서 그것을 극복하는 한 인간의 지혜와 의지력을 더 돋보이게 만든다. 오디세우스는 서사문학의 주인공이 무사적 영웅에서 지적 영웅으로 바뀌는 과도기에 서 있는 인물이다. 그는 서구 문학에 나타난 최초의 지적 영웅이다. 그의 뒤를 베르길리우스의 에네이스가 따른다. 그리고 그것은 단테에 가서 완결된다.

오디세우스의 또 하나의 특징은 순수한 지적 호기심에 있다. 그것은 사이렌의 에피소드에서 드러난다. 사이렌의 목소리에는 죽음의 부름 소리가 들어 있음을 그는 알고 있었다. 그 유혹을 이겨내기에는 자기의 육신이 너무 약하다는 것도 역시 알고 있었다. 하지만 그는 누구도 들어본 일이 없는 사이렌의 노랫소리를 들어보고 싶다는 순수한 지적 욕망을 버릴 수가 없었다. 비지땀을 흘리는 값비싼 고통의 대가를 치르면서 사이렌의 노래를 기어이 듣고야마는 그의 행위는 불가능의 벽에 도전하는 지적인 모험가의 영상을 보여준다. 스스로 자초한 그 고통을 견뎌냄으로써 그는 '신과 같은 오디세우스'로 승격되는 것이다.

오디세우스의 또 하나의 특징은 영원한 삶을 거부하고, 유한한 목숨을 가진 인간으로서 사는 쪽을 선택하는 그의 인본주의적인 용기에 있다. 그는 두 번이나 영원한 삶을 제공하겠다는 여신들의 제의를 받지만 매번 거절한다. 이 이야기를 바빌로니아의 서사시 「길가메쉬」와 비교하여 보면, 오디세우스의 방랑의 성격이 선명하게 드러난다. 길가메쉬의 모험담은, 인물설정과 스토리의 패턴, 수난의 다양성과 그 극복과정, 목적지에 도달하고야 마는 끈기 등에 있어서 「오디세이아」와 많은 공통점을 가지고 있다. 하지만 그들의 편력의 목적은 너무나 다르다. 길가메쉬의 방랑과 수난은 순전히 영생을 얻으려는 집념에서 생겨난다. 그것은 진시황의 불사不死에 대한 갈망과 동질의 것이다. 영생을 얻기 위해 길가메쉬는 처자와 나라까지 버리고 길 위에 선다. 마지막으로 적은 분량의 불로초가 남아 있을 때 길가메쉬는 불로초를 독점하려고 남은 풀을 몽땅 뜯어가지고 나와 버린다. 그래서 물뱀이 나타나 그걸 다먹어버리자 그는 영생얻기에 실패하는 것이다. 그런데 오디세우스는 달콤한 소리로 속삭이는 칼립소의 영생의 제의를 선선히 거절하고, 다시 고난의 바다에 뗏목을 띄운다. 영원히 사는 '영생immortality'보다는 죽어야 하는 인간mortal으로서 명예를 남기는 쪽을 선택한 것이다.

오디세우스는 하데스를 다녀온 사람이다. 사후 세계의 참상을 눈으로 직접 보고 온 그는 "죽은 자의 왕이 되기보다는 산 자의 종이 되고 싶다."(11장)는 아킬레스의 절규에 공감한다. 현세주의자였던 그리스인들에게 사후 세계는 오직 종말과 어둠을 의미할 뿐이었다. 오디세우스도 마찬가지다. 그는 인간이 완벽한 피조물이 아니라는 사실도 알고 있다. 인간이 굶주림이나 잠, 탐욕 등에 대한 저항력이 얼마나 약한 동물인가 하는 것을 그는 극한 상황 속에서 보여주는 부하들의 행동을 통하여 철저하게 학습한다. 위험한 태풍을 겨우겨우 가두어 놓은 자루를, 탐욕에 눈이 어두워 풀어버리는 것이 인간이며, 헬리오스의 신성한 소들을 잡아먹어 재난을 자초하는 어리석은 짓을 하는 것도 인간이라는 것을 그는 알고 있었던 것이다.

하지만 그럼에도 불구하고 그는 인간으로 남는 쪽을 택한다. 생명보다 더 소중한 것이 있다는 것을 알기 때문이다. 그것은 명예다. 영생을 거부하고, 여신들의 유혹도 거부하고, 처자가 있는 인간의 땅으로 돌아가는 것을 선택하는 그의 의지 속에는, 인간에 대한 무한한 사랑과 신뢰가 있다. 명예를 위해 목숨을 거는 오디세우스의 선택은, 명예와 긍지에 모든 것을 다 거는 '수치의 문화Shame culture'의 영웅으로서의 그의 특성을 보여준다. 그런 고전시대의 영웅들의 모습은, 휴머니즘과 더불어 르네상스에 계승된다. 인간의 능력이 최대한으로 확대되어 만능의 천재들을 배출하던 문예부흥기의 그 빛나는 거장들은 모두 오디세우스의 후예들이다.

오디세우스의 방랑은 처음부터 끝까지 포세이돈과의 알륵에서 생겨난다. 오디세우스가 인간의 대지로 돌아가려는 의지를 잠시도 버리지 않은 것처럼, 포세이돈도 그를 돌려보내서는 안 된다는 오기를 끝까지 버리지 않는다. 그건 신이 인간에게 느끼는 라이벌 의식인 동시에, 인간이 신에게 내민 도전장이기도 해서, 어느 쪽도 포기하기 어려운 투쟁이요 갈등이다. 그래서 오디세우스의 수난의 역사는 10년이나 지속되는 것이다.

오디세우스는 본래부터 바다를 싫어했다. 전쟁을 하다 죽는 것은 두려워하지 않는데, 물에 빠져 죽는 것은 질색했다. 그건 원시적 폭력에 굴복하는 것을 의미했기 때문이다. 그래서 바다는 언제나 그가 고난을 당하는 최악의 장소로 간주되어 왔다. 그런데도 그는 불굴의 의지로 틈만 있으면 바다를 향해 떠났다. 이타카로 돌아가기 위해서다. 이타카는 인간의 영토다. 거기에는 문화가 있고 질서가 있다. 그곳은 코스모스인 것이다.

바다는 다르다. 그것은 인간의 땅이 아니다. 거기에는 정체불명의 원시적 폭력이 잠재해 있다. 오디세우스가 가장 싫어하는 폴리페무스의 야만성 같은 것이 바다의 기본적인 속성이다. 다리가 열둘이나 달려 있고 긴 목이 여섯 개나 달린 괴물 스킬라와, 바닷물을 통째로 삼키는 거대한 허파를 가진 차리브디스 같은 불균형한 괴물들은, 모두 바다와 동질의 추악한 괴력怪力을 가지고 있다. 비합리적인 원시의 힘을 상징하는 것은 칼립소나 키르케도 마찬가지다. 그들은 동굴에서 서식하는 본능적인 존재들이어서 저열한, 짐승스러운 힘을 상징한다. 키르케는 오케아노스의 손녀이고 칼립소는 아틀라스의 딸이다. 따라서 그들은 폴리페모스나 스킬라, 차리브디스와 마찬가지로 모두 다 타이탄의 후예들이다. "제 아버지 포세이돈이 와도 고치지 못하도록" 폴리페무스의 눈을 장작불로 지져 외눈박이로 만드는 오디세우스의 잔학행위는, 짐승스러운 괴력에 대한 그의 증오심의 크기와, 타이탄족에 대한 혐오에서 촉발된 것이다. 추하고 비합리적인 것에 대한 증오는 자기 안에 있는 원시적인 힘인 본능에 대한 저주로도 나타난다. 염치를 모르는 굶주림이나 주책없이 퍼붓는 잠 같은 것은 모두 타기해야 할 짐승스러운 힘이다. 그것을 컨트롤하는 것이 자제력이다. 'Nothing in excess'의 중용의 원리를 존중하고, 미모의 여신들의 유혹을 물리칠 수 있었던 힘은 모두 그런 자제력에서 나온 것이다. 자제력은 이성에서 나오는 가장 인간적인 능력이다. 오디세우스의 간절한 귀환에의 의지는 문명적인 것, 이성적인 것에 대한 동경에서 나온다. "비록 신들이 검푸른 바다 속에서 나를 해칠지라도 내 속에 정신이 있으니 고난과 싸워 이겨 보리라."(5장)는 그 비장한 각오는 인간의 정신적 능력에 대한 신뢰에서 생기는 것이다. 감히 바다를 이길 수 있다고 생각하는 그의 정신력에 대한 믿음과 긍지, 그것은 그대로 바다보다 우월한 인간의 대지 이타카에 대한 긍지와 일치한다.

마치 오징어를 그 집에서 떼어낼 때, "그 흡반에 자갈들이 달라붙듯이 그의 팔에서 살갗이 뭉턱뭉턱 벗겨지면서 겨우 바위에 달라붙으면, 파도가 와서 그것을 쳐내는"(5장) 일이 되풀이되어, 페아시아의 해안에 쓰러져 있는 이 불운한 사나이의 몰골은 참담하다. 그런 여건 속에서도 그는 질서와 아름다움이 있는 고장 이타카를 향한 귀향심을 버리지 않는다. 이타카는 그의 인간적 명성이 완성되는 장소이기 때문이다.

그의 귀환을 위한 의지와 투쟁은 여러 면에서 올림포스의 신들과 타이탄족과의 싸움을 연상시킨다. 타이탄들의 세계는 무질서와 미개함을 그대로 지니고 있는 카오스적인 세계다. 이타카와 페넬로페, 오디세우스 등이 상징하는 세계는 올림포스적인, 문명과 질서의 세계이며, 균형과 아름다움이 군림하고 있는 코스모스적인 영토다. 그래서 그의 귀환을 위한 투쟁의 과정은 옛날의 타이탄족과 올림포스의 신들의 싸움과 같은 의미를 지니게 된다. 그의 귀국은 타르타로스 해협에 타이탄족들을 생매장하는 데 성공한 올림포스의 신들의 승리와 같은 것을 뜻하게 되는 것이다. 출중한 영웅이기는 하지만 결국 그는 인간이다. 따라서 그의 승리는 인간에 의한 카오스의 극복이라는 새로운 의미를 지니게 된다. 「오디세이아」는 한 인간이 슬기와 용기로 암담한 원시적 혼돈을 극복하고 새로운 코스모스로 귀착하는 것을 그린 인간 승리의 드라마다. 그래서 오디세우스는 신과 같은 영웅이 되며, 그 승리를 통하여 천상에까지 이름이 알려지는 명성을 얻는다. 팔라스 아테나가 아픔을 느끼면서 지켜본 그 수난의 역정을 통하여, 그는 문학 작품 속에서 불후의 생명을 얻게 된다.

유교권 안에는 이런 남성적인 편력의 문학이 드물다. 똑같은 이성 존중, 인간 중심의 사고방식을 가지고 있었으면서도, 유교의 그것은 인간의 한계에 대한 도전이 아니라 순응이었다. 거기에는 개인과 명예가 결부된 강렬한 도전정신도 없었고, 추한 것을 악으로 간주하는 심미주의도 없었다. 오디세우스적인 모험과 편력의 문학은 유교권 안에서는 설자리를 잃는다. 정착을 절대시하는 농경문화 속에서는 편력문학이 번성하기 어렵기 때문이다.

(『문학사상』, 1979. 11)

참고문헌

이세욱 역, 『호메로스의 세계』, 솔출판사, 2004.

정병조·김병익 역, 『일리아스. 오뎃세이아』(『세계문학전집』 11), 동아출판공사, 1971.

C. Nelson ed., *Homer's Odyssey*, Wadsworth Publishing Co., 1969.

M. Parry, "The Traditional Metaphor in Homer", *Homer's Odyssey,* Conny Nelson ed., Wadsworth, 1969.

W. B. Stanford, "Odysseus, Man of action", *Homer's Odyssey,* Conny Nelson ed., Wadsworth, 1969.

Pierre Vidal-Naquet, *Le monde d'Homere*, 2000.

J. Wright ed., *Esseys on the Ilyad*, Indiana Univ. Press, 1978.

藤繩謙三,『ギリシア神話の世界觀』, 新潮選書, 1971.

吉田敦彦,『ギリシア神話の發想』, TBSブリタニカ, 1981.

高津春繁,『ギリッア人の心』, 講談社, 1965.

『世界文學講座』 2, 新潮社, 1930.

3. 정치의 구세주
― 베르길리우스의 '에네이스'

1) 로마의 애국시인 베르길리우스

세상에는 자기 나라에서만 사랑을 받는 문인이 있는 반면에, 국경을 넘어서 어느 나라 사람에게나 감동을 주는 문인이 있다. 호메로스는 후자에 속하고 베르길리우스Publius Vergilius Maro(BC. 70~19)는 전자에 속한다. 호메로스는 세계 대부분의 나라에서 문학의 아버지라 불리고 있다. 하지만 라틴문화권에서는 아니다. 그곳에서 최고의 시인은 호메로스가 아니라 베르길리우스다. 르네상스는 고대 그리스 문화를 부흥시키는 운동이고, 단테는 르네상스의 선구자였지만, 「신곡」을 쓸 때 단테가 저승을 안내할 인도자로 지목한 시인은 호메로스가 아니라 베르길리우스였다. 단테에게 있어 죽음의 나라까지 믿고 따라갈 시인은 라틴문학의 아버지인 베르길리우스였던 것이다. 라틴문화권에서는 사후 천 년이 지나도 최고의 시인의 명예는 여전히 베르길리우스에게 주어지고 있음을 이를 통하여 확인할 수 있다.

베르길리우스는 로마 최고의 서사시 「에네이드Aeneid」의 작자다. 그는 호메로스처럼 인간의 위대함을 알리기 위해 시를 쓴 시인이 아니다. 로마인의 위대함을 알리는 것만이 그의 유일한 관심사였기 때문이다. 그는 로마만 사랑했고, 로마의 위대함을 선양하며, 로마를 예찬하는 데 전력투구를 했다. 아우구스투스의 위업을 도울 건국 서사시를 쓰기 위해 베르길리우스는 만년의 11년을 모두 바쳤다. 「에네이드」의 마지막 마무리를 하려고 답사를 하러 나섰다가 여행 중에 사망했으니, 그는 로마의 건국 서사시에 몸과 마음을 다 바친 것이다. 그는 로마제국의 기원을 윤색하고, 로마제국의 위대함을 선양하는 데 가장 적합한 영웅상을 창조해 냈다. 건국시조로 에네이스를 찾아낸 것이다.

어느 나라나 자기 나라를 세운 시조는 미화하고 전설화하는 경향이 있다. 모든 국가의 시조들이 전설적인 인물인 것은 그 때문이다. 로마의 시조인 에네이스도 역시 전설 속의 인물이다. 그는 어마어마하게도 어머니가 여신이다. 신의 아들인 것이다. 그의 어머니인 비너스가 인간 안키세스의 외모에 반해서 그와 결혼해 에네이스를 낳았다. 부계도 만만치 않다. 트로이의 프리아모스 왕이 당숙이니 에네이스는 정통왕족이다. 프리아모스 왕이 아들과 함께 사망했으니 그는 트로이의 왕위 계승권자가 될 수 있는 신분이다. 부계도 최상급에 속하는 것이다. 조상뿐 아니라 그 자신도 전설적이다. 그는 트로이 제2의 명장인데다가 미의 여신과 미남 안키세스의 아들이니 틀림없이 미남이었을 것이고, 피난민 자격으로 상륙한 남의 땅에, 세계를 제패할 나라를 세웠으니 정치적 역량도 탁월하다. 모든 면에서 특출한 자질을 가진 인물인 것이다.

트로이가 망한 후 에네이스는 남은 백성들을 이끌고 조국을 떠난다. 7년간의 오랜 방랑 생활을 하는 동안 에네이스는 시칠리아에도 여러 번 들렸고, 카르타고에서도 오래 머문다. 카르타고의 여왕 디도가 그에게

반한다. 잘하면 자리가 잡힌 거대 왕국 카르타고의 지배자가 될 수 있는 처지였다. 하지만 그는 신의 명령을 따르기 위해 그 모든 것을 버리고 신이 지정한 땅 라티움을 향해 다시 배를 띄운다. 천신만고 끝에 라티움에 가서 나라를 세움으로써 그는 신의 명령을 완수한 것이다. 에네이스의 후손인 레아 실비아가 군신 마르스와 결합해서 낳은 로물루스에 의해 그의 나라는 대국으로 성장하고, 로마제국의 최초의 황제 아우구스투스는 로물루스의 후예라는 것이 건국설화에 나오는 로마 왕가의 계보다.

베르길리우스는 후원자인 마이케나스에게서 완벽한 후원을 받은 축복받은 전업시인이다. 마이케나스가 로마제국 최초의 황제인 아우구스투스와 친해서, 베르길리우스는 죽을 때까지 황제의 전폭적인 협력도 받는다. 그런 완벽한 집필 여건 속에서 베르길리우스는 생의 후반부를 에네이스의 신격화에 몸과 마음을 다 바친다. 에네이스의 건국설화를 처음으로 작품화한 것은, 처음으로 라틴어로 시를 쓴 공화정 시대의 네비우스였지만, 본격적으로 장편 서사시를 쓴 것은 베르길리우스였다. 그는 그리스어에 비해 어휘가 부족하고, 다듬어지지 않았던 당시의 라틴어를 문학용어로 탁마하는 작업부터 시작했다. 그리고 에네이스의 건국설화를 다룬 「에네이드」를 쓰다가 완성하지 못하고 죽는다. 서사시 「에네이드」는 라틴문학 최고의 12권짜리 장편 서사시다. 아직 건국시조에 대한 설화가 확립되지 않았던 시기여서, 로마에는 「에네이드」가 절실하게 필요했다. 베르길리우스는 아우구스투스와 국민들의 그런 기대에 부응하는 최고의 서사시를 창작해서 건국시조의 신격화에 공헌한 것이다.

아직 라틴문학은 전통이 세워지기 전이어서 그 시대의 로마 시인들의 스승은 호메로스였다. 베르길리우스도 마찬가지였다. 「에네이드」는 호메로스의 서사시들과 너무나 많은 유사성을 지니고 있다. 베르길리우스는 호메로스에게서 6보격의 운률 패턴과 12장제章制의 형식을 그대로 답습했고, 인물형의 설정, 방랑의 역정, 사건의 패턴 등을 거의 그대로 모방한다. 주인공의 방랑 여정을 그린 전반부는 인물과 사건이 「오디세이아」와 흡사하며, 새 나라를 세우는 과정을 그린 후반부는 방패를 만들어주는 삽화까지 「일리아스」와 방불하다. 그런데도 불구하고 그의 작품은 모작模作이나 번안물로 간주되지 않고, 오랫동안 예술적인 생명을 유지하고 있다. 호메로스에게 진 빚을 다 갚고도 남을 만큼 베르길리우스가 독창성이 강한 시인이었던 것이다. 그에 의해서 라틴어는 다듬어진 문학용어로 승격된다. 그가 라틴문학의 아버지인 이유가 거기에 있다.

하지만 「에네이드」에는 호메로스의 서사시들과 다른 측면들도 많이 있다. 베르길리우스와 호메로스를 가르는 첫 번째 차이점은, 그가 애국시인이라는 사실에 있다. 베르길리우스는 로마의 시조를 기리고, 로마인의 우수성을 선양하기 위해서 시를 썼다. 그래서 그는 로마 최대의 애국시인, 로마 최대의 국민시인으로 추앙을 받았다. 그 대신 그는 애국시인 이상의 것이 될 수가 없었다. 야훼를 자기 나라만 사랑하는 신으로 한정시켜서 유대인만의 신으로 만든 유대교도들처럼, 그는 국경선 안에 있는 것만 예찬해서 스스로를 그 울타리 안에 가두어버린다. 예수님은 유대인들이 둘러쳐 놓은 국경선을 선선하게 넘어서서 사랑의 범위를 사마리아 사람들에게까지 확대시켰다. 그래서 유대교를 세계적인 종교로 만들어낸다. 호메로스가 한 일도 그와 비슷하다.

호메로스는 애국시인이 아니다. 그는 그리스인을 위해 글을 쓴 것이 아니라 그냥 '인간'을 그리기 위해 창작을 했다. 그래서 그의 문학은 모든 인간의 문학으로 범위가 확대된다. 어느 나라에서나 세계문학전집에서 「일리아스」와 「오디세이아」가 첫머리를 차지하는 이유가 거기에 있다. 하지만 세계문학전집에「에네이드」는 들어 있지 않는 경우가 많다. 「일리아스」와「에네이드」가 지니는 비중의 차이는 후자가 애국시인인 데 있다. 외국인들에게 있어「에네이드」는 그냥 남의 나라의 건국을 예찬한 훌륭한 시에 불과한 것이다. 사람들은 남의 나라의 건국시에 그다지 큰 관심을 가지지 않는다. 자신들과 무관한 일이기 때문이다. 그래서 그의 영향권은 라틴문학권 안으로 한정된다.

2) 덕성德性예찬

에네이스가 그리스의 영웅들과 다른 또 하나의 특징은, 그가 개인적인 감정에 흔들리지 않고 사명을 다하는 인물이라는 데 있다. 그에게는 그리스 영웅들이 덜 중요시했던 덕목이 있다. 도덕성이다. 베르길리우스가「에네이드」를 쓰던 아우구스투스 시대는 백 년 가까운 내란이 막을 내린 직후였다. 끊임없는 유혈의 참극 끝에 새로 탄생한 그 거대한 제국에는 도덕적 재무장이 필요했다. 그 전범이 될 인물을 제시하는 것이 베르길리우스에게 지워진 국민적 요구였다. 에네이스의 흔들리지 않는 사명감과 애국심은 그런 기대에 부응했다. 베르길리우스는 로마가 바라는 지도자상을 창조해 낸 것이다. 그도 로마인이어서 그에게도 그런 조상이 필요했던 것이다.

그런 차이점은 하데스에 대한 견해의 차이에서도 나타난다. 호메로스의 영웅 아킬레우스는 하데스를 싫어한다. 죽은 자의 세계에서 왕이 되는 것보다는 땅 위에서 종살이를 하는 게 낫겠다고 생각한 것이다. 아킬레우스뿐 아니다. 그리스인들은 현세예찬자였다. 그래서 사후의 세계를 혐오했다. 그들에게 저승은 그냥 어두운 명부冥府에 불과했다. 영원히 바위를 굴려 올리는 것 같은 고된 형벌이 기다리고 있을 것을 알면서도 시시포스가 현세를 떠나지 못한 것은 그리스적인 현세 집착 때문이다.

하지만 에네이스의 하데스는 그냥 어두운 저승이 아니었다. 인간의 현세에서 행한 선행이 정당한 보상을 받는 곳이 하데스라고 그는 생각했다. 그래서 도덕의 중요성을 실감한다. 하데스 여행에서 베르길리우스는 로마의 미래에 대한 확신도 얻는다. 그래서 희망에 차서 이승으로 돌아온다. 로마는 군인들이 만든 법치국가다. 문文보다는 무武가 숭상되고, 신전보다는 수도교와 고속도로가 중시되며, 철학보다는 윤리가 숭상되던 현실주의적인 나라였다. 그런 현실적 안목과 도덕존중사상이 대로마제국을 유지시킨 원동력이었을 것이다.

로마인들의 덕성 예찬 풍조는 신들의 성격도 변화시킨다. 로마의 신화는 독창성이 별로 없다. 올림포스의 12신을 그대로 차용했기 때문이다. 하지만 로마에 오면 신들의 성격에 변화가 생긴다. 그리스 신화에는 도덕적인 금기가 적다. 그래서 그리스 신들은 자유분방한 분위기를 지니고 있는데, 그것이 로마에 오면 도덕지향적으로 바뀐다. 그리스에서는 창녀의 신으로 간주되기도 하던 미의 여신 아프로디테가 로마에서는 국조國祖인 에네이스를 낳은 비너스로 변질되고, 여자만 보면 수단과 방법을 가리지 않고 쫓아다니던 플레이보이 제우스는 근엄한 주신 주피테르로 변모된다. 아름다움보다 도덕을 중시하는 사상이 호메로스와 베르길리우스의 근원적인 차이라고 할 수 있다. 그리스의 신들은 도덕적 결함을 가지고 있는 경우가 많다. 도덕보다는 아름다움이나 명예를 더 중요시한 그리스적 사고방식 때문이다. 로마인들은 그렇지 않다. 에네이스는 도덕지향적인 로마인들의 취향에 딱 맞는 이상적 영웅이었다. 에네이스는 유능한 장군이었고, 의무감이 강하고 사명감이 투철한 지도

자였으며, 도덕적으로 큰 흠결이 없는 로마적인 지도자였다. 베르길리
우스의 「에네이드」는, 준법정신과 책임감이 강하고 도덕지향적인 로마
시민을 길러내는 지침서였다고도 할 수도 있다.

3) 권력의지

베르길리우스는 그리스에서 빌려온 신들의 성격을 도덕지향적으로
변화시키면서, 신화의 세계에 또 하나의 변화를 일으켰다. 주피터의 권
력을 확대한 것이다. 호메로스의 신들은 전담영역이 서로 다르다. 각자
의 영역을 존중하고, 그 전문성을 인정하는 민주적인 신화체계라고 할
수 있다. 올림포스 산에는 명령을 내리는 신이 없다. 주신인 제우스도
다른 신에게 명령하지 않는다. 설득하고 권유할 뿐이다. 에네이스를 아
킬레우스와 다르게 만든 것과 같은 원리가 신들의 성격에도 적용된다.
베르길리우스의 주피테르는 명령을 내리는 권력자이다. 다른 신들도 로
마인의 적성에 맞게 성격이 바뀐다. 올림포스 산에서는 아테나 여신보
다 존재가 희미하던 전쟁의 신 아레스의 지위가 로마에서는 강화된다.
마르스는 로마의 건국자 로물루스의 아버지로 되어 있다. 그의 지위 향
상은 로마가 군국주의적인 나라임을 입증한다. 주피테르가 제국주의적
인 신이 되고, 군신의 지위가 강화되면서 다른 신들도 모두 도덕적이
되면, 그리스 신화의 자유로운 세계가 사라지고 만다.

그리스 신화는 개인주의적이고, 자유분방한 신들의 세계를 보여 주는
것이 특징이다. 거기에는 영웅들도 신들처럼 자유롭고 개인주의적이다.
호메로스의 인물들은 선성善性만 가지고 있는 도덕적인 영웅들이 아니다.
그들은 악성도 공유하는 복합적인 인물이다. 개인예찬자인 그리스 사람

들은 개성이 너무 강해서, 서로 화합이 잘 되지 않는다. 그래서 그리스의 폴리스들은 자기들끼리 싸우다가 망하는 일이 많다. 스파르타와 아테네가 싸우다가 그리스 본토가 망하고, 마시나와 시라쿠사가 싸우다가 마그나 그레치아의 그리스 식민도시들도 국권을 상실한다. 그리스의 폴리스들이 힘을 합쳐서 외국과 대적한 것은 페르시아 전쟁 때뿐이었다고 할 정도로 그리스의 나라들은 정치적 유대감이 결여되어 있고, 애국심이 희박했다. 그들은 역사상 최초로 나타난 코스모폴리탄이었던 것이다.

그리스인들은 역사상 가장 자유로운 인간상을 창출해 냈다. 그들은 체면보다는 명예를 존중하고, 나라보다는 자신의 명예를 더 사랑했으며, 의무보다는 자율성을 높이 평가했고, 윤리보다는 철학을 선호했다. 그 자유로운 인간들은 전 세계 문화재산 1호인 파르테논 신전을 만들어 냈고, 학문을 체계화시켰으며, 호모 사피엔스의 개념을 정립시켰고, 민주주의를 정착시켰다. 호메로스는 그렇게 개성이 강하고, 자유로우며, 코스모폴리탄적인 안목을 가진 인물들을 창출한 예술가다. 결점이 있지만 창조적인 위대한 인물들을 재현함으로써 인류 전체를 포괄하는 인간의 이상적인 상을 보여준 것이 그의 서사시들이다.

하지만 로마는 그리스에는 없는 것을 창출했다. 법과 제도를 확립하고 애국심을 고취하여 세계 최초의 세계국가를 만들어낸 것이다. 거대한 세계국가인 로마제국의 첫머리에 아우구스투스 대제가 우뚝 서 있고, 그의 조상인 시조 에네이스가 그 뒤에 버티고 있다. 베르길리우스가 창조한 로마의 영웅은 개인보다는 전체를 중시하고, 자유보다는 의무를 중시하며, 준법정신이 투철한 애국자다. 베르길리우스는 남성적이고, 건실하며, 믿음직스러운 로마의 시민상의 모델을 만들어낸 것이다. 그래서 베르길리우스는 로마 최대의 시인으로 칭송을 받는다. 하지만 에네이스는 애국자일 뿐 그리스식 토탈맨은 아니다. 그래서 「에네이드」는 국경을 넘어서면 의미가 반감된다. 그가 국경선 안에 갇혀 있을 때, 호메로스는 그 경계를 넘어선다. 유니버설한 토탈맨을 그려냈기 때문이다.

4) 신의 명령에 대한 절대적인 복종

베르길리우스와 호메로스의 이질성이 선명하게 노출되는 또 하나의 부분은 주인공의 사고방식에 있다. 호메로스의 인물들은 개인중심적인 사고방식에서 에네이스와 구별된다. 그들은 자신의 명예를 완성시키는 것을 삶의 최고의 목표로 삼기 때문에 애국심은 상대적으로 약화된다. 아킬레우스에게 있어 국가는, 자기가 먼저 존재한 다음에 존재의미가 생기는, 삶의 외연적인 테두리에 불과하다. 그가 추구하는 지상선至上善은 전적으로 자신의 명예이기 때문에 그것이 위협당할 때 국가는 의미를 상실한다. 그리스 사람들은 전리품을 명예의 상징으로 간주한다. 목숨을 건 싸움의 대가로 얻은 것이기 때문이다. 여자도 전리품에 속한다. 아가멤논이 자신의 전리품인 트로이의 처녀를 무단으로 빼앗아가자 아킬레우스는 전쟁을 거부한다. 자신의 명예가 손상되었다고 생각했기 때문이다. 그가 참전하지 않아서 그리스군은 패전한다. 그래도 아킬레우스는 전혀 개의치 않는다.

그가 다시 싸움터에 나갈 결심을 하게 되는 동기도 역시 개인적인 것이다. 그는 자기의 사랑하는 친구를 죽였기 때문에 헥토르를 용서할 수 없었다. 하지만 그보다 더 중요한 것은 헥토르가 빼앗아간 무구武具였다. 파트로클로스가 그에게서 빌려가지고 출전했던, 헤파이토스가 만든 소중한 자신의 방패 같은 것을 헥토르가 전리품으로 걷어간 것이다. 무기는 명예를 상징한다. 아킬레우스는 그 무기들을 도로 찾기 위해 다시 칼을 든 것이다. 헥토르가 죽으면 자기도 같이 죽을 운명이라는 것을 그는 알고 있었다. 그런데도 아킬레우스가 헥토르에게 도전하는 것은 명예가 목숨보다 더 소중하기 때문이다.

오디세우스의 선택도 역시 개인 중심의 명예관을 보여준다. 그는 '자기의 나라'로 돌아가기 위해 10년간 바다 위에서 갖은 고초를 다 겪는다. 칼립소가 그에게 영생을 준다 해도 흔들리지 않는다. 조국에 돌아가서 자신의 명예를 완성시키는 것을 삶의 목적으로 삼았기 때문이다. 오디세우스는 아킬레우스와 동류다.

에네이스의 선택은 그들과는 다르다. 그의 행동의 동기 속에는 개인적인 것이 없다. 그는 오직 하나의 목표를 향해 매진한다. 자기 백성들이 살 나라를 세우는 것이 그의 유일한 목표였다. 장소는 반드시 라티움이어야 한다. 신이 지정한 곳이기 때문이다. 그는 집단을 대표하는 일에 삶의 의미를 느끼는 정치적 인물이다. 국가지상주의적인 애국심이 만들어낸 전형적인 정치가인 것이다. 그에게는 개성적인 매력이 없다. 서사시 「에네이드」의 최대 약점은 에네이스라는 인물의 무미건조한 인품에 있다는 말이 나올 정도로, 에네이스에게는 개별적인 매력이 적다. 그는 신의 도구이고 전형적인 영웅일 뿐인 몰개성한 인물인 것이다.

새 나라 건설 자체가 에네이스 자신의 아이디어가 아니다. 그것은 신의 일방적인 지시다. 그는 자신이 선택하여 행동하는 그리스적인 영웅이 아니다. 그리스에서는 신이라 해도 다른 신에게 함부로 지시를 내리지 않는다. 개성을 존중하기 때문이다. 그리스 사람들도 물론 신탁을 존중한다. 하지만 자기 의사에 맞지 않으면 벌을 받을 줄 알면서도 항명하는 일이 자주 있다. 아폴로신이 헥토르를 돕기 위해 자신을 속이자 아킬레우스는 힘만 있으면 아폴로에게 복수하고 싶다는 독신적瀆神的인 말을 한다.[1] 시시포스는 신명을 거스르다가 영원히 바위를 산으로 밀어 올려야 하는 무거운 형벌을 받으며, 프로메테우스는 신들의 전유물인 불을 훔쳐 인간에게 주었다가 날마다 독수리에게 간을 뜯어 먹히는 형벌을 받는다.

뿐 아니다. 그리스 사람들은 이따금 신보다 자신이 더 훌륭하다고 자랑하다가 그 오만hybris 때문에 신벌을 받기도 한다. 마르시아스는 아폴로보다 리라를 더 잘 컨다고 자랑하다가 찢겨 죽었고, 니오베는 아이가 둘뿐인 레토에게 아이가 많다고 자랑했다가 레토의 딸인 아르테미스에게 아이들이 몰살당하는 참변을 겪는다. 오디세우스도 자신의 재주에 대한 오만 때문에 포세이돈에게 신분이 노출되어, 10년 동안이나 수난의 역정을 겪는다. 신에 대한 반항은 오리엔트가 더 심해서 엔키두는 이슈타르에게 황소의 뒷다리를 던지기도 한다.(주 1 참조)

에네이스는 절대로 그런 짓을 하지 않는다. 그는 신탁에 무조건 순종한다. 신탁의 정당성을 향한 절대적인 믿음이 있었기 때문이다. 그는 신의 지시 사항을 곧이곧대로 시행한다. 신이 라티움에 가라고 하면 연인과 카르타고를 버리고 라티움으로 떠나는 것이다. 그건 다신교적 패턴이 아니라, 절대신을 믿는 일신교적 신앙 형태라 할 수 있다. 신에 절대적으로 복종하는 종교는 일신교인 경우가 많기 때문이다. 에네이스의 신에 대한 절대적 복종은 기독교 문화권과 유사성을 지닌다.

에네이스는 물론 기독교인이 아니다. 그는 크라이스트 이전에 산 사람이며, 그리스 신화의 계승자여서 의심할 여지가 없는 이교도이다. 하지만 같은 이교도인데도 호메로스가 속한 세계는 에네이스의 세계와 질적으로 판이하다. 호메로스가 속한 세계는 인본주의적인 명예 존중의

---

1 발터 부르케르트 저, 남경태 역, 『그리스 문명의 오리엔트 전통』, 사계절, 2004, pp.45-46 참조.

문화를 숭상한다. 호메로스의 영웅들의 위업은 언제나 자아와 명예를 구심점으로 하여 성취된다. 그들은 영생을 얻지 못한다는 것을 알기 때문에 이름을 길이 남기려고 하는 것이다. 근본적으로 호메로스는 불명예를 가장 큰 결함으로 간주하는 '수치의 문화Shame culture'에 속하는 시인이다.

에네이스가 속해 있는 세계는 호메로스의 세계와는 다르다. 같은 이교도인데도 에네이스에게 있어서 가장 큰 죄악은 규범을 어기는 행위이다. 규범을 어길 때 죄의식을 느끼는 점에서도 그는 기독교와 유사성을 가진다. 그런 신명神命존중사상은 거룩한 섭리에 대한 절대적인 믿음을 필요로 한다. 그 믿음 때문에 그는 신이 준 사명에 목숨을 바친다. 그는 신의 지시사항을 지키기 위해 목숨을 내놓는 선교사들과 유사하다. 에네이스는 무리를 이끌고 사막을 건너는 모세처럼 그 사명에 자기의 모든 것을 투입한다. 그는 자신을 신이 원하는 위대한 제국의 건설을 위해 신이 선택한 도구로 생각한 것이다. 그래서 사랑하는 여왕이 자기 때문에 자살한 것을 알면서도 라티움을 향하는 방향을 수정하지 않았다. 공적인 사명을 위해 사적인 감정을 죽인 것이다. 그 점에서도 그는 목숨을 걸고 하나님의 말씀을 전도하는 선교사들과 흡사하다. 목적이 정치인 것만 다를 뿐이다. 그래서 그는 기독교인이 아닌데도 죄를 두려워하는 '죄의식의 문화guilt culture'에 속해 있다. 그와 기독교는 사실상 같은 기반 위에 서 있는 셈이다.

그는 거의 자연발생적으로 생겨난, 크라이스트 이전 시대의 크리스천이라 할 수 있다. 그를 타고난 기독교인이라고 부르는 이유가 거기에 있다. 그는 기독교를 믿은 일이 없고, 성직자가 아닌 정치가였기 때문에 코니 넬슨 같은 사람은 그를 '이교도의 예수' 혹은 '이교도적이며 정치적 구세주a pagan, political christ'라고 부르기도 했다. 이러한 문화적 패턴의 공통성 때문에 그의 다신교는 기독교적인 가치관과 충돌을 일으키지 않았다. 그는 여러 면에서 타고난 기독교적 자질을 가지고 있다. 믿음의 절대성, 애타주의, 사명 수행의 철저함. 율법을 준수하는 죄의식의 문화 패턴 등의 기독교적 미덕이 이미 에네이스 안에 잠재해 있었다. 로마가 쉽게 기독교화 될 수 있었던 것은 에네이스에게서 물려받은 이런 요인들 때문이었는지도 모른다. 그래서 그는 기독교 문화권에서 계속하여 시인의 정상을 차지할 수 있었다. 그리고 애국적 사고방식 때문에 라틴문화권에서도 영예의 면류관을 끝까지 쓸 수 있었던 것이다.

하지만 기독교의 전통이 없는 지역이나 라틴문화권을 벗어나면 그의 문학은 금세 권위를 상실한다. 민족과 종교를 초극할 만한 보편성의 획득에 실패하고 있기 때문이다. 하지만 그 점은 서사시 「에네이드」를 숭상하는 사람들에게는 결함으로 보이지 않는다. 그것은 애초부터 초민족적인 보편성을 필요로 하지 않는, 한 나라의 건국설화에 불과하기 때문이다. 「에네이드」는 우리나라의 「용비어천가」처럼 한 정치집단의 존재 이유를 밝히고, 그 국가적 비전을 제시하면 되는 국민시였고, 교훈시였다. 베르길리우스가 추구한 목표는 애초부터 전 인류를 위한 구세주를 창조하는 것이 아니었다. 로마인들의 선민의식과 국가지상주의적인 애국심이 만들어낸 이상적인 정치가의 상이 에네이스에게 육화되어 있던 것이다.

"로마제국은 서양고대사의 종합이며, 고대적 이상이 실현된 국가"라는 사가史家들의 말을 빌자면 베르길리우스는 그 이상 국가의 정신적 기반이 될 모럴을 제시한 사람이며, 애국적인 로마인의 전형을 보여준 작가다. 아킬레우스의 방패에 그려진 그림들은 삶의 종합적인 모습을 재현한 다양한 것이지만, 에네이스의 방패에 그려진 것은 로마인의 생활상에 불과하다. 그는 로마의 번영을 지상포上의 과제로 삼는 군인이고 정치가였기 때문이다.

베르길리우스는 제정을 막기 위해 시저를 죽이는 편에 섰던 사람의 아들인데도 아우구스투스가 만든 제정을 좋아했다. 그에게 있어 아우구스투스는 에네이스가 건설한 이상 국가의 가장 바람직한 후계자였다. 그는 아우구스투스를 존경했기 때문에 그와 의기투합해서 황제가 원하는 에네이스상을 창조해 낸 것이다. 로마제국을 교화시키고 결속시키려는 실리적이고 교훈적인 목적 때문이다.

베르길리우스의 시대는 오랜 내란에 지친 사람들의 시대였다. 권력투쟁의 악순환에서 오는 내란에 지친 사람들은 그 비극을 종식시킬 강력한 권력이 필요하다고 생각했다. 그런 시대적인 욕구가, 존경하는 시저를 죽이면서까지 확보하고 싶었던 공화정의 형태를 버리고, 제정이라는 전제적인 정치체제를 받아들이는 계기가 되었던 것이다.

베르길리우스도 그들과 의견이 같았다. 그에게 호메로스의 보편성을 기대하는 일은 무익한 도로徒勞다. 우리는 에네이스를 그저 로마라는 거대한 제국의 건국영웅으로 받아들이면 되는 것이다.

(『문학사상』, 1979. 2)

인용도서

김명복 역, 『아이네이드』(『문학과의식총서』), 문학과의식사, 1998.

발터 부르케르트 저, 남경태 역, 『그리스 문명의 오리엔트 전통』, 사계절, 2004.

시오노 나나미 저, 김석희 역, 『로마인 이야기』 1-3, 한길사, 2019.

유영 역, 『아에네이스, 정원교양시』(『혜원세계문학』 67), 혜원출판사, 1994.

Aeneid, Publius Vergilius Maro, The Culture of the Roman States, Selected and Introduced by Basil Davenport, The Colonial Press Inc., 1951.

The Culture of the Roman States, Selected and Iintroduced by Basil Davenport, The Colonial Press Inc., 1951.

4. '하늘'과 '전장'의 두 세계
— 톨스토이의 「전쟁과 평화」

1) 전쟁의 메커니즘

「전쟁과 평화」는 장편소설도 아니며, 서사시도 아니다. 역사적인 기록은 더더욱 아니다.

톨스토이는 이 소설의 서문에서 이런 말을 하고 있다. 이 말을 뒤집어 보면 「전쟁과 평화」는 전대미문의 큰 스케일을 가진 장편소설이며, 「일리아스」에 견줄만한 서사시이고, 역사적 현장에 대한 정신적이며 내면적인 기록이기도 하다고 말하는 것이 될 수도 있다. 도리스식 소설의 남성다운 스케일과 이오니아식 소설의 섬세함과 우아함을 공유한 이 소설은, 1805년부터 1820년까지의 러시아를 총체적으로 재현시킨 거대한 시대의 벽화라고 할 수 있다.

거기에는 제정 러시아 시대의 호화로운 사교계의 모습과 함께, 8년에 걸친 나폴레옹과의 전쟁의 다양한 장면들이 정밀한 필치로 그려져 있다. 안나 파블로브나의 집 화려한 야회 장면에서 시작되는 「전쟁과 평화」는, 모스크바와 페테르부르크를 무대로 한 러시아 귀족사회의 생태와 명암을 정확하게 포착한 풍속화의 두루말이라고 할 수 있다. 거기에는 정치보다는 중상모략으로 지새우는 지도자들의 어두운 얼굴들이 그려져 있고, 가십에 넋이 나가 호들갑을 떠는 경박한 귀부인들도 나타난다. 하지만 그 한편에는 살롱을 밝히는 태양과도 같은 청순한 청춘들이 있다. 톨스토이가 사랑한 일군의 젊은이들이다. 거기에는 온갖 완성된 것의 전형과도 같은 지성인 안드레이가 있고, 하늘을 날아다니는 요정과 흡사한 나타샤가 있다. 정신적인 아름다움을 원광처럼 이고 다니는 마리아도 있고, 어린 아이처럼 나이브한 꿈을 가진 피에르 베주호프와 순진한 다혈질의 청년 니콜라이 같은 젊은이들이 있다. 이 소설의 중추를 이루는 인물들이다. 발랄하고 순수한 그들의 이합집산을 통하여 평화로운 청춘의 원무圓舞가 아름답게 펼쳐진다.

하지만 그 평화로운 무도회는 한 발의 총성으로 산산조각이 난다. 전쟁이 시작된 것이다. 안드레이와 니콜라이, 그의 동생 페차는 모두 일선으로 나가지 않으면 안 된다. 전쟁의 현장은 참담하다. 거기에는 수많은 시체들이 널려 있다. 잘려나간 인간의 팔과 다리, 흘러내리는 피와 상처에 고이는 고름, 전염병이 만연한 더러운 야전병원, 진흙밭에서 굶주리고 있는 병사들, 모스크바를 몽땅 태워버리는 화재 같은 것들이 있는 것이다. 그 아비규환의 지옥도 속에서 우리는 부상당한 안드레이 공작을 만난다. 머리에 총을 맞고 춤추는 것 같은 자세로 숨이 넘어가는 10대의 페차도 목격한다. 팔을 다친 니콜라이의 비명소리도 들어야 하고, 포로가 되어 잡혀가는 피에르도 보게 된다. 수만의 니콜라이, 수만의 페차가 제물로 바쳐지는 전쟁터의 피비린내 나는 파노라마가 끝없이 펼쳐진다. 그것이 호사스런 파티의 장면과 교차되면서, 전쟁과 평화의 두 얼굴이 노출되는 것이다.

톨스토이는 전쟁을 "가장 추잡스러운 사업"이라고 생각했다. 그것은 추악한 대량학살이며, 합법적으로 이루어지는 인간 도살 행위이다. 전쟁터에서 인간은 단순한 소모품에 지나지 않는다. "자기 집에서 건강하고 쾌활하게" 살던 니콜라이 같은 사랑스러운 청년들이, 단순한 소모품으로 제공되는 것이 전쟁이다. 그건 어떤 명분으로도 합리화시킬 수 없는 비극이며 재앙이다. "도대체 이런 사태를 야기시킨 자는 누구인가?" "우리는 무엇을 위해 나폴레옹과 싸워야 하는가?" 사람들은 그런 의문을 품은 채 전쟁터로 끌려간다. 그리고 해답을 얻으려고 노력한다. 하지만 답은 쉽게 얻어지지 않는다. "국제적인 사건의 진행은 하늘에서 예정되고, 사건에 관여하는 사람 전체의 의지의 합계에 좌우되기" 때문에 사람들은 흔히 전쟁의 원인을 권력을 가진 특정한 위인에게서 찾으려 한다. 하지만 어떤 위인의 의지도 실은 맥을 추지 못한다. 그들도 남에게 지배당하고 있기 때문이다. 나폴레옹도 마찬가지다. 그의 근본적인 잘못은 이 전쟁을 자신이 일으켰다는 착각과 환상이다. 그것은 "공장의 수레바퀴를 돌리고 있는 말이 자기는 자신을 위해서 무엇을 하고 있다고 생각하고 있는 것처럼" 허망하고 가소로운 착각이다. 그가 맡은 배역은 그 재앙 속에서 모든 비인간적인 일을 수행하는 것이기 때문이다. 그는 다만 '형리'에 불과하다. 그의 마음대로 할 수 있는 것은 없기 때문이다. 모든 참혹한 일을 집행하는 것이 그가 맡은 배역이다. "만약 사람들이 자기의 신념에 의해서만 전쟁을 한다고 한다면 전쟁 같은 것은 없을 것이다."라고 작가는 말한다. 전쟁은 일종의 메커니즘이다.

일단 발동이 걸리면 그것은 끝장을 볼 때까지 절대로 억제할 수 없는 그 무엇으로 변한다. 그리고 아직 운동이 전달되지 않은 부분은 명령이

오기 전까지 아무것도 모르는 것처럼 정지해 있다. 그러다가 자기는 목적도 결과도 모르는 하나의 커다란 동작에 휩쓸려 버리는 것이다.

책임소재도 불분명한 채 제멋대로 굴러가는 전쟁의 메커니즘을, 안드레이 공작은 '어떤 강력한 불가항력'이라고 부른다. 그 알 수 없는 힘에 휩쓸려 맹목적으로 쏘고 죽이고 하는 싸움터에서, 승패를 판가름하는 것은 실은 우연이다. 안드레이의 눈으로 보면 노련한 지휘관은 "모든 우연을 미리 알아내고, 적이 품고 있는 의도를 꿰뚫어 볼 수 있는 사람"이다. 하지만 그런 사람은 있을 수 없다. 따라서 우리에게 가능한 이상적 지휘관은 쿠투조프와 같은 인물이라고 그는 생각한다.

쿠투조프는 나폴레옹처럼 자기가 역사를 창조한다는 환상 대신에, 자기가 맡은 역할이 하나의 도구적 기능에 불과하다는 것을 알고 있다. 그는 역사를 움직이고 있는 법칙이 포착할 수 없는 힘이라는 것을 잘 알고 있다. 그래서 "그 법칙에 순종하며 민중의 목소리에 귀를 기울인다." 민중이 만들어 내는 분위기를 빨리 감지해야 한다. 순간적으로 조성되는 군중심리의 결과가 승패를 판가름하기 때문이다. 전쟁은 사령부나 참모가 하는 것이 아니라 사병들이 하는 것이다. 안드레이가 사령부에 남으라는 장군의 부탁을 거부하고 일선에 자원하는 이유는, 앉아서 하는 전쟁은 전쟁이 아니라고 생각했기 때문이다. 집단의 의지의 총합인 사기와 신의神意라고 불리는 우연―그 두 가지가 전쟁의 승패를 가름하는 핵심이라는 것이 톨스토이의 전쟁론이다. 쿠투조프가 그 전쟁에서 승리를 거둔 이유는, 본능적인 직관으로 역사의 법칙을 감지하는 능력과 그 전쟁의 생리를 이해하는 통찰력에 있다. 그 직관과 통찰력을 통하여 그는 탁월한 전략가인 나폴레옹을 이겨서 영웅으로 추대된다. 쿠투조프는 톨스토이가 사랑한 러시아의 국민적 영웅이다.

2) 전장戰場과 하늘

인간들이 이유없이 참담한 도살행위를 자행하고 있는 전쟁터 위에는 넓고 조용한 하늘이 펼쳐져 있었다. 때로는 내려앉을 듯이 흐려 있고, 때로는 눈이 부실 만큼 아름답고, 때로는 별이 총총 박혀 있는 그 무한한 공간은 언제나 인간의 역사의 참담함과 대응되는 조용한 세계를 대표한다. 프라첸 고지의 전투에 참여한 안드레이 공작은, 자기 나라 군기가 땅에 팽개쳐져 있는 것을 발견하고 수치와 분노로 얼굴이 일그러진다. 그는 달려가 무거운 깃발을 잡아 일으킨다. 피에르가 잠열潛熱이라고 부르는 애국심에 불이 붙은 것이다. 깃대를 필사적으로 잡고 전진하던 안드레이 공작은 적의 폭탄에 맞아 참담한 몰골로 땅에 꼬꾸라진다. 그 경황에서도 그는 전쟁의 상황을 가늠해 보려고 필사적으로 힘을 모아 눈을 뜬다. "빨간머리 포수砲手가 죽었는지 살았는지 알아보려고" 눈을 뜬 것이다. 그러나 아무것도 보이지 않았다. "다만 머리 위에 있는 드높은 하늘이 보였을 뿐이다. 맑게 개이지는 않았지만, 역시 헤아릴 수 없을 만큼 높은 하늘과 거기에 유유히 흐르고 있는 잿빛 구름이 보였던 것이다."

그때 안드레이는 자기가 여태껏 살아오던 세계와 전혀 다른 하나의 새 세계를 발견한다. '조용하고 평온하고 숭엄한' 세계. 그것은 끝이 없는 세계, 무한한 것과 이어지는 세계였다. 군기 하나를 놓고 목숨을 걸고 쟁탈전을 벌이는 전쟁터의 생리와는 너무나 다른 세계 ― 영원한, 본질적인, 불변의 세계였던 것이다. 안드레이는 그것을 보고 자기가 "오랫동안 애타게 기다리고 있었던 행복의 실마리를 찾은 것 같은" 느낌을 받는다. 그리고 자기가 여태껏 하늘은 보지 않고 지상에만 얽매여 산 것을 이상하게 생각한다. 그것은 그가 유년시절의 고향인 자기 영지에서 찾으려 했던 평화와는 좀 차원이 다른, 승화된 화평의 경지였다. 그 평화는 감각으로 느끼는 현상 너머의 세계에 대한 암시였던 것이다.

그 암시는 그의 내부에 잠재해 있다가 피에르에게서 계시를 받아 타인과의 연대감과 봉사정신으로 이어졌고, 출정하던 날 마리아가 목에 걸어주던 십자가의 예수상과 연결되면서 하나의 저류底流를 이룬다. 그러다가 그가 다시 출전하여 치명상을 입고 후송되던 병상에서 복음서를 찾는 행위로 나타난다. 그리고 그 사상은 성숙하여 임종의 자리에 선 안드레이에게 구제의 의미를 알려준다. 죽음은 자기라는 사랑의 미분자微分子가 보편적이고 영원한 근원으로 돌아가는 것을 의미한다는 깨달음 속에서 안드레이는 '하나님은 사랑이다'라는 기독교적 신앙을 드디어 찾고, 편안하게 숨을 거두는 것이다.

신앙에 의한 구제의 제시는 공작의 딸 마리아의 사랑과 봉사의 삶으로써 구현된다. 그러나 마리아의 경우는 봉사와 희생의 범위가 가정의 테두리에서 벗어나지 못한다. 그 테두리를 사회로 확산시켜 넓히는 역할을 하는 것은 피에르다. 예상하지 않았던 막대한 유산을 갑자기 물려받은 피에르는 사교계의 총아가 되어 미녀 엘렌과 결혼하게 되지만, 그녀의 방종으로 인해 번민에 빠진다. 그때 자유석공조합원인 이오시프 알렉세이비치를 만나 비로소 박애정신을 알게 된다. 하지만 그에게 순수한 사랑과 봉사의 길을 열어준 사람은 그가 아니라 평범한 농부인 플라톤 카라타예프였다. 비논리적이고 이론 같은 것은 알지도 못하는 카라타예프는 기도 외에는 할 줄 아는 것이 없는 소박한 농부다. 그에게는 프리 메이슨과 같은 허위와 이중성이 없다. 그의 실천의 미학이 프리 메이슨에게서 받은 환멸을 구해준다. 피에르는 그를 통하여 삶의 간단명료한 지표를 얻는다. "신을 사랑하는 자들은 서로 손을 마주 잡으라. 그리고 실천적인 선을 유일한 기치로 삼으라."는 것이다. 이것이 피에르가 다다른 실천적 행동주의의 강령이다. 그것은 마리아의 초월적 신앙보다는 현세적이면서 더 강력한 힘을 지니게 된다. 그 힘은 러시아 적인 것이다. 쿠투조프의 지도력의 저변에 흐르는 것과 본질적으로 동 질인 카라타예프의 실천 철학은 러시아인으로서의 작자 톨스토이가 발 견한 가장 바람직한 국민적 속성이었다. 그것이 구제의 길에 이르는 또 하나의 길잡이로 제시되어 있다.

이 두 남성의 특성을 여성화하면 나타샤가 된다. 화약 같다는 평을 듣던 다혈질의 소녀 나타샤는 일단 가정에 들어가자 순종 암말처럼 본 능적인 모성으로 변한다. 사랑과 자애로 가득 차 있는 봉사적이며 헌신 적인 어머니, 화장을 하거나 고운 옷을 입고 사교계에 드나드는 일과 인연을 끊은, 소박하면서도 슬기로운 평범한 어머니의 상으로 변신하는 것이다.

톨스토이는 이 소박한 세계 속에서 구원을 발견한다. 신앙과 봉사의 세계만이 진정한 평화에 이르는 길로 제시되어 있는 것이다. 그리고 그 것은 안드레이의 아들인 니콜루쉬카에게 계승된다. 아버지보다는 피에 르 아저씨처럼 살고 싶다는 니콜루쉬카를 통하여 그 꿈의 계승과 발전 을 암시한 곳에서 톨스토이적 이상세계의 양상이 드러난다.

「전쟁과 평화」는 제한된 시간 속에서 특정한 커뮤니티의 풍속을 묘 사하고, 그 인물들의 인간관계에 중점을 둔 측면에서 보면 풍속소설이 다. 청춘남녀의 사랑의 역정을 그린 면에서 보면 연애소설이고, 집단 대 집단의 움직임에 초점을 맞추면 서사시가 된다. 하지만 이 소설은 풍속소설도 연애소설도 아니며, 서사시는 더욱 아니다. 평범한 인물형 의 채택, 전쟁터와 사교계라는 무대가 지니는 양면성, 남성과 여성의 공 존, 귀족과 농민의 병립, 내면적 현실과 외면적 현실의 포용 등을 통하 여 이 소설은 서사시를 넘어서고 있다. 대하처럼 큰 스케일의 이 종합적인 소설을 에드윈 뮤어는 연대기소설이라는 명칭으로 부른다.

(특집: 「문학 속의 전쟁」 중의 하나임. 『문학사상』 1979. 6)

5. 정착을 거부하는 존재의 소리
—「떼레즈 데께루」

1) 내면에 파충류가 있는 여인

프랑수아 모리아크François Mauriac(1885~1970)의 소설 「떼레즈 데께루 Therese Desqueyroux」(1927)는, 자신이 진정으로 원하는 삶을 살기 위해 남편을 살해하려 한 여인의 이야기를 다룬 작품이다. 사람답게 살기 위해서 1879년에 스칸디나비아에서 집을 뛰쳐나간 노라 헬메르는, 48년이 지난 후에 프랑스의 시골에서 남편 독살미수범이 되어 우리 앞에 나타났다. 우리는 그녀를 소설의 첫머리에서 만난다. 외투에 푹 싸인 창백한 얼굴의 젊은 여자다.

쑥 들어간 양볼, 광대뼈, 얄팍한 입술, 넓고 아름다운 이마, 이런 것들이 이 언도받은 여인의 얼굴을 이루고 있었다. …… 전에 모든 사람이 그 매혹에 저항할 수 없다던 그녀의 매력. 얼굴에 비밀의 고통과 내적 상처의 갈망을 나타내 보여주는 그런 사람들이 세상을 속여 나가기에 지쳐 버리지 않았을 때 간직하는 그런 매력. 소나무의 짙은 어둠 속에 뻗어 있는 이 길 위에 흔들리는 마차 깊숙이 앉아 가면을 벗은 젊은 여인은 바른 손으로 생생히 타오르는 자기의 얼굴을 부드럽게 만지고 있다.

전채린 역, 「떼레즈 데께루」, 1974, p.30

그녀는 재판소의 후미진 복도에서 얼굴에 스치는 안개를 가슴 깊이 들여 마신다. 아버지와 변호사가 다가와 공소가 기각되었음을 알려준다. 피해자인 남편이 유리한 증언을 해주었기 때문에 나온 판결이다. 가문의 체면을 위해 남편 베르나르는 그녀의 죄를 덮어주기로 결정했다. 떼레즈는 이제부터 그 값을 치러야 한다. 자유를 얻은 대가로 나머지 생애를 차압당하는 것이다. 이제 그녀는 남편에게 돌아가서, 세상의 이목을 속이기 위해 "한 손의 두 손가락처럼" 다정한 부부의 역할을 연기해야 한다. 죽는 날까지 가면을 쓰고 살아야 하는 것이다.

남편이 있는 아르쥴루즈는 서쪽 바다에 면해 있는 황막한 황무지 안에 있다. 풍경만 황량한 것이 아니다. 날씨도 고약하다. "덧문을 닫지 않고는 배길 수 없는 무더운 여름, 질척대는 장마가 계속되는 가을과 겨울…… 거기에 바닷속 같은 침묵이 고여 있다." 사람이 모여 사는 생 클레르읍까지 단 하나의 길로 연결되어 있고, 반대편에는 '랑드'라고 불리는 황야가 바닷가까지 이어지고 있는 것이다. "진실로 땅끝 같은 곳, 그곳을 지나서는 한 발짝도 더 갈 데가 없을 것 같은" 그런 막다른 지역이다.

그 황량한 대지는 떼레즈의 내면 풍경과 비슷했다. 그녀의 내면은 비가 억수로 쏟아져도 물이 고이는 법이 없는 랑드지방의 건조한 모래언덕과 흡사하다. 한 달을 소낙비가 계속 쏟아져도 물이 고이지 않는, 건조한 모래언덕처럼 떼레즈의 내면은 메말라 있다. 그녀가 다쳐서 피를 흘리며 울부짖어도 귀를 기울여줄 사람 하나 없는 것이 그녀의 환경이기 때문이다. 남편 베르나르는 여자애들보다는 황야를 달리는 토끼에 더 많은 관심을 가지는 남자다. 그는 모든 감정을 분류하고 정리한다. 감정 중에는 덧없는 것, 실로 짠 그물처럼 뒤얽혀 있는 것이 많은데, 베르나르는 그런 것이 있는 줄도 모른다. 떼레즈가 그 속에서 살아왔고, 그 속에서 몸부림쳤던 그 '불확실한 세계'는 그와는 인연이 멀다. 돈과 감정을 정확하게 조절할 줄 아는 이 분별 있는 법학도가 가장 소중하게 생각하는 것은 가문의 명예다. 가문의 이익을 위해서라면 그는 떼레즈 같은 여자 하나쯤은 소리 없이 사라지게 만들 수도 있다. 그는 자기 식의 정확한 계산법에 의해서 명성 있는 재산가의 외딸인 떼레즈와 결혼을 했다. 그녀의 아버지도 남편처럼 체면밖에 생각하지 않는 건조한 인간이다. 그는 자기의 정치적 생명이 딸 때문에 위태로워지는 것을 염려하는 것 외에는 떼레즈에게 관심이 전혀 없다. 무지하고 아둔한 시누이와 시어머니도 이방인이기는 마찬가지다.

아르쥴루즈 사람들은 모두 읍내에 나가는 길의 너비에 맞추어 마차를 만든다. 기존의 질서를 절대시하기 때문이다. 그들의 눈으로 보면, 길의 넓이를 무시하는 떼레즈는 괴물로밖에 보이지 않는다. "가을의 장마처럼 지루하고 여름의 무더위처럼 답답한 사람들……" 그런 사람들 속에 떼레즈는 혼자 던져져 있다. 카인처럼 이마에 죄인의 표지를 달고, 그녀는 지금 땅끝 같은 그 유적지로 귀양살이를 하러 가는 것이다.

어둠 속을 달리는 마차 속에서 그녀는 자기의 죄에 대하여 연구하기 시작했다. 그 동기에 대한 끈질긴 추적을 시도하는 것이다. 그녀는 남편을 만나면 자신의 내면을 정직하게 열어 보이고 싶다. 그리하여 고해를 하고난 성심학교 학생처럼 홀가분해지고 싶었다. 살아있는 사람의 가슴에 머리를 기대고, 자신의 내면을 소상하게 다 털어놓고 나서 용서를 받을 수만 있다면, 구원을 받는 일도 가능할 것 같았다. 하지만 그 일은 쉽지 않았다. 감정은 뿌리가 얽힌 나무 같아서 그 중의 한 가닥을 따로 분리시키는 일이 불가능했다. 그녀는 자기가 무엇을 원했는지 잘 알지 못했다. 자신의 내부에 있는 미치광이 같은 열기가 무엇을 향하고 있는지도 정확하게 알지 못했다. "가는 곳마다 파괴만 저지르는 그 힘이" 사실은 그녀 자신도 무서웠다. 자기 안에 있는 광기에 대한 두려움 때문에 그녀는 결혼할 결심을 했다. 자기 속에 도사리고 있는 파충류에 게서 도망가고 싶어서 웨딩드레스를 택한 것이다.

그녀는 "몽유병자처럼 새장 안으로 걸어 들어갔다. …… 시댁은 철창이 쳐진 새장이었다. 수없는 눈과 귀가 촘촘히 박힌 새장." 그것이 감옥인 줄 모르고 그녀는 충동적으로 발을 들여놓은 것이다. 안으로 들어서는 순간 그녀는 비로소 자신이 새장에 갇힌 것을 깨달았다. 출구는 없었다. 거기에서 꼼짝 않고 쭈그리고 앉아, 무릎에 턱을 고이고 죽기를 기다리게 될 자기의 앞날을 의식하자, 문득 그녀 속에서 잠들었던 파충류가 고개를 들었다. 그 결과가 남편의 약에 비소를 타는 행위로 나타난 것이다.

2) 에고 마니아ego-mania

그녀의 가슴 속에 도사린 파충류, 결혼과 함께 잠이 깬, 엄청난 파괴력을 가진 그 끔찍한 파충류는 다름 아닌 그녀 자신의 에고ego였다. 부모의 사랑을 받지 못하고 자란 그녀는 병적일 정도로 자신에게 집착했다. 그녀는 자신이 길의 너비에 맞추어 마차를 만드는 보통 사람들처럼 사는 일이 불가능한, 예외적 인간이라는 것을 자각했다. 자기의 개성이

"어떤 인물의 역할을 연기"하느라고 말살되는 것을 그녀는 견딜 수 없었다. 임신을 하자 남편과 시댁 식구들은 갑자기 그녀를 소중하게 대접했다. 음식과 영양에 신경을 써 주었고, 마음의 안정을 얻게 해 주려고 노력했다. 그녀의 자궁 속에 든 자기들의 핏줄을 향한 존경심 때문이다.

떼레즈는 자신의 모성을 향한 그들의 그런 경의도 참을 수 없었다. 그녀는 자신을 포도나무에 달린 넝쿨 같다고 느꼈다. 넝쿨은 열매를 맺는 도구에 불과하다. 열매가 위태로워지거나, 열매가 성숙해지면, 언제라도 잘라버릴 수 있는 부분이 넝쿨이다. 그녀는 그런 자신의 위치와 역할에 말할 수 없는 혐오감을 느낀다. 그런 혐오감은 모성애도 훼손했다. 아기는 자기가 완벽하게 자기로서 존재하는 일을 훼방하는 또 하나의 장애물이 될 것 같다는 생각이 들었다. 절반밖에 자기 것이 아닌 그런 생명을 뱃속에서 기르기 위해, 생명을 몽땅 차압당하고 있는 자신이 그녀는 저주스러웠다. 그래서 가능하다면 "아직 자기의 내장과 혼합되어 있는 그 미지의 생명에게서 도망을 치고 싶었다."

아기가 태어난 후에도 그 생각을 버릴 수 없었다. 그녀의 내면에는 자신의 자아가 가득 차 있어서 아기를 들여놓을 자리가 없어 보였다. 자기 자신에 전념하는 일에 아이는 방해가 되고 있었던 것이다. 그녀는 "언제나 자기를 다시 찾고, 다시 자기 자신과 만나려고 애쓰고" 있었다. 그녀도 "종족에의 전적인 기여를 아름답다."고 생각하기는 했다. 그 자기 말소와 자기희생에서 아름다움을 느끼기도 했다. 하지만 자기는 절대로 그렇게 될 수는 없을 것 같았다. 애욕도 마찬가지였다. 정신적인 사랑이 매개가 되지 않은 섹스는 자아에 대한 모독으로 느껴졌다. 그녀는 남편이 자기의 육체 속에서 제멋대로 쾌락을 탐하고 있는 것을 용납할 수 없었다. 그래서 그녀는 침상 위에서 "마치 해변가에 내팽개쳐진" 사람처럼 자신을 한심하게 생각하며 "이를 악물고 차갑게 누워" 그 고통을 참았다.

그런 때에 사랑에 빠진 시누이 안느의 편지가 날아든다. 사랑에서 오는 "환희 때문에 거의 죽을 것같이 된" 안느의 불같은 언어들은 떼레즈의 자존심을 심하게 건드렸다. 무지하고 단순한 바보인 안느가 「아가雅歌」에 나오는 것 같은 숭고한 사랑의 세계를 누리는 시간에, 자신은 "사막 같은 시선을 가진" 사내의 애욕 속에서 회복할 수 없는 순수의 영역을 유린당한다는 사실이 그녀를 미치게 만들었다. 그녀는 자기 남편을 구유통에 코를 틀어박고 꿀꿀대는 돼지와 같다고 생각한다. 그리고 그의 구유가 되고 있는 자신을 참담하게 느낀다.

안느에 대한 질투 때문에 잠을 못 이루는 자신의 육체를 기회가 있을 때마다 탐하려 드는 베르나르를 떼레즈는 귀찮다고 생각하기 시작한다. 그렇다고 그를 미워한 것은 아니다. 그저 혼자 있고 싶었던 것이다. 그녀는 가능하다면 남편을 침대 밖으로 밀어내고 싶었다. 아주 영원히 침대 밖의 어둠 속으로 밀어내버리고 싶었다. 그 사람만 없으면 억지로 웃으며 연기를 해야 하는 신부의 역할에서도 벗어날 수 있을 것이다. 그녀는 "강요된 행동을 하는 것이 싫었다. 판에 박힌 이야기를 하는 일도 견딜 수 없었고, 순간순간마다 자기 자신을 배반하는 일은" 더 더욱 견디기 어려웠다.

그래서 그녀는 신혼여행을 단축시켜버리고 예정보다 일찍 돌아왔다. 집에 오기가 바쁘게 그녀는 안느의 사랑에 손을 댄다. "행복이 가능하다고 믿고 있는 그 꼬마 바보"가 자기처럼 행복 같은 것은 아무데도 존재하지 않는다는 사실을 알게 하기 위해서다. "이 세상에는 권태밖에 없으며, 고상하고 숭고한 의무 같은 건 기대할 수조차 없고, 일상의 저질스러운 일들만 우리를 둘러싸고 있다."는 사실을 안느도 알아야 한다. "아무 위안도 없는 이 철저한 고립"의 쓴맛을 안느에게도 꼭 알려줘야 한다. 그녀 속의 파충류는 기를 쓰면서 그 파괴 작업에 몰두하기 시작했다.

3) 쟝 아제베도와의 만남

"시월의 태양이 아직도 불타고 있는 들판에서" 떼레즈는 안느의 애인 쟝을 만난다. 자신의 파괴 작업을 완성시키기 위해서다. 하지만 그를 만나자마자 그녀는 쟝의 세계에 매혹당하고 만다. 쟝 아제베도는 "자기의 속마음을 쉽게 드러내 보이는 행동을 통하여 내면의 생활을 혼자만 간직해 온" 떼레즈의 황야 같은 영혼을 단박에 흔들어놓았다. 그녀가 막연하게 느끼고 있던 갈망에 이름을 붙여준 것이다.

그는 떼레즈에게 한 곳에 정착하지 말라고 속삭인다. "순간순간이 다른 기쁨을 가져와야 한다."고 유혹하는 것이다. 새로운 기쁨을 향한 그의 탐욕—떼레즈는 그에게서 처음으로 자기가 원하던 삶을 살고 있는 한 인간을 발견한다. 자기 자신에 대한 충실을 지상至上의 과제로 생각하는 엘리트를 찾아낸 것이다. "저는 당신의 모든 말 속에서 성실성에 대한 굶주림과 목마름을 느낍니다."라는 쟝 아제베도의 말은 계시처럼 그녀의 심장에 각인된다. 그렇다고 그를 사랑하게 된 것은 아니다. 후일에 완전히 자유의 몸이 되었을 때도 떼레즈는 쟝과 연인이 되지는 않는다. 그는 그녀가 원하는 대로 살아갈 용기를 준 길잡이요 동류였던 것이다.

순간마다 새로운 기쁨을 누리고 싶어 하는 그가 파리로 가버리자, 떼레즈는 타율적인 일상 속에서 마멸되어가는 자기 자신의 삶에 깊은 절망을 느낀다. 아르쥴루즈의 황량함과 침묵이 도저히 견딜 수 없게 생각된 것은 그때부터다. 그와의 만남을 계기로 해서 이곳에서 탈출하고 싶다는 열망이 병적인 광기를 띠어 간다. 하지만 그녀는 땅의 끝 같은 아르쥴루즈의 황야에 사슬로 묶여 있는 힘없는 죄수였다. 그녀에게는 그곳에서 탈출할 수 있는 방법이 없었다.

그들 부부 사이에는 헤어져야 할 이유가 아무것도 없었다. 불화조차 없는 관계였기 때문이다. 그럴수록 떼레즈에게 베르나르의 존재는 점점 현실적인 짐으로 느껴진다. 그는 떼레즈에게는 암흑이며 감옥의 벽 같은 존재였던 것이다. 그녀는 터널에 갇힌 짐승 같았다. 시간이 갈수록 어둠은 더해가고 공기는 희박해지며 숨통을 막았다. 떼레즈는 거의 무의식적으로 빛이 새어 들어오는 쪽을 향해 돌진했다. 탈출에의 광적인 열망이 그녀의 범죄를 태동시켰다. 그녀 속의 파충류가 남편을 물어 죽이는 일을 시작한 것이다.

베르나르의 병세가 이유없이 악화되자, 그녀가 사간 약품 이름이 적힌 처방전을 증거로 하여 의사 뻬드메가 그녀를 고소했을 때, 베르나르는 경악을 금치 못했다. 하지만 법정에서는 있는 힘을 다해 그녀의 죄를 무마시키려 했다. 집안의 치부를 남들이 모르게 처리하기 위해서였다. 그는 떼레즈에게 유리한 증언을 해서 그녀를 자유롭게 해주는 대신에 영원히 자기 곁에 머물 것을 요구했다. 순전히 남들의 이목을 속이기 위해 떼레즈는 남편 곁에 있도록 강요당했다. 일요일마다 베르나르와 팔짱을 끼고 교회에 가는 사이좋은 부부 역할을 연출해야 한다는 조건도 들어 있었다. 법적으로는 공소가 기각되었지만, 정신적으로는 종신형의 언도를 받고, 아르쥴루즈의 침묵 속에 갇히게 된 것이다. 사냥개에게 쫓기는 짐승처럼 비참한 모습이 되어 그녀는 아르쥴루즈에서 혼자 고독을 앓았다. 가족의 테두리를 부수려 한 그녀의 노력은 "항성의 위치를 바꾸려는" 행위만큼이나 무모했다. 그 일에 실패하자 이번에는 그녀가 파괴당할 차례였다. 시댁 식구들은 그녀를 2층에 가두고 서서히 망가뜨려 가고 있었다.

장마철의 하루하루를 몽땅 황혼 같은 방에 갇혀서 폐렴을 앓으면서 그녀는 자유로운 삶을 꿈꾸고 있었다. "가족이 없는 여자가 된다."는 생각이 그녀를 흥분하게 만들었다. 떼레즈는 혈연에 의한 것이 아니라 정신적 유대로 얽혀진 진짜 가족을 찾는 일을 꿈꾸었고, 미친 듯이 사랑을 하는 몽상도 해보았다. 이따금 자기가 기적을 행하는 꿈도 꾸었고, 바닷가에 집을 가지는 환상도 가져보았다. 바다 냄새가 나는 테라스, 시간을 멈추게 하는 열정적인 입맞춤……. 그런 몽상 속에서 그녀는 서서히 죽어 가고 있었다. 일어나서 혼자 설 힘도 없는 중환자가 되어, 하인들만 남은 집에서 고열에 신음하고 있었던 것이다.

4) 홀로서기

여동생 안느가 가족들이 원하는 드길렘의 아들과 결혼해버리자, 베르나르는 드디어 떼레즈를 자기집에서 석방하기로 결심했다. 그는 이 여자가 가까이에 있으면 "말도 안 되는 행동을 너그럽게 봐 주게 될 위험이 늘 있는 게 걱정스러웠다." 그래서 "끝내 길들일 수 없던 산짐승을 황야에 풀어주듯이 떼레즈를 파리 깊숙한 곳에 잠기게 하고 도망 갈" 작정을 한 것이다. 오랜 유폐의 생활이 끝나고 떼레즈는 드디어 자유를 얻었다. "자유스럽다…… 그보다 더 무엇을 바라겠는가?" 3월의 어느 따뜻한 날 아침에 떼레즈 부부는 마지막으로 파리의 카페에 마주앉았다.

그때 처음으로 베르나르가 그녀에게 자기를 죽이려 한 동기가 무엇인지 물었다. 두 사람분의 소나무들을 독점하기 위해 범행했을 거라고 믿어 의심하지 않았던 사람, 아제베도에 대한 사랑 때문이라 믿어 의심하지 않았던 "확신의 사나이" 베르나르의 내면에 처음으로 혼란이 생긴 것이다. 떼레즈는 너무나 놀랐다. 그녀의 내면에서 기쁨이 소리를 내며 소용돌이쳤다. 그건 그녀가 베르나르에게 기대한 것에 대한 최초의 반응이었기 때문이다. 자신의 내면에서 소용돌이 치고 있는 혼란한 감정을 그에게 솔직하게 고백하고 싶은 마음은 그녀가 재판소를 나올 때부터 가지고 있던 절실한 소망이었는데, 베르나르가 마지막에 가서야 반응을 보인 것이다.

이제는 숨겨졌던 모든 것을 몽땅 백일하에 드러내도록 하자. 이렇게 결심을 하니 떼레즈는 기뻤다. "자기 자신에로의 그 힘든 귀의가 드디어 그 대가를 인정받을 순간이 되었나"보다고 생각한 것이다. 그녀가 그를 적어도 "덜 단순하게" 만드는 일에 성공한 것은 고무적인 일이었다. 떼레즈는 이 새롭게 된 베르나르에게 "거의 모성적인 시선을 보냈다." 그리고 지겨워하던 아르쥴루즈로 돌아갈 일말의 희망의 일말의 빛이 보이는 것을 느꼈다. 그래서 그녀는 그에게 말을 시작했다.

> 왜 그랬는지 모른다고 당신께 대답하려 했었어요. 그런데 지금은 아마 난 알 것 같애요. 아시겠어요? 아마도 당신의 눈 속에서 불안을, 호기심을, 근심을 보기 위해서 그랬을 거예요. 조금 전부터 당신의 눈 속에서 보는 그 모든 것을요.　　　　　　　　　　　　　　같은 책, p.170

그가 손을 내밀기만 하면, 그래서 그녀가 걸려 허우적거리고 있는 감정의 혼돈 속으로 한발 다가서기만 한다면, 어쩌면 그 혼란의 매듭이 풀릴지도 모른다는 기대를 가지고 열심히 그녀는 고해할 준비를 했다. 자세를 가다듬고 하나도 빼지 않고 완벽하게 이야기하기 위해 그녀는 정신을 집중시켰다. 만약 그가 자기의 감정의 미로를 함께 답사하고 나서 "같이 갑시다."하고 말한다면, 떼레즈는 그 지긋지긋했던 아르줄루즈로 다시 돌아가도 좋다는 생각까지 했다. 그녀가 그렇게도 갈망하던 "파리의 먼지와 바쁜 사람들 속에 뛰어들어서 싸움을 막 시작하려는 순간에…… 그녀는 돌아갈 희망의 한 가닥 빛이 보이는 것을 느꼈다. …… 아르줄루즈의 정적 속에서 명상하며 완성될 자신의 삶을" 상상해 보기도 했다.

하지만 그녀가 진지하게 말을 이어나가려고 자세를 가다듬는데 베르나르의 웃음소리가 들려왔다. "쓸데없는 소리만 늘어놓는군!" 그는 벌써 예전의 침착성을 되찾고 있었다. 떼레즈의 구원의 환상은 어느새 무너져내리고 있었다. 그녀의 내부에 회복할 길 없는 상실감이 쌓여갔다. 결국 그를 보내고 그녀는 오래 갈망하던 도시 파리에 혼자 남았다. 홀로서기가 시작된 것이다. 떼레즈는 그 고독이 두렵지 않았다. 그녀는 혼자 있는 시간을 즐기기 위해 그날 오후에는 쟝도 찾아가지 않겠다는 결심도 했다.

> 내가 사랑하는 것은 이 돌로 포장된 도시도, 강연회도, 박물관도 아니고, 여기서 움직이는 이 살아 있는 인간의 숲, 어떤 폭풍우보다도 더 맹렬한 열정이 그 속을 후벼 파는 인간의 숲이다. 떼레즈는 술을 조금 마셨고 담배를 많이 피웠다. 그녀는 마치 행복한 여자처럼 혼자 웃었다. 그녀는 정성껏 화장을 고치고 입술을 그렸다. 그리고 길로 나가서 우연에 몸을 맡기며 걸어갔다.
>
> 같은 책, p.178

「떼레즈 데께루」는 이렇게 끝난다. 떼레즈가 창백한 얼굴로 자아에 전념하는 생활을 시작하려고 첫발을 내딛는 데서 끝나는 것이다. 이 소

설이 발표된 1920년대 후반은 유럽에서 사고의 변화가 일어나던 시기
였다. 떼레즈 데께루는 슈르 레알리즘과 다다이즘이 출현하던 시기에
등장한 20세기의 노라다.

(『문학사상』, 1978. 5)

* 이 소설을 일본어로 번역한 엔토 슈사쿠遠藤周作는 이 소설을「떼레즈 데스
  케루」라고 읽고 있다. 하지만 필자는 애초부터「떼레즈 데께루」라는 제목
  의 일본판을 읽어서 그쪽에 길들여져 있어서, 한국말 번역자인 전채린 씨
  의견에 따라 '데께루'라고 표기하기로 했다.

텍스트

프랑소와 모리악 저, 전채린 역,『떼레즈 데께루』, 범우사, 1974.

6. 에밀 아자르의 소설 「가면의 생」에 나타난
'자기 안의 생'

에밀 아자르Emile Ajar의 「가면의 생Pseudo」은 끊임없이 되풀이되는 몇 개의 낱말로 주제가 집약된다. 그 첫 번째가 이 책의 제목이기도 한 '가짜pseudo'라는 말이다. 그냥 pseudo가 아니라 두 개를 겹친 pseudo-pseudo다. Pseudo는 본질을 벗어난 삶의 위장된 측면을 의미한다. 사람들이 살고 있는 일상적인 생활이 이런 위장 위에 세워져 있다는 것이 아자르의 의견이다. 그래서 이 단어는 강조적 어법으로 거의 모든 페이지에 얼굴을 내민다. 작가의 자전적 이야기를 다룬 소설인 「가면의 생」은 이런 가짜들을 거부하는 데서 시작된다.

Pseudo의 반대어로 나오는 낱말이 'authenticite'이다. 그것은 위장된 껍질을 벗겨 버린 '진짜'의 세계를 의미한다. 이 작가는 가짜가 판을 치는 세상에서 진짜를 찾아 헤매는 구도자이다. 삶의 진수를 찾으려는 작가의 몸부림이, 집요하게 되풀이되는 이 낱말과 함께 우리를 압도한다. 사람들은 흔히 자신을 '개찰원'이나 '주연공鑄鉛工'으로 위장하며 살아간다. 하지만 그들은 본질적으로 주연공도 아니고 개찰원도 아닌 다른 그

무엇이다. 물체도 마찬가지다. 아자르에게 있어 '의자'나 '재떨이'는 '의
자'나 '재떨이'로 치부하고 그만둘 수 없는 그 무엇이다. 이름이나 외형
너머에 실체가 있기 때문이다. 이 실체에 대한 추구가 언어나 이름에
대한 반발로 나타난다.

사물에 이름을 붙이는 언어는 모두가 덫이라고 작가는 말한다. 그 덫
너머에 불안에 떠는 실체가 있다. 그래서 그는 실체를 표현할 수 있는
새로운 수사법을 모색한다. 그것이 스와힐리어, 헝거리-핀란드어 등을
향한 집착으로 나타나며, 나아가서는 미지의 언어에 대한 동경으로 표
출된다. 그가 자신의 본명인 폴 알렉스 파블로비치라는 이름을 거부하
고, 모리스, 로돌프, 제젠느, 아자르 등의 가명으로 자기를 부르는 것은
근본적으로 이름은 본질과는 무관한 것이라고 생각하기 때문이다. 뱀이
쥐를 잡아먹을 때 이름 같은 건 문제가 되지 않는다는 것이다. 그래서
가명에 불과한 이름에 대한 거부가 authenticité의 추구로 나타난다.
Authenticite가 문제시 되지 않는 세계, 그것이 습관화된 일상quotidien
familier의 세계다. 그것은 가면의 세계이며, '허명虛名'의 세계이고, '의미'
와 '이해'의 가장무도회장이다. 그래서 아자르는 '습관화 된 일상성'을
거부한다. 습관과 일상성 밑에 숨겨진 본질이 문제이기 때문이다. 그것
을 이 작가는 'intact'(무구한, 손대지 않은)라는 형용사로 표현한다. 'Intact'한
세계의 가장 순화된 형상이 성냥불이다. 스스로의 몸을 태우며 타오르
는 성냥불은 일상성이 오염시킬 수 없는 intact한 것이며, 동시에 그것
은 희망이다. 생존의 불안에서 잠시나마 그를 구제해 줄 수 있는 성냥
불은 비일상의 세계에서 타오르는 authenticité의 상징이다.

세 번째로 많이 나오는 단어가 genetique(유전)이다. 아자르의 모든 문
제는 "진짜 나는 무엇인가?"라는 물음에 집약되어 있다. 그 물음에 따르
는 첫 번째 장벽이 '유전'이다. 그것은 '나'의 단독성을 불가능하게 하는

내적 장애물이기 때문이다. 수천 년간 퇴적된 유전의 부산물인 나, 그 잡스러운 요소의 합성체인 나는, 별수 없이 조상들의 피의 합작품oeuvre collectif의 성격을 띨 수밖에 없다. 그러면서 그런 '나'를 자신이 책임져야 하는 곳에 인간의 문제가 있다.

파블로비치(아자르의 본명)를 괴롭히는 첫 번째 '의학적 징후'가 바로 자신이 책임질 수 없는 유전의 문제다. 그는 외할머니가 유대인이었다는 것 때문에 걸핏하면 경찰서로 불려간다. 피와 유전의 대국적인 속박이다. "결국 소속이 문제"인 것이다. 모든 인간은 어느 민족으로 태어났느냐는 소속의 문제 때문에 많은 속박을 당한다. 그의 아버지는 레비(유대인의 이름)가 아니다. 그런데 사람들이 자꾸 그를 레비라고 부르자 아버지는 절규한다. "Pas Levi! Pas Levi!(레비가 아니라는 뜻) 그런데 그의 절규를 서기가 잘못 알아듣고 서류에 'Pahlevi'라고 적어버려서 엉뚱하게 이란 왕의 친척이라는 오해를 받게 된다. 그래서 'Pas Levi'라는 절규는 'Pas Pahlevi'라는 꼬리표를 달고 작품 전체에서 메아리친다.

유전의 범위가 좁혀지면 친부親父 확인의 집념이 된다. 자기가 누구인가를 알기 위한 그의 모노마니악한 집념이 이 문제에 응결된다. 친아버지 찾기에 대한 집념은 authentique한 '자기'에 대한 추구와 맞물려 있다. 마쿠트 아저씨와의 감동어린 복합적 관계는 '피'의 혹은 '씨'의 문제에 대한 아자르의 집념을 보여준다. 유전에 대한 이런 해결할 수 없는 콤플렉스 때문에 아자르는 미국에서 인공 정자가 개발된 데 대해 환호성을 지른다. 그건 책임질 수 없는 유전에서의 해방을 의미하는 구원의 소리이기 때문이다. 원하지도 않는 잡다한 요소의 '합성체'로서의 자기에서 벗어나 '진정한' 자기가 될 수 있는 가능성이 거기에 있다고 그는 생각한 것이다.

타인에 의해 '만들어진' 나의 세계에는 시작이라는 게 있을 수 없다.

종種의 종적縱的인 관계는 거슬러 올라가면 아브라함 이전까지 소급되는 장구長久한 역사의 문제가 된다. 이상은 그것을 "나의 아버지의 아버지의 아버지의……"하는 식으로 아버지라는 단어가 무한대로 소급되는 시로 표현한 일이 있다. 그에게는 조상들이 "피의 원가상환을 요구한다."는 대목도 있다. 이상에게 있어서도 자신이 단독적인 존재일 수 없다는 것은 절망을 불러왔던 것이다. 그건 어느 개인이 책임질 수 있는 문제가 아니다. 이 책에서 저자가 거듭거듭 외치는 '책임없음irresponsabilité'이라는 단어가 거기에서 나온다.

'나'의 실체를 구성하는 책임질 수 없는 종적인 관계가 유전이라면, 횡적橫的인 관계는 '사회'가 된다. 그것도 역시 자기 지역, 자기 나라로 제한할 수 없는 세계다. 그것을 작자는 '현실'이라고 부른다. 단독적인 실존을 훼방하면서 나를 공격해 오는 이 외부적 요소는 작자에게 "얽혀 있는 관계에서의 이탈"을 꿈꾸게 한다. 그는 '자기'이고 싶고, '독자적' 존재이고 싶기 때문이다. 그래서 그는 현실을 벗어나려고 정신병원으로 도망친다.

그런데 '현실'은 그 병실에까지 침입한다. 그가 가장 두려워하는 환상은 현실이다. 그의 환상의 화면에 베트남과 방글라데시와 아프리카가 나타난다. 굶어서 짜구가 난 아이들, 폭격에 죽는 시민들, 강간당하는 여자들, 죽어서 쌓인 군인들의 시체, 한 종족을 멸종시키려는 아우슈비츠의 가스실, 흑인문제, 공해문제, 그리고 핵무기와 박해 당하는 삘우히치와 삐노셰의 망령들…… 그들은 야밤에 전화를 걸어 그를 괴롭힌다. 그에게 책임을 지라고 아우성친다. 하지만 이건 개인이 책임지기에는 너무나 크고 엄청난 문제다. 그래서 아자르는 "나는 책임이 없다.", "내게는 책임이 없어."라고 고함을 친다. 그의 절규는 그럼에도 불구하고 책임을 외면할 수는 없다는 그의 고뇌를 말해준다. 실지로 자기가 저지른 일은 괭이새끼 하나를 죽인 것뿐이지만, 자기가 살고 있는 세계에서 저질러지는 모든 비인도적인 행위는 결국 인간 모두의 책임이기 때문이다. 그래서 그것은 무한대의 죄의식으로 확대되면서 아자르의 세계를 파탄으로 몰고 가려 하고 있다.

감당할 수 없는 시간적, 공간적 책임이 그로 하여금 도피를 꿈꾸게 한다. 그는 책임을 벗기 위해 갖은 짓을 다해 본다. 종횡으로 얽힌 문제의 핵심에서 벗어나기 위해 그는 왕뱀이 되려 한 일도 있다. 자기가 뱀이라는 걸 입증하기 위해 그는 의사 앞에서 생쥐를 날로 삼키기까지 한다. 뱀뿐 아니다. 흰쥐, 코끼리, 뭐든 사람이 아닌 것이 되고 싶다. 무생물도 무방하다. 그는 칼, 재떨이 의자가 되고 싶기도 하다. 인간 아닌 것이면 뭐든지 다 되고 싶은 것이다. 인간만 아니면 삐노셰나 뺄우히치들이 전화를 걸 수 없을 것이기 때문이다.

그런데 문제는 그가 절대로 뱀이 될 수 없다는 데 있다. 재떨이나 의자가 될 수도 없고, 아스파라거스나 선모仙茅가 될 수도 없다. 이름을 바꿔 봐도 소용이 없다. 모리스, 제젠느, 로돌프…… 별 이름을 다 붙여 봐도 소용이 없다. 스와힐리어로 떠들어대도 자기가 자신의 가면이라는 사실은 모면할 수 없고, 하이에로그리픽을 연구한대도 '인간'의 테두리는 벗어날 수 없다. 따라서 인간으로서의 책임에서는 결코 도망갈 수 없는 것이다. 책임질 수 없는 무한한 책임. 이제는 더 이상 정신병자 행세를 알 수도 없이 감당할 수 없는 책임 앞에 던져진 파블로비치의 모습이 에밀 아자르라는 고정화된 가명 속에 나타나 있다. 그는 결국 까니악의 시골에서 어디까지나 인간일 수밖에 없는 자기를 발견한다. 집행인조차 없는 책임의 형틀에 얽매져 있는 자기와 직면하는 것이다. 그 책임에 수반되는 회피할 수 없는 죄의식. 결국 그는 도피의 불가능성 앞에서 에밀 아자르라는 이름으로 정착하려 한다. 수천 년의 역사와 전 세계의 문제가 종횡으로 교차하는 그 중심에 책임과 죄의식에 묶인 채 완전히 노출된 에밀 아자르. 그 사람 속에서 진짜 자기를 찾아내야 하며, 모모와 어머니와 성냥불이 있는 세계를 지키며 살아가야 하는 것이 에밀 아자르의 운명인 것이다.

어머니와 모모는 그의 내면의 성역이다. 그것은 '사랑'이며, 그것은 '무구無垢함'이며, 그것은 진짜의 상징이기 때문이다. 어머니의 해후에서 하나의 행동이 생겨난다. 아자르의 최초의 행동이다. 그것은 '창녀보호회'에 인세를 기부하는 것이다. '창녀'는 그에게 있어 덜 위장하고, 보다 진실한 어머니적 세계를 대표한다. 따라서 그의 행위는 authentique하고 intact한 세계에 손을 내미는 것이 되는 것이다. 여기에서 이 소설은 끝난다. 그러나 성냥불처럼 희망은 남아 있다. 그것은 모모의 유언이다. 영원히 어린애일 수밖에 없는 아자르 속의 아이인 모모가 말한다. '사랑해야지'라고.

이 작품은 앞에서 말한 것처럼 우리가 '정상성'이라고 부르는 상식과 일상성에 대한 거부 반응을 보여주는 소설이다. 따라서 상식적인 논리로서는 받아들일 수 없는 많은 문제점을 가지고 있다. 예를 들자면 같은 인물의 이름의 다양한 변화 같은 것이다. 같은 인물의 이름이 앉은 자리에서 너덧 가지로 바뀐다. 금방 '로돌프'라고 불리던 인물이 '모리스', '제젠느', '알렉스'가 되며, 마주 앉은 여자도 '아니'에서 '알리에뜨', '에로이즈' 등으로 자유롭게 변한다. 한 마디 코멘트도 없이 멋대로 바뀌는 이 이름들은, 이름은 본질과 무관하다는 작자의 의도를 반영한다. 그러면서 동시에 '자기'에게서의 도피를 시도하는 작자의 몸부림을 나타내 주기도 한다. 그래서 주인공인 '나'의 이름은 '폴', '알렉스', '파블로비치', '미밀르', '제젠느', '아자르' 등 이루 말할 수 없이 많다.

이런 '증상'은 이름에만 국한되는 게 아니다. 환시증幻視症을 가진 인물의 내면 풍경이기 때문에 시간과 공간의 질서가 완전히 비상식적이다. 과거와 현재와 미래가 설명 없이 혼합되어 있다. 이따금 과거는 아브라함 이전까지 소급되는 무한정한 범위를 가진다. 공간적으로도 칠레, 베트남, 캄보디아, 소련, 미국 사이에 경계가 없다. 한쪽에서는 삐씨 씨의 방에서 아자르가 칠층에 있는 로자 아줌마의 방으로 올라가느라고 숨을 헐떡거린다. 까니악의 시골에 앉아 캄보디아행 비행기 속의 풍경을 경험하기도 하며, 코펜하겐의 병원에서 아프리카의 정글 속을 걷느라고 부산하기도 한다.

더 희한한 것은 죽은 사람들과의 관계다. 사자들은 오밤 중에 그에게 전화를 건다. 크리스찬센 박사는 고인이 된 후에도 코펜하겐에서 검은 노트를 꺼내들고 마꾸뜨와 아자르의 싸움을 조종한다. 이런 현상은 마지막 장의 역전에서의 장면에서도 나타난다. 크리스찬센 박사는 산 사람들 틈에 끼어 한낮의 역전에서 아자르와 대화를 한다. 구체적인 긴 대화다. 그는 어깨를 정답게 감싸안는가 하면 손을 들어 만세를 부르기도 한다. 그러니까 예수가 러시아계 유대인의 액센트로 모모와 대화를 하다가 금방 벨르빌 사투리로 변하는 것쯤은 약과다.

이건 뱀으로 변신하기도 하는 사람의 이야기다. 원하면 창칼이나 의자나 아스파라거스로도 변신할 수 있는 환상의 세계에 사는 인물의 이야기임을 기억해주기 바란다. 여기 나와 있는 현실은 시간과 공간의 질서 너머에 있는 현실이다. 상식과 일상성 너머에 있는 현실인 것이다. 그런 현실을 통하여 작가는 한 인간의 실존적 고뇌를 추구하였다. 책임 한계의 무한대한 확대 속에 내던져진 인간, 가면과 위장의 세계 속에 내던져진 인간의 고뇌 말이다. 보다 진실한 '진짜' 인생에 대한 끈질긴 탐구, 그것은 아자르의 개인적 문제인 동시에 우리 모두의 보편적인 문제이기도 하다.

번역하면서 느끼는 애로는 문화적인 콘텍스트의 차이 속에서 이질적인 낯선 언어를 자기화해야 하는 복잡한 과제 속에 있다. 더구나 나 같은 문외한의 경우는 그 어려움이 배가 된다고 보아야 한다. 번역자는 배반자라는 말이 생각난다. 내가 여기서 저지른 배반에 대하여 그 분량만큼 작자에게 사과하고 싶다. 그리고 내가 저질렀을지도 모르는 오류에 대하여는 독자들에게 사죄해야 할 것 같다.

(에밀 아자르, 『가면의 생(원명은 슈도Psuedo)』(문학사상사, 1977)의 서문)

아자르 방위법

지난 7월 1일, 파리의 문학계에는 하나의 폭탄이 던져졌다. 「자기 앞의 생」으로 공쿠르상을 탄 아밀 아자르의 정체를 폭로한 책이 출판되었기 때문이다. 데뷔한 지 1년 만에 공쿠르상을 수상한 경이적인 신인 아자르는 처녀작 「거대한 사기꾼」이 나올 때부터 이미 그 정체에 대한 의혹을 불러일으킨 신비한 작가였다. 그는 공식석상에 일체 나타나지 않았다. 어떤 인터뷰에도 응하지 않았고, 사진에 찍힐 기회도 주지 않았다. "대체 아자르는 누구인가?"하는 의문이 도처에서 야기되어 열띤 논쟁을 불러일으켰다.

1956년에 「하늘의 뿌리」로 공쿠르상을 탄 일이 있는 로맹 가리에게 의심의 화살이 꽂혔다. 문체나 내용으로 미루어보아 아자르의 작품과 가리의 그것이 많은 공통점을 가지고 있었기 때문이다. 원고를 보자마자 레이몽 크노가 로맹 가리의 이름을 들먹였다. 하지만 가리는 이것을 강력히 부인하였고, 때마침 에밀 아자르도 복면을 벗었기 때문에 가리에 대한 의혹은 옅어졌다. 그러나 그것은 옅어졌을 뿐 말소되지는 않았다. 에밀 아자르라는 이름으로 글을 썼다는 파블로비치가 로맹 가리의 조카였기 때문이다. 그러니 설사 가리가 직접 다 쓰지 않았다 하더라도 그가 원고를 다듬었을 공산이 크다는 추측이 가능했던 것이다.

이런 상황에서 1975년에 두 번째 작품인 「자기 앞의 생」이 나왔고, 나오자마지 공쿠르상을 받게 되니 아자르에 대한 관심은 절정에 달했다. 하지만 아자르는 수상식장에 나오지 않았고, 변호사를 통해서 수상 거부 통첩만 보내왔다. 여전히 작가의 정체에 대한 의혹을 남겨 놓은 채로 소설은 날개 돋친 듯이 팔려 나갔고, 나중에는 영화화되기에 이르렀다.

더 이상 숨어 있는 일이 불가능해진 아자르는 끈질기게 쫓아다니는 로맹 가리의 이름에서 벗어나기 위해 자전적인 소설 「가면의 생」을 내놓았다. 이 소설에서 가리는 마꾸트 아저씨로 등장하여 작가의 숙부임이 밝혀진다. 자신의 수상 거부의 동기도 밝혀지며, 가명 사용의 배경도 자세히 설명되고 있다.

「가면의 생」은 습관화된 일상의 가면 속에 가리워진 삶의 때묻지 않은 진정한 양상에 대한 작가의 갈망을 그린 작품이다. 아자르에 의하면 '인간은 숨이 붙어 있는 한 생물학적 찌꺼기에서 벗어날 수 없다. 그것을 모아서 만든 합동작품이 '나'이기 때문에 인간은 자신에 대하여 책임을 질 수 없는 존재인 것이다. 책임지는 일이 불가능한 것은 횡적인 관계도 마찬가지다. 베트남과 캄보디아, 아프리카와 소련, 칠레 등지에서 일어나는 비인간적인 사건들은 '내'가 책임질 성질의 것이 되지 못한다. 그런데도 책임을 져야 하는 곳에 인간의 비극이 있다.

감당할 힘이 없는 이중의 무거운 책임에서 벗어나기 위해 폴 파블로비치는 갖은 짓을 다한다. 그는 왕뱀이나 쥐, 코끼리 같은 동물이 되려고 노력하며, 아스파라거스나 선모 같은 식물도 되고 싶어 하며, 심지어

칼, 재떨이 같은 무기물도 되고 싶어 한다. 그런 것은 인간이라는 사실에서, 혹은 때문은 일상성에서, 그리고 자기 자신에게서 벗어나고 싶어 하는 한 인간의 절박한 몸부림이라 할 수 있다.

그런 필사적인 탈출시도는 우선 이름의 거부로 나타난다. 아자르에 의하면 인간의 이름은 궁극적인 면에서 볼 때 모두 가명이다. 사물에 이름을 붙이는 언어 자체가 모두 덫에 불과하기 때문이다. 그 너머에 불안에 떨고 있는 실체가 있다. 그래서 이 소설의 주인공은 아무 이름이나 닥치는 대로 사용한다. 이름은 본질과 아무 관련이 없는 덫에 불과하다고 생각하기 때문에 어느 것으로 불려도 지장이 없다고 생각하는 것이다.

그가 가명으로 글을 쓰는 동기도 피의 유전에서 탈출하려는 시도였음을 「가면의 생」은 밝혀주고 있다. 그는 1979년에 역시 에밀 아자르라는 가명으로 네 번째 소설 「솔로몬의 고뇌」를 발표하여 에밀 아자르=폴 파블로비치의 통념을 확립시켰다.

그리고 2년도 못 되어 그는 갑자기 자기가 일껏 확립헤 놓은 통념을 전적으로 부정하는 책을 발표했다. 7월 1일에 나온 「존재하지 않는 남자」가 그것이다. 거기에서 파블로비치는 자기가 에밀 아자르가 아니라는 충격적인 사실을 밝히고 있다. 1980년 12월에 권총을 입에 물고 작살한 숙부 로맹 가리가 바로 아자르라는 것이다. 이 발언은 프랑스 문단을 발칵 뒤집어놓았다. 그것이 사실이라면 공쿠르 아카데미는 같은 작가에게 두 번 상을 주지 않는 원칙을 어긴 것이 되며, 프랑스의 독자들은 얼굴도 이름도 없는 유령작가의 작품을 탐독한 셈이 되는 것이다. 한 소설가의 광기가 빚어낸 이 미증유의 속임수는 문학계에 너무나 큰 충격을 주었기 때문에 「존재하지 않는 남자」 역시 로맹 가리 자신의 유작이 아닌가 하는 의혹까지 낳고 있는 형편이다.

하지만 작가의 이름에 그렇게 큰 비중을 둘 이유도 없을 것 같다. 아자르의 소설들을 출판한 시몬느 갈리마르 여사의 말대로 "작가가 누구라는 것이 무슨 상관이 있는가? 아자르의 소설들은 그 자체로서 충분한 존재가치를 가지고 있다. 문제는 작품이지 작가의 본명 여부가 아니다." 아자르 자신도 그와 유사한 발언을 한 일이 있다. "모든 것은 서로 닮아 있다. 아무것도 '진짜'가 아니다. 우리는 절대로 존재하지 않는 무無이기 때문에 인간은 자기 작품의 독창적인 저자가 될 수 없는 것이다. 이름이란…… 결국 모두 가명이 아니겠는가?"

「가면의 생」의 작가가 정말로 로맹 가리라면. 폴 파블로비치의 얼굴에 아자르라는 가명을 써서 이중으로 위장을 하고 글을 쓴 로맹 가리의 자기 도피극은 적어도 7, 8년간은 성공을 거둔 셈이다. 자기 자신에게서 벗어나기 위해서 뱀이 되고 싶어 한 아자르, 아무것에도 책임을 지지 않아도 되는 뱀이라는 것을 입증하기 위해서 의사 앞에서 생쥐를 산채로 삼키는 엽기적인 행동까지 한 비장한 아자르 방위법의 성공을 위하여 우리 모두가 축배를 들어도 좋은 일이 아닐까.

(1977년)

7. 생의 수직성과 고도高度
— 게오르규의 전나무

1) 카르파티아 목가

「25시」의 작가 비르질 게오르규(1916~1992)는 루마니아에서 태어나 파리에서 숨을 거둔 망명작가다. 그는 프랑스에 국적이 있었고, 집이 있었으며, 친구도 있었고, 명성도 있었다. 글도 프랑스어로 썼다. 하지만 마지막 날까지 그는 루마니아인이었다. 그는 평생 자신의 조국 이야기를 글로 쓰면서 살았다.

그의 조국은 2천 년 동안 64년밖에 독립한 일이 없는 비극적인 나라이다. 동쪽에서 오는 야만족들이 "해변을 핥는 파도처럼"(『영원의 시간』, p.15) 규칙적으로 침범하여 그 나라를 황폐하게 만든 것이다.

그렇다. 나의 아름다운, 나의 사랑하는, 나의 불행한 조국 루마니아도 다른 나라처럼 세계지도 위에 그려져 있다. 파리에서 동쪽으로 3천 킬로 되는 곳, 다뉴브강 북쪽의 카르파티아 산맥 기슭에 있는 나의 조국은, 달처럼 혹은 해처럼 둥그런 모양으로 지도 위에 그려져 있다.

「25시에서 영원의 시간으로」(『25시』에 같이 있음), pp. 548-549

내륙 한복판에 자리잡은 풍요로운 작은 나라 루마니아는 금이 많아서, 지속적으로 열강의 먹이가 되어왔다. 이웃의 강한 나라들이 쳐들어와서 쓸 만한 먹거리를 모조리 먹어 치우는 것이다. 게오르규는 자기 나라를 "열강이 주둥이를 처박고 훑어먹는 둥근 구유통 같다"고 표현한다.

『키라레싸』, p.342

침략자들은 우리의 살을 파먹는 거머리들이다. 우리의 산에서 금이 지천으로 쏟아져 나오는데 우리는 집집마다 문을 두드리며 구걸을 해야 한다. 우리의 강이 황금의 하상河床 위를 흘러가는데, 우리는 굶주려서 아사餓死한다.

같은 책, p.15

모든 자산을 적들이 빼앗아가서 게오르규의 나라 루마니아는 언제나 너무너무 가난했다. 그 수난의 조국을 위해 게오르규는 가슴을 치며 통탄한다. 동족에 대한 그런 애련哀憐의 정 때문에, 그는 계속해서 카르파티아 이야기를 쓰지 않을 수 없다.

그는 시인이다. 시인에게 있어 조국을 상실하는 것은 언어를 상실하는 것을 의미하기 때문에 그 상실감이 더 크다. "시인은 산이나 들과 마찬가지로 조국 강토의 일부분"이라고 게오르규는 말한다. 시인에게 "조국을 잃는 것은 산 채로 껍질을 벗기고, 살점을 뜯기며, 뼈를 갉히는 것과 흡사"(『여간첩』 15장)한 것이다. 그래서 게오르규는 조국을 이야기할 때 언제나 "나의 아름다운, 나의 사랑하는ma belle, ma bien aimee"이라고 달콤하게 속삭인다.

하지만 그는, 끝내 자기 나라에 돌아가지 못하고 파리의 시암가街에 있는 아파트에서 살다가 이승을 하직한다. 그의 망명 생활은 뿌리를 내릴 대지를 박탈당하여 허공에 떠서 사는 풍란과 같았다. 남의 나라에서 풍란처럼 뿌리 없이 살면서, 비르질 게오르규는 끊임없이 이방의 언어로 루마니아 이야기를 쓴 것이다. 그의 작품은 대부분이 루마니아 동쪽, 카르파티아 산맥 부근에 있는 몰다비아 지방을 배경으로 하고 있다. 그래서 그것은 "카르파티아 목가"라고 불린다.

그는 개인존중사상이 투철한 휴머니스트다. 그는 오직 하나의 이상을 위해 문학을 한 작가다. 그의 삶의 목표는 인간의 존엄성과 자유와 아름다움을 지키는 일이다. 그건 그의 글쓰기의 목표이기도 했음을 여러 책에서 나오는 글들을 통해서 확인할 수 있다.

> 한 사람의 개인은 무리보다 중요하다. …… 개인이야 말로 소중한 존재다. 유일한 존재이기 때문이다. …… 인류가 쌓아 올린 위대한 업적은 모두 개인의 손으로 이루어졌다. …… 성령은 언제나 한 사람, 한 사람에게 개별적으로 임하신다. 신은 절대로 군중이나 집단을 상대로 이야기 하지 않는다.
> 강인숙, 『키라레싸의 학살』, 1974, p.139

개인의 존엄성을 지키는 방법은 자유로움을 저해받지 않는 데 있다. 그래서 그는 자유주의자가 된다.

> 원래 인간은 독자적인 개인으로 창조되었다. 성서에 말씀하시기를 너희 중 어느 한 사람의 생명을 빼앗은 사람은 온 세계를 모두 파괴하는 사람과 죄가 같고, 너희 중 어느 한 사람의 생명을 구하는 사람은 온 세계를 모두 구하는 사람과 공이 같다고 한 것은 그 때문이다.

예수님은 인간에게 명령을 하지 않는다. 자유롭고 숭고한 피조물에게는 명령을 할 수 없음을 알기 때문이다. 그러니까 기독교인이 되려면 인간의 존엄성과 자유를 사랑해야 한다. 기독교인은 무엇보다 먼저 자유로운 인간이다.   『여자 간첩』 6장

이 인용문들을 통하여 우리는 게오르규가 인간의 자유를 얼마나 귀하게 여기는지 확인할 수 있다. 그가 원하는 것은 "참된, 성스러운, 조건 없는 자유"(「25시에서 영원한 시간으로」, p.589)다. 신이 인간을 온전한 자유를 누리도록 창조하였기 때문에 인간은 신의 아들이며, 만물의 영장이 된다고 그는 생각한다.(『여자 간첩』 19장 참조) 그렇기 때문에 인간은 인간답게 대접받을 권리가 있으며, 온전한 자유를 누릴 자격이 있다는 것이 그의 일관된 주장이다. 그래서 그는 평생 인간의 존엄성을 해치는 것들과 투쟁을 하며 살아왔다. 때로는 정치적 억압에 대하여, 때로는 제도적 속박에 대하여, 때로는 몰개성적인 기계화 시대에 대하여 그는 혼신의 힘을 다해 도전했던 것이다.

그런 사상은 시에 대한 사랑과 연결된다. "시와 자유는 같은 것"(「내밀의 일기」)이라고 그는 생각한다. 그에게 있어서 시는 자유로운 인간이 창조할 수 있는 가장 아름다운 예술이다. 글을 쓰는 행위는 예수님의 생애와 흡사하다. "언어가 종이 위에 써진다는 것은 예수가 사람의 몸을 쓰고 나타나시는 것과 같다. …… 글자는 관념의 화신化身incarnation".(『하나님은 일요일에만 영접하신다』, p.27)이라고 그는 말한다. 그가 속해 있는 기독교는 개인을 존중하며, 미를 사랑하는 헬레니즘이 합쳐진 희랍 정교회다. 거기에서는 시와 기도를 같은 것으로 생각한다.

시와 기도는 둘 다 아름다움과 숭고함, 그리고 성스러움을 지향하는 것으로 보기 때문이다. 조화와 미는 시나 기도의 율법이요 규범이며, 그것을 통해서만 인간은 우주나 영원과의 포옹이 가능하다고 생각한 것이다. 미美와 성聖은 동질의 것이다. 아름다운 것은 성스럽고 성스러운 것은 아름답기 때문이다. 신은 최상의 아름다움을 의미하니까 성인이나 사제들은 모두 미의 애호가이다. 위대한 시인이나 화가, 음악가, 웅변가 등이 성인으로 추앙된 예가 많은 것은 그 때문이다.

「25시에서 영원의 시간으로」, 같은 책, pp.663-664

개인존중사상, 자유에 대한 갈망, 미에 대한 사랑 같은 것이 이 작가의 궁극의 지향점이다. 그것들은 모두 성스러운 것이어서 그가 믿는 종교와 일치한다. 신을 가장 아름다운 존재로 생각한다는 희랍 정교회에서는 시인을 성인으로 추대하는 일이 많다는 것이 그것을 입증한다.

그런 작가의 이상을 구현한 인물이 「25시」의 트라이안 코르카, 「키라레싸의 학살」의 아포스톨 선생, 「하나님은 주일에만 영접하신다」의 데세발 호르뮤즈 같은 몰다비아 출신의 인물들이다. 게오르규는 그가 그린 이상적인 인물들을 몰다비아에서 잘 자라는 전나무와 동질시 하고 있다. 그들은 모두 자코메티의 인물상처럼 살집이 없고 키가 크다. 전나무를 닮은 것이다. 그의 인물들은 카르파티아 산자락에서 껍질이 동파되는 혹독한 추위를 견뎌내면서 꼿꼿한 자세를 허물지 않는 전나무들이다. 그들은 전나무처럼 키가 크고 전나무처럼 싱그러운 냄새를 가지고도 있으며, 전나무처럼 굽힐 줄을 모른다. 어떤 역경에서도 인간의 존엄성과 자유를 지켜나가는 그들의 꼿꼿한 성격이 전나무의 특성 속에 수렴되어 있다.

2) 상록의 기상

작가가 본 전나무의 첫 번째 특징은 상록의 기상이다.

> 공원 너머로 보이는 자연은 황량했다. 그 황량한 풍경 속에서 전나무만
> 이 예외적으로 푸르렀다. 전나무는 계절의 황폐함에 물들지 않는 유일한
> 나무였다. 전나무는 다른 나무들처럼 의관을 흐트러뜨리거나 옷을 갈아
> 입는 일이 없었다. 오잔나강의 계곡에서는 전나무가 왕이다. 몰다비아의
> 고지대는 전나무의 왕국이다. 눈서리와 혹한 때문에 이 지대의 나무들은
> 겨울이면 수액이 얼어버리고 껍질이 터져나간다. …… 황량한 풍경이다.
> 카르파티아 사람들은 예수의 수난에도 포함되지 않은 유별한 고난을 감
> 내해야 한다. 봄의 기근과 봄의 산천의 황량함이다.
>
> 「하나님은 일요일에만 영접하신다」, p.47

수피樹皮를 동파시켜서 나병환자의 피부처럼 만들어버리는 혹독한 추
위는 카르파티아 사람들이 살아가는 사회적 환경과 흡사하다. 나무들은
외국의 폭정으로 굶어 죽어가는 사람들의 모습과 닮았다. 그러나 그들은
전나무처럼 추위에 굴복하지 않는다. 어떤 역경도 견디어내는 사람들
―그들은 계절의 황폐함 속에서 녹색을 지켜낸 전나무와 기상이 같다.

전나무의 상록성은 성삼문의 소나무처럼 의지력의 표상이다. "백설이
만건곤"한데 "독야청청"하는 강인한 의지력인 것이다. 게오르규의 인물
들도 성삼문의 소나무들처럼 천지를 뒤덮은 눈보라 속에서 "독야청청"
한다.

카르파티아인들은 긍지가 높고, 의지력이 강하다. 그들은 어떤 역경
에서도 굴하지 않는다. 세상 사람들이 '일곱 개의 목숨을 지닌' 사람들

이라고 할 정도로 그들은 강인하다. '불멸의 족속'이라고 불리는 다키아인의 후예이기 때문이다. "그는 자신의 죽음까지 넉아웃시켰다."는 작가의 말대로, 그의 인물들은 25시적인 비상한 여건 속에서도 죽지 않고 살아남는다. 고래 뱃속에서 살아남은 요나나 사자의 굴에서도 무사했던 다니엘처럼 게오르규의 주인공들은 죽음과의 싸움에서 승리한다. 지뢰를 밟아 폭발한 자동차의 불길 속에서 살아나오는 호르뮤즈(「하나님은 일요일에만 영접하신다」)나, 13년간의 수용소 생활을 견딘 요한 모리츠(「25시」), 다섯 발의 총알을 맞고도 소생한 보고밀(「키라레싸의 학살」)의 끈덕진 생명력은 카르파티아의 혹한을 견디고 살아남은 전나무와 흡사한 것이다. 그들은 행위나 예술을 통하여 조상들처럼 영생을 얻는다. 하지만 전나무가 하늘에 닿을 수 없는 것처럼 그들도 인간의 한계를 벗어날 수는 없다. 그들의 불멸성은 오로지 그들의 불굴의 의지의 표상일 뿐이다. 죽음을 두려워하지 않는 것, 그것이 보고밀이나 호르뮤즈의 기적의 비결이다. 전나무가 추위를 두려워하지 않음으로써 상록의 색깔을 지속적으로 간직할 수 있는 것과 같은 원리다.

3) 수직성

게오르규가 가장 자랑스러워하는 전나무의 또 하나의 특징은 수직성이다. 똑바로 직립直立해서 어떤 경우에도 휘지 않는 강직함…… 쓰러질지언정 곧은 자세는 흐트러뜨리지 않는 전나무는, 작가의 이상에 딱 맞는 나무라고 할 수 있다. 무거운 뿌리를 지심 깊숙이 박아 넣고, 하늘을 향하여 수직으로 서서 천상계를 지향하는 전나무의 모습은, 하늘과 땅을 잇는 '트레이드 유니온' 같다고 작가는 말한다. 그것은 전류가 흐르는 수용소의 철조망을 향하여 과감하게 걸어 나가는 트라이안 코르카의 모습이고 아포스톨 선생의 모습이다.

> 장군은 화가 머리끝까지 치밀어서 있는 힘을 다해 계속 아포스톨 선생의 얼굴을 때렸다. 그러나 선생은 비틀거리지 않고 수직으로 서 있었다. 피 흐르는 뺨이 서서히 퍼렇게 멍들어가고, 계속 매를 맞는데도, 그는 몰다비아의 산이나 숲이나 강처럼 여전히 흔들림이 없이 꼿꼿이 서 있었다. 모든 페트로다바 사람들처럼 그는 너무 꼿꼿하게 서 있었기 때문에, 그의 존재는 하늘과 땅 사이를 육체로 연결하는 트레이드 유니온처럼 보였다.
>
> 『키라레싸의 학살』, p.126

전나무의 뿌리는 사람들이 신는 신발과 동질성을 지닌다. 게오르규의 인물들은 거의 모두 무거운 구두를 신고 있다. 납을 매단 것 같은 호르뮤즈의 구두는 그의 체중보다 무거워 보인다는 묘사가 자주 나온다. 보고밀의 오핀카 구두나 호르뮤즈의 군화는 그들의 뿌리로서의 상징적 의미를 지니고 있다. 그들은 모두 키가 크다. 하지만 몸매는 깡마르다. 호르뮤즈는 "연처럼 날아갈 것 같은" 몸매를 가지고 있다. 영양실조로 기절을 하려는 그를 록산나가 부축했을 때, 그의 체중은 신고 있는 구두보다 가벼운 것 같다고 느껴졌을 정도다. 트라이안 코르가나 아포스톨 선생도 바싹 마른 인물들이다. 살이 거의 붙어 있지 않는 그들의 여윈 육체는 지상적인 것과는 유대가 아주 적은 존재임을 시사한다. 물질적 요소를 최소한으로 줄인 그들의 깡마른 육체가 수직으로 똑바로 설 수 있는 것은, 그들의 정신력의 강도 때문이다. 그건 전나무가 가진 미덕을 닮았다.

무게의 거부가 남녀 간의 애정으로 나타난 것이 호르뮤즈와 록산나

공주의 사랑이다. 평생 플라토닉한 사랑을 한 아벨라르와 에로이즈처럼 그들의 사랑은 순화된 플라토닉 러브였다. 육체적 교섭을 필요로 하지 않는 이들의 사랑은 고딕 성당의 건물처럼 하늘을 향하여 발돋움을 하고 있다. 그 수직의 자세 속에서 그들은 전나무와 만난다.

하늘을 향하고 서서 수직의 선상에서 성장을 계속하는 전나무처럼 "키라레싸에서는 사랑도…… 뻣뻣하고 딱딱하고 무덤덤하게 표현된다. 고통도 마찬가지다."(『키라레싸』 14장) 이들은 하늘을 우러르며 영혼을 키워 나가고 있는 점에서도 동질성을 드러낸다. 천상적인 것에만 관심을 가지는 그들의 정신주의가 여윈 육체로 상징화되어 있다. 비르질 게오르규는 모든 사물에서 싱징적 의미를 찾아내는 명민한 더듬이를 가진 시인이다.

몰다비아의 삼위일체는 "하늘과 대지와 피"다. "연처럼 날아가 버릴 것 같은" 육체의 선과 그것을 지심으로 연결해 주는 구두의 무게는 하늘과 땅을 이어주는 '살과 피로 된 트레이드 유니온' 구실을 한다. 이들의 수직의 자세는, 직립의 자세는 어떤 것으로도 무너뜨릴 수 없는 이유가 거기에 있다. 그것은 몰다비아인이 목숨이 붙어 있는 한 마지막까지 지키는 자세다. 그들이 마지막까지 가지고 싶어 하는 자세이기도 하다. 아포스톨 선생은 쇠뭉치가 달린 채찍에 맞아 눈알이 몽땅 빠져버리는 순간에도 그 자세만은 기적적으로 유지한다. 트라이안 코르가도 마찬가지다.

4) 고도高度

세 번째 특징은 높은 곳이 아니면 살지 못하는 전나무의 고도 선호 경향이다. 몰다비아는 지리적으로 높은 지역에 있다. 전나무에는 그 고도가 필요하다. 전나무는 높은 곳이 아니면 온전하게 자랄 수 없기 때문이다. 다른 식물들이 얼어 죽는 몰다비아의 고지에서 전나무는 비로소 왕자처럼 늠름할 수 있다. 게오르규는 고지를 언제나 청정清淨한 장소로 인식한다.

> 그곳에서는 굶주림도 갈증도 모두 정결하다. 밤낮으로 머리 위에 떠 있는 구름이 거대한 해면海綿처럼 수분을 흡수하여 공기를 정화시킨다. 구름은 목장의 잡초나 관목의 잔가지까지도 정화시킨다. 기로氣路를 정화시키는 것이다. ……
>
> 평원에서는 모든 것이 반대다. 평원은 중요하지만 공기가 혼탁하다. 평원에서는 나무나 풀도 더러워진다. 샘물은 부패되어 모기와 독충들의 온상이 된다. 전쟁은 언제나 평지에서 일어난다. 전쟁은 고도의 결핍에서 생겨나는 것이다. 배신과 잔학, 비열함과 폭력, 황폐함과 도둑질…… 전쟁은 늘 그런 것을 수반한다. 전쟁터에서 병사들의 피는 항상 진흙과 범벅이 된다. 오염된 공기와 마찬가지로 피도 흐르자마자 더러워지는 것이다.

「하나님은 일요일에만 영접하신다」, p.16

그래서 고지의 말들은 평지에 가면 털이 빠져버린다. 폐도 콧구멍도 내장도 모두 짓물러져서 결국은 죽고 만다. 식물도 기력을 잃고 떡잎이 지기 시작한다. 떡잎은 식물의 황달이다. 데세발 호르뮤즈가 평지의 전쟁터로 끌려갔을 때 황달에 걸리는 것도 같은 현상이다. 고도의 결핍에서 생겨나는 병은 어떤 약으로도 고칠 수 없다. 게오르규에게 있어 '고도'라는 어휘는 심오한 상징성을 내포한다. 그것은 인간의 심리적, 정신적 높이도 의미하기 때문이다. 그래서 같은 몰다비아인도 높은 곳에 사는 사람과 낮은 곳에 사는 사람은 기질이 다르다.

게오르규에게 있어 고지는 정신주의자들의 땅이며, 오염되지 않은 성지다. 유럽의 각지에서 폐병환자들이 병을 고치러 모여드는 카르파티아의 산들은, 치유의 상징적 장소이며, 기적을 행하는 '금은의 꽃'이 피는 장소이기도 하다. 판타나의 풀밭은 요한 모리츠의 영원한 유토피아이고, 트라이안 코르가와 호르뮤즈가 탄생한 땅이다. 전나무의 왕국인 이 고장은 성자 같은 밀류에스코 신부(『키라레싸』)의 주거지이기도 하다. 조개의 고통스러운 상처에서 진주가 생겨나는 것처럼, 계절의 황폐함 속에서 생겨난 이들의 정신주의는 전나무처럼 고도가 있어야 빛을 발한다. 전쟁은 고도의 결핍에서 생겨난다는 것이 게오르규의 신념이다.

  게오르규에게 있어 카르파티아 산맥의 동쪽 기슭은 전나무의 고장이며, 전나무를 닮은 사람들이 사는 곳이다. 고통을 견디는 불굴의 의지, 하늘과 땅을 잇는 영결선 같은 수직의 자세, 정화력을 가진 높은 정신주의, 남성적인 의연함 같은 것은 모두 전나무와 인간이 공유하는 카르파티아적 특징이다. 그것은 게오르규가 평생 지향하는 모든 것을 지니고 있다. 인간의 순수성과 존엄성을 지키려 평생을 투쟁해 온 그의 전 생애가 공해의 치외법권 지대인 몰다비아에서 자라는 전나무 속에 수렴되어 있다. 「25시」적인 절망과 비관론에도 불구하고 그의 싸움이 계속되고 있는 것은, 모든 일상의 잡사가 자연과의 교감 속에서 이루어지는 카르파티아의 성산聖山에서 지금도 자라고 있는 전나무가 있기 때문인지도 모른다. 그에게 있어서 카르파티아 지방은 지리적 실재성을 넘어선 상징적인 성역이다.

(『문학사상』 특집, 「문학 속의 나무」 중 하나. 1976. 6)

8. 비르질 게오르규의 어록

1) 게오르규와의 만남

콘스탄틴 비르질 게오르규는 당시『문학사상』주간이던 이어령 선생이 1974년에 초청한 첫 외국작가였다. 공항에서 만난 게오르규는 키가 크고 꼿꼿한 자세를 가진 희랍 정교회 신부였다. 무언가 천상적인 것을 연상시키는 분위기를 가지고 있었다. 러시아의 시골 교회에서 본 정교회 신부들 비슷한 분위기였다.

품위가 있고 지적인 게오르규 부인은 남편보다 30센티 정도 키가 작고, 살짝 휘어진 매부리코를 가진 아담한 미인이었다. 변호사였던 그녀가 처녀 때 법복을 입은 모습을 처음 본 게오르규가 "검은 튤립"이라고 별명을 붙였다는데, 다듬은 밤톨 같은 분위기에 그 말이 딱 들어맞았다.

문학사상사에서는 그 후에 루이제 린저. 이오네스코, 로브그리예 등도 초청하였지만 게오르규는 그 중에서 가장 초청자를 편하게 해 주는 어진 문인이었다. 타인에 대한 배려가 극진했다. 하지만 모든 것을 그냥 넘어가는 타입은 아니었다. 그분은 한국을 많이 사랑해서 한국에서 초청하니까 두 번째도 반갑게 오셨다는데, 유감스럽게도 초청인이 이어령 씨인 줄 알고 오셨다는 것이다. 두 번째 초청자 이름이 이영호Lee Young Ho(후에 체육부장관 하신 분)인데 Lee O Young이라는 이 선생의 영자 표기와 유사하니 혼동한 것이다. 그런데 초청자 측에서 육영수 여사의 무덤을 방문할 일정을 짜 놓았더니 완강하게 거절했다. 정치적으로 이용되고 싶지 않다는 것이다.

게오르규는 희랍 정교회의 신부여서 언제나 검은 신부복을 입고 다녔다. 내리닫이 신부복이 아주 잘 어울리는 분이었다. 하지만 본질적으로 시적인 문인이어서 언사가 시처럼 아름다웠고, 덕담을 잘하셨다. 상대방의 인품에 적합한 다듬어진 덕담들이 듣기 좋았다.

1977년에 내가 혼자 파리에 가서 시암가에 있는 게오르규 댁에 예고 없이 찾아간 일이 있다. 전할 물건이 있는데 전화가 안 되어서 찾아 갔더니 그분이 문을 열어주셨다. 투롱에서 강연을 하고 막 돌아온 참이라고 했다. 피곤해 보였다. 피곤하니까 얼굴에 깊게 파인 주름이 두드러져 보였다. 그건 그들의 수난의 자취여서 가슴 아팠다. 그런데 나를 보자 대뜸 게오르규는 "Au mois de Mars, voila hirondelle!"(삼월이 되니 제비가 왔네)하고 반겼다. 그 순발력에 놀랐다. 그날이 3월의 첫날이고 내 성이 '제비 강'이라는 것을 잊지 않은 것이다. 편도선이 부었다니까 '발다'라는 파란 약을 주시던 생각도 난다. 교통신호가 운이 좋게 파란색으로 이어져 나올 때, 프랑스 사람들은 "아! 발다가 터졌다!"고 환성을 지른다는 말도 해서, 혼자 나선 첫 외국 여행에 주눅이 들어 있던 나를 웃게 만들기도 했다. 버스표를 주면서 버스 타는 법을 가르쳐 주어서 많은 도움이 되었다. 덕분에 나는 발다로 편도선을 다스리고 마음대로 버스를 타고 다니면서 처음 간 파리를 즐길 수 있었다. 에카테리나 부인은 미니어처만 수집하는 취미가 있었는데, 장식장에서 내게 게오르규가 쓰던 작은 은제 휴대용 약통을 꺼내 선물로 주셨다. 그 후 나는 이 부부와 오랫동안 편지를 주고받았다. 그러다가 속리산에 다니러 갔을 때 거기에서 그의 부음을 들었다. 1994년의 일이다.

게오르규에게는 관점이 새롭고, 아름답고, 의미 깊은 어록이 많다. 그는 시적 감수성의 날카로운 더듬이로 사물들의 상징적 의미를 찾아내는 천분을 타고났다. 게오르규는 「25시」의 작가로 이름이 알려져 있지만, 사실은 본질적으로 시인이어서, 사막과 유목민, 시와 언어와 여성에 관한 어록들이 아름답다. 필자가 보기에는 그는 타고난 시인인데, 상황이 너무나 각박해서 '탄원서'를 쓰는 기분으로 소설을 쓴 것이 아닌가 하는 생각이 든다. 「25시」에는 탄원서를 쓰다 자살하는 시인이 나오기 때문이다.

이어령 선생(남편)이 1974년에 그 작가를 초청했을 때, 미리 그에 대해 알고 싶어서 책을 구해서 읽기 시작했다. 이미 번역된 「25시」는 읽었으니까 내가 이 글을 번역하던 1976년경에는 아직 번역본이 없었던 「마호멧의 생애」, 「키라레싸의 학살」, 「25시에서 영원의 시간으로」 같은 책들을 원서로 읽었는데, 이따금 너무 아름다운 구절들이 있어서 뽑아 보았다. 그래서 이 어록에는 「25시」의 것이 빠져 있다.

본격적으로 모든 책을 다 뒤져서 어록집을 따로 엮어보고 싶었는데, 해가 저물어 가니 포기하고, 이미 해놓은 것만 추려서 이 책에 넣기로 했다. 「게오르규의 전나무」에 관한 글에 인용된 부분은 중복을 피해 삭제했고, 루마니아에 관한 것도 중복되어서 제외했다.

『문학사상』에서 번역을 부탁한 「키라레싸의 학살」이라는 소설은 내 취향에 맞지 않았다. 그런데도 전문가가 아닌 내가 번역을 맡게 된 것은, 갑자기 이루어진 그분의 내한과 맞물려 있어서 시간이 촉박했기 때문이다. 시간이 모자라서 내가 번역했다고 말했더니 게오르규는 미안해했다. 그 소설은 대중취향이 아니라 잘 안 팔린다는 것이다. 돈 때문에 한 것이 아니니 문제가 되지 않았다.

하지만 번역하는 동안에 나는 그리스 정교회와 루마니아의 카르파티아 지방에 대해 많은 것을 알게 되었다. 루마니아는 내륙에 있지만 이천 년 동안 64년밖에 독립한 일이 없는 수난의 역사를 가진 나라여서, 게오르규는 자기네처럼 수난의 역사를 살아온 한국에 호감이 많았다. 그 동질감이 게오르규 신부와 공유한 공감대였다. 그분은 우리 오빠와 동년배셨고, 나도 백두산 기슭의 고지에서 산 기억이 있어서 나는 만나자마자 그분을 좋아하게 되었다.

게오르규의 어록 모으는 일은 『문학사상』의 청탁을 받아서 했다. 이 글들을 통해서 나는 그가 인본주의적 개인존중사상을 가지고 있다는 것, 미를 최고의 가치로 여기는 그리스적인 심미주의의 신봉자라는 것, 육체미에 대한 그리스적인 예찬자라는 것 등을 알 수 있었다. 그런데 그 모든 것이 그의 세계에서는 기독교와 융합을 이루고 있었다. 시와 종교의 동질시 같은 동방 정교회의 특수한 세계관을 보여주고 있어서, 작가를 아는 데 도움을 주었다. 기독교와 헬레니즘이 융합을 이룬 희랍 정교회에서는 신부의 결혼이 허락되며, 개인의 독자성도 존중되고, 심미주의도 용납되는 것 같았다. 불구자는 신부가 되지 못한다는 데서도 그리스의 영향이 엿보였다. 불구는 추함을 의미하기 때문이라는 것이다. 아이콘을 처음 만든 것도 그들이다. 시와 종교를 동질시 하는 점도 신기했다. 거기에서는 시인이 성인으로 추앙받는 일이 많다는 것이다.

그 무렵에 읽은 책 중에서 가장 정감 있게 쓰인 책이 「마호멧의 생애」였다. 그리스 정교회의 사제가 쓴 다른 종교의 교주 마호멧의 생애인데, 유목민 문화와 이슬람 교회에 대한 묘사들이 감동적이었다. 게오르규는 희랍 정교회 사제인데, 유목민과 이슬람 교회에 대한 조예가 깊었고, 그 너머에 있는 상징성 읽기가 탁월해서 그의 기독교는 독선적인 것이 아님을 알 수 있었다. 인본주의사상도, 심미주의도, 육체미 찬양도 그에게 가면 모두 거룩한 '행위'가 되어, 그의 종교와 융합이 되는 것이 경이적이었다. 러시아 정교회의 신부들처럼 그분은 탈속한 맑은 신앙의 세계에 젖어 있었고, 타인의 아픔에 대한 공감도가 높았으며, 인간에 대한 사랑이 깊었다. 그분은 내가 본 가장 성결스러운 신부였다.

(2019년)

2) 비르질 게오르규의 어록

유목민

1) 일 년에 3주도 안 되는 동안만 풀이 돋을 만큼 비가 오는데 그게 사막의 황금기다. 그래서 유목민들은 "빵을 얻기 위해 우리는 목숨을 바치며, 계속되는 굶주림에 우리의 살갗은 화덕같이 달아오르고, 우리는 금쪽같이 비싼 물을 마신다."고 탄식한다.　　　『마호멧의 생애』, p.37

2) 아라비아는 마르지 않는 수로나 숲이 없는 나라다. 그곳 사람들은 칼날 같은 폭염이 살갗을 태울 때에도 옷을 훨훨 벗고 맨몸으로 물에 뛰어들어 몃 감는 즐거움을 모른다.　　　『마호멧의 생애』, p.46

3) 아랍인들은 아주 상상력이 발달한 민족이지만, 진짜로 하늘에서 비가 쏟아져 홍수가 진다는 사실만은 상상하지 못한다. 그들은 비를 '천사의 가래침'이라 불렀다.　　　『마호멧의 생애』, p.10

4) 유목민들은 사막에서 아주 많은 인력이 있어야 생존이 가능하므로 초인이라도 혼자서는 목숨을 보존하기 어렵다. …… 그래서 사막에서는 집단이 모든 것을 지배한다. 사막법에서는 모든 범죄에 대해 집단에 보상을 요구한다. 그래서 동태복수법이 생겨난다. 눈에는 눈으로 귀에는 귀로 갚아야 하는 것이다. 만약 어느 부족이 다른 부족의 생명을 해치면, 그들은 피해 부족에게 '피의 대가'를 치러야 한다. 힘의 균형을 유지하기 위한 방편이다. …… 만약 아이를 죽였다면, 살인자가 처벌을 받는 것이 아니라 똑 같은 나이의 아이를 상대편에서도 희생시켜야 되는 이유가 거기에 있다. 죄의식은 문제가 되지 않고 물질적인 힘의 균형만을 문제 삼는 그들은, 도덕적인 가치를 모르고 물질적 가치로만 생명을 저울질하는 것이다. …… 유목민이 정착민이 되면 사막법은 불편해지니까 그들은 법을 고친다. 드디어 개인에게 적용되는 법이 생겨나는 것이다.

『마호멧의 생애』, p.4

5) 유목민이 가장 경멸하는 인종은 정착하여 사는 사람들이다. 진짜 베두인은 낙타의 주인들이다. …… 그들이야 말로 진정한 자유인이다. 그들은 시인 라마르티느가 원한 것 같은 삶을 산다. "깨어난 장소에서 잠들게 되지 않기를 원하"는 생활이다.

『마호멧의 생애』, p.37

6) 민간 설화에 의하면 신은 아랍을 사막으로 만들 의사가 없었다. 아랍을 사막으로 만든 것은 악마의 소행이다. 하나님은 악마의 잘못을 보상하기 위해 아랍인에게 터번과 말과 낙타를 주었고, 시를 쓰는 재능을 부여했다.

『마호멧의 생애』, p.48

7) 초목의 경우와는 반대로 신앙은 기름진 땅보다는 사막에서 더 쉽

고 깊게 뿌리를 내린다. 사막에는 인간의 사고나 욕망을 끌어당길 자연도 인공의 사물도 없기 때문에 영원에 대한 관조를 방해할 것이 없다. 그래서 사람들은 자신의 육신 바로 밑에서 시작되는 모래벌의 무한성과 수시로 접촉할 기회를 가진다. 황량한 사막에서 신을 만난 사람은 끝까지 그 신에게 충성을 바친다.　　　　　　　　　　『마호멧의 생애』, pp.2-3

8) 아랍에는 두 개의 무한한 사막이 있다. 머리 위에 있는 하늘과 지상의 사막이 그것이다. 이 두 개의 사막 속에서, 인간을 창조한 조물주와 피조물인 인간은 수도 없이 자주 만나게 된다.　　　　『마호멧의 생애』, p.3

9) 열대지방에서는 잡초까지 모두 무성한 꽃을 피우듯이 사막에서는 모든 종교가 옳은 종교로 인정된다. 사막에는 사교가 없다. …… 식물과는 반대로 종교는 사막에서 싹이 트고, 풍요롭게 꽃을 피운다. …… 아라비아 반도의 불타는 열사熱砂 위에서는 모든 사람들이 기도를 하기 때문에 우리는 거기에서 기독교의 신과 유대교의 신, 회교의 신을 모두 만날 수 있다.　　　　　　　　　　　　　　　　『마호멧의 생애』, p.34

10) 온대에서는 고등식물만이 꽃을 피우지만 열대의 처녀림에서는 모든 식물이 향기로운 색색의 꽃을 피운다. …… 보잘것없는 잡초도 열대에 가면 장미처럼 아름다운 꽃을 피운다. 열대지방에는 잡초가 없다. 아라비아에서는 모든 종교가 그렇게 변신한다.　　　　『마호멧의 생애』, p.50

11) 인간은 자신의 성性을 선택할 권리도 없는 존재다. 사막에서의 생존은 전적으로 우연성에 의존한다. 물이나 식량은 가뭄과 홍수에 달려 있으니 모든 것이 신의 의사에 달려 있는 것이다. 가진 것을 모두 잃고,

후일에 두 배로 보상받은 욥의 모험이야 말로 사막에서의 삶을 웅변으로 말해주는 좋은 예이다. 우리 각 개인의 삶에 관한 하나님의 의도나 결정은 비밀이어서 우리는 그것을 예측할 수 없다.

『마호멧의 생애』, p.3

풍란

12) 땅을 독점하고 공기와 햇빛을 모두 흡수해버리는 괴물 같은 열대 식물에게 땅을 빼앗겨서 풍란은 뿌리 채 지상에서 쫓겨나 간신히 큰 나무에 기어 올라가 꼭대기에서 뿌리를 허공에 던진다지요? 그러니까 구름과 해를 먹고 사는 거죠. 높은 곳에서 살아남기 위해서 풍란은 껍질을 벗어버리고 뿌리가 줄기와 잎과 꽃을 대신한다잖아요? 이건 약탈당한 사람들에게 주는 가장 멋있는 해답이지요. 회복할 수 없게 패배하고 억압당하고, 약탈당하며 뿌리를 박을 땅을 빼앗긴 모든 약자들의 가장 큰 승리죠. 나도 풍란처럼 숲속에서 하늘에 뿌리를 내리고 살아요.

『키라레싸의 학살』, p.166

13) 사막에는 목재가 없기 때문에 아랍인들은 관에 들어가 묻힐 수 없다. 사막은 시체를 보존하기를 거부한다. 사막에는 해골이 없고, 오래된 무덤도 없다. 그 메마른 땅에서는 뼈도 살도 금방 풍화되어 마치 화장 가마에 넣은 것처럼 완전히 먼지가 되어 사라져버린다.

『마호멧의 생애』, p.48

14) 죽은 자는 산 자보다 여러모로 우월하다. 그들은 더 이상 속죄의 의상인 피부의 옷(tunique de peau: 육체를 의미함. 역자)을 입을 필요가 없다. 육체에서 해방되는 것이다. 더 이상 죄를 짓지 않는 것도 놀라웁고, 범속

한 근심에서도 해방될 수 있는 것도 좋다. …… 나는 사람들이 지상의 삶의 고달픔을 쉬기 위해 죽는다고 생각한다.

『25시에서 영원의 시간으로』, p.614

언어

15) 만약 이 세상에 황금보다 더 귀한 보물이 있다면 그것은 언어다. 시인 주하이르의 말처럼 인간은 그의 마음과 언어에 의해서만 가치가 주어지는 그런 존재다. 그것들을 빼면 인간에게는 피에 젖은 보잘것없는 육체의 성城밖에 남는 것이 없다.

언어는 아랍인의 황금이다. 만약 그들에게 언어라는 보화가 없었다면, 다시 말해서 시와 이야기의 보고寶庫가 없었다면, 사막에서의 생존이 불가능했을 것이다. 황막한 불모의 사막을 준 대신 신은, 불타는 열사 속에 살도록 운명 지어진 불쌍한 아랍인들에게 이 세상 어느 곳보다도 많은 풍성한 별을 주었고, 칼과 천막과 터번을 주었다. 하지만 신이 그들에게 준 가장 소중한 선물은 언어다. …… 아랍인들은 남들이 대리석과 금속, 돌, 비단, 물감 등에서 찾아내는 모든 예술적 아름다운 언어에서 발굴했다.

아랍인들은 아무런 예술도 소유할 수 없게 운명 지어진 사람들이다. 그들은 건물 없이 살도록 운명 지어졌다. 모래를 가지고는, 그리고 모래 위에는 궁전도 도시도 신전도 지을 수 없다. 모래로는 조각도 할 수 없고, 모래를 가지고는 그림도 그릴 수 없다. 그들이 가질 수 있는 예술은 언어예술뿐이다. 언어 속에서 그들은 모든 다양한 장르의 예술을 창조해냈다. 시는 아랍인들이 가진 유일한 국보다. 아랍에서 시인은 절대로 범상한 인간이 아니다. 시인은 사제이고, 의사이고, 심판관이다. 그리고 석학이며 두목이다. 시인은 성스러운 인물인 것이다. 『마호멧의 생애』, pp.57-58

16) 어린 시인이었던 나는 다른 사람들이 X레이를 통해 사물을 투시하듯이 사물의 본질을 투시하도록 운명 지어졌다. 시인은 인습과 법규와 언어의 장막을 완전히 걷어버리고 막 뒤에 있는 것을 보여주는 사람이다. 시인은 그 인간의 본질을 보기 위해 그의 명함을 찢어버린다.

「25시에서 영원의 시간으로」, p.578

17) 시인은 죽음보다 불구를 더 두려워한다. 그것은 추하기 때문이다.

「치욕의 낙인」, 『말채찍』, p.490

18) 시인은 날 때부터 치욕의 낙인을 가지고 있는 사람이다. 시인은 언제나 동시대인들에게 짓밟힌다. …… 시인은 두뇌에 의해 조종되는 사람이 아니라 심장의 고동과 그 율동에 의해서 사는 사람들이다. 그래서 군중은 시인을 용서하지 않는다. 그들은 열정과 증오를 가지고 시인을 참살한다. 그리고는 막상 시인이 숨이 끊어지면 갑자기 그를 찬양하며 기념비를 세워준다.

「내밀의 일기」, 같은 책, p.498

19) 당신은 누에를 아는가? 비단을 만들기 위해 누에는 나비가 될 아름다운 몸과 날개, 그리고 심장과 발을 모두 용해시킨다. 그렇게 하여 누에는 자신의 모든 것을 비단으로 변형시킨다. 고작 몇 미터의 비단실을 뽑아내기 위해 누에는 죽는다. 기꺼이 자기 몸을 소멸시키는 것이다. …… 시인도 누에와 같다. 몇 개의 영상을 만들어내기 위해 시인은 전 생명을 소모시킨다. 그런데 요즈음은 영화와 텔레비전, 호화판 잡지들이 매초마다 수백만 개의 플라스틱제의 시의 영상을 대량으로 생산한다. 그러니 나일론 때문에 누에가 사라지듯 머지않아 시인도 자취를 감출 것이다. 어쩌면 우리는 군중에게 학살당하는 마지막 시인인지도 모

른다. 「내밀의 일기」, 같은 책, p.499

20) 석류는 일 년 내내 꽃이 피고 열매를 맺는다. 석류나무는 계절을 모른다. 사막의 주민들도 석류처럼 계절에 대한 감각이 없다. 그들은 나자마자 어른이 되며 죽을 때까지 어린 아이와 같다. 집시들은 사막인들과 쌍둥이다. 그리고 석류와도 쌍둥이다. 예술가들도 역시 석류와 동류다.

『대학살자』, p.5

21) 희랍 정교회에서는 시와 기도를 같은 것으로 생각한다. 둘 다 아름다움과 숭고함, 그리고 성스러움을 지향하는 것으로 보기 때문이다. 조화와 미는 시나 기도의 율법이요 규범이며, 그것을 통해서만 인간은 우주나 영원과의 포옹이 가능하다고 생각한 것이다. 미와 성聖은 하나이고 동질의 것이다. 아름다운 것은 성스럽고 성스러운 것은 아름답기 때문이다. 신은 최상의 아름다움을 의미하니까 성인이나 승려는 모두 미의 애호가이다.

위대한 시인이나 화가, 음악가, 웅변가 등이 성인으로 추앙된 예가 많은 것은 그 때문이다. 『25시에서 영원의 시간으로』, pp.663-664

22) 세상에 태어나서 인간을 제일 먼저 보게 된 것을 나는 아주 자랑스럽게 생각한다. 한 인간의 모습을 보면서 나는 거기에서 하나님을 보았다. 하나님을 본다는 것은 우주 전체를 보는 것을 의미한다. 하나님의 인간적인 얼굴을 우리에게 보여주기 위해 예수님은 인간으로 태어나셨다. 하나님의 가장 숭엄한 모습은 항상 인간의 형상으로 그려진다.

『25시에서 영원의 시간으로』, p.536

군대, 전쟁

23) 일단 체포되면 단추부터 뜯기는 것이 군대의 법도다. 웃옷과 바지의 단추만 뜯기는 것이 아니라 셔츠와 팬티의 단추까지 뜯긴다. …… 아마도 사령부는 단추를 떼는 것이 군인의 머리나 혀를 자르는 것과 맞먹는 벌이라고 생각하는 모양이다. 웬일인지 모든 군대는 단추를 좋아한다. 합스부르크 왕가, 나폴레옹, 카이자르 등은 그들의 전성기에 장교들의 옷에 100개도 넘는 단추를 달아 주었다고 한다.

『키라레싸의 학살』, pp.70-71

24) 키시네프의 군사학교에는 낙제생에게 제복의 포켓을 모조리 잘라버리는 벌을 내리는 관습이 있었다. 포켓뿐 아니다. 옷에 선을 둘렀던 모르 장식도 도려냈다. 보드나아르는 새삼스럽게 절망을 느꼈다. 그것은 몸에서 살점을 도려내는 것 같은 타격이었기 때문이다. 웃옷의 견장도 뜯겼다. 견장이 없는 제복은 시체 같았다. 견장의 박탈은 군대에서는 사형에 맞먹는 형벌이다. 견장은 군복의 머리이기 때문이다.

『제2의 찬스』 1장

여자

25) 조물주는 세상에서 가장 아름다운 피조물을 흙으로 만들었다. 그것이 남자다. 하지만 여자는 좀더 잘 만들기 위해 흙보다 고급의 소재를 택했다. 이미 장인의 손을 거쳐 만들어진 아담의 갈비뼈로 만든 것이다. 여자가 육체미나 기타 자질에 있어 남자보다 우수한 것은 그 때문이다.

『여자간첩』

26) 꽃도 과일도 난초도 없는 사막지대, 해초나 하늘거리는 가지를

가진 유연한 식물이 전혀 없는 사막에서는 여자만이 그 육체를 가지고 신이 우리의 눈을 즐겁게 하려고 만들어낸 모든 것을 상기시킨다. 아랍인들은 여자의 육체에서 모든 것을 본다.

사막에서 여자는 곧 아름다운 정원이며, 꽃이고, 향기로운 과일이며, 푸르게 굽이치는 강물이요, 도란거리는 샘물이며 여울이다. …… 황량한 사막의 불모지에 나타난 아가적雅歌的인 영상이 여자다. 그래서 그들은 초월자의 분신이다. 『마호멧의 생애』, p.132

27) 여자는 물과 같아서 목적한 바를 반드시 달성한다. …… 여자는 시냇물과 흡사하다. 시냇물은 산을 만나면 몸을 좁혀서 바위틈을 누비며 빠져나가고, 평지를 만나면 해변에 누운 피서객처럼 게을러져서 마냥 널브러진다. 땅 위에서의 전진이 불가능하면, 지하로 내려가 숨거나 하늘로 올라가 비나 구름으로 변신해서라도 반드시 다시 땅에 내려와 바다로 향하는 전진을 계속한다. …… 아무도 그 뜻을 막을 수 없다.

『대학살자』 4장

28) 타이나의 죄는 우선 그 미모에 있었다. 그녀는 보기 드문 미인이었다. 그녀의 살빛은 우윳빛과 장밋빛이었다. …… 그녀의 몸에 있는 모든 부분은 둥그랬다. 움직이는 동작도 공처럼 둥글둥글했다. 그녀의 몸짓은 감각적이면서 조화가 있는 율동적인 것이었다. 그것은 일종의 음악이다. 그녀의 미는 카르파티아 여자들과는 다른 아름다움이다. 키라레싸의 여인네들은 산과 도끼와 모래 같은 단단한 자료로 빚어져 있다. 그들의 아름다움은 화강암처럼 엄격하다. 숭고하나 융통성이 없는 아름다움이다.

『키라레싸의 학살』, p.152

29) 탁월한 아름다움은 벗고 있더라도 음란해 보이지 않는 법이야. 성인들의 나체가 음란해 보이지 않는 것과 같은 이치지. 지고至高의 신성과 미는 인간의 나체에 있는 법이야. 누가복음 15장에 쓰여 있는 것처럼 나체는 인간이 '최초의 의상'을 입은 상태라고 할 수 있어. 나체는 순수하고 성스러운 것이기 때문에 낙원에서 아담과 이브는 벗은 걸 느끼지 못했고 수치심이 없었던 거야. …… 그녀의 매력이나 아름다움은 남자만을 유혹하는 여성적, 육감적인 것만이 아니었어. 그녀의 완벽한 매력은 남녀노소 모두를 즐겁게 하는 것이었지. 모두들 타이나에게 매혹당했어. …… 마치 불이 열을 발산하듯이 파리지엔느인 타이나의 외양은 매력을 발산하여 시나 저 세상의 부름소리 같았기 때문에, 마을 사람들은 그녀를 보면 천국에의 향수를 느꼈어. 『키라레사』, pp.266-270(초역)

30) 이 세상에 완벽하게 순수한 물은 없다. 모든 물은 아무리 순수한 경우라도 염분, 가스, 철분 등의 이물질과 섞여 있기 마련이다. 완벽하게 순수한 물이 설사 있다 해도 그런 물은 음료수가 될 수 없다. 인간의 경우도 마찬가지다. 지상의 생활 속에서 인간의 모습은 음료수의 경우처럼 잡것이 섞인 혼합물일 수밖에 없다. 모든 성화聖畵는 인간의 이런 원형原型을 나타낸다. 하지만 거기서는 인간의 육체가 물질의 법칙이나 시간과 공간의 제약에서 해방된 자유로운 형상으로 그려진다.

『25시에서 영원의 시간으로』 1장

행위acte와 행동action

31) 아포스톨 선생은 언제나 오른손으로 음식을 집어다 먹었다. 절대로 왼손은 쓰지 않았다. 먹는다는 것은 성스러운 일이기 때문이다. …… 식사를 할 때 그의 옆에 있는 것은 하나님과 천상의 피조물만이

아니다. 선생의 조상들도 함께 있다. 그는 언제나 그들과 함께 식사를 한다. …… 식사를 하고 있으면 큰 나무의 둥치 속에 수액이 스며들 듯 평화가 그의 몸속에 괴여 오르는 것을 느낀다. ……

『키라레싸의 학살』, p.371

32) 세상에는 남을 생각해서 하는 일도 많이 있다. 우물 만들기도 그 중의 하나다. 우물은 언제나 울타리 밖, 길 가장자리에 판다. 지나가는 길손들이 마음대로 마시게 하기 위해서다. 한 사람의 정의가 모든 이의 정의이듯이 우물도 한 사람의 것이 모든 이의 것이 되는 것이다.

학교의 우물에 가서 물을 긷는 아포스톨 선생의 움직임은 엄숙하고 느리고 종교적인 것이었다. 별이 총총한 밤하늘 아래에서 달콤하게 향내가 나는 공기를 마시며, 땅속에서 스며 나오는 물을 길어 올리는 행위는 실용적인 행동이라기에는 너무나 아름다운 것이기 때문이다. 이 행위는 과거와 땅속에 뿌리를 박고, 하늘에 잔가지를 널리 펴며, 미래를 향하고, 영원과 모든 것, 세기와 세기로 이어질 완벽한 신앙적 행위이다.

행동은 처음과 끝과 유용성이 있는 움직임이다. 그러나 행위는 인간의 생명이나 식물이나 모든 사물과 마찬가지로 항상 새로우며 처음도 끝도 없이 되풀이되는 어떤 총체의 한 부분을 이루는 행동이다. 키라레사의 모든 주민들과 마찬가지로 아포스톨 선생에게 있어 물을 긷는다든가 음식을 먹는 것, 길을 걷는 것, 정원의 장미와 박하에 물을 주는 것과 같은 동작은 모두 행위이다. 기도가 '행위'인 것과 마찬가지다. 아포스톨 선생의 이런 행위는 모두 기도와 같다. 그런 행위의 총화는 하나의 의식儀式이 된다.

『키라레싸의 학살』, pp.373-374

33) 여자를 사랑하면 독점하고 싶고, 돈이 있으면 집을 사고 싶은 것이

인간의 본성이다. 집단주의가 이론적으로는 훨씬 공정하고 합리적으로 보이지만, 사유재산의 관념을 없애버리지 못한 것은 그것이 인간의 본성에 어긋난 이론이기 때문이다.　　　　　　『25시에서 영원의 시간으로』, p.576

마음

34) 마음은 다이아몬드와 같아서 순수할수록 무게가 나간다. 만약 완벽하게 순수한 영혼이 존재할 수 있다면 그것은 지구보다 더 무거울 것이다.　　　　　　『마호멧의 생애』, p.44

　　　　　　　　　　　　　　　　　　　　（『문학사상』, 1978. 7）

참고문헌

La Seconde Chance, Plon, 1952.

Le Meurtre de Kyralessa, Plon, 1965.(독자의 편의를 위해 한국어판 『키라레싸의 학살』(강인숙 역)에서 인용.)

De La 25e Heure A'L'heure Eternelle, Librairie Plon, Paris, 1966.(*La 25e heure*와 같이 묶여 있음)

L'Espionne, Plon, 1971.

La tunique de peau et La Cravache, Plon, 1972.(안에 "Journal intime"가 들어 있음)

La Vie de Mahomed, Plon, 1975.

Dieu ne reçoit que le dimanche, Plon, 1975.

부록

1. 출전

I부 여류작가론

1. 박경리의 초기 소설 연구
   : 발표지면 미상, 1970년경
2. 박경리와 가족
   : 2019년 12월
   박경리 씨와의 봉별기
   : 2019년 12월
   정릉집 점묘
   : 2019년 12월
3. 박완서 글쓰기의 기점 지향점
   : 1990년대 초
   박완서-나의 존경하는 동시대인
   : 2012년 영인문학관의 「박완서 1주기전」 때 쓴 추모의 글
4. 강신재론
   ―「임진강의 민들레」와 「오늘과 내일」을 중심으로
   : 『新像』(동인지), 1970년 여름호
5. 한말숙
   ―「하얀 도정」: 작품 세계의 분계선
   : 발표지면 미상, 1970년경
6. 손장순의 「한국인」에 나타난 여인상
   : 1970년 초
7. 사고와 풍경의 버라이어티: 여류 4인 촌평
   ―손장순, 최미나, 김의정, 박순녀
   : 출전 미상

2. 강인숙 연보

1) 약력

원　　적	함경남도 이원군 동면 관동리 112
본　　적	서울시 용산구 한강로 2가 100
생년월일	1933년 10월 15일(음력 윤 5월 16일)

강재호, 김연순의 1남 5녀 중 3녀로 함경남도 갑산에서 출생

* 1945년 11월에 가족과 함께 월남하여 서울에 거주

　아호: 소정(小汀)

2) 학력

1946. 6~1952. 3	경기여자중·고등학교
1952. 4~1956. 3	서울대 문리대 국어국문학과(학사)
1961. 9~1964. 2	숙명여대 대학원 국문과 석사과정(문학석사)
1980. 3~1985. 8	숙명여대 대학원 박사과정(문학박사)

3) 경력

1958. 4~1965. 2	신광여자고등학교 교사
1967. 3~1977. 5	건국대학교 시간강사
1970. 9~1977. 2	숙명여대 국문과 시간강사
1971. 3~1972. 2	서울대 교양학부 시간강사
1975. 9~1977. 8	국민대학교 국문과 시간강사
1977. 3~1999. 2	건국대학교 교수
1992. 8~1992. 12	동경대학 비교문화과 객원연구원
현재	건국대 명예교수
	재단법인 영인문학관 관장(2001년~)

4) 기타 경력

5) 평론, 논문

(1) 평론

「모리악의 '떼레즈 데께이루'」 　　　　　　　『문학사상』 1978. 5

「게오르규의 어록」 번역 　　　　　　　　　『문학사상』 1978. 7

「황순원의 '어둠 속에 찍힌 판화'」 　　　　　『문학사상』 1978. 9

「문학 속의 건국영웅-비르길리우스의 '에네이드'」 　『문학사상』 1979. 2

「언어와 창조」(외대여학생회간) 　　　　　　　『엔담』 1979. 3

「하늘과 전장의 두 세계-톨스토이의 '전쟁과 평화'」 『문학사상』 1979. 6

(2) 논문

「에밀 졸라의 이론으로 조명해 본 김동인의 자연주의」,

　　　　　　　　　건국대『학술지』 28, 1982. 5, pp.57-82

「한·일 자연주의의 비교연구(1)-자연주의 일본적 양상 2」,

　　　　　　　　　건국대『인문과학논총』 15, 1983, pp.27-46

「박완서의 소설에 나타난 도시의 양상(1)-'엄마의 말뚝(1)'의 공간구조」,

　　　　　　　　　숙대『청파문학』 14, 1984. 2, pp.69-89

「박완서의 소설에 나타난 도시의 양상(2)-'목마른 계절', '나목'을 통해 본 동란기의 서

　　　　울」 건국대국문과『文理』 7, 1984, pp.56-74

「박완서의 소설에 나타난 도시의 양상(3)-'도시의 흉년'에 나타난 70년대의 서울」,

　　　　　　　　　건국대『인문과학논총』 16, 1988. 8, pp.51-76

「박완서론(4)-'울음소리'와 '닮은 방들', '포말의 집'의 비교연구」,

　　　　　　　　　건국대『인문과학논총』 26, 1994.

「자연주의연구-불, 일, 한 삼국 대비론」, 숙대 박사학위논문, 1985. 8

「여성과 문학(1)-문학작품에 나타난 남성상」, 아산재단간행, 1986, pp.514-518

「고등교육을 받은 한국여성의 2000년대에서의 역할-문학계」,

　　　　　　　　　여학사협회『여학사』 3, 1986, pp.69-74

「한·일 자연주의 비교연구(2)-스타일 혼합의 양상-염상섭론」,

　　　　　　　　　건국대『인문과학논총』 17, 1985.10, pp. 7-34

「한·일 자연주의 비교연구(3-1)-염상섭의 자연주의론의 원천탐색」,

　　　　　　　　　건국대『국어국문학』 4, 1987, pp.1-15

「한·일 자연주의 비교연구(3-2)-염상섭과 전통문학」,

　　　　　　　　　『건국어문학』 11, 12 통합호, 1987, pp.655-679

「자연주의에 대한 부정론과 긍정론(1)-졸라이즘의 경우」,

　　　　　　　　　건국대『인문과학논총』 20, 1988. 8, pp.39-64

「염상섭과 자연주의(2)-'토구·비판 삼제'에 나타난 또 하나의 자연주의」,

건국대 『학술지』 33, 1989. 5, pp.59-88

「염상섭의 소설에 나타난 시공간(chronotopos)의 양상」,

건국대 『인문과학논총』 21, 1989. 9, pp.7-30

「염상섭의 소설에 나타난 돈과 성의 양상」,

건국대 『인문과학논총』 22, 1990, pp.31-54

「염상섭의 작중인물 연구」, 건국대 『학술지』 35, 1991, pp.61-80

「명치·대정기의 일본문인들의 한국관」, 『건대신문』, 1989. 6. 5

「한·일 모더니즘 소설의 비교연구(1)-신감각파와 요코미쓰 리이치」,

건국대 『학술지』 39, 1995, pp.27-52

「한·일 모더니즘 소설의 비교연구」 연재, 『문학사상』, 1998. 3월~12월

「한·일 모더니즘 소설의 비교연구(2)-신흥예술파와 류단지 유의 소설」

건국대 『인문과학논총』 29, 1997. 8, pp.5-33

「한·일 모더니즘 소설의 비교연구」 연재, 『문학사상』, 1998. 3월~12월

「한국 근대소설 정착과정 연구」, 『박이정』의 동명의 논문집에 실림. 1999

「신소설에 나타난 novel의 징후-'치악산'과 '장화홍련전'의 비교연구」,

건국대 『학술지』 40, 1996, pp.9-29

「박연암의 소설에 나타난 novel의 징후-〈허생전〉을 중심으로」,

건국대 『겨레어문학』 25, 2000, pp.309-337

(3) 단행본(연대순)

『한국현대작가론』	(평론집)	동화출판사	1971
『언어로 그린 연륜』	(에세이)	동화출판공사	1976
『생을 만나는 저녁과 아침』	(에세이)	갑인출판사	1986
『자연주의 문학론』 1	(논문집)	고려원	1987
『자연주의 문학론』 2	(논문집)	고려원	1991
『김동인-작가와 생애와 문학』(문고판)	(평론집)	건대출판부	1994
『박완서 소설에 나타난 도시와 모성』	(논문집)	둥지	1997
『네 자매의 스페인 여행』	(에세이)	삶과 꿈	2002
『아버지와의 만남』	(에세이)	생각의나무	2004
『일본 모더니즘 소설 연구』	(논문집)	생각의나무	2006
『어느 고양이의 꿈』	(에세이)	생각의나무	2008

『내 안의 이집트』	(에세이)	마음의 숲	2012
『셋째딸 이야기』	(에세이)	웅진문학임프린트곰	2014
『민아 이야기』	(에세이)	노아의 방주	2016
『서울 해방공간의 풍물지』	(에세이)	박하	2016
『어느 인문학자의 6 · 25』	(에세이)	에피파니	2017
『시칠리아에서 본 그리스』	(에세이)	에피파니	2018

(4) 편저

『한국근대소설 정착과정연구』	(논문집)	박이정	1999
『편지로 읽는 슬픔과 기쁨』(문인 편지+해설)		마음산책	2011
『머리말로 엮은 연대기』	(서문집)	홍성사	2020

(5) 번역

『25시』(V. 게오르규 원작, 세계문학전집23)	삼성출판사	1971
『키라레싸의 학살』(V. 게오르규 원작)	문학사상사	1975
『가면의 생』(E. 아자르 원작)	문학사상사	1979

(6) 일역판

『韓國の自然主義文學-韓日佛の比較研究から』	小山内園子譯	2017